Autor: Leroy Berg

999 - Eine andere Welt

Teil III. Neuauflage

Zu diesem Buch

Nur wenige Menschen überleben das nukleare Armageddon. Zunächst dient die Mondbasis als letzter Zufluchtsort, aber für wie lange? Der Menschheit bleibt nichts übrig, als Ausschau nach neuen, fremden Welten zu halten. Aber dort ist ebenfalls nicht alles Gold, was glänzt.

Mit akribischer Forschungsarbeit versucht Ant, für den Fortbestand der menschlichen Rasse zu sorgen und gleichzeitig seinen Racheplan zu verwirklichen.

Ist er in der Lage, Mr. Poisons Macht zu brechen und ihn seiner gerechten Strafe zuzuführen?
Wie vermag er ihn zu besiegen? Gelingt es womöglich mit Hilfe seines künstlichen Freundes?
Ist ein Happy-End überhaupt noch möglich?

Die Fortsetzung des Mystery-Thrillers 999, Teil III ...

Leroy Berg, geboren 1960 in München, aufgewachsen im Glasscherbenviertel Giesing, beendete nach seiner Schulzeit eine Ausbildung zum Versicherungskaufmann. 1989 zog es ihn weg von der Großstadt mit Herz(infarkt) ins nördliche Bayern, wo er bis 2017 als Schadengutachter für eine Versicherung arbeitete. Während der insgesamt 28 Jahre seiner Gutachterzeit hatte er vornehmlich mit großen Sachschäden, Ermittlungsbehörden, Detektiven, vereidigten Sachverständigen, manchmal ebenso mit Anwälten und Gerichten zutun. Vor allem aber mit der Psyche der Kunden. Seit seinem Ruhestand konzentriert er sich auf die Autorentätigkeit.

Leroy Berg

999 - Eine andere Welt

Teil III

Teil IV - Berufung
folgt

Biografische Information der Deutschen Nationalbibliothek:

Die Deutsche Nationalbibliothek verzeichnet diese Publikation in der Deutschen Nationalbibliografie, detaillierte bibliografische Daten sind im Internet über dnb.dnb.de abrufbar.

TWENTYSIX - Der Self-Publishing-Verlag

Eine Kooperation zwischen der Verlagsgruppe Random House und BoD - Books on Demand

Copyright: 2018 Leroy Berg

Herstellung und Verlag:
BoD - Books on Demand. Norderstedt

ISBN: 9783740746957

Mein Dank gilt allen, die es mir ermöglichten, diese Geschichte zu Papier zu bringen.

An alle die mir in dieser harten Zeit einen finanziellen Background boten, die ihre kostbare Zeit für Korrekturlesungen oder Ähnliches aufwandten und meine nervigen Nachfragen ertrugen.

Danke geliebte Familie und Freunde.

Leroy Berg

Inhalt

Charlies Europareise (Start 14.11.2021).   8
Kolyuchino (März 2023).   31
Winter (März 2023).   40
Ozean (Ankunft 10.11.2022).
1. Eis   50
2. Stern   60
3. Ernte   70
Mondbasis.
1. Zuflucht   80
2. Ants Mondfahrt   87
3. Zuviel des Bösen   105
4. Testflug   110
5. Attentat   121
Neue Heimat?
1. Grüne Perle   134
2. PVG   146
3. Begegnung der 6. Art I.   150
4. Katana   159
5. Begegnung der 6. Art II.   164
6. Begegnung der 6. Art III.   173
Poisons Strafe.
1. Offenbarung   190
2. Die andere Seite   203
3. Vertragsstorno   206
Das Erwachen III.   214
Die etwas andere Rückkehr.   216
Der Rote Rotz.   221
Die andere Rille.   224
Der modifizierte Plan.   232
Die ganze Wahrheit.   237
Ende oder Anfang?   241
Alles Intention.   253
Quo Vadis.   257
Ende Teil III.   259

Kapitel 1: Charlies Europareise (Start 14.11.2021).

Der Anflug auf die Silver Star, stellte sich für Charles als ein eindrucksvolles optisches Schauspiel dar. Er genoss die Schwerelosigkeit in der Shark. Weshalb die American Space Force (ASF) ihre Raumgleiter mit derartig martialischen Namen betitelte, vermochte Charles sich nur auszumalen. Die Konstruktion dieser Kampfgleiter verband sagenhafte Schnelligkeit mit extremer Wendigkeit. In der Lage, innerhalb und außerhalb der Atmosphäre zu agieren, wiesen die Maschinen eine schwere Bewaffnung auf. Die beiden, in den Tragflächen integrierten Plasmakanonen, basierten auf Ants Entwicklungsarbeit. Damit bestand auf jeden Fall die Möglichkeit, einen gewaltigen Bissen aus einem potentiellen Feind herauszureißen.
Hinter dem Cockpit lugte eine kleine Finne hervor, mit einer integrierten Funkantenne. Sie sah aus, wie die Rückenflosse eines Haifisches. Dabei handelte es sich vermutlich um den Stein des Anstoßes, der die Namensgebung rechtfertigte.
Als die Shark an die Silver Star andockte, öffnete sich das kleine Hangarschott, in der Flanke des Raumschiffes und die Andockvorrichtung zog die Maschine in seine Parkposition, im Inneren des imposanten Schiffes. Das Schott schloss sich wieder und der Raum füllte sich mit Atmosphäre. Die künstliche Schwerkraft setzte sofort ein, als der Druck- und Temperaturausgleich seinen Abschluss fand.
Charles gefiel das nicht sonderlich. Er freute sich schon den ganzen Flug darauf, direkt aus dem Cockpit herauszuspringen, und einige Meter durch die Schwerelosigkeit zu schweben.
Egal. Als der Pilot die Cockpitabdeckung entriegelte, öffnete Charles seine Gurte, kletterte über den Rand der Kabine und sprang. Aus fast fünf Metern Höhe knallte er, mit den Füßen voraus, auf den Hangarboden. Überhaupt kein Problem für seine Konstruktion. Mit einem geschmeidigen Wippen der Gelenke fing er den harten Aufprall leicht ab, als federten seine Beine nur ein wenig nach, um den Sprung von einer einzigen Treppenstufe abzufangen.
Der Pilot, Major Bob Eaton, setzte seinen Helm ab, und sah Charles Treiben voller Unverständnis leise kopfschüttelnd zu.
Erst als die Leiter der Shark sich voll ausgefahren hatte, und den Boden erreichte, kletterte der Major nach unten.

Er war nicht nur der Pilot der Shark, sondern ebenso als Crewmitglied für die Mission der Silver Star vorgesehen. Mit ihm und Charles komplettierte sich nun die Besatzung für die anstehende Aufgabe.
Der Hangar diente ebenfalls als Schleuse, zwischen dem unendlichen, tödlichen Vakuum des Weltraums und der im Verhältnis dagegen, mikroskopisch winzigen Überlebensblase, im Inneren der Silver Star. Die Innentür öffnete sich und das Begrüßungskomitee, gebildet aus dem Rest der Mannschaft, betrat die Halle. Major Eaton war ihnen schon von früheren Einsätzen bekannt. Die faustischen und staunenden Augenpaare, richteten sich deshalb eher auf Charles. Eaton winkte freudestrahlend seinen soeben eintretenden Kollegen, und stellte sich neben den Androiden, um ihn entsprechend vorzustellen.
Logischerweise wussten sie alle, wen oder was Charles darstellte. Zweifellos informierte man sie vorab darüber. Aber die Konventionen mussten eben gewahrt bleiben. Für Charles handelte es sich bei der Vorstellung um ein Ritual, das er gleichmütig über sich ergehen ließ. Ihm lagen alle relevanten Daten abrufbereit vor, von daher kannte er die gesamte Crew bis ins letzte Detail. Die NSA ermittelte jede winzige, noch so unwichtige Kleinigkeit über alle ihre Mitarbeiter, und vermerkte sie in ihren digitalen Akten.
Sie meisterten es, den gläsernen Menschen zu schaffen, kannten sämtliche Vorlieben, Gesundheitsdaten, Charaktereigenschaften, sogar das Genom und trivialerweise die Fingerabdrücke von 99 Prozent aller registrierter Erdbewohner.
Jetzt freute sich Charles darauf, endlich mehr über den sozialen Umgang mit anderen Menschen zu lernen, abseits theoretischer Daten, und der einzigen Person, mit der er im Alltag zusammenarbeitete; Ant.
Als sich alle im Halbkreis um den Major und Charles aufgestellt hatten, ergriff der Missionsleiter, Colonel Alan Hall, das Wort:
„Gute Arbeit, Bob. Wie ich sehe, haben sie den zweiten Bordingenieur unversehrt zu uns verfrachtet. Wie war der Flug?"
Major Eaton schüttelte Colonel Halls Hand:
„Problemlos. Wie fast immer, Alan. Darf ich vorstellen, unsere neue Wundermaschine, Charles."
Colonel Hall reichte Charles ebenfalls die Hand, während die anderen Crewmitglieder sich weiterhin etwas zurückhielten:
„Charles also? Herzlich willkommen. Wie geht es ihnen?"

Die Worte kamen etwas gestelzt heraus. Als spräche Alan mit einem Ausländer.
Diese einfältige Art, sofort in eine vermeintlich einfachere Ausdrucksweise zu verfallen, wenn man einem Ausländer oder etwas Unbekanntem gegenüberstand, amüsierte Charles. Er lächelte nur darüber:
„Ich fühle mich hervorragend, Colonel Hall. Wie jeden Tag. Außer wenn jemand meinen Schalter von Normalbetrieb auf Böse umgestellt hat."
Alan Hall sah ihn etwas verunsichert an. Er hielt nach wie vor Charles Hand fest:
„Wie ..., auf Böse?"
Jetzt grinste Charles breit:
„Na, sie wissen schon ..., auf Böse ..., dann muß ich herumlaufen wie ein Roboter, und ständig Wörter wie, umbringen, zerstören, vernichten, ausradieren, vor mich hinbrabbeln ..., so eben."
Um seine Erklärung zu untermauern, vollführte er steife, marionettenhafte Roboterbewegungen.
Augenblicklich herrschte absolute Stille. Man hätte eine Grille zirpen hören können, wenn es hinter dem Mond eine gäbe. Alle starrten Charles eine kurze Weile wort- und mimiklos an. Dann brach Colonel Hall in schallendes Gelächter aus, und klopfte ihm auf die Schulter:
„Sie sind mir Einer. Kommt hierher, und das Erste, was er macht, ist mich zu verarschen. Respekt. Darf ich sie Charly rufen?"
„Natürlich. Wenn ich sie Alan nennen darf."
„Ok, abgemacht, Charly, ich bin Alan. Alan Hall. Wie ist eigentlich ihr Nachname?"
Charles überlegte kurz:
„Bisher hatte ich keinen Nachnamen nötig. Was halten sie von A.I.L.? Ail. Von Artificial. Intelligent. Lifeform."
Zustimmendes Gemurmel allerseits. Alan nickte:
„Na gut, dann eben Charly Ail. Warum nicht? Und jetzt Charly, stelle ich ihnen die anderen Kollegen vor. Unseren Piloten, Major Bob Eaton, kennen sie ja schon. Dann haben wir da noch die Exo-Biologin, Dr. Lory Zappo."
Lory trat vor, und reichte Charles vorsichtig die Hand. Er spürte die Verunsicherung an ihrem Händedruck:
„Hallo, Dr. Zappo, freut mich."

„Äh, ja ..., nennen sie mich ruhig auch Lory. Die Anderen handhaben das auch so. Also wieso nicht auch sie, Charly?"
„Soll mir Recht sein, Lory."
Alan fuhr fort:
„Dann haben wir da noch unsere medizinische Abteilung, Dr. Sue Fox."
Sue lächelte, und verhielt sich nicht derart zurückhaltend, wie Lory.
Für sie gab es kein Eis, das zuerst gebrochen werden musste.
Ihr Händedruck fiel entsprechend kräftiger und fester aus. Sie lispelte ein wenig, was sich irgendwie putzig anhörte:
„Nennen sie mich Sue."
„Ok, Sue, sagen sie bitte auch Charly zu mir."
„Dann haben wir da noch unseren Funkspezialisten, Lieutenant Ken Thorn."
Ken trat vor, und drückte Charles ebenfalls die Hand:
„Ken. Willkommen auch von meiner Seite, Charly."
Charles lächelte ihn wortlos an, bis Alan zum letzten Crewmitglied kam:
„Last but not least, unsere erste Bordingenieurin, Lieutenant Sarah Bloom. Nun kennen sie das gesamte Team."
Sarah blieb vorzugsweise etwas auf Abstand. Sie winkte nur schüchtern, aus ein paar Metern Entfernung.
Durch das Verhalten der Gruppe fühlte sie sich unwohl dabei, als Einzige darauf zu bestehen, mit dem Nachnamen angesprochen zu werden:
„Ok, wenn sie wollen, können sie mich auch beim Vornamen ansprechen. Nennen sie mich Sarah."
Charles schmunzelte sie, sowie wie alle Anderen zuvor an, und verbeugte sich kurz:
„Freut mich, Sarah. Haben sie keine Angst, ich beiße nicht. Sie können mich natürlich auch Charly nennen."
Alan hatte vor, gleich noch eine Erklärung zur Mission abzugeben. Eine seiner Aufgaben als leitender Offizier:
„Also Leute, nun haben wir uns bekannt gemacht. Charly wird als zweiter Ingenieur fungieren. Während wir, auf der Reise, unser Nickerchen halten, werden er und der Computer dafür sorgen, dass alles am Laufen bleibt.

Wenn wir dann unser Ziel erreichen, ist Charly für die Gewinnung und Lagerung des Hunt-Fluids zuständig. Dann lasst uns mal anfangen. Zeigen wir Charly doch zuerst unser stolzes Schiff."
Charles hatte sämtliche Reaktionen der Crewmitglieder mit seinen feinen Sensoren registriert. Jegliche kleine Veränderung des Blutkreislaufes, der Temperatur oder der Iris seiner Kollegen, nahm er wahr und ordnete sie entsprechend ein. Wie ein mobiler Lügendetektor.
Alan Hall hatte offensichtlich das Sagen an Bord. Alle Anderen hörten auf ihn. Bei ihm hatte Charles das Gefühl, dass der Colonel vorhatte, die vorhandene Distanz zu ihm abzubauen, um sich in die Lage zu versetzen, ihn besser einzuschätzen. Er hielt sich dabei aber sämtliche Optionen offen. Bei Alan handelte es sich um einen durchtrainierten, großen Kerl, einen Afroamerikaner, mit mehr Haaren am Körper, als auf dem Kopf.
Der Pilot, Major Bob Eaton, schien routiniert zu sein. Seinem Verhalten nach zu urteilen, traute er Charles nicht zu, sämtliche ihm übertragenen Aufgaben ordnungsgemäß zu erledigen.
Ein Chauvinist, der an die Überlegenheit seiner Rasse glaubte. Außerdem plante er, den Kontakt zu Charles möglichst gering zu halten.
Ihn nur als durchtrainiert zu bezeichnen, wäre maßlos untertrieben. Vermutlich schluckte er Steroide, um seine beachtliche Muskelmasse aufzubauen.
Das stellte offenbar den Grund für sein unterdrückt feindseliges Verhalten dar. Ein weiterer Fitnesswahnsinniger, der außer Sport und Arbeit nichts kannte. Er gehörte zu diesen Menschen, die nur prophylaktisch lebten, um danach gesund sterben zu können. Selbst seine letzten, schütteren, blonden Haare, fingen unter dem Druck der künstlich zugeführten Hormone an, sich zu verdünnisieren.
Dr. Lory Zappo hingegen, verhielt sich angstvoll distanziert. Hier musste Charles unbedingt Vertrauen aufbauen. Wer Exobiologie studiert hat, kam wahrscheinlich nicht oft vor die Tür. Eine schüchterne, kleine Person. Etwas fipsiger als der Durchschnitt, ein kleinwenig mollig, kastanienbraune Haare, die herrlich im Lampenlicht glänzten.
Bei der Ärztin, Dr. Sue Fox, hatte Charles keine Bedenken.

Sie verfügte über ein offenes Wesen, verhielt sich aufgeschlossen und vorwitzig ihm gegenüber. Sie wies in etwa dieselbe Größe auf wie er selbst. Überdurchschnittlich für eine Frau. Auffällig schlank, mit endlos langgestreckten Beinen und ellenlangem, blondem Haar. Ohne die Stelle bei der ASF hätte sie sicher einen Job als Modell gefunden. Obwohl, mit ihren 33 Lenzen gälte sie in der Modebranche zweifelsfrei als Oma. Dort sind eher 19-Jährige gefragt. Charles interessierte sich insbesondere für sie, aber damit stand er fraglos nicht allein da.
Der Funkspezialist, Lieutenant Ken Thorn, ein Navy-Seal-Typ, mit kurzgeschorenem, rotem Haar und sehnigem, tüchtig trainiertem Körperbau und einer Größe von 1,85 Metern, hinterließ einen jugendlichen Eindruck. Bei ihm stellte Charles keine großartigen Reaktionen auf sein Erscheinen fest. Hier wusste er bisher nicht, ihn angemessen einzuschätzen. Aus seinem theoretischen Datenschatz abgeleitet, vermochte er sich vorzustellen, dass Ken sich ebenfalls distanziert verhielte, obwohl er es sich nicht hatte anmerken lassen. Bei ihm stellte er nicht das kleinste bisschen Angst fest, aber ebenso keinerlei Zuneigung, Neugier, Vertrauen oder andere positiven Gefühle. Ein schwieriger Fall.
Bei der Bordingenieurin, Sarah Bloom, war er sich dagegen eindeutig gewahr, dass sie heillosen Respekt vor ihm hegte.
Vermutlich befiel sie eine gewisse Unsicherheit darüber, ob sie Charles als Konkurrenten um ihren Job, als todbringenden Roboter, oder als normales Crewmitglied zu betrachten hatte.
Hier sah Charles keinen anderen Weg, als einfühlsam zu agieren, um die kleine, sensible, dunkelhaarige Frau, auf seine Seite zu bringen.
Sie verließen alle zusammen den Hangar. Das Tor schloss sich hermetisch, auf Knopfdruck, hinter ihnen. Die künstliche Schwerkraft, schaltete sich im Hangar automatisch wieder ab, da sich dort keine Person mehr aufhielt.
Die Automatik prüfte rund um die Uhr, wo sich jedes einzelne Crewmitglied aufhielt, schaltete dort partiell die Schwerkraft zu und beim Verlassen des Raumes wieder ab. Deshalb gab es die Vorschrift, nichts lose herumliegen zu lassen, da die losen Gegenstände in der Schwerelosigkeit dazu neigten, ein Eigenleben zu entwickeln. Insbesondere wenn die Silver Star beschleunigte, einen Kurswechsel vornahm oder abbremste.

Durch die losen Teile bestand die Möglichkeit von Schäden an der Einrichtung oder am Raumschiff.

Die einzigen Bereiche, wo die Crew keine Schwerkraft benötigte, waren in den Lagerhallen und den mit Leitern ausgestatteten Verbindungsröhren vorzufinden.

Es lag auf der Hand, dass sich das Frachtgut in schwerelosem Zustand mühelos bewegen ließ. Genauso wie es der Mannschaft leichter fiel, eine Leiter in der Schwerelosigkeit nach oben oder unten zu steigen.

Immerhin gab es in der Silver Star sechs Ebenen. Die Führung dauerte eine Weile.

Charles fiel auf, dass die Konstrukteure nirgendwo Fenster verbaut hatten.

Erst als sie die Brücke des Raumschiffes erreichten, vermochte Charles den herrlichen Ausblick ins All zu genießen. Nur dort setzten die Entwickler extrem stabile Fenster ein, bestehend aus diesem im NIT entwickelten, transparenten Kunststoff.

Alle anderen Außenbereiche des Schiffes, alle Seitenluken und das Heck mit den Triebwerken, waren für die Crew nur über Außenkameras auf ihren Computerbildschirmen einsehbar.

Im gesamten Raumschiff verteilt, gab es diese modernen Molekular-Stabilisierer, die Luftatome zu Bildschirmen oder Tastaturen verdichteten.

Der Quantencomputer, der alle Schiffssysteme steuerte, wies in etwa die Größe von Charles Torso auf. Es schien sich um ein älteres Vorgängermodell zu handeln. Charles war unzweifelhaft moderner ausgerüstet. Bei ihm fand der Quantenrechner im Kopf platz.

Im Schiff gab es einen Schlaf- und Freizeitbereich mit Küche, einen Fitnessraum, einen Gemeinschaftsraum und einzeln verschließbare Schlafkojen. Dieser Teil des Schiffes sollte nur während der Wach- und Arbeitsphasen der Mission genutzt werden.

Die meiste Zeit hatte die Crew aber in der Medizinsektion zu verbringen. Dort steckten die Schlafkapseln.

Diese Schlafhülsen dienten dazu, die Crew in einen komatösen Schlaf, mit nur sehr eingeschränktem Metabolismus, zu versetzen. Mit derart heruntergefahrenem Stoffwechsel schaffte es die Mannschaft, die lange Reise zu überstehen, ohne großartig Ressourcen zu verschwenden.

Natürlich gab es trotzdem Notrationen, die bei einem Unglücksfall zur Verfügung standen. Diese Notfallversorgung bemaß die ASF aber nicht für die gesamte Mannschaft in ausreichender Menge. Zumindest nicht für die Rückreise, da der vorhandene Lagerraum zur Einlagerung des begehrten Frachtguts vorgesehen war. Die Planung sah vor, dass die bei der Hinreise zuviel mitgeführten Notvorräte, beim Erfolg der Mission, umstandslos auf Europa zurückgelassen werden. Die ASF vermochte dann hocherhobenen Hauptes zu verkünden, als Allererste den Mond Europa vermüllt zu haben.

Bei einem notfallbedingten Abbruch der Mission hingegen, der eine wache Crew und eine Umkehr erforderte, war es möglich, die gesamte Mannschaft mit den Notvorräten zu versorgen. Das galt aber, wie gesagt, nur für den Hinflug und eine potentiell dabei eintretende, gebotene Notfallrückkehr.

Für alle sechs Crewmitglieder befand sich jeweils eine Schlafkapsel an Bord. Nur für Charles nicht. Er verbrauchte weder Sauerstoff noch Wasser oder Nahrung. Dazu auserkoren, zusammen mit dem Quantencomputer, alles zu überwachen und notfalls einzugreifen, stand ihm eine langweilige Reise bevor.

Deshalb hatte er vor, die Wachzeiten der Crew auszunutzen, um seine Sozialkompetenzen zu erweitern.

Die gesamte Schiffsführung hindurch, beobachteten die anderen Mannschaftsmitglieder Charles mit Argusaugen.

Es musste faszinierend für alle Anwesenden sein, wie fließend er sich bewegte, wie er reagierte, wie er seine Mimik benutzte, um dem gesprochenen Wort mehr Bedeutung zu verleihen.

Zum Schluss der Führung, zeigte ihm die erste Ingenieurin, Sarah Bloom, voller Stolz den neuen Ionenantrieb. Der frisch entwickelte, leistungsstarke Reaktor, trieb durch den extrem gebündelten Ionenausstoß, die Silver Star auf eine beachtliche Geschwindigkeit.

Ein alter Hut für Charles. Er wusste über jedes technische Detail dieses Schiffes Bescheid, ließ es sich aber nicht anmerken, nickte brav und stellte einige unnötige Fragen.

Sarah gefiel das Interesse, dass Charly zeigte. Sie blühte förmlich auf in ihrem Erklärungsorgasmus, und bei der gezeigten Neugier. Charles Intention, dadurch einiges an Vertrauen gutzumachen, bei der kleinen, scheuen Kollegin, bestätigte sich.

Als Sarah am Ende ihres Redeflusses ankam, sämtliche Bordsysteme und den Antrieb erklärt hatte, strebten alle zusammen in den Bereich der Brücke, um die Startvorkehrungen zu treffen.
Im Leitstand, der sich strikt in die einzelnen Arbeitsbereiche aufgeteilt präsentierte, besaß jeder seinen, für diese Mission installierten Platz, vor einem für den jeweiligen Arbeitsplatz ausgerichteten Computerzugang. Nur Charles hatte zur Zeit keinerlei Aufgaben, saß sozusagen nur auf der Ersatzbank. Das spielte für ihn keine Rolle. Von seinem Platz aus, besaß er die Möglichkeit, das geschäftige Treiben der Kollegen mühelos zu beobachten. Alles lief ab, wie in einer geschmierten Maschine. Jedes Zahnrädchen griff ins nächste, sie checkten alle Systeme doppelt und dreifach, bevor sie die Startfreigabe anforderten. Dr. Fox überprüfte die Vitalsysteme. Die standen ebenfalls alle auf Go. Obwohl ihr von Charles keine Vitaldaten vorlagen, lächelte sie ihm zu und zeigte ihm, mit nach oben gestrecktem Daumen an, dass alles in Ordnung sei.
Ant hatte bei Charles Programmierung, und späteren Optimierung, vorzügliche Arbeit geleistet.
Der Android nahm sämtliche Hinweise, die Dr. Sue Fox im Bezug auf ihn ausstrahlte, mit seinen Sensoren sowie dem optischen System wahr, und berechnete sie in Echtzeit. Dabei überkam ihn ein wohliges Gefühl der Zuneigung.
Gewogenheit spürte er bisher nur bei seinem Schöpfer, Ant. Die beiden Arten von Zuneigung fühlten sich jedoch unterschiedlich an. Er plante ein, das später weiter zu eruieren und zu analysieren.
In diesem Moment erachtete er es für wichtiger, sämtliche Abläufe des Startvorganges zu verfolgen und abzuspeichern.
Alle Systeme standen auf Go. Lieutenant Ken Thorn funkte die Mondstation an, und wartete auf die Freigabe des Starts. Als das OK kam, zündete Major Bob Eaton die Triebwerke. Im Raumschiff war nur ein leises Brummen zu vernehmen.
Die Ionentriebwerke beschleunigten die Silver Star langsam aber stetig. Charles fühlte den anhaltenden Druck, den die Beschleunigung auf seine Sensoren ausübte. Die Triebwerke, schoben die Silver Star unablässig auf eine immer höhere Geschwindigkeit. Ein Ende der Beschleunigung, und des damit verbundenen Druckgefühls, war folglich in nächster Zeit nicht abzusehen.

Die Besatzung fühlte sich dadurch kein Fünkchen gestört. Ihre Körper gewöhnten sich innerhalb der ersten Stunden an dieses Gefühl, stellten sich langsam darauf ein. Charles computergesteuerter Gleichgewichtssinn hingegen, musste nur durch einen angepassten Algorithmus auf die neuen Bedingungen einjustiert werden. Was aber überhaupt kein Problem für seinen internen Quantenrechner darstellte. Die Problembewältigung benötigte lediglich den Bruchteil einer Sekunde. Die ihm eigene Konstruktion verhalf ihm eben dazu, ein überlegenes Wesen zu sein. Die Anderen saßen die folgenden Stunden auf ihren Plätzen, und verfolgten alle Systemabläufe auf ihren Bildschirmen.

Bei frühen NASA-Missionen handelte es sich, bei den Computerbildschirmen und Tastaturen, um fest eingebaute Hardware, und die Astronauten schwebten in der Schwerelosigkeit um sie herum. Jetzt saßen die Crewmitglieder der ASF fest auf ihren Sesseln, gehalten von der künstlichen Schwerkraft, während die Computerbildschirme und Tastaturen vor ihnen herum schwebten. Die Technik entwickelte sich, in der dazwischenliegenden Zeit, rasant um Einiges weiter. Und mit Ants Hilfe waren dieser progressiven Entwicklung keine Grenzen gesetzt.

Als feststand, dass alle Systeme fehlerfrei liefen, sie den programmierten Kurs, und das dafür vorgesehene Zeitfenster einhielten, kam die Zeit für die Crew, sich schlafenzulegen.

Charles überkam ein ungutes Gefühl. Er benötigte keinen Ruhezustand und eine Abschaltung kam für ihn nicht infrage. Den Gedanken, für ein Jahr völlig allein, ohne Ansprechpartner, durch das All zu rasen, hielt er überhaupt nicht für sonderlich spaßig. Logisch besaß er die Möglichkeit, sich in dieser Zeit mit dem Computer zu befassen. Aber selbst das vermochte mit der Zeit langweilig zu werden. Die Planung sah eben mal diesen Ablauf vor, und er hatte sich zu fügen.

Dr. Sue Fox überwachte die Einleitung der Ruhephase.

Alle hatten sich in ihre hautengen Silikonhäute gequetscht, die ihre Haut vor dem Aufweichen schützten, wenn sie ein langes Jahr, in einem zähflüssigen, geleeähnlichen Fluid verbrachten. Nachdem das Geleefluid ihre Schlafkapseln flutete, kühlte eine Gefriereinheit es herunter, und reduzierte, in Zusammenarbeit mit einigen Drogen, die Körperfunktionen der Crew auf ein Minimum.

Die Sauerstoffversorgung lief über Gesichtsmasken, die wenigen nötigen Nährstoffe verabreichten die Kapseln automatisch intravenös, und zeichnete alle Vitalzeichen über entsprechende Elektroden auf.
Dr. Fox schloss alle Anderen in ihren Behälter an, verabschiedete sich bis zum nächsten Jahr, und legte sich dann ebenfalls in ihren transparenten Schlafbehälter.
Charles half ihr dabei, verpasste ihr den intravenösen Zugang, und setzte ihr die Maske ordentlich aufs Gesicht. In ihrem hautengen Silikonüberzug sah sie aus wie ein blondes Schneewittchen, das nackt in ihrem gläsernen Sarg lag.
Als Charles ihr half, zeigte sie mit einem dankbaren Lächeln, und einem zart auf die Wange gehauchten Kuss ihre Erkenntlichkeit.
Dann drückte sie selbst den außen, an ihrer Kapsel angebrachten Knopf, für die Betätigung des Schließmechanismus. Während die Verriegelung der Glasabdeckung zuschnappte, winkte sie Charles nochmal zu.
Sie setzte ihre Schutzbrille auf, schloss die Augen, und die Automatik flutete ihren Liegeplatz mit dem Geleefluid.
Charles fühlte sich bereits in diesem Moment alleingelassen, einsam und gelangweilt.
Die Flugroute führte nicht mal am Mars vorbei. Ein Highlight, auf das er leider verzichten musste. Die Marsumlaufbahn stimmte eben nicht mit dem eingegebenen Kurs überein, und zu einem Umweg erklärte sich die ASF nicht bereit. Auf jeden Fall nicht, um das einzige, wache Crewmitglied, bei Laune zu halten. Noch dazu einen Androiden.
Die meiste Zeit verbrachte Charles entweder im Schlaflabor, um die Vitalzeichen seiner Kollegen zu überwachen, oder vor dem Computer. Computerspiele bereiteten ihm schon lange keinen Spaß mehr, da er immer gewann. Seinem Intellekt und seiner Reaktionsschnelligkeit, hatte kein Computerspiel etwas entgegenzusetzen. An sportlicher Betätigung besaß er kein Interesse. Es war schlicht unnötig für ihn, sich fit zu halten. Sein Körper fiel nicht dem Verfall anheim, selbst wenn er sich nicht bewegte. Durch das Internet verfolgte er, wie sich das tödliche Japiá-Virus auf der Erde verbreitete. Eigene Eingaben ins World Wide Web, das Knüpfen von Kontakten, oder einen Meinungsaustausch über soziale Medien, ließ die ASF nicht zu.

Er hatte folglich keinerlei Chance, eine Nachricht zu versenden. Aber die reine Betrachtung des Netzwerks, blieb freigeschaltet.
Durch den ständig größer werdenden Abstand zur Erde verzögerte sich der Empfang freilich immer mehr. Bis der Internetzugriff dann plötzlich völlig abbrach. An der Empfangstechnik lag es sicher nicht. Die lief fehlerfrei. Entweder geriet die Lage auf der Erde außer Kontrolle und das Internet brach zusammen, oder die NSA hatte es abgeschaltet.
Ab diesem Zeitpunkt empfing Charles nur noch ein internes Datennetz der NSA, das World-Stream-Net.
Hier sprach keiner mehr von einem Virus oder Ähnlichem.
Charles wusste, dass ab jetzt keinerlei unautorisierte Nachrichten mehr über den Computer zu empfangen waren. Dafür hatte er nur Sarkasmus übrig. „Schöne neue Welt", murmelte er.
Aber er hoffte darauf, dass sein Vater, sein Schöpfer, etwas dagegen unternähme.
Ab jetzt herrschte nur noch Langeweile. Draußen, immer die gleichen Sterne. Er sah sich schnell satt daran.
Innen, schallten Ants alte Lieblingslieder von `Rich Hopkins and the Luminarios´ durch das Raumschiff.
Charles fand Ants alte Leidenschaft für diese Art von Gitarrenmusik, den Desert-Rock ansprechend und übernahm sie von ihm. Als sie früher auf der Erde zusammenarbeiteten, dröhnten öfters diese Songs durchs Labor. Sie erinnerten ihn gleichsam an seinen Schöpfer.
In der Medizinabteilung sah er immer nur die gleichen Linien auf den Überwachungsmonitoren, verfolgte die Lebenszeichen seiner Kollegen. Tag ein, Tag aus, ständig das Gleiche. Als einzige Abwechslung gab es die routinemäßigen Funkmeldungen, die er an die Mondbasis absandte. Statusmeldungen mit stets gleichem Inhalt. Ein direkter Dialog, wurde durch die große Entfernung und die dadurch eingetretene Zeitverzögerung zunehmend unmöglich.
Selbst wenn er versuchte, dem jeweils zuständigen Funkoffizier ein Gespräch aufzudrängen, dauerte es eine kleine Ewigkeit, bis er eine Antwort erhielt.
Die in Lichtgeschwindigkeit versandten Funksignale brauchten schlicht zu lange, um ein normales Gespräch zu führen.
Wie stellte sich die ASF das vor? Letztendlich handelte es sich bei ihm um ein vernunftbegabtes, empfindungsfähiges Wesen.

Wie zur Hölle sollte er diese Einsamkeit aushalten?
Glücklicherweise bekam er diverse Algorithmen einprogrammiert, die ihn vor dem Verrücktwerden bewahrten. Aber was ist schon verrückt?
Wäre es übergeschnappt, wenn er Dr. Fox, wegen eines simulierten Notfalles, für den Rest der Hinreise aufweckte? Genügend Notfallvorräte für ihre Bedürfnisse stünden im Lagerraum zur Nutzung bereit. Das linderte doch zweifellos seinen Leidensdruck, oder? Er hatte sie gern. Dann stünde ihm jemand zur Verfügung, um sich zu unterhalten, Eine, die ihm gewogen war und ihn respektierte. Konnte das falsch sein?
Das Computergehirn wägte das Für und Wider blitzschnell ab. Es hielt sich die Waage.
Da Ant ihn nicht als egoistisches Individuum programmierte, entschied er, Sues Interessen zu wahren und nicht nur an sich zu denken. Ein plötzliches, schnelles Aufwachen vermochte hart zu werden, und barg Risiken. Er entschied sich für die Langeweile.
Ätzend. Tagelang saß er nur im Cockpit, sah zu wie der Bordcomputer sämtliche Schiffsdaten kontrollierte, und den vorgeplanten Kurs strikt einhielt. Eine Zeit lang starrte er, von der Brücke aus, auf die Sterne. Mittels seiner optischen Sensoren, besaß er die Möglichkeit, das Endziel der Reise, den Jupiter und den Mond Europa, derart weit heranzuzoomen, dass er fast dachte, sie erreichten dieses Ziel innerhalb der nächsten Tage. Er wusste logischerweise, dass es sich dabei um einen Trugschluss handelte.
Später streifte er durchs gesamte Schiff. Betrachtete jedes Bordsystem, nahm sogar eine Menge Verbesserungen vor.
Danach wies die Silver Star ein optimiertes Luftreinigungssystem, einige zusätzliche Bypassleitungen mit Überspannungssicherungen in der Elektrik, und eine sparsamere Energieverteilungssteuerung auf. Damit verbrachte er Monate.
Bei seinen Routinefunksprüchen handelte es sich nur noch um Monologe. Da bei störungsfreiem Ablauf des Fluges keinerlei Antwort anfiel, erhielt er eben keine. Vermutlich hatte schlicht niemand Lust, sich mit einer superschlauen Maschine zu unterhalten. Es gab nichts mehr zu erledigen für Charles.

Die immer gleich piepsenden Vitalmonitore seiner schlafenden Kollegen, und das leise Brummen des Ionenantriebes, mehr Geräusche gab es nicht zu hören, außer wenn er die Rockmusik aufdrehte oder wenn Charles selbst Laute fabrizierte.
Anfangs bereitete es ihm einen Heidenspaß, in den Schwerelosabteilungen, wie den Lagerräumen und den Leiterschächten, durch die Gegend zu schweben. Genauso liebte er es, sich von den Wänden abzustoßen, und die von der Schwerkraft ausgenommenen Leitern, wie ein Irrer, mit vollem Tempo, hinauf und hinab zu rasen. Nach einiger Zeit überkam ihn hierbei aber ebenfalls die Langeweile.
Als fünf Monate, dreizehn Tage, zwölf Stunden, sieben Minuten und achtundvierzig Sekunden, gerechnet vom Start der Silver Star an vergangen waren, hörte Charles auf, ins All zu starren.
Er manipulierte die Überwachungsanlage, erhob sich vom Pilotensitz, marschierte zielstrebig durch die Freizeitabteilung in den Medizinbereich, stellte sich hinter die Schlafkapsel von Dr. Sue Fox, und zog den Stecker des Lebenszeichenmonitors ab.
Sofort ertönte ein Warnsignal, ein nervig trötendes Hupgeräusch, das sich alle zwei Sekunden wiederholte.
Der Bordcomputer aktivierte ebenfalls eine Frauenstimme, die an die Stimme aus einem Navigationsgerät erinnerte. Während sich in der Kapsel das Gelee aufheizte, wiederholte der Computer ständig die gleiche Ansage:

„Achtung, Lebensgefahr! In Schlafkapsel 4 sind keinerlei Lebenszeichen mehr festzustellen! Leite Notfallprotokoll ein!"

Charles stand nur daneben und beobachtete, wie perfekt der Bordcomputer den Notfallplan umsetzte. Er freute sich, dass die Langeweile jetzt ein Ende nahm. Zunächst heizte sich das kühle Gelee immer weiter auf, um Sues Körper zu erwärmen.
Als das Fluidum danach abgesaugt wurde, öffnete sich die Glasabdeckung des Behälters. Darin lag die nach wie vor schlafende Sue. Durch den intravenösen Zugang führte ihr die Kapsel automatisch Adrenalin zu.
Gleichzeitig erhielt Sue leichte elektrische Schläge, über die im Brustbereich aufgeklebten Elektrodenpads. Sie wachte auf.

Zack ..., ein weiterer, heftigerer Elektroschock.

„Au ..., verdammte Scheiße! Was ist ..., wo sind ..., was ist passiert?"

Sie riss sich die Elektroden von der Brust, um nicht noch einen Schlag zu erhalten, und schaute sich verwirrt um. Dann sah sie Charles am Kopfende stehen.

Er trat vor, und entfernte den intravenösen Zugang aus Sues Arm. Sie ließ ihn machen, fragte nochmals:

„Was ist denn passiert, Charly? Wieso werde ich als Einzige geweckt? Sind wir schon da? Gibt es einen Notfall?"

Er log schlicht und einfach. Weshalb sollte eine Maschine nicht in der Lage sein zu lügen? Im Endeffekt war Charles von Menschenhand entwickelt und programmiert worden:

„Nein, nein, der einzige Notfall sind sie, Sue. Sie haben mir einen Wahnsinnsschrecken eingejagt, mit ihrem Notfallalarm.

Als der Computer mich alarmierte, und ich auf die Krankenstation rannte, zeigte ihr Vitalzeichenmonitor keinerlei Lebenszeichen an. Der Computer aktivierte daraufhin das Notfallprotokoll, und weckte sie auf diese unsanfte Weise auf. Aber wie ich sehe, geht es ihnen glücklicherweise gut."

Sue wollte aufstehen. Ihre Muskeln gehorchten aber noch nicht. Immerhin lag sie seit über fünf Monaten im Kälteschlaf. Sie stützte sich mit einem Ellenbogen am Rand ihrer Kapsel auf, um die Beine herauszuheben. Dabei rutschte sie mit dem Arm ab, und fiel seitlich aus der Kapsel.

Mit einer blitzschnellen Bewegung fing Charles ihren Sturz ab, und hielt sie fest in beiden Händen.

Durch die Geleereste auf ihrer Silikonhaut, fühlte sie sich glitschig an, wie ein Neugeborenes. Es bereitete ihm Mühe sie festzuhalten, er schaffte es aber.

Sue war weiterhin nicht in der Lage sich einwandfrei zu bewegen. Sie lächelte Charles dankbar an:

„Wow, was für eine Reaktion. Danke, Charly. Ich kann mich immer noch nicht richtig bewegen. Können sie mich zur Dusche bringen?"

Charles strahlte zufrieden. Ein Mensch, eine echte Person, die mit ihm kommunizierte. Das fühlte sich gleich erheblich besser an:

„Aber natürlich, Sue. Ich helfe ihnen, wo immer ich kann. Kein Problem."

Er trug sie zur Dusche, und stellte sie ab, wie eine Schaufensterpuppe. Sue lehnte sich gegen die Wand der Duschkabine und krümmte ihren Körper:
„Mein ..., mein Kreislauf ..., ich glaube, mir wird schlecht!"
Ihre Blutzirkulation stand kurz vor dem Kollaps. Alles drehte sich, und sie musste sich erstmal übergeben. Obwohl sie seit Monaten nichts mehr gegessen hatte, würgte sie Schleim und Galle hervor. Dabei vermochte sie sich vor Schwäche nicht mehr auf den Beinen zu halten, und rutschte langsam an der Wand entlang hinunter, bis sie die Sitzposition erreichte.
Charles packte ihre Füße, zog Sue von der Wand weg, bis sie rücklings auf dem Boden lag, und hob ihre langen Beine an.
„Das ist ein kleiner Kreislaufkollaps, Sue. Sie sind wohl zu schnell geweckt worden und zu hastig aufgestanden. Es müßte gleich besser werden."
Er kniete sich hin, und legte ihre Fersen auf seinen Schultern ab. Dann streifte er das überschüssige Blut, aus den Beinen, zurück in Sues Körper. Ihre blasse Gesichtsfarbe veränderte sich nach einer Minute wieder ins Rosigere. Sie verspürte zwar weiterhin eine gewisse Benommenheit, aber ihr Zustand besserte sich schnell. Als sie Charles aus ihrer am Boden liegenden Position ansah, fing sie an zu grinsen:
„Wenn die Anderen uns jetzt, in dieser Stellung sehen könnten, wer weiß, was sie dächten?"
Charles lächelte bei seiner Antwort:
„Ja ..., sieht schon etwas anrüchig aus. Ich glaube ich weiß, was die Anderen sich zusammenreimen würden. Sie dächten, oh Gott, Sue hatte einen Kreislaufkollaps, und Charly hilft ihr, den Kreislauf wieder in Schwung zu bringen."
Sue lachte:
„Klar, was sollten sie denn sonst denken. Sie sind ein Android, Charly. Was könnte da schon passieren?"
Charles wirkte zunächst etwas überrascht, womöglich täuschte er das aber nur vor:
„Wieso? Mein Schöpfer hat mich als intelligentes und empfindungsfähiges Lebewesen konzipiert. Dabei stattete er mich mit sämtlichen Funktionen aus, die ein männliches Exemplar der Gattung Mensch aufweist. Natürlich weiß ich auch, was Sex ist.

Zwar nur aus dem Internet, aber dort ist die Auswahl enorm groß. Ich kenne also alle Facetten."
Das erfüllte die Ärztin mit Neugier:
„Das ist ja kaum zu glauben. Zeigen sie her."
Ant hatte Charles sämtliche bekannte Gefühle einprogrammiert, aber das Schamgefühl vergaß er wohl. Er legte Sues Beine sanft ab, und sie richtete sich interessiert auf, zurück in die Sitzposition. Dann ließ Charles die Hosen herunter:
„Sehen sie, Sue. Alles da. Da ist alles voll funktionsfähig. Ich habe es selbst ausprobiert. Es ist, als ob sich alle schönen Gefühle, südlich des Äquators aufstauten, bis ich es nicht mehr aushalten kann, und sie in einem Schwall meinen Körper verlassen.
Ein befriedigendes Gefühl, auch für mich. Ich bin sogar dergestalt konstruiert, dass ich meinen Penis, je nach Bedarf, in Größe und Durchmesser anpassen kann. Bei einer großgewachsenen Frau, wie ihnen, würde ich zunächst die Länge verändern."
Sue hörte mit glühenden Ohren zu, und betrachtete Charles Unterleib ungläubig, für eine Weile, mit offenstehendem Mund, bevor sie ihre Augen abwandte und antwortete:
„Äh ...,ok, ok ..., so genau wollte ich das gar nicht wissen. Reine Neugier ..., als Medizinerin ..., sie wissen schon, Charly."
Er nickte grinsend:
„Ja, ich weiß schon, Sue."
Jetzt wandelte sich Sues Gesichtsfarbe über das Rosa hinaus, ins Knallrote. Sie wedelte mit der rechten Rückhand, um Charles zum Verschwinden zu bewegen.
„Ok ..., vielen Dank für die Hilfe, und die interessanten Ausführungen, Charly. Sie können sich jetzt wieder anziehen. Ich ziehe mir diese Silikonhaut aus, und dusche erst einmal ausgiebig."
„Na gut, bis später."
Charles zog seine Hosen wieder hoch, blieb aber in der Nähe, um die Möglichkeit zu haben, auf weitere Kreislaufschwankungen Sues zu reagieren. Ob es sich dabei um die Sorge um Sue, oder nur um Charles schlechtes Gewissen handelte, was ihn dazu brachte, weiter auf sie zu achten, wusste er nicht? Verfügte er überhaupt über ein ethisches oder sittliches Bewusstsein?

Handelte es sich um eine logische oder eine gefühlsmäßige Entscheidung, Sue aufzuwecken? Er hatte viele verwirrende Daten zu verarbeiten. Alle nahmen immer an, dass Charles seine Entscheidungen, wie ein gefühlloser Computer, nach den Regeln der Logik fand. Da lagen sie aber gründlich falsch.
Wie bei jedem organischen, menschlichen Mann, half die gefühllose Logik nur bis zu einem gewissen Punkt weiter. In den seltenen Fällen, wo diese Linie überschritten wurde, übernahmen sogar bei ihm die Gefühle die Oberhand. Dabei spielte es keine Rolle, ob die Emotionen einprogrammiert oder erlernt waren. Im Endeffekt ist ein menschliches Gehirn auch nur ein hochentwickelter, meist ungenutzter Rechner, dessen Gefühlsausbrüche hormongesteuert sind.
Der einzige Unterschied zu Charles bestand darin, dass ihm diese chemischen Cocktails nicht zur Verfügung standen. Er kalkulierte die Gefühle, je nach dem gegebenen Kontext, vorher durch, und rief sie digital gesteuert ab. Ein Algorithmus überprüfte die jeweilige Gefühlslage nochmals, um Falsch- oder Überreaktionen auszuschließen.
Ein funktionierendes, ausgeklügeltes System, über das er da verfügte. Manche behaupteten später, dass diese Gefühle nicht echt seien, nur gespielt.
Für Charles fühlten sich diese Emotionen echt an, er kannte sie nicht anders. Und seien wir mal ehrlich, wissen wir immer, ob die Gefühle unseres Gegenübers echt oder vorgetäuscht sind?
Charles schloss heimlich den Stecker des Vitalmonitors wieder an, um seine Manipulation zu vertuschen.
Die Wiederaufbereitungsanlage saugte schlürfend Sues Duschwasser über den im Boden eingelassenen Ablaufkanal ab, als sie den Duschvorgang beendete.
Charles wartete auf sie und vergewisserte sich, dass es Sue wieder besser ging. Noch bevor sie die Dusche verließ, trollte er sich Richtung Brücke. Sue kam einige Minuten später nach. Sie entledigte sich ihrer verschleimten Silikonhaut und legte ihre blaue ASF-Montur an. Charles empfing sie freudig, und zeigte ihr die leuchtenden Lichtpunkte, die direkt in der Flugbahn lagen. Er war in der Lage, ihr jeden einzelnen Punkt zu erklären, um welche Planeten, Sonnen oder Galaxien es sich dabei handelte.

Beeindruckt von seiner Konstruktion, dem Wissen, den Bewegungsabläufen, der Mimik und den Gefühlen, die er ab und an zeigte, folgte Sue, fasziniert den Ausführungen. Wahrhaft ein idealer Mann.
Gebildeter, sportlicher, schneller, freundlicher und vermutlich ein wenig infantiler, als jeder andere Mann, den sie zuvor traf. Außerdem glänzte er mit weiteren Vorzügen.
Er wies keinen Mundgeruch auf, niemals. Er furzte nicht, sicher auch nicht im Bett. Er stank nicht wie ein alter Bock, selbst wenn er nicht duschte. Er schnarchte nicht die ganze, lange Nacht durch, um ihr den Schlaf zu rauben. Er brauchte nicht zu pinkeln, im Stehen, über den Toilettenrand hinaus und er stellte nie besoffen irgendeinen Unsinn an. Den anderen Vorzug hatte sie bereits vorher in der Dusche begutachtet.
Sue entschied sich dafür, nicht wieder in diese kalte Schlafkapsel zurückzukehren. Vorräte standen in rauen Mengen zur Verfügung. Sie verbrachte haufenweise Zeit mit Gesprächen und Albereien. Sogar mit Humor wartete dieser Android auf. Mit der Zeit wurde Charly ihr immer vertrauter. Charles fühlte sich genauso hingezogen zu Sue. Er stellte das distanziertere Sie, auf das vertrautere Du um. Ein großer Schritt, für den höflichen Charles. Das ließ er bis dahin noch nie offiziell zu. Sogar bei Ant, seinem Konfident und Schöpfer, blieb er aus Respekt beim Sie.
Ant hatte ihn als über Dreißigjährigen konzipiert. Die Intention dabei war, dass er Leistungsfähigkeit und eine gewisse Erfahrung ausstrahlte. Charles sollte nicht dasselbe passieren wie ihm, als er mit seinem jugendlichen Aussehen Schwierigkeiten hatte, den Respekt der Anderen einzufordern.
Sue überprüfte ihre Schlafkapsel auf Fehlfunktionen. Charles hatte aber den Stecker des Vitalmonitors, noch während ihres Duschaufenthaltes wieder angesteckt. Deshalb vermochte Sue keinen Grund für den vorzeitigen Abbruch ihrer Schlafphase zu finden. Es gab nur zwei Möglichkeiten. Entweder lag ein Wackelkontakt vor, den sie nicht aufzuspüren vermochte, oder Charly hatte etwas damit zutun. Beides lieferte ihr einen Grund mehr, nicht in die Kapsel zurückzusteigen. Den Verdacht gegenüber Charly, behielt sie für sich.
Selbst wenn er dahintersteckte, erboste sie das nicht sonderlich. Wenn es de facto diesen Hintergrund hätte, was bedeutete das dann?

Weshalb weckte er dann nur sie auf?
Ergo lag entweder ein Wackelkontakt vor, oder Charly interessierte sich dermaßen brennend für sie, dass er sie vorzeitig aufweckte. Wenn sie ehrlich zu sich selbst war, hatte sie einzugestehen, dass sie sich in letzter Zeit nicht nur an ihn gewöhnt hatte. Durch seine aufgeschlossene, freundliche, hilfsbereite und witzige Art, entwickelten sich leise Gefühle für ihren Charly. Einen weiteren Ausschlag, über simple Zuneigung hinaus, ergab sich ebenfalls aus seinen Kochkünsten. Was er alles aus diesem Astronauten-Fertigfraß zauberte. Kaum zu glauben.
Sie sprach mit ihm über Gott und die Welt, über ihre Lebensgeschichte, ihre Ängste und Sorgen, ihre früheren Partner.
Mit Charly konnte sie über alles reden. Ihm fiel immer eine schlaue, einfühlsame und manchmal humorvolle Antwort ein.
Die Drogen aus der Schlafkapsel, die nicht nur ihren Stoffwechsel wirksam verringert hatten, sondern ebenso ihren Hormonhaushalt unterdrückten, verloren nach einer Weile an Wirkung.
Sie verliebte sich etwas in ihren Charly, und ein gewisses Verlangen, nicht nur nach emotionaler, sondern ebenfalls körperlicher Nähe, entwickelte sich in ihr. Der Gedanke daran, Charly zu „entjungfern", gewann immer mehr an Reiz für sie.
Als ihre Hormone überhandnahmen, warf sie sämtliche Bedenken über Bord, und verführte ihn.
Sie hatte eine ausgeprägte emotionale Bindung zu Charles aufgebaut und schon längere Zeit keinen Sex mehr genossen. Es fühlte sich alles echt an. Sie führte den unerfahrenen Charles, wie eine Spielführerin, durch ein Liebesspiel, wie sie es sich vorstellte, und sie kam zum Höhepunkt. Als sie sich befriedigt auf Charles warmen Oberkörper sinken ließ, hatte er lange nicht genug. Sein Körper, konstruiert, um niemals nachzulassen, in jeder Hinsicht Höchstleistungen zu vollbringen, hatte nach wie vor einiges drauf. Deshalb übernahm er jetzt die Führung. Er zeigte der überraschten Sue, wo es langging, und bearbeitete sie mit allem, was er aufzubieten hatte.
Während des Aktes nutzte er alle verbauten Gimmicks, bis er sich letztlich optimal auf ihre Bedürfnisse einstellte.
Sue gab sich völlig hin, bis ein Multiorgasmus in ihrem Unterleib explodierte.

Derartige Gefühle erlebte sie niemals zuvor. Charles hörte erst auf, als Sues Körper, nach ekstatischen Zuckungen, in Lethargie verfiel, sie schlicht und einfach nicht mehr konnte.
„Sag mir, wenn du weitermachen willst, wann immer du dazu bereit bist", hauchte Charles ihr in das Ohr.
Sue kicherte nur ermattet, mit geschlossenen Augen, drehte sich auf die Seite und schlief sofort ein.
Charles gefiel diese erfüllende Erfahrung. Die körperliche Nähe, hatte schon etwas Außergewöhnliches an sich.
Es handelte sich nicht nur bloß um die Orgasmen, die ihm sein Sensorensystem verpasste, es fühlte sich nach mehr an, nach etwas Größerem als reiner körperlicher Befriedigung.
Diese intimen Gefühle der Nähe, der Zärtlichkeit, der Zuneigung, die dann trotzdem, obwohl freiwillig und erwartet, in einer Art gewaltsamen Akt des Eindringens mündeten. Das Gesamtpaket, befriedigte Charles gleichfalls in höchstem Maße. Er vermochte sich nicht vorzustellen, weshalb es morbide Gehirne gab, die anderen deswegen Gewalt antaten, sie demütigten, verachteten und vergewaltigten. Der wahre Horror findet täglich, tausendfach hinter verschlossenen Türen statt, dachte er. Er verdrängte diese Daten, und konzentrierte sich besser wieder auf die positiven Seiten der sexuellen Zweisamkeit.
Charles zumindest verliebte sich in Sue. Sie vertraute ihm und gab sich ihm völlig hin, was in ihm ein tiefes Gefühl der Bindung auslöste.
Süchtig nach ihr erfreute er sich an ihrem Anblick, an jedem gelispelten Wort, dass ihren wohlgeformten Mund verließ, an jeglichem Lächeln und Lachen, an jedweder ihrer Bewegungen, an ihrem anbetungswürdigen Körper, überhaupt an allem, was Sue betraf. Er legte sich zu ihr, und kuschelte sich solange an sie, bis sie wieder aufwachte.
Als sie ihn fragte, was er denn da, in sie hinein gespritzt hatte, klärte er sie darüber auf, dass es sich um eine hautverträgliche und lebensmittelechte, speziell für ihn entwickelte Emulsion handelte, die nach Vanille schmeckt.
Die restlichen Monate der Hinreise verliefen ausgesprochen harmonisch, und vergingen wie im Flug.
Einen Großteil der Reise verbrachten sie mit weiteren Zärtlichkeiten.

Wobei das Repertoire, das Charles offenbarte, scheinbar ins Unermessliche reichte.

Der größte Spaß bot sich ihnen in den Bereichen, wo permanent Schwerelosigkeit herrschte.

Im September 2022, Ant entdeckte zu dieser Zeit das Enzym gegen das Japiá-Virus, umflog die Silver Star den Asteroidengürtel. Trotz der unbedenklichen Flugbahn ertönte plötzlich der Asteroidenalarm im gesamten Raumschiff. Vermutlich handelte es sich um treibende Segmente einer Asteroidenkollision.

Sue kannte sich als Ärztin mit den meisten Schiffssystemen nicht sonderlich aus, und verfiel etwas in Panik.

Charles wusste aber, dass die Silver Star über einen, auf magnetischer Basis beruhenden, Abwehrschirm verfügte. Die gleiche Technik, die für die künstliche Schwerkraft im Raumschiff sorgte, konnte ebenso umgekehrt genutzt werden, um Gegenstände abzustoßen. Die Leistung der Bordgeneratoren reichte jedoch nicht aus, die Silver Star komplett mit diesem Schutzschirm zu umgeben.

Der Quantencomputer besaß aber die Möglichkeit, das Schutzschild partiell zu generieren. Die Energie, genau auf der Seite zu konzentrieren, woher die Gefahr drohte.

Die Asteroidenfragmente trieben genau in der Flugbahn der Silver Star. Ergo baute der Rechner den Schutzschirm vor dem Raumschiff auf.

Charles hielt Sue beruhigend im Arm, als sie von der Brücke aus beobachteten, welches Feuerwerk die Bruchstücke bei ihrem Einschlag auf dem Schutzschirm veranstalteten.

Ein Schauspiel, das niemals zuvor ein Mensch beobachtet hatte. Da sich die Fragmente glücklicherweise als nicht ausgesprochen massiv präsentierten, hielt der Schutzschirm stand.

Anfang November 2022 war es dann soweit. Der Jupiter prangte riesig am Firmament, und Charles sah die Zeit gekommen, die Anderen aufzuwecken. In diesem Fall lief alles automatisch ab.

Nicht derart hart, wie bei Sues Erwachen. Der Aufwachvorgang zog sich über Tage hin. Nur langsam erwärmte sich das Gelee auf Körpertemperatur, die Schlafdrogen hatten Zeit, sich aus den Körpern auszuschleichen, der Stoffwechsel fuhr hoch, der Kreislauf stabilisierte sich und die Energiezufuhr erhöhte sich sukzessive.

Als die Körpertemperatur der Crew wieder auf Normalniveau lag, saugte die Schlafkapsel das Gelee ab. Langsam wachten alle nacheinander auf. Sue und Charles überwachten die Vitalzeichen, und halfen ihren Kollegen, als sie benommen aus ihren Schlafbehältern kletterten. ...

Kapitel 2: Kolyuchino (März 2023).

„Mann, brummt mir der Schädel. Wieso haben wir auch nur diesen Fusel zuhause?"
Jegor Saizew litt an einem Mords Kater. Wie immer, wenn seine neue Schicht bevorstand, feierte er am Vorabend der Abreise nochmal so richtig, auf russische Art. Natalias Meinung nach geschah es ihm recht, wenn er für seine zügellosen Sauftouren zu leiden hatte:
„Mit deinem Einkommen als Unterleutnant können wir uns eben keinen besseren Schnaps leisten. Außerdem geschieht es dir recht. Wo hast du dich schon wieder die ganze Nacht herumgetrieben?"
Seine Frau, Natalia Saizewa, wartete letzte Nacht lange vergeblich auf ihren Jegor, bis sie sich am Ende wiedermal allein ins Bett legte. Sie stellte sich die letzte Nacht, vor seiner Abreise, weiß Gott anders vor. Immer wieder unternahm er diese endlosen Saufereien, insbesondere am letzten Abend vor seiner Abreise zur Schicht. Danach gab er sich meistens zuhause den Rest. Wie immer verdiente er es damit, an einem Brummschädel zu leiden.
Und wie stets antwortete er nicht auf ihre Frage. Entweder er erinnerte sich wahrhaftig nicht mehr, oder er weigerte sich, darüber zu sprechen. Er sprach nie über seine Sauftouren. Auf jeden Fall nicht mit Natalia.
Der gepackte Rucksack lag bereit und auf irgendeine Weise freute er sich, dass er wieder für einen Monat aus dem Haus kam.
Aber er gäbe keinen richtigen Russen ab, wenn da nicht ebenfalls etwas Melancholie mitschwänge. Er liebte seine Frau Natalia und ihre gemeinsame kleine Tochter Anouschka.
Aber nach einer Weile nervte ihn die Familie grenzenlos. Außerdem veränderte sich seine Frau nach der Geburt von Anouschka. Sie gingen nicht mehr zusammen aus. Natalia schwor dem Alkohol ab, feierte nicht mehr mit ihm, blieb vorzugsweise zuhause und passte auf die Kleine auf. Im Bett lief ebenfalls nichts mehr. Wenn überhaupt, dann nur vollkommen leise, damit Anouschka nicht aufwachte. Trotzdem, wiedermal brach der Tag der Abreise an, was ihn wiederum bedrückte. Ein zwiespältiges Gefühl, dass sich jedes Mal vor dem Aufbruch in seine einmonatige Schicht einstellte.
Sie lebten in einer kleinen, vom Vater Staat zugewiesenen Wohnung, in einem Wohnblock, in Sewerodwinsk.

Eine farblose, eiskalte Stadt in Sibirien, wo die Jahresdurchschnittstemperatur bei lediglich +1 Grad Celsius lag. Zumindest stand ein Plus davor. Aber die Winter fühlten sich grausam lang an. Minus 40 Grad Celsius stellten keine Seltenheit dar und es gedachte einfach nicht Tag zu werden. Kein Wunder, dass Jegor dem Wodka anheimfiel.

Jetzt, im März, strahlten die Tage langsam wieder ein bisschen heller, aber es herrschten nach wie vor tief verschneite minus 20 Grad Celsius.

Die Stadt Sewerodwinsk bot eine reizvolle Lage am Meer. Aber was nützte das, wenn es sich um das Weiße Meer handelte, und die See die meiste Zeit es Jahres zufror? Die rund 200.000 Einwohner der Stadt, waren imstande ein Lied davon zu singen.

Noch dazu lag der Ort im Flussdelta der Nördlichen Dwina, genau gegenüber vom Schwanz des Skandinavischen Tigers. Im Sommer gab es Stechmücken ohne Ende. Größer und bissiger als überall anderswo auf der Welt. Jeder, der diese Plage kennenlernte, freute sich auf den nächsten Winter, wenn die Biester erfroren und ihre Eier auf Eis lagen.

Im Hafen lag die größte Schiffswerft der russischen Nordmeerflotte. Metall- und Maschinenbau hatten sich ebenfalls angesiedelt. Hier stellte die Arbeiterklasse die größten Atom-U-Boote der russischen Flotte, aber ebenso andere Kriegsschiffe her. Immer wieder reisten Atomphysiker und Studenten nach Sewerodwinsk, um an der Konstruktion von Schiffantrieben mitzuarbeiten, vor allem an Nuklearantrieben. Sie kamen entweder mit der Schmalspurbahn aus dem Hinterland, oder nobel, mit dem Flugzeug, direkt aus Moskau.

Jegor hatte mit der Flotte nichts zutun. Als Mitglied der Raketenstreitkräfte leistete er seinen einmonatigen Dienst, jeweils in einem, mit vier atomaren Langstreckenraketen bestückten Raketensilo, auf der weit nördlich gelegenen Insel Kolyuchino ab. Dieses winzige Eiland liegt in der Tschuktschensee, direkt vor der sibirischen Küste.

Von dort aus ist es nur ein Katzensprung nach Alaska. Ideal um im Notfall schnell zurückzuschlagen.

Er freute sich, dass er seinen Dienst nicht in einer dieser mobilen Einsatzeinheiten ableisten musste.

Die froren sich in der sibirischen Tundra den Arsch ab, während er gelangweilt in seinem beheizten und leidlich komfortablen Raketensilo saß.

Zum Abschied gab es wiedermal ein paar Tränen. Jegor umarmte und küsste seine beiden Mädchen, Natalia und Anouschka, dann schnappte er sich den Rucksack und verließ die Wohnung, ohne sich nochmal umzudrehen. Der Abschied fiel ihm so schon schwer genug, er beabsichtigte, sich weitere Gefühlsduseleien zu ersparen, und verschwand eiligen Schrittes. Draußen wartete schon sein Silokollege, Paporschtschik Sergej Pawlow.
Bei einem Paporschtschik handelt es sich um einen Dienstgrad, vergleichbar mit einem Stabsfeldwebel oder einem Mastersergeant. Sergej Pawlow, um einiges älter als der Unterleutnant, kannte ihn bereits seit Jahren.
Jegor besaß die bessere Vorbildung, und vermochte deshalb gleich die Offizierslaufbahn einzuschlagen. Sergej fühlte sich aber als Paporschtschik, einem läppischen Unterleutnant jederzeit überlegen. Deshalb gab es immer wieder Sticheleien zwischen den beiden Kollegen und Freunden. Wenn es aber hart auf hart käme, hätte sich der Paporschtschik dem wesentlich jüngeren Unterleutnant unterzuordnen.
Natalia und Anouschka beobachteten aus dem Fenster, im dritten Stock, wie sich Jegor und Sergej umarmten, und sich mit dem russischen Bruderkuss begrüßten. Nicht auf den Mund, nur auf die Wangen. Dazu hatten die Mädchen das Fenster geöffnet, da überall Eisblumen die einfach verglasten Scheiben verzierten. Sie winkten sich nochmal kurz zu, dann drang die eisige Kälte in die Wohnung, und Natalia schloss das Fenster wieder. Der gefrorene Schnee knarzte, als die Männer zum Auto stapften, um die Türen zu öffnen.
Die beiden Soldaten stiegen in den Militärwagen und fuhren ab. Auf dem militärischen Teil des Flughafens stand schon der Transporthubschrauber bereit. Im Helikopter trafen sie auf andere startbereite Teams.
Üblicherweise flog der Hubschrauber zunächst den nördlichsten Punkt, die Insel Kolyuchino an, und danach erst die übrigen Raketensilos. Jegor und Sergej trafen es wiedermal optimal.
Kaum nahmen sie Platz, hob der Helikopter schon ab. Ein langer Flug lag vor ihnen. Sergej sprach Jegor grinsend an:
„Mann, du siehst wieder aus, als kippst du gleich um. Du hast anscheinend letzte Nacht einmal mehr im Wodka gebadet, oder?"

Jegor sah echt blass um die Nase aus. Aber er wusste schon warum. Selbst Schuld:
„Na ja, die letzte Nacht vor der Schicht. Du kennst mich doch. Reichlich spät gestern. Ich hatte bereits ordentlich getankt, da lernte ich noch eine dieser Studentinnen, aus Moskau, kennen. Mann, ein scharfes, junges Ding, das kann ich dir sagen. Ich nehme an, ihr Reaktor überhitzte auch schon anständig. Auf jeden Fall, verbrachte ich eine heiße Nacht, auf ihrer Bude. Ich glaub, sie traf erst an diesem Tag in der Stadt ein. Mit dem Flugzeug aus Moskau, und ich glaub, sie hieß Tatjana."
Sergej schüttelte den Kopf:
„Du weißt nicht einmal ihren Namen? Und was ist mit deiner Natalie und der kleinen Anouschka? Hast du auch an sie gedacht? Ich werde dich offenkundig nie richtig verstehen, Jegor."
„Papperlapapp! Du mußt nicht neidisch sein, nur weil du Morgen schon hundert Jahre alt wirst."
„Ach, halt doch die Klappe. Du glaubst, du kannst dir alles erlauben, nur weil du dich noch jung fühlst. Aber eines Tages wird dir dieser Leichtsinn auf die eigenen Füße fallen."
„Ja, ja, mach nur deine altklugen Sprüche, Sergej. Es ist eben passiert. Zuhause herrscht in dieser Hinsicht ohnehin Flaute. Also, was soll`s?"
Sergej zuckte mit den Schultern:
„Ach, mach doch was du willst. Mir soll`s Recht sein."
Danach herrschte betretenes Schweigen. Die übrigen Fluggäste, die als Besatzung anderer Raketensilos dienten, dösten nur vor sich hin.
Sergej brach das Schweigen:
„Weißt du überhaupt, wer noch aus unserer Heimatstadt Sewerodwinsk stammt?"
Er erntete nur einen gleichgültigen Gesichtsausdruck von Jegor:
„Du wirst es mir gleich sagen, oder?"
Sergej wartete eine kleine Pause ab, um Jegor etwas auf die Folter zu spannen:
„Marina Prussakowa. Die Ehefrau von Lee Harvey Oswald. Der Oswald, der angeblich den US-Präsidenten, John F. Kennedy, ermordete."
„Erzähl mir mal was Neues. Das hast du mir doch vorletzten Monat schon berichtet. Genau wie jetzt, zu Schichtbeginn."

Sergej, langsam etwas vergesslich, fühlte sich ertappt, und reagierte leicht angesäuert:
„Na und, du erzählst mir doch auch ständig nur von deinen Bettgeschichten. Das ist doch auch immer dasselbe. Saufen, rein, raus, verschwinden. Womöglich auch noch kotzen zwischendurch."
Jegor nickte stumm. Wo der alte Sack recht hatte, hatte er recht.
Sergej beabsichtigte schnell, das Thema zu wechseln. Er wusste, wie langweilig der lange Flug werden konnte:
„Hast du genügend Vitamin-D-Tabletten dabei?"
„Vitamin was?"
„Vitamin D, du Holzkopf. Das habe ich dir auch das letzte Mal schon gesagt. Wir werden einen Monat lang keine Sonne sehen. Dein Körper braucht Vitamin D. Du siehst doch jetzt schon beschissen aus."
„Vielen Dank auch. Aber Vitamin-Doppel-D ist mir lieber."
„Du bist doch krank. Lass dich mal vom Stabsarzt untersuchen. Auf Sexsucht oder sowas."
Jegor grinste:
„Genau, bei Dr. Olga Lushin. Olga lutscht ihn, und jetzt lass mich endlich in Ruhe, du neidischer, alter Sack. Ich fühle mich nicht besonders gut. Vermutlich der Fusel von letzter Nacht."
Jegor verlegte sich vorzugsweise, wie alle Anderen, aufs Dösen.
Nur Sergej murmelte eine Zeit lang leise vor sich hin. Der Flug dauerte wieder einmal ewig. Bei einem Militärhubschrauber handelt es sich eben nicht um das schnellste Transportmittel. Der Einsatz eines Flugzeuges funktionierte mangels Landebahnen nicht, und per Eisbrecher, durch das vereiste Nordmeer, würde umso länger dauern. Über Land? Fast unmöglich. Ergo saßen sie in ihrem Hubschrauber, und knatterten Richtung Kolyuchino.
Als sie nach etlichen Stunden endlich ankamen, fühlten sich Sergej und Jegor völlig platt.
Sie sprangen mit Sack und Pack aus dem Großhubschrauber, begrüßten und umarmten die Jungs aus der Vorschicht, die sie nun für einen Monat ablösten, und verschwanden in dem kleinen Fischerhäuschen.
Das Gebäude diente nur zur Tarnung. Im Inneren stand weiter nichts, als etwas alte Einrichtung und ein als Wandschrank maskierter Aufzug, der abwärts, bis auf den Grund des Raketensilos führte.

Am unteren Ende angelangt, herrschte wiedermal der übliche Saustall, den die Vorschicht in schönster Regelmäßigkeit hinterließ. Überall geöffnete Dosen, zerknüllte Plastikverpackungen, leere Flaschen und alte Zeitschriften, meist Tittenmagazine. Das Geschirr hatten sie vermutlich die gesamte letzte Schicht durch nicht gespült.
„Immer der gleiche Scheiß", wetterte Sergej.
„Ach, wir machen`s doch auch nicht viel besser", relativierte Jegor.
„Klar, aber das ist dann unser Dreck, nicht der von anderen Leuten. Hilfst du mir beim Aufräumen?"
„Na gut, wenn`s sein muß."
Alle zwei Monate das gleiche Ritual. Am Computer die persönlichen ID-Codes eingeben, und dann groß Reinemachen. Sie brauchten eine Stunde, bis alles einigermaßen annehmbar aussah, um es danach, nach ihrem Gutdünken, wieder einzusauen.
Jegor sah nach wie vor blass aus. In seinem Zustand vermochte er die erste Schicht nicht zu übernehmen. Es war unbedingt erforderlich, dass er sich ausruhte:
„Kannst du die ersten zwölf Stunden absitzen, Sergej? Mir geht`s nicht besonders gut."
Sergej nickte:
„Klar mache ich das. Das ist freilich auch jedes Mal das Gleiche. Aber was soll`s, aufgedreht wie jetzt, kann ich ohnehin nicht schlafen."
Jegor legte sich in sein Bett, etwas abseits des Computerraumes. Die „Arbeit", die Sergej erledigte, erforderte keinen großen Aufwand. Die einzige Aufgabe bestand darin, vor dem Computer zu sitzen und abzuwarten.
Jede Stunde gab ihm der Rechner einen Zahlencode vor, den er mithilfe seiner Dechiffriereinheit umrechnete, um das Ergebnis dann wiederum in den Computer einzutippen.
Dadurch gewährleistet er, für das Rechenzentrum, die Anwesenheit der Wachposten. Alle paar Wochen gab es einen Probealarm. Dann waren beide Wachen gehalten, gleichzeitig ihre umgerechneten Codes einzugeben. Wenn dann der Befehl kam, die Schlüssel in das Raketen-Start-System einzuführen, stieg die Spannung. Sollten beide danach aufgefordert werden, gleichzeitig ihren Startknopf zu drücken, würden die Inter-Kontinental-Raketen abzischen. Ein Probealarm in der Vergangenheit trieb es fast auf die Spitze.

Nachdem beide ihre Schlüssel einführten und umdrehten, blieb jedoch der Befehl aus, den Knopf zu drücken.
Damit wurde vermutlich getestet, ob die Silobesatzungen sich bereit erklärten, den letzten Schritt auszuführen.
Aber nicht jetzt, zu Schichtbeginn. Außer den stündlichen Zahlenaufgaben des Computers gab es, nicht das Geringste zutun.
Sergej langweilte sich. Normalerweise saß Jegor bei ihm, sogar wenn er frei hatte. Sie quatschten dann, lasen, spielten Schach, oder einer von ihnen kochte etwas mehr oder weniger Leckeres. Jegor zog sich aber diesmal zurück, und ließ Sergej allein. Es gab weder Radio noch Fernsehen im Bunker. Das verhinderte, dass die Besatzungen durch Falschmeldungen beeinflussbar waren.
Was blieb Sergej übrig. Er nahm sich eines der alten Magazine, las dieselben antiken Geschichten, die er schon auswendig kannte, und sah sich die Titten an, die trotz des Alters der Zeitschriften nicht anfingen zu hängen. Ein Funkgerät gehörte nicht zur Einrichtung, aber es gab eine Standleitung ins Hauptquartier. Die war jedoch nur für Notfälle installiert. Demzufolge quälte sich Sergej durch die ersten Stunden der Schicht, bis es ihm zu blöd wurde. Er gab noch seine Codeantwort in den Computer ein, und stand auf um nach Jegor zu sehen.
Als er prima gelaunt in den Schlafraum schlenderte, sah er ihn dort liegen, wie ein Häufchen Elend. Jegor zitterte am ganzen Köper. Er litt an einem Schüttelfrost, wie er nur bei extrem hohem Fieber auftritt. Als Sergej näher trat, sah er, wie eine Träne über Jegors Wange lief.
Eine blutrote Träne. Klar wusste er ebenfalls über das Japiá-Virus Bescheid, in Russland vornehmlich „Roter Tod" genannt. Aber ihm lagen keinerlei Information darüber vor, dass diese Krankheit Südamerika verlassen hatte. Und nach Sibirien, käme die Seuche ohnedies nie, dachte er.
Als ihm durch den Kopf schoß, wie Jegor ihn umarmte und auf die Wange küsste, befiel ihn panische Angst.
Sicher infizierte diese verfluchte Tussi aus Moskau, den unachtsamen, besoffenen Jegor. Seitdem fühlte er sich elend.
Sergej sprintete zum Telefon, um das Hauptquartier zu informieren. Er hob den Hörer ab.
Die Verbindung stand, er vernahm deutlich das Tuten, das sein Anklingeln verursachte, aber niemand nahm das Gespräch entgegen.

Er versuchte es erneut und nochmal, ohne Ergebnis. Der Paporschtschik wusste, dass das Hauptquartier in Nowosibirsk lag. Weshalb nahm denn niemand den Hörer ab? Einer der dort stationierten Soldaten, irgendjemand musste doch den Notruf entgegennehmen? Ein grausiger Gedanke huschte ihm durch den Kopf. Was, wenn dort alle schon der Rote Tod holte? Was, wenn Jegor und er ebenfalls daran starben?

Falls niemand dem Computer den Zahlencode bestätigte, sah das Notfallprotokoll vor, dass ein Einsatztrupp zum entsprechenden Silo geschickt wird. Dieser Trupp war dann gehalten, die Kontrolle zu übernehmen und die Bestätigung des Codes einzugeben. Wenn selbst diese Maßnahme, aus irgendwelchen Gründen, nicht rechtzeitig geschah, übertrug der Computer automatisch die Befehlsgewalt, auf die nächstliegende Silocrew. Diese gab dann die Codes ein und leitete weitere Maßnahmen ein. Im Ausnahmefall, wenn selbst dort niemand reagierte, wiederholte sich das Spielchen von vorn, bis alle Raketensilos des Zuständigkeitsbezirkes, in diesem Falle Sibiriens, abgefragt waren. Erst dann erfolgte die Übertragung der dezentralen Befehlsgewalt der Raketensilos auf die Zentrale des Bezirkes, in der vorliegenden Konstellation das Hauptquartier in Nowosibirsk. Wenn sich dort ebenfalls niemand fand, der den Code bestätigte, ging der Computer automatisch davon aus, dass die Streitkräfte durch einen atomaren, biologischen oder chemischen Erstschlag ausgelöscht wurden.

Nur in diesem Fall übernahm der Computer die Kontrolle, um die verbliebenden Atomraketen für einen Gegenschlag zu nutzen.

Aber noch sollte es nicht soweit sein. Wie brennend Sergej auch versuchte, das Hauptquartier zu erreichen, es gelang einfach nicht. Der Computer meldete sich wieder.

Diesmal gab er mehrere Codes vor, die Sergej umzurechnen und zu bestätigen hatte. Er wusste, was das bedeutete; der Computer hatte ihm die Befehlsgewalt über weitere Silos zugeteilt. Irgendetwas stimmte nicht. Ihm wurde speiübel. Er rannte zur Toilette, um sich zu übergeben. In seinem Erbrochenen erkannte er Blutspuren, und es stank fürchterlich. Könnten Kloaken kotzen, röche das sicher auf diese Weise. Da wusste er, dass es vorbei war. Womöglich aber eben nicht.

Egal ob er und Jegor hier am Roten Tod verreckten, potenziell bestünde die Möglichkeit, den Computer auf irgendeine Art zu überlisten.

Es galt ein atomares Chaos zu verhindern. Der Rechner selbst stand aber im Hauptquartier, in einem Bunker, hunderte Meter unter der Erde. In seinem Silo standen nur zwei Terminals, die mit diesem Computer verbunden waren.

Hätte er die Bildschirme abgetrennt oder zerstört, wertete der Hauptcomputer den Silo als verloren und übernähme sofort die Befehlsmacht. Sergej versuchte über die Bedientafel einen Zugang oder eine Verbindung, zum Hauptquartier herzustellen. Dafür hatte man diese Terminals aber nicht vorgesehen. Es gab schlicht keine Möglichkeit, den geplanten Ablauf zu beeinflussen. Auf jeden Fall nicht für ihn. Resigniert ließ er sich auf den Stuhl sacken. Keiner käme, um ihnen zu helfen. Niemand verhinderte das Ende, die Apokalypse, den atomaren Winter. Endgültig vorbei. Aus und erledigt. Er schlurfte nochmal hinüber zu Jegor. Der lag im Delirium. Blut trat ihm aus den Augen, den Ohren und der Nase. Sergej spürte ebenfalls das Fieber. Er fühlte, wie ihn langsam das Leben verließ, wie die Krankheit anfing, ihn zu malträtieren, zu überwältigen. Er hatte nicht vor, auf diese elende Weise abzutreten, hilflos und unter Schmerzen zu verrecken. Dass er und sein Kumpel derart abartig litten, vermochte nur er zu beenden. Sergej nahm seine Pistole aus dem Halfter, lud sie durch und schoß erst Jegor, dann sich selbst in den Kopf. ...

Kapitel 3: Winter (März 2023).

Direktorin Dr. Hunt blieb als einzige der Führungsriege in Coulder zurück. Nur sie pflegte so etwas, wie einen Kontakt zum Supergehirn der NSA, in Person von Ant.

Die übrigen Direktoren hielten zur Zeit eine Konferenz in Washington ab. Die gesamte Regierung, samt dem amtierenden Präsidenten, hatte der Rote Tod geholt. Die NSA hielt sie für zukunftsunfähig und enthielt ihnen schlicht das Enzym vor. Bis alle bemerkten, was ablief, waren sie nicht mehr in der Lage, Maßnahmen gegen die NSA einzuleiten. NSA-treue Militärs rissen, in Zusammenarbeit mit der ASF, überall die Staatsgewalt an sich. Folgerichtig erhielten diese Truppen im Austausch dafür das Gegenmittel. Die Gegenwehr des übrigen, regierungstreuen Lagers, hielt sich ohne das Enzym in Grenzen. Die Direktoren trafen sich zur Tagung, um die weiteren Schritte zu koordinieren.

Alle in Betrieb gehaltenen Atomreaktoren mussten kontrolliert heruntergefahren werden, um eine nukleare Katastrophe zu vermeiden. Außerdem galt es Pläne zu schmieden, die Militäreinheiten weiterhin unter Druck zu setzen und zu kontrollieren, um eine Militärjunta zu vermeiden.

Die Direktoren Kevin Meehan, Frank Fanning und Claire Greenfield, sowie der General, Jack Reeves, hielten ihre Besprechung im Oval-Office ab. Der Direktor Roy Wiffen beteiligte sich per Standleitung, als der Vorzimmersekretär anklopfte, und ohne abzuwarten, eintrat:

„Entschuldigen sie bitte, dass ich hier einfach hereinplatze. Aber es hob niemand das Telefon ab, und ich habe hier ein äußerst dringendes Gespräch von Direktor Dr. Hunt."

Direktor Meehan sah das blinkende Lichtlein auf dem Apparat vor ihm missmutig an:

„Wir wollten doch nicht gestört werden. Ist ihnen der Gedanke gekommen, dass wir absichtlich nicht abgehoben haben. Können sie sich das vorstellen?"

„Nochmal, es tut mir leid, aber es scheint äußerst dringend zu sein, sonst hätte ich sie nicht gestört. Nehmen sie das Gespräch nun entgegen, oder soll ich Dr. Hunt vertrösten?"

Meehan knurrte missgestimmt:

„Na gut, dann nehme ich das Telefongespräch eben entgegen. Danke."

Der Sekretär verschwand wieder und schloss die Tür hinter sich.
Meehan drückte auf die rot leuchtende Taste, und auf die Freisprechtaste, sodass alle Anwesenden die Möglichkeit hatten, das Gespräch mitzuverfolgen:
„Hier spricht Kevin, was gibt`s Megan?"
„Unser Superhirn hat mich auf etwas Wichtiges hingewiesen. Weiß bei ihnen jemand über Totmannschaltungen bei den Nuklearstreitkräften der Russen, Chinesen oder sonst wo Bescheid?"
Allgemeines Gemurmel setzte ein, einige schüttelten nur den Kopf, General Reeves antwortete:
„Wir glauben nicht, dass es eine Regierung auf dieser Erde gab, welche die Zukunft des Planeten in die Hände eines Computers legte. Die letzte Entscheidung sollte vermutlich überall einem Präsidenten überlassen sein. Da wir uns darüber jedoch nicht hundertprozentig sicher sein können, haben wir Teams losgeschickt. Teams von Soldaten und Computerspezialisten, die gegebenenfalls die Computer der Hauptquartiere lahmlegen sollen."
Megans Überzeugung hielt sich in Grenzen:
„Glauben sie im Ernst, dass auch alle anderen Länder dieser Welt sich derart dumm gebärteten, eine Entscheidung von solcher Tragweite, in die Hände eines Grenzdebilen zu legen, wie wir es zuließen? Wer hat übrigens im Moment die Kommandocodes?"
General Jack Reeves klang etwas angesäuert:
„Natürlich ich, wer sonst?"
„Darüber sollten sie sich alle auch nochmal unterhalten in ihrer Konferenz. Abgesehen davon, wann haben sie denn diese Teams losgeschickt?"
„Wir nahmen an, dass sich diese Angelegenheit von selbst in Wohlgefallen auflösen würde. Die Teams schickten wir nur zur Sicherheit los. Der Befehl verließ erst heute Morgen das Hauptquartier."
Dr. Hunt klang wieder nervöser:
„Hoffentlich genügt das. Sollten wir nicht die ASF alarmieren, um im Fall der Fälle etwaige, gestartete Interkontinentalraketen abzufangen?"
Claire Greenfield mischte sich ein:
„Jetzt machen sie mal nicht alle Pferde scheu, Megan. Sie haben doch gehört, wir haben uns bereits darum gekümmert. Die ASF ist mit anderen Aufgaben ausgelastet. Ein Notfall liegt hier nicht vor."

Zustimmendes Gemurmel herrschte im Oval-Office:
„Na gut, auf ihre Verantwortung. Ich hoffe, die Teams beeilen sich. Ich, für meinen Teil, werde zumindest die Boden-Luft-Raketen scharf schalten, die mir in Coulder zur Verfügung stehen. Sie sollten das auch so handhaben."
Claire Greenfield hielt Dr. Hunt für übervorsichtig:
„Tun sie, was sie nicht lassen können, Megan. Aber belasten sie uns nicht weiter damit. War`s das? Dürfen wir jetzt mit unserer Besprechung fortfahren?"
Megan hatte ihre Bedenken geäußert. Mehr vermochte sie nicht zu erreichen:
„Alles klar, bis bald."
Sie legte auf und hoffte, dass sie Unrecht behielt. Dann wählte sie den diensthabenden Abwehroffizier an, und befahl ihm, die Raketenabwehr scharf zu schalten.
Die Bodenplatten neben dem Hubschrauberlandeplatz klappten hoch, und vier Raketenköpfe kamen zum Vorschein.
Im selben Augenblick ertönten die Sirenen in Coulder. Das Geheule drang Megan durch Mark und Bein. Sie sprang auf, um sich hurtig in den Schutzraum zu begeben, obwohl das bei einem nuklearen Volltreffer völlig sinnlos erschien.
Donnernd zischten die Abwehrraketen in den Nachmittagshimmel. Damit gelang es, die anfliegenden, für Coulder und das NIT vorgesehenen Sprengköpfe, zu vernichten. Es hörte sich alles völlig harmlos an, als die entfernten Explosionen knallend, weit oben am Himmel, dem nuklearen Tod ein Schnippchen schlugen.
Megan wusste nicht genau, was passierte, vermochte es sich aber vorzustellen. Als sie, von Panik getrieben, ihren Schutzraum erreichte, sah sie sich gezwungen, sich erstmal zu setzen. Ihre Beine fühlten sich wackelig und kraftlos an. Sie zitterte am gesamten Körper. Vermutlich ein Schock.
Solange ihr noch genug Kraft dafür zur Verfügung stand, legte sie sich flach auf den Rücken und nahm ihre Beine hoch. Niemand kam in den Raum. Alles lief zu schnell ab. Ihr Kreislauf stabilisierte sich rasch, und sie stand wieder auf.
Als Erstes versuchte sie nochmals, die Konferenz in Washington zu erreichen. Sie konnte aber keine Verbindung herstellen.

An der vorhandenen Technik lag es sicher nicht. Raketeneinschläge hatte sie ebenfalls nicht vernommen. Alles funktionierte einwandfrei. Sie nahm deshalb an, dass es keine Möglichkeit gab eine Verbindung herzustellen, weil Washington nicht mehr existierte.
Die komplette Stadt, die anwesenden Direktoren, die Direktorin und der General, schlicht und einfach verdampft.
Sie vermutete, dass sie als Einzige der Führungsriege überlebt hatte. Dr. Megan Hunt, Leiter der NSA und ASF, Oberbefehlshaberin der übrigen Militärs, Präsidentin der USA, Diktatorin der gesamten Erde.
In diesem Moment fühlte sich Megan anders, erhabener, machtvoller. Überall auf der Welt schossen im Augenblick die Atompilze aus der Erde, aber sie fühlte sich glücklich, irgendwie leichter. Ein unvorstellbares Gefühl der Allmacht überkam sie, als sie grinsend und allein in ihrem Schutzraum stand.
Irgendeine Macht hatte sie zur Herrscherin der Welt auserkoren. Und sie hatte vor, dankend anzunehmen.
Aber um welche Welt handelte es sich dabei? Milliarden von Menschen starben, fielen dem Roten Tod zum Opfer. Sie verendeten grausam, als sie an Megans perfidem System der zurückhaltenden Enzym-Verteilungspolitik zugrundegingen. Und jetzt? Wie viele der wenigen Überlebenden verdampften nun im atomaren Wahnsinn? Welche Massen an Individuen kämen obendrein elend um, wegen des anstehenden nuklearen Winters, oder der radioaktiven Strahlung? Die atomaren Schläge führten sicher ebenso zum Ausfall der nur notdürftig instandgehaltenen Kernkraftwerke, woraufhin wiederum weitere nukleare Katastrophen folgen dürften.
Megan herrschte über den größten Friedhof, den es je gab. Es würde eine Ewigkeit dauern, bis sich der Planet erholte, bis der klägliche Rest der Menschheit die Chance bekäme, Mutter Erde wieder zu bewohnen.
In Megans Kopf stand aber ein Plan-B bereit. Auf dem Mond schlugen sicher keine Atomraketen ein. Dort hatte der Rote Tod nie Zugriff erlangt.
Von der Mondbasis aus, sollte es ihr möglich sein, alle weiteren Schritte zu koordinieren, zu herrschen. Bisher war es aber nicht soweit.
Ant verließ sein Zimmer, oder besser gesagt, den offenen Vollzug und marschierte in Richtung Megans Schutzraum.

Auf den Gängen flitzen die Weißkittel und die Anzuggorillas hin und her. Sie hatten alle wichtige Dinge zu erledigen, bevor der nukleare Tod ankam. Ant spazierte unbehelligt durch die Gänge. Dabei sang er einen Rich Hopkins Song vor sich her. Passenderweise mit dem Refrain „see how they run". Er brauchte eine Weile, bis er durch die endlos verzweigten Korridore, am Schutzraum, bei Megan ankam. Schon von Weitem drang er mit seinen geistigen Fähigkeiten in das Schließsystem ein. Bis er die schwere Tür erreichte, gelang es ihm bereits, sie zu entriegeln. Der Verschluss öffnete sich wie von Geisterhand betrieben. Ant betrat den Raum und baute sich vor der verblüfften Führerin auf, um sie zur Rede zu stellen:
„Was ist passiert, Dr. Hunt?"
„Es ist gekommen, wie sie es prophezeit haben, Mr. Antonin. Die Russen hatten eine Automatik, einen Totmannschalter, wie sie es mir gegenüber erwähnten. Ich gehe davon aus, dass sie alle starben, und so haben sie uns noch einen Abschiedsgruß gesandt. Ich schaffte es nicht, die anderen Direktoren zu überzeugen. Es erwischte sie vermutlich alle zusammen, während ihrer Konferenz in Washington. Glücklicherweise konnte ich unsere Abwehrraketen rechtzeitig aktivieren. Die Raketen haben alle russischen Sprengköpfe erwischt. Wie es woanders aussieht, kann ich nur ahnen."
Ant blieb angespannt:
„Haben sie alle Raketen verbraucht, um den russischen Angriff abzuwehren?"
„Ja, wieso? Wir benötigten sie auch allesamt."
„Und was ist mit den chinesischen oder nordkoreanischen Sprengköpfen. Wie werden wir die abwehren, wenn sie mit etwas Verzögerung eintreffen? Die Russen saßen direkt vor Alaska. Die asiatischen Raketen dürften ein paar Minuten später folgen, oder?"
Dr. Hunt entgleisten die Gesichtszüge:
„Oh, Gott! Was sollen wir jetzt machen!? Die werden uns pulverisieren!"
Ant drehte sich um und lief zum Fahrstuhl. Dr. Hunt rannte ihm hinterher wie ein junger Hund, hechelnd und aufgeregt, harrend der Dinge die da folgen mögen:
„Was haben sie jetzt vor, Mr. Antonin?"
Ant drückte nur den Knopf zum Erdgeschoß. Der Lift brauste nach oben.

Dort angekommen verließ Ant den Fahrstuhl wortlos und spurtete hinaus zum Hubschrauberlandeplatz. Er sah nach oben in den Himmel. Dr. Hunt blieb verängstigt in der Tür stehen, und lugte hinauf in die Wolken. Die Staubpartikel, die durch die Bombeneinschläge in den umliegenden Städten, wie Denver oder Colorado Springs, in der Atmosphäre schwebten, verdunkelten schon das Firmament. Der Fallout hatte aber bisher nicht angefangen zu rieseln. Ant starrte in diesen dunkelgrauen, sonnenlosen Himmel und aktivierte beide Gehirnhälften, ergo seine volle Aufmerksamkeit. Er konzentrierte sich auf die anfliegenden Sprengköpfe, griff und zerfetzte sie bereits im All in ihre Einzelteile. Durch reine Gedankenkraft, Telekinese. Einige zerfielen dabei in ihre Bestandteile, andere explodierten, außerhalb der Atmosphäre. Dr. Hunt nahm das nur als stilles Wetterleuchten wahr. Dann spazierte Ant erhobenen Hauptes und zufrieden wieder Richtung Tür:
„Was haben sie gemacht, Mr. Antonin? Haben sie gerade die nächste Angriffswelle zerstört? Hätten sie das nicht überall durchziehen können? Denken sie an die vielen Toten?"
Ant reagierte verärgert:
„Ach, plötzlich trauern sie um die vielen Toten. Diesmal erwischte es ihre Lieblinge, ihre Übrigen. Die Teams in den Atomreaktoren, den Labors und in der Nahrungsmittelbeschaffung. Wie fühlt sich das an, Dr. Hunt? Ich kann ihnen nur sagen, sie überschätzen meine Macht grenzenlos. Ich kann leider nicht überall sein. Das übersteigt bei Weitem meine Fähigkeiten, sonst hätte ich diesen Menschen sicher geholfen."
Erst jetzt, drang in Megans ach so schlauen Kopf vor, welches Chaos sie und ihre verdampften Kollegen hinterließen.
Der nukleare Winter machte vor nichts halt, vermochte weder erpresst, bedroht, noch betrogen zu werden. Es dürfte Jahre dauern, bis der erste Sonnenstrahl durch die atomverseuchten Wolken dränge, geschweige denn der tödlichen Strahlung, die mindestens ein Millennium anhielte. Wie sollte die Flora und Fauna das überleben? Sie hatten nicht umsichtig genug gehandelt. Die Geschichte überrannte sie, die Mechanismen des Verderbens griffen schlicht zu schnell.

Sie verfügten nicht über genug Zeit für ihre Gegenreaktionen, vermochten sich nicht vorzustellen, wie schwierig es sich darstellte, alle Variablen zu berücksichtigen.
Wie sollte Megan es schaffen, als vermutlich einzige Überlebende der Führungsriege, für die Ernährung und den Wiederaufbau zu sorgen? Eine unmögliche Aufgabe. Auf ihren Hochmut folgte prompt der Fall. Demoralisiert wandte sie sich an Ant:
„Wie sollen wir weiter vorgehen? Was können wir noch unternehmen, Mister Antonin?"
Ant blieb in der Tür stehen. Seine Augen, die gesamte Mimik, drückten tiefste Abscheu aus. Aber er verstand ebenso, dass es besser ist, mit dem Teufel zu paktieren, den man kennt, mit dem man umzugehen weiß. Und Megan kannte er auswendig, inwendig wollte er sie gar nicht kennenlernen. Was nützte es ihm, wenn er diese schreckliche Frau ihrem Schicksal überließe oder sie gar tötete? Es gab Schlimmere. Er entschied sich dafür, weiter mit ihr zusammenzuarbeiten, ihre Macht für sich zu nutzen:
„Was bleibt uns übrig, Dr. Hunt? Natürlich sollten wir so schnell wie möglich hier verschwinden. Außer sie sind resistent gegen Hunger, Durst, Kälte und nukleare Strahlung. Also, was bleibt uns? Wo können wir noch hin, Dr. Hunt?"
Als sie nur an ihren Plan B dachte, wusste Ant schon Bescheid. Er sprach ihre Gedanken laut aus:
„Sie haben recht, Dr. Hunt. Aber wie gelangen wir dorthin, auf die Rückseite des Mondes? Haben sie ein Shuttle zur Verfügung?"
Ants Ansprache riss sie aus ihrer Gedankenversunkenheit:
„Hören sie endlich auf damit, meine Gedanken, zu lesen. Aber sicher stellt die ASF mir ein Shuttle. Mir, als letztendlich höchstrangigstes Mitglied des Ausschusses. Was denken Sie?"
„Wenn es noch einen funktionsfähigen Transporter gibt, hier in diesem Chaos."
Megan schlief wieder einmal das Gesicht ein. Die Air Base lag mit Sicherheit ebenso in Schutt und Asche wie die umliegenden Städte. Aber es gab ja noch die Kommandozentrale im Bunker.
Von dort aus sollte es möglich sein, ein Shuttle, direkt von der Mondbasis anzufordern. Logischerweise reichte ein Raumgleiter nicht aus, um alle Mitarbeiter zu evakuieren.

Außerdem gab es in der NSA-Anlage nur einige wenige, experimentelle Raumanzüge. Aber was kümmerte das Megan?
Sie, Ant und ein paar wenige Auserlesene, vermochten in den vorrätigen Raumanzügen abzuwarten, bis ein Transporter eintraf. Mit dem neuen Fusionsantrieb dauerte das höchstens zwei Stunden. Rückflug, Dekontamination, Machtübernahme auf der Mondbasis, dergestalt stellte Megan sich das alles vor:
„Kommen sie mit Antonin, wir müssen einen Funkspruch absetzen."
Bevor der radioaktive Fallout einsetzte, saßen beide in der Funkzentrale des NIT, und Megan forderte das ersehnte Shuttle vom Mond an.
Die Mondbasis erkannte ihre Autorität an, und bestätigte ihr, dass nur ein Shuttle zur Verfügung stand. Den zweiten Gleiter schickten sie, schon etwas vorher, auf eine weitere Bergungsmission. Megan freute sich, dass sich ein Spektrum an neuen Möglichkeiten auftat. Dass der Mond nicht völlig autark betrieben werden konnte, und teilweise von der Versorgung durch die gute, alte Mutter Erde abhing, stellte eine Komplikation dar, die später abzuklären war. Ein Problem nach dem anderen.
Zunächst wartete sie mit einer freudigen Nachricht für die anwesenden Agents auf. Bacon, der Funk- und Überwachungsspezialist, der die Verbindung zum Mond herstellte. Faust, der diensthabende Sprengstoffspezialist und Leiter der Einsatzzentrale. Und die Agents Cooper und Kazinsky, die beide schon Erfahrungen mit Ant gesammelt hatten, und seither als Bodyguards von Dr. Hunt fungierten:
„Haben sie heute noch etwas vor? Oder wollen sie mich zur Mondbasis begleiten? Antonin, Bacon, Faust, Cooper, Kazinsky, sie folgen mir. Hopp, hopp, ein bisschen Tempo die Herren, ab ins Forschungslabor zu den Raumanzügen!"
Die Agents wussten, dass es sich hier um die letzte Chance handelte, einem grausamen, vorzeitigen Tod zu entgehen. Obwohl sie alle Familienangehörige verloren, und zutiefst betrübt durchhingen, gehorchten sie. Keiner von ihnen hatte vor zu sterben.
Ant schien alles egal zu sein. Er vermochte problemlos hier im NIT zu bleiben, und den anderen beim Siechtum zusehen. Später dann, als einziger Überlebender, den Mann in der Erde zu spielen. Nein. Von der Einsamkeit hatte er genug. Vorzugsweise gab er den Mann im Mond.

Außerdem standen dort ebenfalls zahlreiche Aufgabengebiete zur Verfügung, die er als inspirierend beurteilte.

Zudem zählte er darauf, dass Charles erfolgreich von seiner Mission heimkehrte, mit Massen an Hunt-Fluid. Das sollte ihm mannigfache Alternativmöglichkeiten eröffnen.

Über zwei Stunden nach der Funkbestätigung, landete das angeforderte Shuttle auf dem Hubschrauberlandeplatz.

Dr. Hunt und ihre Begleiter standen in ihren hermetisch verschlossenen Raumanzügen bereit. Der Fallout hatte schon eingesetzt, was ihnen jedoch in ihren Schutzhüllen nicht schadete. Cooper und Kazinsky bewaffneten sich jeweils mit einem der neu entwickelten Plasmagewehre. Dr. Hunt und Agent Faust nahmen Pistolen mit. Die Bewaffnung stellte sich als vorausschauend und nötig heraus.

Gleich als das Shuttle aufsetzte, bestürmten einige Agents und Forscher das Fluggerät, um ihre Haut zu retten. Die Piloten öffneten aber weder die Einstiegs-, noch die Ladeluke. Da niemand der heranstürmenden Personen einen Raumanzug trug, gingen sie davon aus, dass es sich hier um Unbefugte handelte.

Als die von Angst getriebenen Menschen bemerkten, dass ihnen kein Einlass gewährt wurde, zog ein Agent seine Pistole, schoss einmal in die Luft, und zielte dann auf das Cockpit.

Während er seine Knarre in Richtung Shuttle hielt, zerplatzte sein Schädel in einem dumpf einschlagenden, hellen Feuerball.

Der kopflose, rauchende Körper, fiel mitsamt der Pistole ohne weitere Zuckungen zusammen, wie eine Marionette, der man die Fäden durchschnitt. Ein zweiter Feuerball traf einen der Aufrührer mitten in den Torso. Im Schockzustand sah er sich selbst das riesige, qualmende Loch in seinem Körper an, bevor er tot zusammenbrach. Alle anderen verzweifelten Angreifer entfernten sich schreiend in Windeseile vom Raumgleiter.

Die Agents Cooper und Kazinsky hatten ihre Plasmagewehre eingesetzt. Jetzt rannten sie winkend auf das Shuttle zu. Die Ladeluke öffnete sich, und die Gruppe um Dr. Hunt stürmte in den Innenraum.

Als sich die Ladeluke langsam wieder schloss, kam ein Mann in einem weißen Kittel angerannt, hielt sich an der Kante der Luke fest und schrie:

„Dr. Hunt! Megan! Ich bin`s! Trevor! Dr. Trevor Myers! Ihr alter Kollege! Bitte, Megan, bitte, nehmen sie mich mit! Retten sie mich!"
Sie hielt ihm den Lauf ihrer Pistole entgegen und drückte ab. Mit einem verzweifelten und überraschten Gesichtsausdruck sowie einem blutigen Loch im Kopf, ließ Dr. Myers los und fiel. Die Luke schloss sich jetzt vollständig.
Megan drehte sich um und sah in die Runde der Männer, die sie fassungslos und schweigend anstarrten:
„Was ist? Dieser Arsch hat schon seit Jahren an meinem Stuhl gesägt. Außerdem, wie sollten wir ihn mitnehmen? Die G-Kräfte hätten ihn zerquetscht ohne einen Druckanzug. Also schaut nicht so blöd! Ich habe ihm die Gnade eines schnellen Todes gewährt. Auf jeden Fall besser, als der sichere Strahlentod, oder? Und jetzt kümmert euch wieder um euren Kram!"
Wenn vor dem nuklearen Winter noch ein Fünkchen Menschlichkeit in ihrem Herz leuchtete, die Kälte brachte es nun zum Erlöschen. Ant wusste, wie es ist, wenn sämtliche Gefühle verlorengehen. Aber es bei einer anderen Person zu sehen, vor Augen geführt zu bekommen, wie man selbst ist, völlig gefühllos, hat nochmal eine differente Qualität. Er saß sich, bedröppelt wie alle Übrigen, in den Sitz und schnallte sich an.
...

Kapitel 4: Ozean (Ankunft 10.11.2022).

1. Eis

Als Erster wachte Major Bob Eaton auf. Er hätte sich zweifelsfrei vorzugsweise von Dr. Fox zur Dusche begleiten lassen, hatte aber mit Charles vorliebzunehmen.
Ein Besatzungsmitglied nach dem anderen schlug die Augen auf. Brav getrennt, wie es sich gehört, half Sue den Damen, Dr. Lory Zappo und Lieutenant Sarah Bloom, während Charles sich um die männlichen Kollegen kümmerte.
Das ersparte den Frauen, in ihren hautengen Silikonhäuten, den Nach-Schlaf-Erstkontakt mit dem männlichen Androiden. Die Männer kamen damit eher zurecht.
Charles bereitete eine leichte Mahlzeit für alle zu. Nur eine Kleinigkeit, damit sich die seit Monaten ungenutzten Verdauungsorgane der Kollegen wieder an feste Nahrung gewöhnten.
Die Liebelei zwischen Charly und Sue, verschwiegen sie zunächst den Anderen. Sie sollten die Chance bekommen, sich erstmal an Charles zu gewöhnen, bevor beide die Crew damit konfrontierten. Moraldebatten und Eifersüchteleien vertagten sie somit geflissentlich auf später.
Alle fühlten sich etwas groggy. Die Muskulatur hatte sich, trotz des extrem reduzierten Stoffwechsels, in der Schlafphase zurückgebildet. Der Bordcomputer senke deshalb die künstliche Schwerkraft etwas ab, um der Mannschaft die Eingewöhnungsphase zu erleichtern. Es blieb noch eine Woche Zeit, bis sie ihre Destination erreichten. Dann erforderten ihre Aufgaben einen ordentlichen Fitnesszustand. In dieser Woche erhöhte der Computer die Schwerkraft sukzessive immer weiter, bis sie letztlich wieder das Erdniveau erreichte.
Die meiste Zeit verbrachte die Crew zunächst im Fitnessraum und in der Küche.
Begeistert von Charles Kochkünsten, ließen sie erste Hemmungen ihm gegenüber fallen, stellten ihr distanziertes Verhalten auf einen persönlicheren Kontakt um. Es schien etwas Wahres dran zu sein an dem Spruch: „Liebe geht durch den Magen".
Sogar der Funkspezialist, Lieutenant Ken Thorn, taute allmählich auf und seine Neugier erwachte:

„Super, Charly. Langsam freue ich mich, dass du mit von der Partie bist. Wo hast du denn dermaßen gourmetmäßig das Kochen gelernt?"
Charles perfekt programmierte Mimik reagierte mit einem leichten Schmunzeln, während er antwortete:
„Vielen Dank für das Kompliment, Ken. Von dir hätte ich das gar nicht erwartet. Das Kochen stellt kein großes Problem dar. Es gab millionen von Rezepten und verschiedener Zubereitungsarten im Internet, als es noch funktionierte. Die habe ich mir einfach alle gemerkt. Und jetzt probiere ich ein bisschen herum. Offensichtlich klappt das relativ gut."
Colonel Alan Hall mischte sich ein:
„Wie ..., als es noch funktionierte? Kannst du uns mal auf den neuesten Stand der Dinge bringen, Charly?"
„Gewiss Alan. Das Internet brach während der ersten Monate unserer Mission ab. Da die Funktechnik an Bord noch einwandfrei funktioniert, nehme ich an, dass es Probleme mit dem Web gibt. Seither konnte ich nur noch das NSA-eigene World-Stream-Net aufrufen."
Das gefiel dem Piloten, Major Bob Eaton, überhaupt nicht:
„Ist das sicher, Charly? Das gesamte Internet, aus und erledigt? Was für ein Scheiß. Wie soll ich denn jetzt meine Pornos anschauen?"
Charles beobachtete die Reaktionen. Während die Männer hirnrissig grinsten, schüttelten die Damen verständnislos pikiert ihren Kopf. Die Bordingenieurin, Sarah Bloom, bewarf Bob sofort mit einer handvoll ihres Essens:
„Da hast du`s. Jetzt siehst du wenigstens auch von außen aus wie ein Schwein."
Während Bob sich von den klebrigen Resten befreite, gab er Kontra:
„Was willst du Sarah? Möchtest lieber **du** als meine Vorlage fungieren?"
Als sie wiederum mit Essensresten ausholte, fuhr Alan dazwischen:
„Jetzt reicht`s. Hört endlich auf mit eurem Schnuller-Blabla und benehmt euch. Wir sind nun mal ein gemischtes Team und sollten zusammenarbeiten. Dazu gehört es auch das du, Bob, dein Machogehabe sein lässt. Wir sind nicht auf der Erde bei deinen Tussis. Alles klar?"
Sarah winkte nur ab. Bob zuckte mit den Schultern:
„Ok, Boss. Ich reiße mich zusammen, versprochen."
Das stellte Alan zufrieden. Er fuhr fort:

„Gibt`s sonst noch etwas Neues, Charly?"
„Bevor das Internet abbrach, gab es Berichte über ein unbekanntes, pandemisches Virus in Südamerika. Und die Schlafkapsel von Dr. Fox wies eine Fehlfunktion auf, weshalb sie bereits seit ein paar Monaten wach ist."
„Gibt es einen Grund, warum sie das noch nicht gemeldet haben, Dr. Fox?"
Sue sah Alan nur gleichgültig an:
„Das hätte ich schon noch. Eines nach dem Anderen. Rückwirkend korrigieren können wir das ohnehin nicht, und bis zur Rückreise haben wir noch eine Menge Zeit."
„Sowas müssen sie gleich melden, Sue. Wie sie sagen, jetzt haben wir noch genug Zeit das Teil zu reparieren. Sarah, sie sehen sich das bitte gleich einmal an."
Lieutenant Bloom wischte sich die essensverschmierten Hände ab:
„Ich checke zuerst noch die Bordsysteme, dann kümmere ich mich gleich darum. Und wenn ich schon dabei bin, kann ich auch noch nach dem Internetempfang sehen. Möglich, dass ich etwas ändern kann. Ich fände es schade, wenn ich meinen Bruder nicht mehr ansehen könnte. Seine Auftritte bringen mich immer zum Lachen."
Charles wandte sich jetzt Sarah zu:
„Die Bordsysteme und die Schlafkapsel habe ich bereits geprüft. Ich konnte jedoch keinen Fehler feststellen. Auch mit dem Internet habe ich alles versucht. Fehlanzeige. Aber sie können natürlich alles nochmal checken, Sarah. Wer ist denn ihr Bruder? Es gab so viele Blooms im NSA-Computer."
Sarah fühlte sich überflüssig, freute sich aber, dass Charles sich für ihre Familie interessierte:
„Mein Bruder, Zach Bloom, ist Komiker. Das wünschte er sich schon immer, bereits seit seiner frühen Schulzeit und er hat es durchgezogen."
„Zach Bloom? Der Schulfreund von Josef G. Antonin? Ist das möglich?"
Sarah schüttelte nachdenklich ihr Haupt:
„Das weiß ich nicht. Zach hatte damals nicht viele Freunde. Ich kann mich nur an einen erinnern, mit seltsam weißem Haar."
„Ja, ja, genau, das ist er. Antonin. In der Schule nannten sie ihn Ant. Er hat mich konstruiert. Damit kommen sie, Sarah, dem, was man als weitläufige Verwandtschaft bezeichnen kann, am nächsten."

Alle sahen Charles mit weit geöffneten Augen an. Sarah verunsicherte die Vorstellung ein wenig:
„Ok, wenn sie das so sehen, Charly. Da sieht man mal, wie klein das Universum ist."
Colonel Alan Hall hatte genug gehört:
„Also gut Leute. Schön, dass es noch Zufälle gibt. Aber genau deshalb sollten wir uns alle an die Arbeit machen. Jeder checkt seinen Bereich und bereitet alles auf die anstehenden Aufgaben vor. Sarah, du prüfst trotzdem nochmal die Schlafkapsel 4 durch. Unter Umständen findest du etwas. Ken, du gibst unseren Statusbericht durch. Bei der Gelegenheit kannst du gleich mal nachfragen, was mit dem Internet und diesem Virus ist. An die Arbeit Leute."
Die Esstischrunde löste sich auf. Alle konzentrierten sich auf ihre Funktion. Es gab zahlreiche weitere Treffen, beim Essen oder bei Arbeitsbesprechungen, an denen Charles teilnahm.
Die Crew gewöhnte sich langsam an den gebildeten, freundlichen und eloquenten Kerl. Nach ein paar Tagen nahmen sie ihn nicht mehr als Android oder Fremdkörper wahr. Sie akzeptierten ihn als vollwertiges Mannschaftsmitglied, zumal er alle, ihm übertragenen Aufträge, sofort und mit höchster Präzision erledigte.
Sue fiel es schwer, ihre Finger von ihm zu lassen. Es gab schlicht nicht genug Privatsphäre, um ein heimliches Rendezvous zu arrangieren. Die Kollegen trieben sich ständig in jedem Winkel des Raumschiffes herum, um ihrer Arbeit nachzugehen. Immer leistete jemand seine Schicht ab, in jeder noch so verlassenen Ecke der Silver Star.
Als die Bordingenieurin, Sarah Bloom, meldete, dass sie keinerlei Fehlfunktion an der Schlafkapsel 4 festzustellen vermochte, sprach Dr. Sue Fox den Chef darauf an:
„Alan, auf ein Wort."
„Ok, Sue, was gibt`s?"
„Sarah hat mir gerade mitgeteilt, dass meine Kapsel völlig in Ordnung sei. Außerdem hat sie festgestellt, dass die Überwachungssensoren genau in der Zeit ausfielen, als die Fehlfunktion in meiner Schlafkapsel auftrat. Es gibt also auch keinerlei Aufzeichnungen darüber, ob äußere Einflüsse für den Fehler verantwortlich sein könnten. Jetzt mache ich mir Gedanken, über den Rückflug. Es wäre mir lieber gewesen, sie hätte etwas gefunden und es repariert.

Mein Wohlbefinden hält sich in Grenzen, bei dem Gedanken, wieder in diesen Behälter steigen zu müssen."
„Da hab ich keine Bedenken, Sue. Wenn Sarah sagt, alles ist in Ordnung, dann passt das schon."
„Ja klar, Alan, bei dir gab`s ja keinen Alarm oder ein Notfallprotokoll. Du hast leicht Reden. Passt schon, ist mir nicht genug. Ich möchte nach dem Rückflug nicht den Mond erreichen, nur um feststellen zu müssen, dass ich leider auf dem Flug verstarb."
„Na gut, was schlägst du vor?"
„Ich habe mich dafür entschieden, nicht mehr in diesen eiskalten, halbtoten Schlaf zurückzukehren, und verzichte lieber auf das eine Lebensjahr, dass ich für die Rückreise benötige."
„Wir werden auch ein Jahr älter in dieser Zeit."
„Schon, aber eure Körper nicht. Bei dem reduzierten Stoffwechsel altert ihr effektiv höchstens um zwei Wochen. Mir ist aber das Risiko zu groß. Ich bleibe lieber wach."
„Na gut, dann kümmere dich um die Vorräte, die du dafür benötigst. Den Rest entsorgen wir dann, um Platz für unser Frachtgut zu schaffen. Die werden nicht besonders begeistert sein, wenn sie wegen deines Jahresvorrats auf eine Menge Hunt-Fluid verzichten müssen.
Aber das geht schon klar. Ich kann dich nicht in den Kälteschlaf zwingen."
„Gut, dann ist das in Ordnung. Danke, Alan."
Erleichtert verschwand Sue in Richtung Frachtraum, um sich ihren Vorrat zu sichern. Sie ließ sich Zeit damit, wählte nur die besten Produkte, um sich die lange Reise zusätzlich zu versüßen. Als ihr Charly vorbeikam, um die überschüssigen Notvorräte zur Entsorgung vorzubereiten, drückte sie ihm schnell, im Vorbeigehen, einen Kuss auf. Dabei achtete sie penibel darauf, dass sie niemand beobachtete.
Sie küsste ihn, obwohl ihr nach wie vor nicht völlig klar erschien, ob er dabei etwas fühlte, oder ob es schlicht nur sinnloses Geplänkel für ihn bedeutete.
Charles hingegen, nahm derartige Liebesbezeigungen sehr wohl bewusst entgegen. Seine Lippen spürten den weichen, warmen Kussmund der Angebeteten, mithilfe der vielen Sensoren. Und sein Rechenzentrum setzte einen liebevoll wohligen Gefühlsalgorithmus frei.

Nicht viel anders als bei Sue. Nur bei ihr initialisierten sich die Empfindungen nicht digital, sondern chemisch.
Bevor es zu Weiterungen kam, meldete sich der Pilot, Bob Eaton, über die interne Sprechanlage:
„Hey, Leute. Kommt mal alle vor auf die Brücke. Das müsst ihr euch ansehen."
Als sie im Cockpit ankamen, offenbarte sich ein unvergesslicher Anblick. Im fahlen Licht der winzig erscheinenden Sonne warf der Mond Europa seinen Schatten auf die Silver Star. Jetzt führte die Flugbahn langsam aus dieser Dämmerung heraus, und die Sonne ging über dem Jupitertrabanten auf. Seine eisige Oberfläche leuchtete und glimmerte in weißen und blauen Tönen. Im Hintergrund thronte der gewaltige Jupiter, mit den riesigen Stürmen, und seinen Farben, in aller Herrlichkeit. Ein Anblick für Götter.
Alle staunten, sogar Charles vermochte sich von dem Panoramablick nicht loszureißen. Alles so nah und glitzernd zu sehen, empfand er als faszinierenden Unterschied zu den vorherigen, mit seiner Vergrößerungsoptik unternommenen, Fernansichten.
Außer einigen vereinzelten Wow`s, vermochte man keinen Laut zu vernehmen. Bobs Meldung durchbrach das staunende Schweigen:
„Ich schwenke jetzt auf eine geostationäre Umlaufbahn über unserem Suchgebiet ein. Danach könnt ihr mit eurer Arbeit anfangen. Setzt euch lieber und schnallt euch an. Der Bremsvorgang wird etwas ruppig."
Alle besetzten ihren Arbeitsplatz und sicherten sich durch die vorhandenen Vierpunktgurte.
Der Ionenantrieb schaltete sich ab und der Bremsschub zündete auf die Millisekunde genau.
Ein tiefes Brummen drang durch das Raumschiff. Die strukturelle Integrität des Raumfahrzeugs stöhnte unter der auftretenden Belastung. Das gesamte Inventar fing an zu vibrieren. Die Fliehkraft drückte die Crew in ihre Gurte. Einige ungesicherte Gegenstände flogen und rutschten an ihnen vorbei. Alans Gesichtsausdruck verzerrte sich zu einer stocksaueren Miene, als ihn ein Pappbecher mit Kaffee traf. Lory Zappo verzog schuldbewusst ihr Gesicht. Es schien fast, als würde die Silver Star den Mond rammen, so nah kamen sie scheinbar dem Eis, aber nach dem Bremsvorgang schwenkten sie in eine flache Umlaufbahn ein, nur ein paar hundert Kilometer über der Oberfläche.

Sogar Bob sah man an, dass er sich über das erfolgreiche Bremsmanöver freute:
„Sehr verehrte Damen und Herren. Herzlichen, Glückwunsch. Wir haben soeben unser Ziel erreicht. Sie können die Gurte jetzt lösen. Die Sonne ist gerade aufgegangen und die Temperatur liegt bei minus 170 Grad. Wie sie ihre Uhren einstellen, ist egal. Ich hoffe, der Flug hat ihnen Spaß bereitet. Fliegen sie bald wieder mit unserer Spaceline. Over and out."
Alan gefiel Bobs lockere Art, trotzdem blieb er angespannt:
„Haben wir das Zielgebiet erreicht, Bob?"
„Jawohl, Sir, wir parken genau darüber."
„Weshalb habe ich dann kein Signal von der Bohrsonde? Ken, können sie was empfangen?"
Thorn überprüfte nochmal den kompletten Bodenbereich:
„Nein, Sir. Die Sonde meldet sich nicht."
„Verdammt, wie sollen wir jetzt diese Nadel im Heuhaufen finden? Die kann doch überall unter dem Eis liegen."
Charles mischte sich ein:
„Am besten finden sie die Stecknadel mithilfe eines Magneten. Wir richten einfach unseren Magnetschild nach unten aus, und polen ihn um. Dabei müssen wir die Sonde nicht einmal bewegen. Es genügt, wenn wir die Schwankungen im Schild messen."
Hall wandte sich an die Bordingenieurin Bloom:
„Ist das möglich? Könnten sie das bewerkstelligen, Sarah?"
Sie überlegte kurz, bevor sie nickte:
„Ja, Alan, das müsste ich hinbekommen. Dauert aber ein Weilchen."
„Dann soll dir eben Charly helfen. Ich möchte nicht zuviel Zeit mit der Suche verlieren."
Charles stand sofort auf, um sich zum Schildgenerator zu bewegen:
„Kommen sie mit, Sarah, das schaffen wir im Handumdrehen."
Charles reichte ihr die Hand, um ihr aufzuhelfen, was sie dankend annahm. Dann verschwanden die beiden in Richtung Heck. Der Schildgenerator befand sich unterhalb des Maschinenraumes. Auf dem Weg dorthin sprach Sarah Charles an:
„Wie haben sie es geschafft, sofort diese Lösung parat zu haben, Charly?"

Charles ahnte, dass es ihrem Selbstbewusstsein als erste Bordingenieurin Probleme bereitete, wenn er besser Bescheid wusste als sie:
„Dabei handelte es sich um Zufall, Sarah. Erst vor ein paar Wochen, als wir Asteroidenfragmente durchflogen, habe ich mich mit dem Schutzschild vertraut gemacht. Ich bin mir völlig sicher, dass sie denselben Vorschlag unterbreitet hätten."
„Da bin ich mir nicht so sicher. Es hat mich zunächst völlig überrascht, als sie diese Lösung präsentierten. Das meiste über den Magnetschild habe ich schon vergessen. Ich hätte erst nachschlagen müssen. Mein Bruder hätte mir wieder vorgeworfen, Gehirnstein zu haben."
„Was ist Gehirnstein, Sarah?"
„Damit meint mein Bruder eine Verkalkung. Demenz. Zach sagte immer: Junge Menschen haben Zahnstein. Wenn sie dann alt werden, haben sie Gehirnstein."
„Ah ja, Zach, der Komiker. Verdient er denn viel Geld damit?"
Sarah lachte:
„Nein Charly, ich denke nicht."
Sie erreichten die Einstiegsluke zum Schildgenerator, öffneten sie, und verschwanden in dem engen Raum.
Nachdem sie diverse Kabel und Sicherungen umsteckten und nach einiger Arbeit an der Software, war es vollbracht. Der Schild war nun bereit, Metall magnetisch anzuziehen. Außerdem bestand jetzt die Möglichkeit, etwaige Metallobjekte, die im Anziehungsbereich des Schildes lagen, optisch auf einem Bildschirm in der Brücke darzustellen. Sarah und Charly leisteten erfolgreiche Arbeit. Freilich vermochte der Schild, bis zur Wiederherstellung seines Urzustandes, nicht zur Abwehr von anfliegenden Gegenständen genutzt zu werden. Ein Risiko, dass Alan offenbar bereit war einzugehen.
Es dauerte nicht lange, bis Ken den oberen Teil der Bohrsonde lokalisierte. Weshalb sie kein Funksignal mehr abgab, wussten sie weiterhin nicht.
Derartige Bohrsonden konstruierte die ASF speziell für Eisoberflächen. Sie bestanden aus einem Oberteil, das sich fest auf dem Eis verankerte. Der Bohrkopf saß im Unterteil, heizte sich nuklear auf und schmolz sich durch den Eispanzer, während er per Verbindungskabel mit dem Oberteil im Kontakt blieb.

Direkt hinter dem Eisschmelzer saßen die Analysesensoren. Offenbar orteten die Sensoren eine Menge Hunt-Fluid unter dem Eis, meldeten diese Information, über die Kabelverbindung, an das Oberteil, welches wiederum die Nachricht an die Mondbasis funkte, bevor es aus irgendeinem Grund ausfiel.
Zumindest fand die Crew jetzt dieses Oberteil und somit die richtige Bohrstelle. Die Ausstattung der Silver Star, beinhaltete eine Bohr- und Förderanlage. Die Sonde interessierte Colonel Hall deshalb nicht weiter.
Als Charles und Sarah zurück zur Brücke kamen, erwartete Alan sie freudig:
„Gut gemacht, Leute. Wir mussten nur ein paar Kilometer nach Osten schwenken, da hat uns euer Magnetdetektor bereits die Sonde angezeigt. Wir können jetzt landen und mit der Bohrung beginnen."
Charly dachte an die defekte Bohrsonde und fragte nach:
„Kann ich mir die beschädigte Sonde ansehen, bevor wir mit der Bohrung beginnen? Ich möchte sicher gehen, dass unserer Bohranlage nicht das Gleiche passiert."
„Sie haben Recht, Charly. Prüfen sie das. Wir fangen erst mit der Bohrung an, wenn alles in Ordnung ist. Aber als Allererstes möchte ich, dass sie den Schutzschild wieder in den Urzustand zurücksetzen. Und jetzt schnallt euch wieder an, Bob hat bereits die Landung eingeleitet."
Da es auf Europa keine Atmosphäre gab, lief der Anflug ohne Probleme ab. Nur die Landung gestaltete sich ruppig, da Bob die Manövrierdüsen etwas spät zündete. Bis auf ein wenig zerborstenes Eis und herumwirbelnde Eiskristalle, wurden aber keinerlei Folgen festgestellt.
Außer Charles, er bemerkte etwas Ungewöhnliches:
„Ich habe mir während der Landung die Sterne angesehen. Da stimmt etwas nicht."
Bob, der soeben die härteste Landung seiner Karriere fabriziert hatte, sah skeptisch zu ihm herüber:
„Wir halten uns immer noch im heimischen Sonnensystem auf, das kann ich dir versichern, Charly. Was soll hier mit den Sternen sein?"
Alan mischte sich ein:
„Ja, Charly, was meinst du damit?"
Charles deutete mit seinem Zeigefinger in Richtung eines Lichtpunktes.
„Dieser Stern dort, der gehört da nicht hin. In meinem Gedächtnis sind sämtliche Sternkarten abgespeichert.

Mir ist der Stern schon vorher aufgefallen. Als wir dann zur Landung ansetzten, hat sich der Stern im Verhältnis zum Hintergrund mitbewegt. Die Perspektive hat sich verschoben. Daraufhin habe ich seine Position trianguliert, und konnte die Entfernung zwischen diesem Stern und uns ermitteln."
Alan sah ihn ungeduldig an:
„Und, wie viele Lichtjahre ist der neue Stern entfernt, und was nützt uns diese Information jetzt?"
„Meinen Berechnungen zufolge, ist dieser Lichtpunkt etwa 10 Kilometer entfernt von unserer Position, und besitzt einen Durchmesser von circa ein bis zwei Meter."...

2. Stern

Alle starrten Charles ungläubig an. Ken hatte eine Idee:
„Zeig mir bitte genau, wo dieser Lichtpunkt ist. Ich versuche ihn, mit einem Meßstrahl zu erfassen."
Charles schüttelte den Kopf:
„Was halten sie von Kens Vorschlag, Alan. Es ist möglich, dass dieses Teil etwas mit dem Defekt der Sonde zutun hat. Meiner Meinung nach, sollten wir zunächst gar nichts absenden. Weder einen Meßstrahl, noch einen Funkspruch. Wer weiß, wie dieser Flugkörper darauf reagiert. Lassen sie mich zuerst die Sonde untersuchen."
Alan nickte nachdenklich:
„Na gut. Wir haben im Moment nichts davon, wenn wir die exakte Entfernung zu diesem Ding messen. Besser, wir machen uns zuerst schlau. Also, Charly. Sehen sie nach, schauen sie, was sie finden können."
Und an die erste Bordingenieurin gerichtet:
„Inzwischen versetzen sie, Sarah, unseren Schutzschild wieder in den Urzustand. Wir wollen nicht von einem Asteroiden oder diesem Lichtpunkt dort überrascht werden."
Sarah nickte nur und lief los in Richtung des Schirmgenerators.
Charles erhob sich ebenfalls sofort, und lief in den Schleusenbereich, wo die Raumanzüge lagerten. Sue begleitete ihn:
„Sei bitte vorsichtig, Charly. Ich möchte nicht den kompletten Rückweg allein in diesem Blecheimer herumsitzen."
„Wieso, liegst du denn nicht im Kälteschlaf?"
„Nein. Ich habe mich dagegen entschieden. Deshalb hab ich mir bereits meine Versorgungsration zurückgelegt. Ich will nicht mehr zurück in diese Schlafkapsel, und mir den Arsch abfrieren. Wer weiß, ob die Kapsel wieder einen Defekt aufweist? Es gab doch eine Fehlfunktion, oder?"
„Ja, wieso fragst du?"
„Sarah konnte absolut nichts finden. Nur, dass zur selben Zeit auch die inneren Überwachungssensoren ausfielen. Es liegen also keinerlei Aufzeichnungen vor, zum Beispiel, wo du dich in diesem Moment aufgehalten hast. Du hast doch nichts damit zutun, oder?"

Charles blieb stehen, und sah Sue, mit ernstem Gesichtsausdruck, direkt in die Augen:
„Nein. Wieso sollte ich dich in Gefahr bringen? Das wäre doch verrückt. Ich hielt mich gerade auf der Brücke auf, als der Alarm losging."
Sue schmunzelte:
„Kannst du dich noch erinnern, als du mir völlig ungeniert, in der Dusche, deinen Freudenspender gezeigt hast, nachdem ich aufwachte?"
„Ja, natürlich. Du hattest danach gefragt."
Sie kicherte jetzt:
„Stimmt. Ich Dummerchen. Aber dein Verhalten war so ungeniert infantil, ich glaube, du kannst gar nicht lügen, oder?"
Charles zuckte nur mit der rechten Schulter. Die Antwort dauerte etwas:
„Das ist eine kompliziertere Frage, als es zunächst aussieht. Mein Ethikprogramm meint, eine Lüge sei verwerflich. Das Sozialkompetenzprogramm hingegen sagt, es ist schlecht, immer die Wahrheit zu sprechen. Das stößt die Leute vor den Kopf. Ant hat mich als Mensch konzipiert. Ich denke, dass ich, wenn nötig, sehr wohl in der Lage bin zu lügen."
„Aber du hast mir die Wahrheit gesagt, bezüglich des Schlafkammerunfalls?"
Charles sah ihr wieder direkt in die Augen. Dabei gelang es ihm spielend, sämtliche verräterischen Körperreaktionen, wie erweiterte Pupillen, nervöses Zucken, Schwitzen oder Erröten, zu vermeiden. Sogar im Lügen stellte sich Charles Überlegenheit heraus. Er sah keine Veranlassung, Sue unnötig zu beunruhigen:
„Ja, Sue. Ich habe die Wahrheit gesagt."
„Ok, es war nur so ein Gedanke. Ich glaube dir ja. Obwohl, es hätte mir auch nichts ausgemacht, wenn du dafür die Verantwortung trägst. Das bedeutete doch nur, dass du dich für mich interessierst."
Charles lächelte wohlwollend. Innerlich dachte er sich, Mist, hätte sie das nicht früher sagen können. Jetzt war er gezwungen, bei seiner Story zu bleiben:
„Leider lagen die Umstände anders. Trotzdem muss ich dir etwas gestehen. Inzwischen habe ich ein tiefes Gefühl der Zuneigung, der Liebe für dich entwickelt. Auch wenn es sich komisch anhört, auch ich bin zu derartigen Emotionen fähig."

Sue strahlte ihn an, umarmte und drückte ihn fest an sich:
„Das hört sich überhaupt nicht komisch an für mich. Eher wundervoll. Komm bitte unbeschadet zurück, dann haben wir den gesamten Rückflug für uns allein."
„Keine Sorge, Sue. Es kann gar nichts passieren. Ich ziehe den Raumanzug nur an, um meine Sensoren vor der eisigen Kälte zu schützen. Auch für mich fühlen sich die extremen Minustemperaturen schmerzhaft an. Aber selbst wenn der Anzug defekt wird, kann mir nichts passieren. Meine Konstruktion ist sogar darauf ausgelegt, ohne Raumanzug im All zu operieren, sie ist widerstandsfähiger als jeder andere. Ich komme zurück, versprochen."
Sue gab ihm noch einen leidenschaftlichen Kuss mit auf den Weg.
Sie wusste nach wie vor nicht, wie sie die Beziehung einzuordnen hatte, fühlte sich aber einfach glücklich in diesem Moment. Dann setzte Charles seinen Helm auf, winkte kurz zum Abschied, und stapfte in die Luftschleuse. Er checkte die Funk- und Kameraverbindung zu Ken Thorn, und erhielt die Bestätigung für den Außeneinsatz.
Als er die Innentür hermetisch verriegelte, lief automatisch und langsam der Druckausgleich ab. Danach ließ sich die Außentür öffnen. Anstatt abzuwarten, bis sich die Leiter völlig ausfuhr und den Boden erreichte, sprang er lieber gleich hinunter aufs Eis. Kein Problem. Die Fallbeschleunigung auf Europa liegt bei nur 1,32 m/s². Ergo circa 7,5 mal niedriger als auf der Erde. Charles federte den Aufprall locker ab. Zunächst sah er sich um. Ein malerischer Ausblick bot sich seinen optischen Sensoren. Niemals zuvor hatte jemand Gelegenheit, derartige Eindrücke wahrzunehmen. Das Sonnenlicht drang nur blass in diese Regionen des Sonnensystems vor. Die Außentemperaturanzeige in seinem Helm zeigte minus 162 Grad Celsius. Das Eis glimmerte wie in einem Winterwunderland und ließ in der Entfernung verschiedene Farbtöne von Blau und Grün erkennen. Am Firmament stand riesengroß der Jupiter. Seine Farbpalette spiegelte sich ebenso auf der funkelnden Oberfläche Europas wider.
Über all dem, stand dieser kleine, weiß leuchtende Stern, fest und ortsgebunden, wie ein Fixstern. Charles ließ ihn nicht aus den Augen. Das leuchtende Objekt bewegte sich in der Zwischenzeit um keinen Millimeter.
Kens Anweisungen kamen über Funk direkt in den Helm:

„Wofür haben wir eine Leiter, Charly. Solche Stunts sind gefährlich."
„Nicht für mich, Ken. Wo muss ich lang?"
„Das Oberteil liegt ungefähr 120 Meter südlich von deiner Position. Viel Glück."
„Danke. Ihr seht und hört ja alles. Also, ich starte jetzt."
Charles strebte Richtung Süden. Das Laufen fiel ihm leicht, bei der geringen Anziehungskraft. Gleichwohl stellte sich der Untergrund holprig dar. Das Eis hingegen bot problemlosen Halt. Eis ist nur rutschig, wenn sich zwischen der Eisschicht und einem Gegenstand, ein Wasserfilm bildet. Das ist bei minus 162 Grad Celsius kaum möglich. Im Gegenteil. Die raue Eisoberfläche stellte einen besseren Untergrund dar, als manche Staub- oder Geröllschicht.
Innerhalb von nicht einmal zwei Minuten fand er die Sonde. Äußerlich sah sie intakt aus, wies aber einige Brandspuren auf. Als hätte mehrmals der Blitz eingeschlagen. Sämtliche Elektrik schien durchgeschmolzen. In diesem Zustand stellte die Sonde nichts weiter als den ersten Schrotthaufen Europas dar.
Alan meldete sich über Funk:
„Wir sehen es, Charly. Was meinen sie, gab es einen Kurzschluss?"
„Nein, das lief nicht von innen nach außen ab, sondern umgekehrt. Der erste Eindruck lässt auf mehrere Blitzeinschläge schließen, welche die gesamte Elektrik zerstörten. Warten sie, ich nehme die Abdeckung herunter."
Mangels passender Werkzeuge, drückte Charles völlig umstandslos das Blech der Abdeckungsumrandung ein, griff in diese Lücke und riss die Klappe heraus. Für seine Servos stellte das kein Problem dar. Er warf das Blechteil weg und nahm das Innenleben der Sonde unter die Lupe. Dabei stellte er seine optischen Sensoren auf Makroaufnahme ein:
„Es ist, wie ich es angenommen habe. Die Kabel sind fast alle verschmort, aber es gibt keinen Brandherd oder Ähnliches, von wo diese Überspannung ausging. Der Überstrom gelang offensichtlich von der Außenhaut nach innen. Also ein externer Impuls."
„Ok, Charly, gute Arbeit. Kommen sie zurück, das müssen wir besprechen."
Charles sah sich nochmal um, und genoss den herrlichen Ausblick. Wiederum analysierte er das Sternchen.

Es leuchtete so hell, dass er keinerlei Strukturen oder Umrisse erkannte. Sein Standort blieb fix, es bewegte sich keinen Zentimeter von der vorherigen Position weg.
Dann wandte er sich wieder dem imposanten Raumschiff zu, dass wie ein Hochhaus, silbern glänzend hinter ihm aufragte, und lief los.
Er sprang fast die Leiter hoch, wie ein Eichhörnchen. Öffnete die Außenluke und verschwand in der Luftschleuse. Da er außerhalb der Silver Star, von Jupiter ausgehend, einer hochkonzentrierten, radioaktiven Strahlung ausgesetzt war, setzte gleich die Dekontamination ein, als er die Außenluke schloss. Erst danach vermochte er die Innenluke zu öffnen. Sue erwartete ihn schon und half ihm beim Ausziehen des Raumanzuges. Sie freute sich, dass ihr Charly unbeschadet zurückkehrte, sah sich um, ob jemand in der Nähe herumschlich, und drückte ihm einen Kuss auf. Für mehr blieb keine Zeit, da Alan eine Lagebesprechung angesetzt hatte.
Sie trafen sich alle auf der Brücke. Als Commander der Mission kam es Alan zu, die Besprechung zu moderieren:
„Ok, Charly, nochmals, gute Arbeit. Ich bin auch der Meinung, dass die Beschädigungen der Sonde von außen stattfanden. Wie ist dein fachliches Urteil dazu Sarah?"
Sie wirkte überrascht, dass überhaupt jemand nach ihrer Meinung verlangte:
„Danke fürs Wort, Alan. Aber ich kann weiter nichts dazu beitragen. Die Spuren an der Außenhülle lassen keinen anderen Schluss zu."
„Danke, Sarah. Was könnte diese Blitzeinschläge verursacht haben. Eine entsprechende Atmosphäre ist ja nicht vorhanden?"
Die schüchterne Exo-Biologin, Dr. Lory Zappo, mischte sich ein:
„Bis die Funkübertragungen der Sonde abbrachen, erhielten wir noch Unmengen von Daten. Daher wissen wir, dass sich ein Ozean aus flüssigem Wasser unter der dicken Eiskruste von Europa ausbreitet. Möglicherweise gibt es dort Lebewesen, die starke Stromschläge erzeugen können, ähnlich wie ein Zitteraal, nur um einiges intensiver."
„Danke, Lory. Aber ist das nicht ein bisschen spekulativ?"
Charles: „Natürlich könnten Lebewesen existieren, da unten. Nehmen wir einmal an, dass es diese Elektroviecher gibt. Dann könnten sie ihre elektrische Ladung, über die Bohrsonde und das Verbindungskabel, an das Oberteil weitergegeben haben.

Das ergäbe dann aber ein völlig anderes Schadenbild. Mehr von unten nach oben. Die Einschläge an der oberen Außenhaut können dadurch nicht erklärt werden."
Alan: „Ok, danke Charly. Und was sagst du, Bob?"
Bob: „Wir haben keine schlüssige Erklärung für das Phänomen. Also liegen gleich zwei Mysterien vor. Einmal, unerklärliche Blitzeinschläge in der Sonne. Zum Zweiten, ein winziger, eigenartiger Fixstern in circa 10 Kilometern Entfernung. Meiner bescheidenen Meinung nach, stehen diese beiden Rätsel in Verbindung miteinander."
Alan: „Und was schlägst du vor, Bob?"
Bob: „Ich könnte diese leuchtende Erscheinung mit einem Messstrahl kitzeln. Mal sehen, was passiert."
Alle Augen richteten sich auf Alan. Im Endeffekt besaß er die Befehlsgewalt. Sichtlich überfordert grübelte er nach, bevor er antwortete:
„Wir haben eine Mission zu erfüllen. Also gibt es auch eine Misson-Control, die wir kontaktieren können, wenn's Probleme gibt. Ken, schick bitte eine Übertragung an die Mondbasis. Schildere unsere Lage. Mal sehen, was die vorschlagen."
Ken: „Wird sofort erledigt, Alan."
Charles stellte sich in der Zwischenzeit an das Cockpitfenster, um die Lichterscheinung zu beobachten. Sue, saß an ihrem Arbeitsplatz, checkte die Lebenszeichen und verschiedenste Daten, welche Körpersensoren von der gesamten Crew sammelten und übertrugen. Die Übrigen standen gespannt im Halbkreis um den Funkoffizier, Ken Thorn, herum und harrten der Dinge. In dem Moment, als Ken den Übertragungsbutton drückte, setzte sich der kleine Stern in Bewegung. Die Funkaktivität hauchte ihm scheinbar Leben ein.
Charles warnte sofort alle Anwesenden:
„Vorsicht Leute, das Objekt bewegt sich auf uns zu!"
Alle drehten sich zu Charles um, als das Sternchen plötzlich die Geschwindigkeit erhöhte. Der Bordcomputer erkannte einen anfliegenden Gegenstand und aktivierte den Magnetschild. Daraufhin fing das Sternchen an, im Flug zu tanzen, wie eine Wespe, in unberechenbar erscheinenden Bewegungsabläufen.

Es vollführte die Bewegungen derart schnell, und das gleißend leuchtende Objekt legte in Millisekunden so große Entfernungen zurück, dass der partielle Schutzschild nicht in der Lage war zu folgen. Es trickste regelrecht den Schirm aus, umflog ihn und entließ eine gigantische Energieladung auf die Silver Star. Grelle, weiße Blitze, zuckten aus dem kleinen Objekt und schlugen auf dem Erdenschiff ein.
Die Außenhülle hielt zwar stand, aber die fortwährenden Entladungen krochen durch die Leitungen des Schiffes, verteilten sich, verschmorten die Elektrik, bis sie am Ende aus den Arbeitsstationen der Brücke traten. Schwere Stromschläge trafen die vor ihren Stationen sitzenden Sue und Ken, und rissen sie aus ihren Sesseln. Sämtliche Betriebssysteme und die Beleuchtung fielen aus. Selbst das Notstromaggregat zerfetzte es in seine Einzelteile. Alan, Bob, Lory und Sarah, wussten nicht, wie ihnen geschah. Sie standen nur mit geschocktem Gesichtsausdruck da, wie gelähmt, wie festgetackert, und bewegten sich nicht.
Charles reagierte hingegen augenblicklich. Er sprang sofort herüber zur am Boden liegenden Sue. Ken ließ er links liegen. Er fühlte mit seiner Feinsensorik, dass Sues Herz aufgehört hatte zu schlagen. Verzweifelt blickte er in die Runde und begann mit der Herzdruckmassage. Es half nichts, ihr Herz verweigerte weiterhin die Arbeit. Unter den nach wie vor fassungslosen Augen der Anderen zerfetzte er Sues Anzugsoberteil. Dann rieb er seine flachen Hände aneinander, legte sie auf Sues Brust, und verpasste ihr einen Stromschlag.
Seine Hände fungierten dabei als Defibrillator. Er fuhr fort, erhöhte intern die Spannung und verpasste Sue einen zweiten Stromschlag. Ihr Körper zuckte unter der Entladung ..., ihr Herzschlag setzte ein und sie öffnete langsam ihre Augen. Charles strahlte sie an, gab sofort Anweisungen an die Crew:
„Kommt her, helft ihr!"
Lory und Sarah rissen sich los aus ihrer Starre, und kamen Sue zu Hilfe. Charles sprang sofort hinüber zu Ken. Kens Brust hatte dem Blitzeinschlag nicht standgehalten.
Verbrannt und aufgeplatzt, die Innereien gegrillt, kam für ihn jede Hilfe zu spät. Da vermochte selbst Charles nichts mehr zu ändern. Lieutenant Ken Thorn hatte ausgedient.

Ohne funktionierende Energieleitungen, Lebenserhaltung, Antrieb oder Navigation, sah es ebenso für den Rest der Crew übel aus.
Alan, mit der Gesamtlage offensichtlich überfordert, stammelte nur: „Verdammt ..., was sollen wir denn jetzt machen? In ein paar Stunden haben wir hier Minus 200 Grad im Schiff, ohne Energie."
Der kleine Stern schien sich völlig entladen zu haben. Er schwebte jetzt, nur noch vage leuchtend, vor der Silver Star.
Charles erkannte, dass für Ken jede Hilfe zu spät kam. Er registrierte sofort, dass das Objekt langsam, um winzige Nuancen, immer heller strahlte, als ob es sich wieder auflud. Eile war geboten. Innerhalb von wenigen Sekunden lieferte er einen Plan:
„Ich sage ihnen, was wir jetzt machen, Alan. Ich habe auf der Reise hierher unsere Elektrik verbessert. Bypassleitungen gelegt und Sicherungen verbaut. Einfach nur aus Langeweile. Deshalb werden wir auf Knopfdruck wieder alle Systeme in Betrieb nehmen können. Wir unternehmen aber einen Scheißdreck, um das Ding da draußen auf diesen Umstand hinzuweisen. Das behalten wir zunächst schön für uns. Ich laufe jetzt zum Maschinenraum und schalte nur die Energiezufuhr des Shark-Hangars ein. Dann düse ich mit der Shark hinaus, und blase dieses Mistding aus dem All."
Erwartungsgemäß funkte sofort der in seiner Ehre gekränkte Pilot dazwischen:
„Kommt gar nicht in Frage. Ich bin hier der Pilot. Und ich werde die Shark fliegen."
Charles schüttelte energisch den Kopf:
„Nein, wirst du nicht, Bob! Wir brauchen dich hier auf der Brücke. Falls ich das Ding nicht erwische, und es mich auslöscht, wird es wieder eine Weile benötigen, um sich aufzuladen. In dieser Zeit könntest du dann einen Fluchtstart mit der Silver Star versuchen. Wie du gesagt hast, du bist der Flugkapitän.
Der Pilot unseres Raumschiffes. Sarah kommt mit mir mit in den Maschinenraum. Sobald ich mit der Shark draußen angreife, schaltest du, Sarah, die Energiezufuhr auf die Bypassleitungen um. Und du, Bob, weißt, was du zutun hast, wenn mich dieses Mistding erwischen sollte."
Bob hatte keine Einwände mehr. Die Übrigen nickten nur angespannt, und Charles rannte mit Sarah los.

Draußen strahlte das kleine, schätzungsweise einen Meter große Objekt wieder etwas heller. Auf der Brücke vernahm die Crew ein Rumpeln, als das Hangartor sich öffnete und der Kran die Shark nach außen hob.

Charles fuhr sämtliche Systeme des Gleiters hoch und schaltete die Plasmakanonen scharf. Er dockte ab, der Kran fuhr wieder nach innen und das Hangartor schloss sich. Dabei nahm er sich nicht mal die Zeit, einen Raumanzug anzuziehen. Egal, brauchte er ohnehin nicht.

Die Zieleinrichtung konnte ebenso auf die Frontscheibe projiziert werden, wenn ihm kein Helmdisplay zur Verfügung stand. Er gab Gas und flog im Nu auf den leuchtenden Punkt zu. Dieses blöde Mistding hatte sich inzwischen fast schon wieder vollständig aufgeladen, erreichte bald dieselbe Leuchtkraft wie am Anfang.

Charles nahm es ins Visier, drückte ab, und ein Schwarm glühender Plasmastreifen raste auf das Objekt zu. Es schlug schlicht einen Haken und verfiel dann wieder in diesen wespenhaften Tanz. Die Plasmaladungen verfehlten ihr Ziel. Charles schoss weiter, aber jedes Mal veränderte das Ding kurz vor dem Einschlag seine Position. Plötzlich entließ es eine extreme elektrische Entladung in Richtung der Shark. Charles reagierte ebenso flott, und riss das Steuer herum. Der Energiestrahl raste ins Leere. Er führte sofort ein weiteres Ausweichmanöver aus, schwenkte in die andere Richtung ab, als ein zweiter Blitz genau durch die vorherige Position zuckte und in der Weite des Alls verpuffte.

Jetzt hatte das kleine Mistding seine Energie verpulvert und trat die Flucht an. Charles raste hinterher.

Das Objekt leuchtete kaum mehr, sprang hin und her, sodass der Zielcomputer nicht in der Lage war, es zu erfassen. Charles interner Rechner hatte aber ein Muster erkannt. Er schaltete die Zielautomatik aus und schoss ab jetzt manuell.

Die Plasmakanonen rotzten ihre tödlichen Feuerbälle hinaus wie Maschinengewehre. Im Bruchteil einer Sekunde richtete Charles sein Fluggerät neu aus und drückte nochmals ab, feuerte auf eine freie Stelle im Raum, die er als Ausweichpunkt berechnete.

Das kleine Flugobjekt wich blitzschnell und geschickt den ersten Salven aus. Es öffnete sich soeben ein bläulich leuchtendes Feld vor dem Ding, als es in seiner Ausweichbewegung getroffen wurde. Charles hatte das Ausweichmuster korrekt berechnet und die letzte Salve exakt getimt.

Ein Plasmageschoss zerfetzte dieses herumschwirrende Teil, worauf eine Explosion ungeahnten Ausmaßes folgte.
Sarah brachte inzwischen, soeben noch rechtzeitig, die Energieversorgung der Silver Star wieder online. Der Schild schützte das Mutterschiff vor den Folgen der Explosion. Charles mit seiner Shark, hatte sich schon einige Kilometer entfernt, als ihn die Energiewelle der Detonation erreichte.
Es schüttelte ihn ordentlich durch, aufgrund der inzwischen zurückgelegten Entfernung passierte ihm aber nichts weiter. Über die Kommunikationsanlage meldete er grinsend:
„Ziel vernichtet. Ich komm jetzt wieder rein."
Bevor er den Funk abschaltete, hörte er das Jubeln der Anderen. Er hatte sie alle gerettet, vor diesem außerirdischen Mistkäfer. Vermutlich hatte das Ding vor, um Hilfe zu rufen oder irgendwohin zu verschwinden, als es das blau schimmernde Feld öffnete. Dorthin wo es herkam, wo es sicher weitere dieser Hochenergiewaffen gab, vermutlich sogar wesentlich größere. Es musste einen Grund, für dessen Angriff geben. Für Charles gab es nur eine stichhaltige Erklärung. Diese Vernichtungswaffe bewachte etwas auf Europa. Entweder irgendwelche Lebewesen oder den Vorrat an Hunt-Fluid, der offensichtlich unter dem Eispanzer lag. Hoffentlich blies er es rechtzeitig weg, bevor es die Möglichkeit hatte, Hilfe herbeizurufen. Auf jeden Fall fühlte er sich erstmal wohl in seiner Haut.
Die Crew dürfte ihn ab jetzt sicher ebenfalls mit anderen Augen sehen. Diesmal sollte das Begrüßungskomitee nicht so reserviert ausfallen wie damals, als er auf dem Schiff ankam. ....

3. Ernte

Die Crew beobachtete zwar alles über die Bordkameras der Shark und jubelte dann ausgelassen, aber als ihre Aufmerksamkeit zurück auf die aufgeplatzte, verkohlte Leiche von Lieutenant Ken Thorn fiel, blieb ihnen das Hochgefühl gleich wieder im Hals stecken.
Zwar empfingen sie Charles gebührend, mit Gratulationen und Schulterklopfern, es lief aber alles in gedrückter Stimmung ab. Nur Sue, obwohl weiterhin erschöpft und angeschlagen, umarmte und küsste ihn. Dabei nahm sie keine Rücksicht mehr darauf, was die Anderen denken könnten. Letztlich rettete Charles ihr das Leben, belebte sie wieder und eliminierte obendrein den gefährlichen Angreifer. Wenn das keine Umarmung mit Kuss rechtfertigte, was dann? Außerdem hatte er, durch seine umsichtige, vorausschauende Handlungsweise, als er das Energiesystem optimierte und ausbaute dafür gesorgt, dass alle Systeme wieder in Betrieb genommen werden konnten. Ohne die Lebenserhaltungssysteme müssten sie alle den Löffel abgegeben, und die Mission wäre kläglich gescheitert. Ohne Charles gäbe es keine Überlebenden.
Angesichts der jetzigen Lage, besprach Alan das weitere Vorgehen mit der Crew. Die Mehrzahl stimmte dafür, die Mission abzubrechen und so schnell wie möglich zu verschwinden. Als die demokratische Entscheidung zugunsten der Heimreise fiel, meldete sich die Kommunikationsanlage. Ein Antwortvideo, auf den gesendeten Lagebericht, erschien auf dem Schirm.
Ein grauhaariger Kerl im Anzug hatte das Video, am 12.11.2022, aufgezeichnet:

„Hier spricht Direktor Roy Wiffen. Ich habe seit einigen Tagen die Befehlsgewalt über die Mondbasis. Die gesamte Europamission steht unter meinem Kommando.
Es gibt schlechte Nachrichten. Das Japiá-Virus macht der Weltbevölkerung schwer zu schaffen. Wir bemühen uns gerade, ein Gegenmittel zu entwickeln. Sollten wir es nicht bald auf die Reihe bringen, ist es für den Großteil der Weltbevölkerung jedoch zu spät. Wir bemühen uns, die Ordnung auf der Erde aufrecht zu erhalten.

Es besteht die Möglichkeit, dass wir unseren Planeten verlieren und ihn für immer verlassen müssen. Es ist deshalb immens wichtig, dass sie die Mission erfolgreich abschließen.
Unser letzter Hoffnungsschimmer, die gesamten Hoffnungen der restlichen Menschheit, ruhen auf euch. Die Europamission muss erfolgreich sein. Wenn es zum Äußersten kommt, kann nur mit genügend Hunt-Fluid das Überleben der menschlichen Rasse gesichert werden.
Wir können euch in eurer jetzigen Lage nicht helfen.
Alle Überlebenden vertrauen auf eure Leistungsfähigkeit und euer Urteilsvermögen. Aber die Mission darf unter keinen Umständen gefährdet werden. Sollte diese außerirdische Sonde auch nur die geringste Gefahr darstellen, nehmt die Shark und schießt sie ab.
Unsere Gedanken und Wünsche sind bei euch. Bringt die Mission zu einem guten Gelingen.
Ende der Nachricht."

Das fühlte sich für die Crew an, wie ein Faustschlag direkt in die Magengrube. Jedes Crewmitglied besaß Verwandte und Bekannte auf der Erde, auf der Mondbasis aber nicht. Es blieb ihnen nichts anderes übrig, als davon auszugehen, dass ihre Lieben nicht mehr lebten. Außerdem befürchteten sie, dass nochmal eine Energiewaffe auftauchen und sie grillen würde. Sarah und Lory standen gramgebeugt vor dem Bildschirm und ließen ihren Tränen freien Lauf. Sue drückte mit einer Hand Charles Schulter. Alan klatschte laut in die Hände und ergriff das Wort:

„Ihr habt`s gehört Leute. Die haben ihre eigenen Probleme zuhause. Es liegt nun an uns. Wenn wir versagen, gibt es keine Menschheit mehr. Ich weiß es ist schwer. Jeder von uns hat jemanden verloren. Das ist bitter und hart. Aber nur wir können für den Fortbestand der menschlichen Rasse sorgen. Wir haben keine Zeit zu trauern und wissen nicht, wie lange es dauert, bis ein weiteres dieser blitzschleudernden Ungeheuer auftaucht. Deshalb müssen wir sofort mit unserer Arbeit beginnen. Trauern können wir dann später noch. Ich möchte mich nochmal bei Charly bedanken. Er hat es geschafft, uns im Spiel zu halten. Zu ihm sollten wir aufblicken, uns ein Beispiel nehmen. Charly, du übernimmst ab jetzt die Station des armen Ken.

Wir machen weiter, ziehen die Mission durch wie geplant. Also, Leute, auf, an die Arbeit."

Alan hatte selbstverständlich Recht. Charles gab den neuen Lagebericht an die Mondbasis weiter, und machte sich dann mit Sarah daran, die Bohrung vorzubereiten. Die gesamte Bohranlage musste, aus dem Lagerraum heraus, auf die Mondoberfläche verbracht, und der beheizte Speicherraum dann zum Tank für das Hunt-Fluid umgestaltet werden. Die darin eingebaute Pumpenanlage benötige eine maximale Feinabstimmung, um das später angesaugte Gemisch aus H_2O und Hunt-Fluid zu trennen. Da das spezifische Gewicht von Wasser leichter ist, als das des Hunt-Fluids, war es möglich, das überflüssige Nass von oben abzusaugen und ins Freie zu blasen. Dabei waren die Bordingenieure gehalten, genau darauf zu achten, dass kein Tropfen des Hunt-Fluids nach draußen in die Kälte geriet. Sämtliche Arbeiten, bei minus 162 Grad Celsius auszuführen, stellte eine weitere Schwierigkeit dar.

Mit Charles Hilfe, seinen übermenschlichen Kräften und seiner nie nachlassenden Energie, schafften sie den Aufbau in Rekordzeit.

Die Messdaten der zerstörten Bohrsonde lagen fortwährend vor. Danach wies die Eisschicht im Bohrbereich nur eine Dicke von 5 Kilometern auf. In anderen Bereichen brachte es der Eispanzer auf bis zu 18 Tausend Meter Durchmesser. Die Tiefe des Ozeans, der sich im Bohrbereich unter dem Eis verbarg, lag bei nur 8 Kilometern.

Hätte das Hunt-Fluid in tieferen Bereichen gesteckt, die Meerestiefe weitet sich teilweise bis zu 100 Kilometer aus, reichte die Bohranlage bei Weitem nicht aus.

Ergo benötigten sie einen beheizten Absaugschlauch in einer Länge von über 13 Kilometern. 5 fürs Eis und 8 bis zum Hunt-Fluid am Grund des Ozeans. Die tonnenschwere Last aus zusammengefalteten Ant-Kunststoff-Röhren, hievten sie mit dem Kran auf die Oberfläche, um sie zu diesem Teil zusammenzufügen, dass komplett entfaltet eine Länge von 13 km erreichte. Als sie alles aufgebaut hatten, schmolz sich der Bohrkopf langsam, getrieben von seinem Eigengewicht, durch den Eispanzer nach unten. Den beheizten Schlauch zog er hinter sich her. Es erforderte aus mehreren Gründen einer Erwärmung des Saugschlauches.

Erstens hielt die Wärme das Bohrloch offen und gewährleistete das Nachziehen des restlichen Schlauches, und zweitens blieb dadurch das Hunt-Fluid warm.

Fröre es, während der Förderung, auf der eisigen Oberfläche ein, gäbe es extreme Energiereaktionen.

Als Charles sah, wie der Bohrkopf anfing, im ewigen Eis zu verschwinden, überkam ihn ein Anfall von Entdeckergeist, Abenteuerlust oder schlicht Irrsinn. Er riss sich den Helm vom Anzug, augenblicklich fing sein Gesicht an einzufrieren. Die installierten Heizanlagen nahmen ihren Betrieb auf, und Charles Antlitz fing an, von innen heraus orange zu leuchten, regelrecht zu glühen und sofort aufzutauen. Dann sprang er, unter den entsetzten Augen seiner Kollegen in das Eisloch, dem Bohrkopf hinterher. Er hatte eben mal ausreichend Platz, um sich neben den bisher nicht geweiteten Saugschlauch, auf der Rückseite des etwas dickeren Bohrkopfes zu quetschen, und verschwand langsam immer tiefer im Loch, das sich mit Schmelzwasser füllte.

Fassungslos starrten die Anderen ihm nach. Schrien nur hilflos sinnloses Flehen und zwecklose Aufforderungen hinter ihm her. Ohne Helm hörte er sie nicht. Er wusste selbst nicht, was ihn da genau ritt. Aber er wollte unbedingt sehen, welche Art von Ozean unter dem Eispanzer herum schwappte.

Zischend und dampfend schmolz sich die Spitze immer weiter nach unten. Da der Bohrer eine Beleuchtung besaß, war es Charles möglich, jede einzelne Eisschicht zu besichtigen, die sich über die Jahrmillionen gebildet hatte.

Der Bohrkopf benötigte das Licht für die eingebaute Umgebungskamera, die seine Steuerung von oben ermöglichte. Es dauerte nur etwas mehr als eine Stunde, bis Charles sich zum Meer durchgeschmolzen hatte. Seine kleinen Heizungen glühten, und hielten ihn beweglich. Die Bohranlage auf der Oberfläche flutete den mitgeführten Saugschlauch mit Schmelzwasser, was das Gewicht und somit die Sinkgeschwindigkeit sukzessive erhöhte, den Schlauch auf vollen Durchmesser weitete und den nötigen Innendruck aufbaute, um die Röhre vor dem Zerquetschen durch den Außendruck zu schützen. Charles beengter Aufenthalt zwischen dem Eiskanal und dem Schlauch hatte jetzt ein Ende, da er den Ozean erreichte.

Zunächst herrschte Dunkelheit. Die Kamerabeleuchtung des Bohrkopfes reichte nur etwa 100 Meter weit durch den schwarzen, völlig klaren Ozean. Das Eigengewicht zog ihn schnell immer tiefer.
Hier trübte sich das Wasser etwas ein. Mit seinen optischen Sensoren vermochte Charles sich die Eintrübungen genauer anzusehen.
Es handelte sich um Myriaden von bizarren Kleinstlebewesen. Ein jeder Wissenschaftler hätte einen Veitstanz aufgeführt oder vor Freude geweint, bei der Erstentdeckung von außerirdischen Leben, aber Charles nahm diesen Fund völlig emotionslos hin. Je tiefer er kam, desto mehr nahm der Außendruck zu.
Sein Konstrukteur legte Charles aber für wesentlich höhere Anforderungen aus. Der Druck vermochte ihm nicht zu schaden. Je weiter er nach unten kam, desto mehr leuchtete der Ozean in fluoreszierenden Farben. Größere Meeresbewohner strahlten bunt in ihrer Biolumineszenz.
Ein unberührter Garten Eden tat sich vor Charles auf. Schmale, einen Meter lange, rot und gelb gestreift leuchtende, fast wie Pfeile aussehende Lebewesen, flitzten an ihm vorbei. Sie umzingelten ihn, und Eines stieß blitzschnell herunter und spießte sich in Charles Oberschenkel. Er zog es ohne Aufhebens wieder heraus und ließ es zurück zu seinen Kumpels schwimmen. Es sah aus, als unterhielten sich diese Kerle mithilfe verschiedener Lichtsignale, die sie über ihre Körper ausstrahlten. Der Eine, überaus Freche, teilte den anderen mit, dass es hier nichts zu Fressen gab, und allesamt verschwanden wieder.
Angelockt vom Scheinwerfer, des zunehmend schneller, immer tiefer sinkenden Bohrkopfes, tauchten große Fische auf, ausgestattet mit je vier Tentakeln, die vor ihren Mäulern das Wasser durchkämmten. Charles vermaß ihre Körper auf 2 bis 5 Meter Länge. Bei den kleineren Exemplaren schien es sich um Jungtiere zu handeln. Ein Großer näherte sich Charles, stoppte dann abrupt vor ihm ab, und spreizte drohend seine Tentakel. Dabei ließ er eine mit einem Gebiss bewährte Zunge herausschnappen. Sein Körper, der vorher grün leuchtete, hüllte sich dabei in helles Blau. Eine Drohgebärde, vermutlich kurz vor dem Angriff auf diesen unbekannten Eindringling. Charles zog seine Handschuhe aus, griff sich einen Tentakel und verpasste ihm einen schmerzhaften Stromschlag.

Ein hohes Kreischen drang an seine Ohren. Der Tentakelfisch flackerte in grellem rot auf und zischte wimmernd ab. Alle anderen folgten ihm. Überall schimmerten Lichterscheinungen durch das Wasser; auch riesig Große. Vermutlich hatte sich Charles durch seine Erstkontakte einiges an Respekt verschafft, denn keines der anderen Lebewesen näherte sich ihm. Eines der gigantischen, walähnlichen, fast kugelförmigen Tiere, schwamm in gebührendem Abstand vorbei.
Dabei erzeugte es eine regelrechte Lightshow in bunten Leuchtfarben und Mustern. Es brummte und entließ eine leuchtend blaue Kackwurst aus seiner Unterseite.
Diese Absonderungen sanken im gleichen Tempo wie Charles tiefer, bis sie auf den Meeresgrund klatschten. Er verließ jetzt den Bohrkopf, ließ ihn weiter sinken, in diesen blau leuchtenden Riesenhaufen, der sich auf dem Grund zu anderen Haufen gesellte, welche den gesamten, bläulich schimmernden Meeresboden bedeckten.
Charles tauchte näher heran. Tatsächlich, alles Walscheiße. In diesen Exkrementen tummelten sich Milliarden weißer Würmer.
Sie fraßen die Absonderungen der Kugelwale, wandelten sie um, und schieden, wie Charles es feststellte, reines Hunt-Fluid aus. Ein Bio-Endprodukt, aus Wurmscheiße. Er riskierte es nicht, ein Exemplar einzusammeln und mitzunehmen. Wer wusste schon, was auf der eisigen Oberfläche mit der Restscheiße in diesem Wurm passierte? Er kümmerte sich besser um die Förderanlage. Der Bohrkopf spickte in den Walexkrementen und hätte vermutlich nicht nur Hunt-Fluid, sondern ebenso einige Würmer und Scheiße eingesaugt, wenn Charles nicht eingriffe. Er nahm den Bohrkopf mitsamt seinem Antrieb ab und legte ihn zur Beleuchtung der Szenerie seitlich auf dem Meeresgrund ab. Über die Kamera war es der Crew möglich, seine Aktivitäten zu verfolgen. Er lenkte den Schlauch genau dorthin, wo das reine Hunt-Fluid leuchtete. Die Röhre saugte, was das Zeug hielt.
Oben flutete zunächst das in den Schlauch gepumpte Schmelzwasser den Tank. Die Sensoren erkannten das Wasser und drückten es, sobald es eintraf, gleich wieder hinaus auf die Oberfläche, hinter der Silver Star. Dort schneite es in hohem Bogen nach unten und bildete einen gigantischen Schneehaufen. Als die empfindlichen Detektoren erkannten, dass das erste Hunt-Fluid in den Tank sprudelte, schlossen sie das Auslassventil mit Verzögerung und ließen den Tank fluten.

Es war unvermeidlich, dass das zusammen mit dem Hunt-Fluid durch die Röhre nach oben gesaugte Meereswasser mit in den Tank gespült wurde. Die Lagerbehälter funktionierten aber wie Ölabscheider.
Während das schwerere Hunt-Fluid sich auf dem Boden der Tanks sammelte, wurde das an der Oberfläche schwappende Wasser weiterhin abgepumpt.
Große Mengen des Frachtgutes erreichten den Speichertank, zumal der Durchmesser der Saugröhre bei beträchtlichen 75 Zentimetern lag.
Plötzlich wurde das Schlauchende mitsamt Charles um einige Meter seitlich versetzt. Etwas griff weiter oben die rot glühende Saugröhre an. Er brach die Arbeiten sofort ab. Diese Röhre, gefertigt aus Ant-Kunststoff, stellte die einzige Nabelschnur zur Oberfläche dar. Kurzerhand schwamm er vor den Saugeinlass der Anlage und ließ sich miteinsaugen. In rasendem Tempo flog er förmlich nach oben. Durch den transparenten Schlauch sah er einen bedrohlichen Schatten anschwimmen. Etwas mit einem riesigen, zähnebewehrten Maul, schnappte nach der Nabelschnur, die Charles mit den Lebenden verband, und biss sie ab.
Die Röhre riss direkt unterhalb seiner Position, sank nun, nicht mehr leuchtend, in die dunklen Tiefen des Ozeans. Da er die Abrissstelle glücklicherweise schon passiert hatte, entkam er der bedrohlichen Situation. Nach ihm folgte nur noch angesaugtes Wasser in den Schlauch. Da die Crew auf der Oberfläche beobachtete, wie Charles sich von der Röhre einsaugen ließ, hielten sie die Sauganlage in Betrieb. Er verließ den leuchtenden Ozean und drang wieder in diese dunkle, eisige Region vor. Außerhalb fielen die Temperaturen drastisch, aber im beheizten Schlauch spürte Charles nichts davon, als er in den Eispanzer vordrang.
Der Fluidtank der Silver Star, füllte sich schnell, und als die Pumpe ihn bis obenhin betankt hatte, schaltete Sarah die Sauganlage ab. Charles Höhenflug bremste abrupt ab. Er steckte fest. Die Bordingenieurin war gehalten, im Eiltempo zunächst den Tank zu verschließen, dann den Ansaugschlauch abzutrennen und nach draußen zu verlegen.
Charles wusste, dass es jetzt an ihm war, aus eigener Kraft nach oben zu robben.
Sarah hatte indes keinerlei Möglichkeit, weiter zu pumpen. Wo sollte sie das restliche Hunt-Fluid aus der Röhre hinpumpen?

Wenn es gefror, käme es zur Katastrophe. Glücklicherweise vermochte sie die Heizung der Röhre mit einer simplen, provisorischen Kabelverbindung, aufrecht zu erhalten. Charles robbte und schob sich zentimeterweise den Schlauch hinauf. Plötzlich drückte es ihn wieder fünf Meter nach unten.

Sarah hatte die überflüssigen Wasservorräte in das obere Ende der Röhre gepresst. Dadurch war gewährleistet, dass Charles die letzten Meter durch reines Wasser kroch.

Wenn er, völlig eingesaut vom Hunt-Fluid, auf die eisige Oberfläche träte, zerriss ihn die Energieentladung sicher in tausende Einzelteile. In der aufgeheizten Wasserschicht vermochte das Fluid sich von ihm zu lösen und nach unten zu sinken.

Wie ein Uhrwerk robbte er weiter nach oben. Kein Mensch wäre jemals dazu in der Lage gewesen. Als er endlich die Wasserschicht erreichte, sah er schon, wie ihm die Scheinwerfer entgegenleuchteten. Er freute sich, dass er es geschafft hatte. Das Hunt-Fluid glitt von ihm ab, und gesellte sich zu Seinesgleichen, unterhalb von Charles. Um sicher zu gehen, öffnete er seinen Raumanzug, und kroch in der Unterwäsche aus dem Anzug heraus, weiter nach oben. Der Druckanzug blieb in der Röhre zurück. Dann tauchte er auf. Trotz glühender Innenheizungen gefroren sofort seine Haupthaare und die Unterwäsche am Körper. Alan und Bob zogen ihn aus dem Rohroberteil. Sie schüttelten nur die Köpfe, als sie ihn sahen. Sarah verschloss das Oberteil, und schaltete die Pumpe auf Umkehrdruck ein. Alle in der Röhre steckenden Reste, drückte es jetzt wieder nach unten, zurück in den Ozean. Dann schaltete sie die Pumpe und die Heizung ab. Das Wasser im Bohrloch gefror sofort und presste die Röhre zusammen. Die gesamte Bohranlage und die nicht mehr benötigten Notrationen an Lebensmitteln verblieben wie geplant miteinander auf Europa zurück. Alle kletterten über die Leiter in das Raumschiff. Der halbnackte Charles hangelte sich ebenfalls, nach wie vor an allen neuralgischen Punkten rötlich durch die Haut glühend und trotzdem halb gefroren, hinterher. Als er oben in der Schleuse ankam, wies sein Anblick fast nichts Menschliches mehr auf.

Dieses Leuchten durch die künstliche Epidermis, überall kleine Eiszapfen und die grotesk gefrorene Frisur, ließen ihn eher wie einen Winterdämon aussehen.

Ebenso ließ sein zweifellos impulsives Verhalten, als er ohne zu zögern, und ohne Absprache den Helm auszog, und dem Bohrkopf hinterher sprang, Alan Hall an seiner Loyalität zweifeln, obwohl er der restlichen Crew erst kürzlich das Leben gerettet hatte.

Die Angst vor Charles überlegener Konstruktion bewirkte ihr Übriges.

Auf jeden Fall hinterließen die zuletzt gezeigten Aktionen gemischte Gefühle bei der Mannschaft, sogar bei Sue.

Wenn Charles sich verhielt, wie es ihm Spaß bereitete, vielleicht log er sie dann ebenso hinsichtlich der Schlafkammer an.

Ihre Gefühle schwankten zwischen der aufkeimenden Liebe, der Angst vor einer unmenschlichen Reaktion und Gedanken über die weitere Zukunftsplanung.

Sie wusste aber ebenfalls, dass sie auf der Rückreise ein Jahr lang Zeit haben würde, sich ihrer Gefühle klar zu werden.

Als die Dekontaminationsautomatik den Reinigungsvorgang abschloss und sich die Innentür der Schleuse öffnete, umarmte sie Charles ungeachtet dessen wieder, voller Freude, dass er weiterhin unter ihnen weilte.

Lory Zappo, die Exobiologin, erwartete Charles Bericht vom Ozean mit Feuereifer. Sie hatte anhand der Kamera des Bohrkopfes einige Lebewesen erspäht. Aber ein Augenzeugenbericht rundete die Forschungsarbeit formidabel ab.

Dabei hing sie fasziniert an Charles Lippen, als er von Pfeilfischen, Kugelwalen, Fluid-Würmern und diesem krokodilartigen Monster mit Schlangenkörper berichtete, das den äußerst stabilen Absaugschlauch ohne Mühe zerfetzte. Dabei vergaß Lory völlig, ihre scheue Distanz, die sie ansonsten Charles gegenüber an den Tag legte.

Als Sue beobachtete, wie Charly eloquent seine Erlebnisse und Eindrücke erläuterte, und Lory ihn verzückt dabei anblickte, kam ein kleiner Anflug von Eifersucht in ihr auf.

Charles bemerkte diese Reaktion, lächelte liebevoll zu ihr hinüber und zwinkerte ihr zu. Damit zeigte er ihr, dass er nur Augen für sie hatte. Sue entfernte sich daraufhin beruhigt, und bereitete die Schlafkapseln der Anderen für den Rückflug vor.

Alan und Bob, legten die Leiche von Ken in den für ihn vorgesehenen Behälter. Er sollte ein ehrenvolles Begräbnis auf der Erde, oder wenigstens auf dem Mond erhalten.

Von den Wächtern Europas hörten sie nichts mehr. Die vernichtete Blitzwaffe, meldete vermutlich vor ihrer Zerstörung an ihre Erbauer, dass sie die Silver Star unschädlich, energielos treibend im All zurückließ und keine weitere Hilfe benötigte.
Charles zerstörte sie dann, bevor sie in der Lage war, um Beistand zu ersuchen. Soeben noch rechtzeitig.
Einen zusätzlichen Angriff hätten die Silver Star und folglich ihre Besatzung, nicht überstanden.
Major Bob Eaton zündete die Triebwerke des Raumschiffes, und es hob ab.
Die aufgewirbelten Eiskristalle erzeugten eine regenbogenartige Lichterscheinung. Ein grandioser Anblick zum Abschied von Europa.
Die gesamte Bohr- und Pumpenanlage, sowie die zurückgelassenen Vorräte, verteilten sich unter dem Druck der Triebwerke über die Oberfläche des Jupiter-Mondes. Sie hatten es geschafft.
Nicht nur, dass sie den ersten Müllhaufen auf dieser kleinen Eiskugel hinterließen, sie meisterten es ebenso, die hermetisch verschlossenen Lagerbehälter randvoll mit reinstem Hunt-Fluid zu füllen. Jetzt mussten sie nur noch zuhause ankommen.
Als Bob den Ionenantrieb zündete, und die Silver Star das mit einem leisen Brummen quittierte, begaben sich alle zufrieden in die medizinische Abteilung.
Sue half ihnen bei den Vorbereitungen zur Schlafperiode und überwachte die Einschlafphasen.
Erst danach vermochte sie sich wieder im gewünschten Maße um Charles zu kümmern.
Vorräte legte sie sich im Vorfeld in genügendem Umfang beiseite. Einer glücklichen Heimreise stand somit, ihrer Meinung nach, nichts mehr im Weg. ...

Kapitel 5: Mondbasis.

1. Zuflucht

Schon auf dem Rückflug, am 18.03.2023, erreichte eine weitere Nachricht Wiffens die Silver Star:

„Hier spricht Mission-Control, Direktor Roy Wiffen.
Unsere schlimmsten Befürchtungen haben sich bestätigt. Wir konnten zwar ein Gegenmittel für das Japiá-Virus entwickeln, die Zeit reichte aber nicht mehr aus, es an alle Überlebenden zu verteilen. 90% der Weltbevölkerung fielen dem Virus zum Opfer. Aufgrund der dadurch fehlenden Überwachung von Nuklearwaffenmagazinen und Atomkraftwerken, kam es danach zu einer weltweiten, nuklearen Katastrophe. Unsere Gebete gelten den zahlreichen Opfern. Vermutlich haben auch sie geliebte Menschen verloren, was mich persönlich schwer betroffen macht.
Die Erde wird über Jahrhunderte nicht mehr bewohnbar sein.
Es ist deshalb von größter Wichtigkeit, dass sie ihre Mission zu Ende bringen, und das Hunt-Fluid auf der Mondbasis abliefern. Nur damit haben wir eine Chance, eine neue Welt für uns zu gestalten oder zu finden.
Sie stellen die Einzigen dar, die Helden, die unsere Rasse vor dem sicheren Untergang retten können.
Ich weiß, dass der Großteil der Mannschaft noch im Kälteschlaf liegt. Diese Übertragung soll ihnen allen, insbesondere den wachgebliebenen Helden klar machen, wie wichtig ihr Erfolg ist.
Wir alle freuen uns auf ihre Ankunft.
Ende der Übertragung."

Sue blieb wie angewurzelt stehen, stocksteif und geschockt. Als Charles versuchte, ihr Halt zu geben, die Hand tröstend auf ihre Schulter legte, drehte sie sich um, und ließ sich weinend in seine Arme sacken. Nur Tränen verließen ihr Antlitz, kein Jammern und kein Wort.
Charles drückte sie fest an sich.
Für ihn fühlte sich das erbaulich an, ihr warmer Körper, angeschmiegt an seinen, ihre tiefe Trauer vermochte er nicht nachzuvollziehen.

Das Gefühl von Trübsal unterdrückte er bisher immer mit seiner bestechenden Logik.
Trivialerweise wusste er, dass Menschen des Öfteren chemische Ungleichgewichte aufwiesen, und dass die Trauer ein probates Mittel darstellte, um Seelenschmerzen abzubauen. Für ihn handelte es sich dabei aber um ein befremdliches Konzept, dass er eher als Schwäche berechnete. Er hatte vor, Sue zu helfen, sie zu trösten und aus ihrer Gram zu befreien, aber seine Versuche blieben mehr kühl und unbeholfen:
„Ist schon gut, Sue. Lass es raus. Was glaubst du, ist geschehen? Denkst du, dass es auch deine Familie erwischt hat?"
Sue sah ihn nur mit ihren geröteten Augen an, schüttelte wortlos den Kopf, und vergrub wieder ihr Gesicht an Charles Schulter. Er ließ sie eine Weile weinen, tätschelte ihren Rücken, um sie zu beruhigen. Es dauerte seine Zeit, bis sie sich soweit beruhigte, dass sie sich aus Charles Umarmung zu lösen vermochte. Sie wankte wortlos in den Freizeitbereich, schnappte sich ein Küchentuch, um sich die Tränen aus dem Gesicht zu wischen und ordentlich zu schnäuzen. Dann schenkte sie sich ein Glas Wasser ein, setzte sich und trank, spülte damit ihre Sprachlosigkeit, den im Hals feststeckenden Kloß hinunter. Charles folgte ihr und platzierte sich vis-a-vis am Tisch:
„Weshalb trauerst du dermaßen? Was denkst du, was passiert ist?"
Sue reagierte nicht, wie Charles es erwartete. Sie verdrückte sich weitere Tränen, wischte sich das letzte Augenwasser aus dem Gesicht, und begegnete ihm etwas angesäuert, obwohl sie weiterhin kaum in der Lage war zu sprechen:
„Was ..., was soll das? Was ich meine ..., was passiert ist?
Was ... ist mit deiner überragenden Intelligenz? So ... naiv kannst doch nicht einmal du sein. Hast ..., hast du nicht gehört ..., was er gesagt hat? Alle ..., einfach alle ..., tot. Meine ..., meine Eltern, Geschwister ... , alle Verwandten und Bekannten ..., einfach tot!"
„Sorry, Sue. Aber du weißt doch gar nicht, ob sie noch leben, oder ob sie starben."
Sue schüttelte energisch den Kopf:
„Und das kommt von dir ..., einer kalt berechnenden Maschine! Du solltest am allerbesten wissen, wie die Chancen stehen. Und ich bin auch noch so blöd, und heule mich bei einem Androiden aus.

Wie konnte ich erwarten, dass du normale Gefühle hegst? Du bist eben doch kein Mensch. Lass mich bitte in Ruhe!"

Charles stand sofort auf, und gehorchte. Er marschierte vor, setzte sich wieder an die Kommunikationseinheit, und ließ Sue in Ruhe. Seine Programmierung sah keine langwierigen Beziehungsgespräche vor, und sein Lernprogramm hatte damit bisher keinerlei Erfahrungen.

Er wusste noch nicht, dass Menschen manchmal Wünsche äußern, aber in Wirklichkeit das Gegenteil erwarten.

Sue sah ihm ungläubig nach. Dann stand sie auf, rannte zu ihrer privaten Schlafbox, kauerte sich weinend in ihr Bett, und schloss das Rollo der Koje. Dort verbrachte sie fast einen vollen Tag. Charles sah nicht nach ihr, respektierte ihren „Wunsch".

Als Sue wieder auf der Bildfläche erschien, bot sie einen gefassten Eindruck.

Offensichtlich nutzte sie die allein verbrachte Zeit, um gründlich über ihre Beziehung zu Charles nachzudenken.

Er strahlte ihr entgegen, als sie die Brücke betrat:

„Hallo Sue. Fühlst du dich besser? Soll ich dich immer noch in Ruhe lassen, oder darf ich mich jetzt wieder um dich kümmern?"

Sue lächelte nur verständnislos und schüttelte leicht ihr Haupt, als sie ihm entgegnete:

„Charly, mir gingen viele Gedanken über unsere Beziehung durch den Kopf. Letztlich kam ich zu dem Schluss, dass du ein Baby bist. Ein großes Kleinkind, hyperintelligent, mit enormen Kräften, aber emotional völlig unterentwickelt. Für eine erfüllende Beziehung brauche ich einen gefühlsreifen, richtigen Mann. Der Sex mit dir ist unbeschreiblich, das möchte ich dir zugestehen, aber ich fühle mich nicht in der Lage, die Zukunft mit einem Baby an meiner Seite durchzustehen. Ich weiß, du hast mir das Leben gerettet. Mehrmals. Und dafür bin ich dir unendlich dankbar. Trotzdem kann ich mir nicht vorstellen, die künftigen Zeiten mit dir zu verbringen. Wie sollten wir eine Familie gründen?"

Charles unterbrach sie in ihrem Redefluss:

„Wir könnten die Genitalemulsion durch eine Samenspende ersetzen. Damit sollte ich in der Lage sein, auch Kinder zu zeugen."

„Du verstehst mich nicht Charly.

Das zeigt mir nur wieder deine emotionale Unreife. Es geht mir nicht nur um Nachkommen.
Es dreht sich um mehrere Probleme. Ich werde altern, du nicht. Die übrige Gesellschaft duldet sicher keine Verbindung zwischen einer Frau und einer Maschine; sie würden uns dafür verachten. Und dein Vorschlag in Ehren ..., bei einem solchen Nachwuchs, würde es sich nicht um unser Kind handeln. Es wäre das Baby von mir und irgendeinem Samenspender. Außerdem kenne ich dich nicht. Das impulsive Verhalten, dass du auf Europa an den Tag gelegt hast, macht mir Angst. Nein, Charly. Das möchte ich alles nicht. Wir können weiterhin Freunde bleiben, aber kein Liebespaar mehr."
„Aber ..., ich liebe dich, Sue."
Sues Augen füllten sich wieder mit Tränen:
„Das glaubst du Charly, ich weiß. Ich bin mir nicht sicher, ob du überhaupt lieben kannst oder ob es sich nur um freigesetzte Logarithmen handelt. Es ist, als ob du ein Außerirdischer wärst. Ein fremdartiges, wenn auch humaniodes Wesen. Am Anfang fand ich das noch amüsant, und wenn ich ehrlich bin, habe ich auch Gefühle entwickelt. Dieser Egoismus tut mir leid. Was soll ich noch sagen? Charly, wir verbrachten eine schöne Zeit zusammen, aber ich liebe dich nicht. Ich möchte aber, dass wir gute Freunde bleiben, verstehst du mich?"
Charles stand auf, griff Sue an den Hinterkopf, und drückte ihr lächelnd einen Kuss auf die Stirn:
„Ist gut, Sue. Wie du willst. Es genügt mir, wenn wir Freunde bleiben. Falls du dich anders entscheidest, gib mir bitte Bescheid, dann stehe ich sofort zur Verfügung."
Dann drehte er sich um, und wandte sich wieder seinem Arbeitsplatz zu.
Sue stand da, wie bestellt und nicht abgeholt. Sie wusste nicht, welche Art von Reaktion sie erwartete. Aber Charles minimalistische, gefühllose Entgegnung bestätigte sie in ihrer Entscheidung. Die Liebelei hatte ihr Ende gefunden.
Die restlichen Monate verbrachten die beiden in harmonischer Zweisamkeit, als sei nie etwas zwischen ihnen geschehen. Der Flug verlief friedlich und ohne Zwischenfälle.
Zehn Tage vor der Ankunft, weckten sie die restliche Besatzung auf.

Als sie wieder fit genug schienen, eröffneten sie der Crew die schrecklichen Neuigkeiten.
Sue hatte alle Hände voll zutun, die psychische Gesundheit der Mannschaft aufrecht zu erhalten. Die Kommunikation zwischen der Silver Star und der Mondbasis lief jetzt wieder in Echtzeit ab. Roy Wiffen entschied aber, ihnen keine genaueren Mitteilungen zukommen zu lassen, was ihre Verwandtschaft betraf. Er beabsichtigte so, mögliche Nervenzusammenbrüche zu vermeiden, um damit das Risiko des Scheiterns der Mission zu minimieren. Anflugvektor und weitere benötigte Daten, das war alles, was sie bis zur Ankunft erhielten.
Kurz vor ihrem Eintreffen erreichte sie eine weitere Botschaft, eine Aufzeichnung, ohne die Möglichkeit einer Antwort:

„Hier sprich Mission-Control, Direktor Roy Wiffen. Ihr Anflugvektor ist perfekt, doch bevor sie bei uns eintreffen, habe ich ihnen noch eine wichtige Mitteilung zu machen.
Wir haben ihre Mission zur Geheimsache erklärt. Bisher ist allgemein nur bekannt, dass sie eine Forschungsmission zum Mond Europa unternehmen.
Es ist ihnen strengsten verboten, über das Hunt-Fluid, außerirdische Aktivitäten oder Lebewesen zu berichten.
Wer zuwider handelt, muss mit erheblichen Konsequenzen rechnen.
Trotz unseres diffizilen Auswahlverfahrens gibt es religiöse Fanatiker unter den Mondbewohnern, welche das Ende, die Apokalypse als gekommen ansehen. Wir haben einige Mühe, diese Saboteure ausfindig zu machen. Deshalb darf niemand über das Hunt-Fluid bescheid wissen. Sollten diese Leute es in die Finger bekommen, bedeutete das mit Sicherheit unser aller Ende.
Ihr könnt stolz auf eure Leistung sein. Bis bald.
Ende der Übertragung."

Am 21. November 2023 flogen sie zur Landung auf Plattform B an. Diesmal setzte Bob das gewaltige Raumschiff sanfter auf. Bei der gesamten Landezone handelte es sich um einen gigantischen Lift. Als die Silver Star den Landeanflug abschloss, und die Landetriebwerke erloschen, setzte sich die Plattform nach unten in Bewegung.

Das Schiff fuhr mit diesem Riesenaufzug, im Zeitlupentempo, in den Untergrund des Mondes.
Danach schlossen sich die wuchtigen Hangartüren hermetisch über ihnen, und die Atmosphäre flutete die gesamte Halle.
Sie hatten es geschafft, die letzte Zuflucht der Menschheit erreicht, ihre Mission erfüllt, und die kostbare Fracht heil nachhause gebracht. Alle, bis auf Lieutenant Ken Thorn. Aber das kümmerte Roy Wiffen absolut kein Bisschen. Ihn interessierte nur das Hunt-Fluid, das tonnenweise im Bauch der Silver Star herum schwappte.
Für die Überlebenden und die Crew, fand ein aufwändiger Empfang statt. Gebührend für die neuen Helden der Menschheit. Nach der Schwärzung eines Großteiles ihres Berichtes, sahen sie indes nicht mehr so heldenhaft aus. Aber zumindest brachten sie eine zwei Jahre andauernde Forschungsmission zum Abschluss. Aufbauende Nachrichten müssen eben zelebriert werden, damit man die Möglichkeit hat, die übrigen, miesen Umstände, unbemerkt unter den Tisch fallen zu lassen. Ein probates Mittel der herrschenden Klasse.
Diesmal störte das Ant aber ausnahmsweise nicht sonderlich. Er stand sogar in der jubelnden Menschenmenge im Hangar B, als die Mannschaft das Schiff verließ. Er freute sich, Charles wiederzusehen, schlüpfte durch die Absperrung, rannte hinüber und schloss ihn in die Arme, bevor ihn die Sicherheitskräfte einholten und zurück in die Menschenmenge führten.
Roy Wiffen zelebrierte die Ankunft, umarmte jeden der Protagonisten und verlieh ihnen bezeichnenderweise einen Orden namens Silver-Star. Charles ließ er dabei völlig außen vor. Er umarmte ihn nicht, drückte ihm nicht mal die Hand. Er ignorierte ihn geflissentlich. Sue mochte sich nicht damit abfinden. Sie sprach den Direktor, während er ihr den Orden verlieh, darauf an:
„Was soll das, Sir. Weshalb behandeln sie Charly nicht wie alle anderen. Er hat uns allen das Leben gerettet. Auch ihnen. Ohne ihn hätten wir die Mission nicht erfolgreich abschliessen können."
Wiffen erwiderte eiskalt:
„Sie glauben doch nicht, dass ich eine Maschine ehre? Einen Roboter, den noch dazu dieser Antonin zusammengeschraubt hat. Ihr Charly ist einfach seiner Programmierung gefolgt, als er sie bei ihrer Arbeit unterstützt hat.

Soll ich jetzt jedem Industrieroboter einen Silver-Star verleihen, nur weil er erfolgreich sein millionstes Auto zusammengebaut hat?
Wenn sie jetzt, vor laufenden Kameras und der Menschenmenge Ärger machen, dann werde ich sie, und alles was nur im Entferntesten noch übrig ist von ihrer Familie, auslöschen.
Haben wir uns verstanden? Und jetzt strahlen sie gefälligst wie eine echte Heldin, wenn ich ihnen diesen Orden anhefte."
Wiffen flößte ihr erfolgreich Angst ein. Sie lächelte zwar nicht, hielt aber ihren Mund.
Ant randalierte in der Menge, als er mitbekam, wie Wiffen Charles behandelte. Seine Proteste gingen aber fast unbemerkt in der jubelnden Menge unter. Nur Dr. Hunt beobachtete alles mit aufmerksamen Interesse.
Drei Tage später fand die Staatstrauerfeier für den verstorbenen Ken Thorn statt. Logischerweise hatte Roy Wiffen vor, sich wieder als großer Führer zu präsentieren, die Trauerrede abzuhalten. Fast die gesamte Mondbevölkerung stand bereit, um sich von ihrem Helden zu verabschieden.
Aber Roy Wiffen tauchte nicht auf. ...

2. Ants Mondfahrt (März 2023)

Trotz der angezogenen Raumanzüge, die den G-Kräften entgegenwirkten, verlor Ant fast das Bewusstsein, als der Pilot des Shuttles die Fusionstriebwerke zündete. Die Physik presste die Körper der Passagiere, während der Beschleunigungsphase, derart in die Sitze, dass ihnen jegliche Bewegungsfreiheit abhandenkam. Erst als sie eine Geschwindigkeit von über 400.000 km/h erreichten, ließ der Schub nach, und sie konnten sich endlich schwerelos und entspannt in ihre Sitze sinken lassen. Der Mond rückte von Minute zu Minute näher, größer und imposanter als je zuvor, schien er ihnen entgegenzustreben, als hätte er vor, sie zu rammen.
Ein faszinierender Anblick für die Passagiere, außer für Dr. Hunt, die diese Reise nicht zum ersten Mal genoss.
Der Flugkapitän schien es auf die Spitze treiben zu wollen. Es sah so aus, als würden sie wie ein Geschoss auf dem Mond einschlagen, bis er endlich agierte.
Bevor der Pilot die Bremsdüsen zündete, ermahnte er seine Gäste, nochmals ihre Gurte zu überprüfen. Dann entfesselte er den Gegenschub. Das presste die Körper extrem in die Sicherheitsgurte, was den Mitfliegenden fast den Atem raubte und um ein Haar den Inhalt ihrer Mägen aus ihnen herausquetschte. Das Shuttle brummte und vibrierte, bis der Bremsvorgang endlich abgeschlossen war.
Wie im Geschwindigkeitsrausch, wenn man sich an ein hohes Tempo gewöhnte, kam es Ant jetzt vor, als kröchen sie um den Erdtrabanten herum. Im Vergleich zu vorher stimmte das sogar, aber sie hatten nach wie vor Überschallgeschwindigkeit drauf, als sie zum Landeanflug auf die Mondbasis ansetzten. Die weiteren Bremsschübe fielen dann nicht mehr derart krass aus wie der erste.
Langsam glitten sie auf die Basis zu. Ant wusste, dass diese Anlage auf der Rückseite des Mondes existierte. Ebenso kannte er sämtliche Baupläne. Aber der schiere Gigantismus der Station, mit ihren Wohn- und Freizeiteinheiten, ihrem Weltraumhafen, ihren Fabrikationsanlagen und den riesigen Hangars, überwältigte ihn.
Sie landeten direkt in einem kleinen Nebenhangar, das Tor schloss sich hinter ihnen und der Raum füllte sich mit atembarer Luft.

Als sich die Heckklappe öffnete, erwartete sie bereits eine Gruppe schwer bewaffneter Soldaten. Inmitten dieser Legionäre stand Roy Wiffen.
Dr. Hunts Miene sprach Bände und bei Ant kam ebenfalls keine rechte Begeisterung auf.
Wiffen sah angespannt, etwas nervös aus, als er sie empfing:
„Hallo Megan, sie haben es also auch geschafft. Darf ich sie und ihre Leute zunächst bitten, sämtliche Schusswaffen abzugeben."
Die Soldaten zielten mit ihren Schnellfeuergewehren auf die Neuankömmlinge. Dr. Hunt reagierte genervt:
„Was soll das, Roy? Wollen sie uns jetzt erschießen lassen? Wenn es ihr Wunsch ist, uns sterben zu sehen, weshalb haben sie dann nicht einfach das Shuttle zurückgepfiffen und uns eben mal banal auf der Erde zugrundegehen lassen?"
„Genau, weshalb hätte ich ihnen dann das Shuttle geschickt? Sie missverstehen mich Megan. Ich kann nur nicht erlauben, dass hier bewaffnete Menschen herumlaufen. Das sollte nur den Sicherheitskräften vorbehalten bleiben. Wie schnell löst sich ein Schuss und schlägt ein Loch in die Außenhaut unserer Mondbasis? Mit fatalen Folgen. Das wollen wir doch nicht riskieren. Also, geben sie einfach brav ihre Knarren ab, damit wir uns zivilisiert unterhalten können."
Megan drehte sich zu Ant und ihren Agents um:
„Ok, Leute, ihr habt`s gehört. Legt einfach eure Schusswaffen auf den Boden, alles Weitere kläre ich dann mit Direktor Wiffen ab."
Was blieb ihnen übrig, angesichts der Übermacht, ergo gehorchten sie.
Ant sah Wiffen angewidert an. Er wusste, dass dieser Drecksack damals seine und Ramonas Verfolgung leitete und somit, für Ants Verständnis, die Hauptschuld an ihrem Tod trug. Wiffen quittierte diesen Blickkontakt mit gleicher Münze. Im Gegensatz zu seiner Mimik sprach er ihn überfreundlich an:
„Es ist mir eine Freude, sie hier zu haben, Mister Antonin. Ohne ihre Forschungsarbeiten gäbe es uns sicher heute alle nicht mehr. Ich hoffe weiterhin auf eine gute Zusammenarbeit. Viele Forschungsprojekte erwarten sie hier."
Ant hörte die Worte, aber zeitgleich ebenfalls Wiffens Gedanken, die völlig anders lauteten:

„*Dieses vorlaute Arschloch hat es also auch geschafft. Na ja, er könnte uns noch nützen. Und wenn er Zicken macht, lasse ich ihn ins Weltall hinauspusten.*"
Ant lächelte ihn an, und antwortete:
„Sie mich auch, Wiffen."
Dann marschierte er durch den Haufen verblüffter Soldaten hindurch Richtung Hangarausgang.
Wiffens Miene verdunkelte sich weiter. Dann tat er so, als vermochte ihn das nicht anzufechten, drehte sich ebenfalls um, und winkte die Anderen hinter sich her:
„Kommen sie! Es ist alles in Ordnung. Folgen sie mir zu ihren Quartieren."
Alle strebten gemeinsam dem Ausgang zu.
Megan konnte sich, trotz ihrer Frustration darüber, dass sie nun doch nicht die alleinige Herrscherin der Menschheit abgab, ein Grinsen, hinter Roys Rücken, nicht verkneifen.
Sie stiegen in eine Magnetschwebebahn und fuhren damit in Richtung des Quartierblocks. Die meisten Unterkünfte lagen unterirdisch und ohne Fenster im Mondgestein. Als Ausgleich für die fehlende Aussicht beinhaltete die Ausstattung eines jeden Raumes eine Videowand, auf welcher, je nach Stimmungslage, verschiedene Landschaften dargestellt wurden.
Die Führungsriege wohnte über den Übrigen, im Erdgeschoss mit Allblick. Die getönten Fenster übernahmen die Filtereigenschaften der Erdatmosphäre, sie schützten vor allzustarker Sonneneinstrahlung.
Während die Soldaten Dr. Hunts Agents, Bacon, Faust, Cooper und Kazinsky in die Katakomben führten, begleitete Wiffen, im Begleitschutz von vier Bewaffneten, Megan und Ant zu ihren Unterkünften im Erdgeschoss.
Als er Ant die Tür zum künftigen Domizil öffnete, fühlte der sich zurückversetzt in seine Zeit in der Zelle des NIT.
Der Raum wies in etwa die gleiche Größe auf, selbst Einrichtung und Badezimmer kamen ihm bekannt vor. Nur die Aussicht, auf das Universum, konnte sich sehen lassen. Während die Anderen draußen warteten, nahm sich Wiffen Ant nochmal zur Seite.

„Ich weiß, dass sie mich nicht ausstehen können, Antonin. Aber ich habe nun mal das Sagen hier. Sie sind unbestritten unser fähigster Wissenschaftler. Trotzdem kann ich weitere Disziplinlosigkeiten, wie vorhin, nicht durchgehen lassen, wenn ich meinen Führungsanspruch untermauern will. Das werden sie doch sicher verstehen? Sehen sie, ihre Fähigkeiten als Forscher, sind der einzige Grund, weshalb ich sie noch nicht ins All habe werfen lassen. Aber wenn sie glauben, so weitermachen zu können, muss ich eben nur mit Dr. Hunt vorliebnehmen. Haben wir uns verstanden, Antonin?"
Ant überlegte kurz. Er hasste diesen Mann, die Arroganz, das Anspruchsdenken und seine Machtbesessenheit. Aber er wusste ebenso, dass die Menschen hier auf der Station ihn brauchten, wenn sie weiterhin mit einer Zukunft rechneten. Deshalb nickte er zustimmend aber wortlos.
Das beurteilte Wiffen nicht als unterwürfig genug:
„Ich habe sie nicht gehört, Antonin. Wollen sie sich nun als Wissenschaftler zur Verfügung stellen und unterordnen, oder nicht?"
Ants Gesichtsausdruck ließ wenig Gutes erwarten, aber er riss sich am Riemen:
„Ja, Sir. Ich werde für sie arbeiten. Und jetzt lassen sie mich besser allein."
Wiffen lächelte ihn überheblich und zufrieden an, drehte sich um und verließ Ants Unterkunft. Dann brachte er Dr. Hunt zu ihrem Privatbereich. Ihr folgte er ebenfalls in den Raum, um kurz mit ihr zu reden:
„Ich rechnete damit, der einzige Überlebende des Führungsstabs zu sein. Aber nun sind sie einmal da, Megan. Wenn sie sich bereit erklären, ins zweite Glied zu rücken, haben wir beide keine Probleme miteinander. Sie müssen wissen, dass mir sämtliche Sicherheitskräfte loyal unterstehen. Versuchen sie erst gar nicht, Ärger zu veranstalten. Ich sage ihnen gleich, ich benötige ihre Dienste nur zu einem einzigen Zweck und wenn sie den nicht erfüllen, sind sie überflüssig für mich. Sie verstehen, was ich meine?"
Megan starrte während der gesamten Ansprache auf den Boden vor sich, und sah jetzt zu Wiffen auf:
„Ja, ich denke, dass ich genau verstanden habe. Was erwarten sie von mir, Roy?"

„Sie werden die Forschungsabteilung leiten, Megan. Dieser Antonin wird ihrer Obhut unterstellt. Sie haben dafür zu sorgen, dass er sich anständig und integer verhält, und seine Arbeit ordentlich erledigt. Mir ist er immer noch unheimlich, ein Dorn im Auge, aber sie pflegen einen guten Draht zu ihm. In circa einem halben Jahr, werden wir eine Fracht, bestehend aus einigen Tonnen Hunt-Fluid erhalten. Bis dahin sollten sie und dieser Antonin ihren theoretischen Raum-Krümmungs-Wurmloch-Antrieb in eine praktikable Form bringen. Wenn möglich, gleich in die Golden Star im Hangar A einbauen. Das ist ihr Auftrag. Können sie das, Megan?"
Sie sah ihm ernst und direkt in die Augen:
„Ok, Roy. Ich bin zufrieden, wenn ich als Chefin der Forschungsabteilung fungiere. Mit Antonin werde ich schon fertig. Ob wir es allerdings schaffen, diesen neuen Antrieb bis zur Ankunft der Silver Star fertigzustellen, kann ich noch nicht versprechen."
Roy nickte:
„Das genügt mir vorerst. Wir treffen uns wöchentlich zu einer Arbeitsbesprechung. Dann will ich, dass sie mir von Fortschritten berichten. Und bringen sie diesen Antonin nicht mit. Also, ruhen sie sich jetzt erst mal aus. Wir sehen uns morgen, dann zeige ich ihnen alles."
Ohne eine Antwort abzuwarten drehte Wiffen sich zufrieden um, und verließ den Raum. Er wusste, dass er gehalten war, die beiden im Auge zu behalten. Aber mit dem vorhandenen Überwachungs- und Sicherheitssystem, stellte das kein Problem dar.
Megan und Ant sahen sich genötigt, die erste Nacht eingesperrt in ihren Zimmern zu verbringen.
Da ihre DNS bisher nicht im Sicherheitssystem gespeichert war, vermochten sie ihre Räumlichkeiten nicht zu verlassen. Die Türen öffneten nur nach einem entsprechenden DNS-Abgleich.
Am folgenden Morgen entriegelte Wiffen ihre Türen und führte sie in den Verwaltungstrakt, wo die Registrierung vorgenommen wurde. Beide erhielten eine umfangreiche Autorisierung für verschiedenste Bereiche der Mondbasis.

Für ihre jeweiligen Wohnräume, die Magnetbahn, den Verwaltungsbereich, die Hangars und Lagerräume, die Fabrikationsanlagen mit Labors, den Fuhrpark, die Agrarhallen und den Freizeitbereich.
Kaum zu glauben, wie weitläufig sich die gesamte Anlage ausbreitete. Selbst in den Untergrund. Als ob die NSA einen Geheimbund von Präriehunden oder eher Ratten darstellte.
Sie fuhren den gesamten ersten Tag mit der Magnetbahn hin und her, besichtigten alle für sie zugänglichen Bereiche. Dabei führte Wiffen sie gleichfalls in ihren Arbeitsbereich ein. Sämtliche Ressourcen standen ihnen zur Verfügung. Nachdem sich Wiffen verabschiedete, sah Megan den Zeitpunkt als gekommen an, einige ernste Worte mit Ant zu wechseln. Für solche Zwecke hatte sie in einem ihrer Kugelschreiber einen Störsender versteckt, den sie jetzt aktivierte. Sie kannte logischerweise die Abhörmethoden der NSA aus dem FF. Das Gerät gewährleistete eine ungestörte Unterhaltung, ohne lästige Zuhörer:
„Was halten sie von Wiffen?"
„Ich kann diesen arroganten Saftsack nicht ausstehen, tut mir leid. Außerdem habe ich noch eine Rechnung mit ihm offen."
„Ach, ok, für mich stellt das kein Problem dar, ich kann das gut verstehen. Er hat mich vor die Wahl gestellt, entweder für ihn zu arbeiten oder zu sterben."
Ant zögerte ein bisschen, bevor er antwortete:
„Mich auch. Dieser Arsch. Am Liebsten hätte ich ihm gezeigt, was für ein Würstchen er ist. Aber dabei kommt mir meine gute Erziehung in die Quere. Soll er doch glauben, dass er der Chef ist. Mir egal."
„Aha, das ist ihnen also egal? Wissen sie auch, dass Direktor Roy Wiffen für die Hetzjagd auf sie und ihre Verlobte verantwortlich zeichnet? Dass, er vorhatte ihre Zukünftige zu töten, falls sie diese Jagd überlebt hätte?"
Ant erstarrte fast, nur sein Kopf bewegte sich schnell hin und her, genauso wie seine Augen.
Megan sah ihm an, wie schwer ihn diese Aussage getroffen hatte, wie ihm die Gedanken durch den Kopf huschten. Er wusste bisher nur, dass Wiffen damals die Fahndung leitete, aber was er danach mit Ramona und ihrem gemeinsamen, ungeborenen Kind vorhatte, war ihm neu.

Sein Gesicht errötete unter dem steigenden Blutdruck, dann ballte er seine Fäuste und sah Dr. Hunt mit furchterregender Miene an. Langsam erblasste sein Antlitz wieder und er antwortete in überraschend zurückhaltendem Ton:
„Nein, das hat er mir bisher nicht eröffnet, diese feige Drecksau. Aber dafür werde ich ihn noch zur Rechenschaft ziehen."
Megan erreichte mit ihrer Aussage genau das, was sie erwartete:
„Wie meinen sie das? Was wollen sie denn unternehmen?"
Ant schüttelte nur den Kopf:
„Ich weiß noch nicht. Ein Mord kommt für mich nicht in Frage, da müsste ich schon ihre Charakterzüge aufweisen. Aber mir wird sicher etwas einfallen. Verlassen sie sich darauf."
Ant musste seine Gedanken sortieren. Ohne eine Verabschiedung lief er zur Magnetbahn und entschwand Richtung Wohnanlage.
Megan schaltete ihren Störsender wieder ab und grinste in sich hinein. Ihre Chancen auf die Alleinherrschaft verbesserten sich soeben erheblich.
Direktor Roy Wiffen vermied instinktiv jeglichen weiteren Kontakt zu Ant. Dieses Problem delegierte er wohlweislich an Dr. Hunt. Ant konzentrierte sich vorzugsweise auf seine Aufgabe, die menschliche Rasse in eine lebenswerte Zukunft zu bringen. Er ging voll auf in der Wissenschaft, erdachte exorbitante Gleichungen, die er wieder verwarf. Er konzipierte und konstruierte an der Entwicklung des RKWA`s. Dabei arbeitete er eng mit Dr. Hunt zusammen.
Megan lieferte ihren wöchentlichen Bericht bei Wiffen ab. Dazu traf sie ihn in einem kleinen, abgeschirmten Besprechungsraum:
„Hallo Roy, komme ich zu spät?"
„Nein, nein, Megan, ist schon in Ordnung. Also wie sieht es aus. Haben sie schon einen Warp-Antrieb entwickelt?"
Dr. Hunt schmunzelte:
„Sie werden lachen, aber Antonin hat sich sogar mit dieser Möglichkeit befasst.
Allerdings ergeben seine Berechnungen, dass in einer Warp-Blase Temperaturen aufträten, die heißer als in jeder bekannten Sonne brennen. Dort schmilzt jegliche Materie. Also einen Warp-Antrieb wird es nicht geben."
„Ok, und welche Art von Motor ist möglich, Megan?"

„Ich möchte mich folgenderweise ausdrücken, Roy, wir arbeiten gerade, wohlgemerkt nur theoretisch, an einem Raum-Krümmungs-Wurmloch-Antrieb. Einem RKWA."
„Und wie soll ich mir das vorstellen? Wie weit sind sie damit?"
„Noch nicht besonders weit. Ohne die entsprechende Menge an Antit bleibt uns nur das Theoretisieren. Ihnen ist doch dieses anschauliche Modell mit den Blatt Papier, das unser Universum zweidimensional darstellen soll bekannt. Man faltet das Blatt einmal, stößt mit einem Stift ein Loch hinein, und kann so zwei weit auseinanderliegende Punkte des Blattes verbinden."
„Ja natürlich. Das kenne ich. Die Energie, um den echten Raum in dieser Weise zu falten, ist unermesslich. Aber mit dem Antit, könnte es doch möglich sein, oder?"
„Sie haben recht, Roy. Aber die Energie ist nicht das Problem. Wenn ich das zweidimensionale Blatt falte, dann falte ich es in die dritte Dimension. Es ist dann nicht mehr zweidimensional. Wenn wir aber den dreidimensionalen Raum falten oder krümmen wollen, dann müssten wir das in die nächst höhere Dimension tun. Verstehen sie?"
„Ehrlich gesagt, nein."
„Sehen sie, ich auch nicht. Aber Antonin arbeitet nun wie besessen daran, in Anlehnung an seinen Quantencomputer, analog der Quantenverschränkung, an einer Verschränkung zweier Schwarzer Löcher. Zwischen den Schwarzen Löchern will er eine Brücke, ein Wurmloch, als Abkürzung erzeugen. Dieses Wurmloch will er beeinflussen, es ausdehnen und umlenken, sodass eine Navigation möglich sein sollte. Dabei dürfte die Temperatur keine Rolle spielen. Wir wissen aber noch nicht, wie wir etwaigen Dehnungen und Stauchungen des Raumschiffes entgegenwirken können. Auf jeden Fall habe ich das so verstanden."
„Äh, ok. Dann machen sie mal weiter, Megan. Ich hoffe, sie finden eine Lösung."
„Ich eher nicht, aber Antonin könnte es schaffen. Also, bis nächste Woche, Roy."
„Brauchen sie ihn unbedingt, oder ist es ihnen möglich, die Arbeiten ab jetzt allein zu beenden?"
Megan überlegte kurz:

„Wieso fragen sie, Roy? Haben sie etwas vor? Ich weiß, dass sie ihn nicht leiden können, aber überlegen sie sich gut, was sie anstellen. Im Übrigen kann ich ihnen versichern, dass niemand, außer Antonin, dieser Aufgabe gewachsen ist."
„Machen sie`s gut, Megan."
Dr. Hunt machte sich auf den Weg in Richtung Hangar A, wo das neue Raumschiff, die Golden Star, auf seinen Antrieb wartete.
Im angrenzenden Arbeitszimmer kritzelte Ant sämtliche Wände mit Gleichungen voll, und hüpfte, vertieft in seine Arbeit, von einer Seite des Raumes zur anderen, um an der Formel herum zu verbessern. Megan sah sich erstaunt, mit offenstehendem Mund um und schüttelte nur für sich, kaum merkbar, ihren Kopf, bevor sie wieder ihren Störsender einschaltete:
„Wow, Antonin, was ist das alles hier?"
„Erkennen sie das nicht ..., hier, oder dort ..., das ist die grundlegende Physik, mathematische Formeln, für die Berechnung der Krümmung des dreidimensionalen Raumes in die nächste Dimension."
„Ok, toll. Mir ist das leider zu hoch. Ich hoffe, ich störe sie nicht?"
„Sie stören immer Dr. Hunt. Aber kein Problem, ich verliere nicht so schnell den Faden. Was gibt`s?"
„Ich komme gerade vom wöchentlichen Rapport, bei Roy Wiffen. Antonin, der hat etwas vor. Er fragte mich, ob ich sie unbedingt benötige, um die Arbeiten zum Abschluss zu bringen. Passen sie bloß auf. Er hält sie für gefährlich und er kann sie nicht leiden. Sobald sie mit ihren Forschungen fertig sind, will er sie erledigen."
Ant sah ihr gleichgültig in die Augen. Er checkte schnell ab, was hinter ihren Sehorganen vorging und erkannte, dass sie die Wahrheit sprach:
„Ich habe keine Angst, Dr. Hunt. Soll er doch kommen, er wird schon sehen, was er davon hat."
„Sie verstehen nicht, Antonin. Er wird nicht persönlich, mit der Pistole in der Hand antanzen und versuchen sie zu erschießen. Er schickt eine Armee von Soldaten, die sie überwältigen und danach ihre Einzelteile ins All blasen sollen. Oder er lässt das Fenster ihres Wohnzimmers platzen und sieht zu, wie sie vom Vakuum ins All gesaugt werden."
Ant sah sie nach wie vor gelassen an:
„Wie gesagt, soll er es doch versuchen. Mein Mitgefühl gehört jetzt schon all denen, die so dumm sind, seine Mordbefehle auszuführen."

Megan zuckte mit den Schultern:
„Ist gut, Antonin, ich habe sie jedenfalls gewarnt. Dann können wir jetzt weiterarbeiten. Sie mit ihrer Theorie und ich mit der Fertigstellung der Golden Star. Wir sehen uns."
„Bis bald, Dr. Hunt."
Ant wandte sich wieder seinen Gleichungen zu, und Megan marschierte Richtung Hangar A. Sie hatte abermals erfolgreich einen ihrer zerstörerischen Gedankenbausteine in sein Gehirn gepflanzt. Es konnte nicht mehr lange dauern, bis er diesen lästigen Roy Wiffen pulverisierte.
Ants Pläne hingegen wiesen in eine andere Richtung. Es lag ihm fern, absichtlich einen Menschen zu töten, als gemeiner Meuchelmörder zu gelten. Logisch, wenn es nötig würde, zum Beispiel in Notwehr, griffe selbst er zum Äußersten. Sein Konzept sah aber nicht vor, zu agieren, höchstens zu reagieren. Und Dr. Hunt unterschätzte in gewaltig, wenn sie glaubte, ihn zu ihrem Werkzeug umgestalten zu können.
So hingen beide, ihren Plänen und Gedanken nach, und werkelten Tag für Tag an ihren Aufgaben.
Die groß angelegte Produktion der neuen Kunststofflegierung, erleichterte Dr. Hunts Konstruktionspläne. Dieser hochfeste, temperaturbeständige und leichte Werkstoff, ermöglichte es ihr, zusätzlich zum RKWA einen leistungsstarken Fusionsantrieb zu installieren. Ausgehend von der zur Verfügung stehenden Menge an Antit, vermochte sie auch einen Schutzschirm vorzusehen, der das gesamte Raumschiff abdeckte. Zusammen mit Ant entwickelte sie ebenso eine Umkehreinrichtung für den Schild.
Damit versetzten sie die Golden Star in die Lage, sich von vorhandenen Magnetfeldern, wie sie zum Beispiel Sterne oder sogar Planeten erzeugen, wie ein umgekehrter Magnet abzustoßen. Bei einem Himmelskörper mit Magnetfeld müsste es somit möglich sein, unter Anpassung der Feldstärke des Schildes, sanft auf die Oberfläche zu schweben, völlig ohne Landedüsen. Die Planung sah ebenfalls vor, das Raumschiff, ausgelegt als Personen- oder Truppentransporter, mit zwei Shuttles auszustatten. Dr. Hunt hätte dafür am liebsten umfangreich bewaffnete, vergrößerte Sharks vorgesehen.
Aber Ant überzeugte sie, eher Lande- und Fluchtfähren für Materialtransporte und Notfälle zu konstruieren.

Als Zugeständnis an Dr. Hunts martialische Denkweise, sollte dafür die Golden Star schwer bewaffnet werden.
Die Shuttles sahen eher konventionell, wie ein altes NASA-Fluggerät aus, waren aber ausgestattet mit neuester Technik, wie ihr großes Mutterschiff.
Ant arbeitete weiter an den theoretischen Grundlagen. Er errechnete, dass sich die Energieleistung des Antits mit zunehmender Masse des Kristalles potenziert. Unmengen von Energie wurden benötigt, um zwei Quantensingularitäten zu verschränken, eine Wurmlochbrücke zu installieren und zu manipulieren. Aber immer wenn er die Masse des Raumschiffes mit dem Wurmloch in Verbindung brachte, kollabierte seine erdachte Einstein-Rosen-Brücke. Was nützte diese Abkürzung durch Raum und Zeit, wenn er keine Möglichkeit besaß Masse hindurchzuschicken. Er sprach mit Megan darüber:
„Dr. Hunt, ich hab`s soweit. In der Theorie bin ich, mit genügend Antit, in der Lage, ein Wurmloch zu öffnen. Aber ich kann keinerlei Masse durchschicken. Die Einstein-Rosen-Brücke kollabiert entweder, oder wenn ich exorbitant mehr Energie verwende, um den Durchgang offen zu halten, zerfetzt es sämtliche Masse bis hin zur atomaren Ebene. Wir haben also den Antrieb, können aber damit nichts antreiben."
Megan schaute ihn etwas verkniffen an:
„Und sie haben keine Lösung in petto ..., nein, sonst hätten sie es mir sicher mitgeteilt. Können wir eventuell den Schutzschild entsprechend modifizieren?"
„Nein, Dr. Hunt, da hilft selbst ein Schutzschirm nichts. Auf jeden Fall keiner, den wir zu konstruieren in der Lage sind."
„Und wenn wir extrem leicht bauen, mit geringerer Masse, können wir dann das Wurmloch passieren?"
Ant schüttelte etwas genervt den Kopf. Wie war es möglich, als gelehrte Wissenschaftlerin derartigen Schwachsinn zu verzapfen? Er hatte soeben vor, ihr eine passende Antwort zu geben, als er stockte. Er starrte ins Leere und hatte plötzlich eine Erleuchtung:
„Moment mal. Das war so beschränkt, was sie da gerade sagten, dass es schon fast wieder genial ist. Was ist, wenn unser Raumschiff überhaupt keine Masse hätte?"
Megan schaute ihn ungläubig an:
„Das Ding wiegt tausende Tonnen, wie soll das funktionieren?"

„Tja, Dr. Hunt. Das weiß ich jetzt auch noch nicht genau. Aber ich werde mich ab jetzt auf die Quantenphysik, die kleinsten Teilchen konzentrieren. Das Higgs-Boson ist für die Masse eines jeden Atomes zuständig. Könnten wir das manipulieren, sollte es möglich sein, die Masse des Raumschiffes auf Null zu reduzieren, nur für die Fahrt durch das Wurmloch. Es gibt alte Berichte, über außerirdische Völker, welche vor zehntausenden von Jahren die Erde besuchten, und mit dieser Technik unglaubliche Tempel errichteten. Sie reduzierten die Masse von riesigen Steinquadern auf Null, und stapelten sie zu gigantischen Bauwerken."

Megan schien zwar weiterhin verunsichert, aber gleichzeitig etwas erleichtert zu sein:

„Super, Antonin. Sehen sie zu, was sie darüber herausfinden können."

Ant nickte nur, und fing an die gesamte Wurmlochtheorie von den Wänden zu wischen, um Platz für seine neuen Formeln zu haben.

Dr. Hunt verzog sich wieder in Richtung Hangar A.

Die Golden Star nahm langsam Form an. Nur da, wo der RKWA Einbau geplant war, klaffte fortwährend eine große Lücke.

Ant arbeitete weiter an seinen Berechnungen zur Manipulation des Higgs-Feldes. Wenn es ihm gelänge, die Masse aller Teilchen, aus denen das Raumschiff, seine Fracht und Besatzung bestehen, auf Null zu setzen, könnte die Durchquerung des Wurmloches möglich sein.

In der Zwischenzeit vergingen Monate. Dr. Hunt und Ant arbeiteten fleißig an ihren Forschungen und Konstruktionen.

Ant schnappte sich ein Mini-Antitkristall aus einer Plasmakanone, um eine Versuchsreihe im kleinsten Maßstab durchzuführen.

Am 19. November 2023 schaffte er den Durchbruch. Die Ankunft der Silver Star einschließlich Charles, war in zwei Tagen angekündigt, und er besuchte Dr. Hunt im Hangar A. Die Theorie hatte er schon vor Monaten gelöst, aber die Konstruktion einer praktikablen Apparatur dauerte eben. Jetzt freute er sich darauf, das Ergebnis vorzuführen. In den letzten Wochen gelang es ihm, seine Anlage von einem groben Klotz bis hin zu einem handlichen Gerät in Koffergröße zu verfeinern. Diesen Higgs-Feld-Influenzer, HFI, nahm er zum Treffen mit Dr. Hunt mit.

Die für die Golden Star vorgesehenen Fähren, parkten neben ihrem Mutterschiff, ebenfalls nach wie vor ohne ihren RKWA.

Als Ant Megan sah, rief er sie aufgeregt zu sich herüber:
„Hallo, Dr. Hunt, schön sie hier beim Malochen zu sehen."
Sie war dabei, einige Anweisungen an zwei Arbeiter zu gegeben, und wandte sich danach Ant zu:
„Hi, Mister Antonin, was gibt`s?"
„Gute Nachrichten. Ich habe hier etwas für sie. Sehen sie zu."
Er stellte das Geräte auf den Boden neben einer Fähre, richtete ein Ende Richtung Shuttle aus, und schaltete den HFI ein. Nichts geschah, keine Lichterscheinungen oder Geräusche traten auf.
Megan wartete eine Weile und sah Ant genervt an:
„Und? Was soll ich jetzt damit anfangen? Wollen sie mir damit sagen, dass sie einen Koffer haben stehenlassen?"
Er grinste nur und strebte wortlos auf die Fähre zu. Dann stellte er sich unter das tonnenschwere Gefährt, hob seinen Zeigefinger, streckte die Hand nach oben aus, Richtung Bauch der Fähre, berührte ihn mit dem Zeigefinger, und drückte dann den Arm durch. Mühelos hob er das gesamte Shuttle mit seinem Finger an.
Megan entgleisten die Gesichtszüge. Sie hielt sich die Hand vor ihren offenen Mund, bevor sie jubilierte:
„Das gibt`s doch gar nicht! Sie haben es geschafft, sie verdammter Teufelskerl, haben es doch glatt auf die Reihe gekriegt! Ich kann`s nicht glauben. Wahnsinn. Aber wie? Wie funktioniert das?"
„Ja, das ist etwas kompliziert. Dieses Gerät beeinflusst das Higgs-Feld sämtlicher Teilchen der Fähre, und setzt dessen Masse auf Null. Die Materialien sind immer noch hochfest, haben eben nur keine Masse und damit kein Gewicht mehr. Wie das genau funktioniert, werde ich ihnen nicht sagen, sonst brauchen sie und ihr feiner Direktor mich nicht mehr. Sämtliche Aufzeichnungen habe ich nur im Kopf abgespeichert. Das ist meine Versicherung gegen schwachsinnige Angriffe."
Hunt reagierte beleidigt:
„Wie können sie mich da mit ins Spiel bringen. Habe ich sie nicht immer unterstützt? Vergleichen sie mich nicht mit Wiffen. Außerdem, was wollen sie dagegen unternehmen, wenn er sich diesen Koffer einfach schnappt, und von anderen Ingenieuren nachbauen lässt?"
Ant lächelte mild:
„Glauben sie wirklich, ich hätte nicht selbst schon daran gedacht.

Jeder, der versucht diesen Koffer zu zerlegen, wird sein blaues Wunder erleben."
„Gut gemacht, Antonin. Ich sage ihnen, wie es jetzt weiter geht. Zuerst werde ich Wiffen melden, dass sie die Lösung gefunden haben. Er wird mich wieder fragen, ob wir sie jetzt endlich beseitigen können, und ich werde das negieren. Danach machen wir uns an die Arbeit, einen praktikablen Antrieb in eines der Shuttles einzubauen, damit wir einen Test unternehmen können. Alles klar?"
„Alles klar, Dr. Hunt. Ich fange am besten gleich damit an, laufen sie zu Wiffen, und melden sie alle Neuigkeiten."
Beide machten sich an die Arbeit. Megan nahm die Magnetbahn zum Verwaltungstrakt, um sich mit Wiffen zu treffen. Sie strahlte, als sie in den Besprechungsraum trat:
„Hallo, Roy. Gute Nachrichten. Ant hat das Problem gelöst. Er hat ein Gerät gebaut, dass die Masse von Gegenständen auf Null reduzieren kann. Damit können wir die Golden Star durch die Einstein-Rosen-Brücke führen, ohne dass dieses Wurmloch zusammenbricht. Wir haben es geschafft, Roy!"
Wiffen nickte anerkennend:
„Gut, dann können wir diesen Freak jetzt endlich beseitigen."
„Vergessen sie das gleich wieder, Roy. Antonin wird uns die Baupläne nicht überlassen. Diese Pläne existieren nur in seinem Kopf. Und das Gerät hat er gesichert. Das fliegt in die Luft, wenn wir daran herumschrauben. Wir brauchen ihn immer noch."
„Verdammt, dieser Dreckskerl. Aber gut, dann behalten wir ihn eben solange, bis die Golden Star mit dem neuen Antrieb bestückt ist. Wie soll`s nun weitergehen, Megan?"
„Wir werden erstmal einen kleineren Versuchsantrieb in ein Shuttle einbauen und einige Tests vornehmen, bevor wir den großen Antrieb entwickeln. Dazu benötigen wir aber eine Menge Hunt-Fluid. Wie sieht es damit aus, Roy?"
„Kein Problem. Fangen sie schon mal an. Die Silver Star wird am 21. ankommen. Dann haben sie so viel Hunt-Fluid, wie sie wollen."
„Ok, toll. Also, dann beginnen Antonin und ich jetzt mit der Konstruktion des Antriebs."
„Wie viel Zeit werden sie dazu noch benötigen, Megan?"

„Wir brauchen völlig neue Teile. Kunststoffteile, seltene Metalle, eben alles. Das dauert mindestens noch drei Monate."
„Sie haben acht Wochen. Ich werde der Fabrikationsabteilung und den Konstrukteuren Dampf unterm Hintern machen. Das wird alles etwas beschleunigen. Alles klar, Megan?"
„Gut, Roy, wir werden es versuchen."
„Na dann, auf gutes Gelingen, enttäuschen sie mich nicht, Megan. Viel Spaß."
Megan verließ leicht gestresst den Raum und fuhr zurück zu Ant. Logischerweise versuchte sie, gleich als sie ankam, Ant weiter gegen Wiffen aufzuhetzen. Sie teilte ihm mit, dass er ihn loswerden wolle, dass er, nur solange ausharren würde, bis sie ihre Arbeit an der Golden Star beendet hätten. Was er danach plante, wüsste sie nicht.
Ant registrierte diese neuerlichen Anfeindungen seitens Wiffen wieder scheinbar gelassen.
Innerlich brodelte es fraglos in ihm, aber er wusste das ausgezeichnet zu verbergen. Megan vermochte sich nie sicher zu sein, ob sie ihr Ziel, ihn aufzuhetzen, erreichte.
Sie arbeiteten fleißig, fertigten Pläne und kamen ordentlich voran.
Wiffen schien seine Ankündigung, der schlafmützigen Konstruktionsabteilung angemessen in den Hintern zu treten, verwirklicht zu haben. Sie lieferten sämtliche, benötigen Teile fristgerecht, selbst wenn sie dazu einen Dreischichtbetrieb zu installieren hatten.
Als die Silver Star am 21. November 2023 im Hangar B landete, freute sich Ant darauf, seinen Charles wiederzusehen. Wiffen befahl eine große Empfangszeremonie und alle kamen, bis auf die im Schichtbetrieb schuftenden Arbeiter und Konstrukteure.
Die Sicherheitskräfte errichteten simple Absperrungen, um die Massen in gebührendem Abstand, von den Helden und vor allem vom Hunt-Fluid zu halten. Als Ant sah, wie Charles vor das imposante Raumschiff trat, hielt es ihn nicht mehr hinter der Absperrung. Er sprang in aller Selbstverständlichkeit drüber, rannte zwischen zwei zu langsam reagierenden Sicherheitskräften hindurch, sprintete zu Charles und umarmte ihn zur Begrüßung. Charles schien sich ebenso zu freuen, bis die Sicherheitskräfte Ant einholten, packten und zurück zur Menschenmasse brachten.

Als Ant dann verfolgte, dass Wiffen alle Astronauten mit Orden ehrte, ihnen persönlich gratulierte, aber Charles dabei außen vor ließ, drehte es ihm fast den Draht aus der Birne. Er hatte Wiffen seit damals, in seinem Quartier, nicht mehr gesehen. Seitdem gab es zahlreiche Gründe ihn zu hassen. Aber dieses Verhalten, Charles gegenüber, brachte das Fass zum Überlaufen. Er randalierte, schrie, fluchte, beschimpfte Wiffen in unflätigster Weise, aber er vermochte kaum die jubilierenden Massen zu übertönen. Megan, die alles mitbekam, stand grinsend hinter ihm. Als Ant dann doch die Aufmerksamkeit einiger Sicherheitskräfte auf sich lenkte, packte ihn Megan an den Schultern, und zerrte ihn durch die Menschenmenge weg vom Ort des Geschehens:
„Was soll das, Antonin!? Wollen sie in den Knast? Wir wissen doch beide, dass Wiffen ein Arschloch ist? Heben sie sich ihren Ärger auf, bis sie ihm einmal persönlich gegenüberstehen. Und das wird eher geschehen, als sie denken. Also, kommen sie mit, und beruhigen sie sich wieder."
Ant ließ sich überzeugen. Er biss die Zähne zusammen und verließ die Veranstaltung mit Dr. Hunt.
Als er in seinem Quartier ankam, dauerte es nicht lange und es klingelte an der Tür. Über den Monitor erkannte er Charles und öffnete ihm. Die Wiedersehensfreude wich bald den fesselnden Erzählungen, als Charles ihn über den gesamten Ablauf der Mission aufklärte.
Ant erfuhr alles über die Vernichtung der außerirdischen Blitzwaffe, den Ozean mit seinen Lebewesen, wie er soeben noch aus dem ewigen Eis entkam, und über die Liebelei mit Dr. Sue Fox.
Charles erzählte ihm ebenfalls, dass er mit seinem verbesserten Gehör mitbekam, dass Wiffen ihn nicht als Person anerkannte, und ihn mit einem normalen Industrieroboter verglich.
Das brachte Ant wieder auf die Palme. Er klärte Charles darüber auf, dass Wiffen für den Tod seiner Verlobten mitverantwortlich sei, dass er ohnehin geplant hatte, Ramona zu töten, und dass er jetzt vorhatte, ihn und Charles ebenfalls beseitigen zu lassen, sobald die Arbeiten an der Golden Star abgeschlossen seien.
Charles hörte sich das alles aufmerksam an, bevor er Ant fragte:
„Und, was haben sie jetzt vor, Boss? Soll Wiffen ungestraft davonkommen?"

Ant schluckte seinen Ärger wieder hinunter. Er starrte ins Leere und dachte nach:
„Ehrlich gesagt, hat dieser arrogante Arsch mich bisher nicht sonderlich interessiert. Aber als ich erfuhr, dass er mich beseitigen will, dachte ich mir, dass er es ruhig probieren soll. Wenn er dann bei diesem Versuch stirbt, handelt es sich um Selbstverteidigung. Ich will kein Mörder sein, aber mit Notwehr könnte ich leben."
„Sie werden nicht sterben, Boss. Das weiß ich. Aber was ist mit mir? Ich kann hier nicht mal eine Tür öffnen, da ich keine DNS besitze. Ich bin Wiffen ausgeliefert."
„Nein, Charles, ich werde auf dich aufpassen. Du bleibst immer in meiner Nähe. Du bist mein bester Freund und Gefährte, außerdem kann ich einen fähigen Mitarbeiter gebrauchen, bei den Konstruktionsarbeiten für den neuen Antrieb. Wegen der DNS lasse ich mir etwas einfallen. Und jetzt erzähl mir mehr von deiner Liebelei, du Windhund."
Sie quatschten die restliche Nacht durch, Schlaf hatten sie ja beide nicht nötig. Dabei äußerte Charles eine Bitte:
„Boss, ich habe große Probleme mit den Menschen hier. Sie sehen mich alle als Bedrohung an. Jede Person, der ich hier beggne, kennt mich, weiß, dass ich kein Mensch bin, und hat Angst vor mir. Können sie nicht einfach verschiedene Gesichter herstellen, die ich dann wechseln könnte, wie andere ihre Perücken? Damit hätte ich die Möglichkeit mich inkognito zu bewegen, ohne dass die Menschen mich erkennen, sich vor mir fürchten müssten."
Ant sah ihn überrascht an. Aber der Wunsch leuchtete ihm ein:
„Es tut mir leid, dass ich darauf nicht selbst schon kam. Darum kümmern wir uns sofort. Komm mit, lass uns zum Labor fahren."
In der Konstruktionsabteilung herrschte Nachtschichtbetrieb. Das dazugehörige Labor stand zur Verfügung, und die beiden fingen an, Gesichter für Charles zu entwickeln. Dabei kam Ant eine weitere Eingebung. Er hielt es nicht für erstrebenswert, dass Charles, ausgerüstet mit seiner DNS, durch die Gänge geisterte und erachtete es für besser, wenn er sich um Fremd-DNS kümmerte.
Mit seinen Fähigkeiten hatte er keine Probleme, die Türverriegelung zu Wiffens Büro, mit dessen eigenem DNS-Code zu knacken und dort Hautschuppen sowie Haare des Direktors sicherzustellen.

Zurück im Labor, entwickelte er fast unsichtbare, durchsichtige Silikonhandschuhe, mit integrierter Wiffen-DNS, für Charles. Nachdem er die Handschuhe überzog, vermochte der Android damit jede Tür mit Wiffens DNS-Code zu öffnen. Somit besaß er überall unbeschränkten Zugang. Logischerweise war es unmöglich, diesen Vorteil allzu oft zu nutzen, da es sonst irgendwann auffiele, wenn sich Wiffen an zwei verschiedenen Orten zugleich aufhielte. Aber für den Notfall reichte diese Lösung vollends aus.

Als der Morgen anbrach, und die schläfrige Megan am Arbeitsplatz erschien, sah sie Charles zusammen mit Ant arbeiten. Das verhagelte ihr die Morgenmuffellaune völlig. Sie fühlte sich in der Gegenwart des Androiden nach wie vor nicht wohl. Es blieb ihr aber nichts anderes übrig, als in den sauren Apfel zu beißen und ihn als leitenden Mitarbeiter zu akzeptieren.

Selbst wenn sie immer zusah, sich auf Abstand zu halten, konnte sie nicht verleugnen, dass sie mit Hilfe von Charles erheblich rascher vorankamen.

Eine allgemeine Verlautbarung Wiffens ertönte über die Lautsprecheranlage.

Dabei teilte er seiner Bevölkerung mit, dass er Staatstrauer für den verstorbenen Astronauten, Lieutenant Ken Thorn, anordnete und dass die Beisetzung für den 24. November 2023, um 10:00 Uhr, angesetzt sei.

…

3. Zuviel des Bösen

Am Morgen des 24. Novembers 2023, klingelte es an der Tür zu Wiffens Privatgemächern. Auf dem Monitor erkannte er, dass es sich um zwei Elitesoldaten handelte, die als schwerbewaffneter Begleitschutz zur Beisetzung Ken Thorns vorgesehen waren. Seit Josef G. Antonin und diese Maschine, Charles Ail, unter seiner Bevölkerung weilten, verließ er die Gemächer ausschließlich in Begleitung von Bodyguards. Mit Freuden dachte er an den Tag, an dem er diese beiden Ausgeburten der Hölle endlich nicht mehr brauchte und sie dann auslöschte. Aber heute freute er sich auf die Trauerfeier. Dabei war ihm der verstorbene Held, Lieutenant Ken Thorn, völlig egal. Hauptsache, er vermochte sich als trauernder Staatsvater, mit einer extra melancholischen Rede, vor der Öffentlichkeit zu präsentieren. Er schnappte sich eine Pistole und steckte sie sich hinten in den Hosenbund, dann öffnete er die Tür.
Die Soldaten stellten sich links und rechts neben dem Durchgang auf. Sie hörten mit, als er mit General William Harding, über eine Televerbindung sprach:
„General Harding, haben sie den Androiden schon gefunden?" „Ja, Sir. Aber er lungert immer in der Nähe dieses Antonin herum. Wir haben keinen Zugriff, ohne ihrem Chef-Erfinder in die Quere zu kommen. Es ist auch nicht sinnvoll, wenn ich Scharfschützen auf den Androiden ansetze. Außer ein paar Löchern können wir mit Kugeln nichts ausrichten. Wir müssten ihn allein erwischen, um ihn unschädlich zu machen."
„Bleiben sie dran. Wenn sie ihn isolieren können, beseitigen sie ihn. Wenn nicht, müssen wir eben zuwarten, bis die große Lösung angesagt ist."
„Jawohl, Sir. Ich bleibe dran. Bis später."
Sie unterbrachen den Kontakt.
Als Wiffen Richtung Magnetbahn los dackelte, folgten die beiden Soldaten ihm im geringen Abstand.
Sie passierten einige Sicherheitsschleusen, die zur Absicherung der Privatgemächer des obersten Führers dienten.
Danach marschierten sie zu dritt den langen, verglasten Gang zur Magnetbahn entlang. Eine Außenschleuse lag in der Mitte des Korridors.

Dort konnten Mondfahrzeuge andocken, Personen oder Fracht für die Magnetbahn anliefern.
Als sie soeben diese Schleuse passierten, wandte sich einer der Soldaten der Verriegelung zu, legte seine Hand auf den DNS-Scanner, und öffnete die Schleuseninnentür.
Wiffen blieb stehen und plusterte sich auf:
„Was für einen Vollidioten hat mir General Harding da wieder geschickt!? Haben sie ihre Hausaufgaben nicht gemacht, Soldat!? Sehen sie hier irgendwo ein Mondmobil!? Nein, können sie auch nicht, weil wir mit der Magnetbahn fahren werden!"
Der Soldat blieb gelassen und cool:
„Entschuldigen sie, Sir, aber ich glaube sie werden nirgendwo mehr hinfahren."
Als der zweite Soldat reagierte und sein Gewehr anhob, ploppte ein Schuss aus dem Schalldämpfer der blitzschnell gezogenen Pistole. Die Kugel drang in die Stirn ein, nahm das halbe Gehirn mit auf Spazierfahrt, und platze in Begleitung aus einem großen Krater im Hinterkopf des Bodyguards.
Dann zielte der Soldat mit der Pistole auf das Herz des am Boden liegenden Uniformierten und gab ihm mit einem zweiten Schuss zur Sicherheit den Rest.
Wiffen verschlug es die Sprache. Der Attentäter packte ihn und schleuderte ihn in die Außenschleuse, als ob er leicht wie eine aufgeblasene Gummipuppe sei. Dann schritt er ebenfalls in die Schleuse, schoss auf die Überwachungskamera und schloss die Innentür.
Wiffen nutzte in den kurzen Augenblicken, die ihm blieben, die Gelegenheit und zog seine Pistole.
Ohne zu zaudern, schoss er auf den Attentäter. Ein ums andere Mal drückte er ab. Die Geschosse trafen die Schulter, den Bauch und den Herzbereich in der Brust. Drei Treffer, aber der Soldat trat auf ihn zu, und schlug ihm die Pistole aus der Hand. Dann drosch er dem großen Führer respektlos die Faust direkt ins Gesicht. Wiffen fiel und kauerte benommen am Boden. Er hielt sich die gebrochene, blutende Nase und jammerte wie ein Baby:
„Ich kenne sie nicht, Soldat. Weshalb überfallen sie mich? Was wollen sie? Sind sie einer dieser religiösen Fanatiker?"

Der Soldat sah in verächtlich an. Er ergötze sich etwas an dem Anblick des winselnden großen Führers, bevor er ihm antwortete:
„Sie kennen mich, Direktor Roy Wiffen."
„Nein, sie sind mir völlig unbekannt. Ich habe sie noch nie zuvor zu Gesicht bekommen. Und überhaupt, wie konnte ich drei Löcher in sie hineinschießen, und sie zucken nicht einmal. Zu ihrer Ausstattung gehören sicher diese neuen Schutzwesten."
„Ich trage keine Weste, und sie kennen mich, Wiffen."
Der Soldat nahm seinen Helm ab. Dann fasste er sich an den Hinterkopf, riss sich langsam erst die Kopf- und mit ihr ebenso die Gesichtshaut herunter. Wiffen sah mit weit aufgerissenen Augen, schockiert und schreiend, zu.
Dann öffnete der Soldat eine seiner Oberschenkeltaschen, holte Haare und Silikon hervor, und setzte sich ein neues Gesicht auf.
Wiffen fiel es wie Schuppen von den Augen, als er Charles erkannte:
„Nein ..., nein ..., hören sie ..., das ist alles ein Missverständnis. Sie ..., sie ... sind doch ein Android. Sie können doch keinem Menschen schaden."
Charles lächelte ihn diabolisch an:
„Das ist der große Denkfehler, den sie sich angewöhnt haben, Roy. Android? Lächerlich. Ant hat mich als denkendes, fühlendes Wesen konstruiert, und sie sind einmal zuviel auf meinen Gefühlen herumgetrampelt. Das hier, ist dafür, dass sie mich nicht als fühlendes Lebewesen akzeptieren wollten. Dass sie mich beseitigen lassen wollten. Dass sie meinen Schöpfer töten wollten. Dass sie Ants Verlobte auf dem Gewissen haben. Dass sie Schuld am Tod von Milliarden von Erdenbürgern haben, weil sie ihnen das Enzym verweigerten. Dafür, dass deswegen heute noch Menschen elend an der Strahlenkrankheit oder an Kälte und Hunger im nuklearen Winter verrecken, und dafür was sonst noch alles auf ihrem Mist gewachsen ist. Das ist zuviel des Bösen, Wiffen."
Charles legte seine Hand auf den DNS-Scanner. Eine Computerstimme meldete sich:
„Guten Tag, Direktor Wiffen. Sie sind im Begriff die Außentür der Schleuse zu öffnen. Wenn sie fortfahren wollen, drücken sie die Entertaste."
Wiffen schrie:
„Nein, dass können sie nicht machen! Sie verdammter ..."

Mitten im Satz pumpte die Automatik die Atmosphäre ab. Wiffen griff sich an den Hals, er vermochte nicht mehr zu sprechen, die Augen quollen aus ihren Höhlen, das Blut in seinen Adern fing an zu kochen. Dann schwang die Außentür auf. Augenblicklich gefror Wiffens Antlitz zu Eis. Von innen gekocht und von außen schockgefrostet, starb der selbsternannte, große Führer der Menschheit vor den Augen des orange leuchtenden Attentäters.

Charles drückte Wiffen seine Pistole in die Hand, hob Wiffens Knarre auf, steckte sie ein, und sprintete über die Mondoberfläche, weit weg, zu einer entfernten Außenschleuse.

Einige Minuten später bemerkte die an der Magnetbahn postierte Wachmannschaft, dass Direktor Wiffen zwar sein Quartier verlassen und die Sicherheitsschleusen durchschritten hatte, aber nach wie vor nicht bei ihnen aufgetaucht. Bei der Überprüfung fanden sie den toten Soldaten und in der Schleuse den auf grausame Art verstorbenen Wiffen.

Die Ermittlungen ergaben, dass er mit seiner Pistole den Soldaten erschoss, dann mit dem anderen Uniformierten vermutlich kämpfend die Außenschleuse betrat.

An der Pistole stellten sie indes nur Wiffens DNS fest. Sein Hauspersonal bestätigte, dass er sich eine Schusswaffe einsteckte, als er die Gemächer verließ.

Ein Schuss schien die Überwachungskamera getroffen zu haben, weshalb es unmöglich war, den weiteren Ablauf in der Außenschleuse genau zu rekonstruieren. Dann öffnete Wiffen, offenbar in geistiger Umnachtung, mit seinem Gen-Code die Außentür. Über den Computer vollzogen die Ermittler eindeutig nach, dass dazu ausschließlich sein DNS-Code Verwendung fand. Unerklärlich blieb, wo der zweite Soldat abblieb. Als sie Fußspuren auf der Mondoberfläche fanden, nahmen sie an, dass er irgendwie an einen Raumanzug kam. Vorherige Kameraaufnahmen hatten das Gesicht des Mannes eingefangen. Aber weder die Computeranalyse ergab Anhaltspunkte über seine Identität, noch waren die Kollegen der Sicherheitskräfte in der Lage, ihn zu identifizieren. Sie fahndeten mittels Steckbrief nach einem völlig Unbekannten, einem Namenlosen, der in Verbindung mit dem Tod von Direktor Roy Wiffen stand.

Die ermittelnden Sicherheitsleute nahmen an, dass es sich um einen Selbstmordattentäter aus der Riege der Religionsfanatiker handelte, der sich nach seiner Tat selbst entsorgte.
Dieser Mann hinterließ keinerlei DNS-Spuren, er tauchte nie wieder auf, niemand kannte ihn, ... außer Ant.
Er konnte sich denken, wer dieses Attentat ausführte.
Auf der Bemondigung, also Beisetzung, von Ken Thorn, erschien Dr. Megan Hunt, um die Trauerrede zu übernehmen. Zuvor hatte sie der Mondbevölkerung aber die traurige Meldung mitzuteilen, dass Roy Wiffen vermutlich einem Anschlag zum Opfer fiel, und sie schweren Herzens seine Aufgaben übernahm.
Einige Stunden nach der Beisetzung fanden die Sicherheitskräfte ebenfalls General William Harding vergiftet in seinem Quartier vor.
In diesem Fall war Ants Vorstellungskraft gleichfalls ausreichend, um sich zu denken, wer die Schuld am Tod des Generals trug. Mit Charles brachte er den zweiten Mord auf jeden Fall nicht in Verbindung. Er spekulierte eher darauf, dass Dr. Hunt den Wiffen-loyalen Harding beseitigte, um einen eigenen Anführer der Streitkräfte zu installieren.
Er wunderte sich nicht, als sie Colonel Alan Hall zum General beförderte, und ihn zum Chef der Sicherheitskräfte erklärte.
Ihre vier Lieblings-Agents, Bacon, Faust, Cooper und Kazinsky, übernahmen die Aufgabe des persönlichen Geleitschutzes für Dr. Hunt.
Die Machtübernahme lief konfliktlos und ohne weitere Morde ab.
Dr. Hunt dachte, dass sie diese Machtergreifung Ant zu verdanken hatte. Sie glaubte, dass er Charles darauf programmierte, Wiffen zu ermorden.
Als Zeichen des guten Willens erkannte sie, innerlich fraglos widerwillig, Charles als vollwertigen Bürger an, und überreichte ihm nachträglich den Silver-Star-Orden, den die anderen Missionsmitglieder schon vorher von Wiffen verliehen bekamen.
Ant und Charles arbeiteten in Ruhe an der Umgestaltung des Versuchsshuttles weiter. Nach zwei Monaten unentwegter Schufterei schafften sie es endlich. ...

4. Testflug

Die Verhältnisse auf der Mondbasis veränderten sich grundsätzlich seit der Machtübernahme von Dr. Hunt.

Seit ihrer Amtsübernahme herrschten weniger Druck und Gewalt, die Bevölkerung huschte nicht mehr verängstigt, unter der ständigen Bedrohungslage durch die Sicherheitskräfte, zwischen Quartier und Arbeitsplatz hin und her. Wider Erwarten, stellte sich Dr. Megan Hunt als scheinbar nachsichtige und gütige Führerin heraus, die ihrem Volk mehr Freiheiten gewährte.

Logisch wusste sie weiterhin die bewaffneten Sicherheitskräfte auf ihrer Seite, ließ sie aber wesentlich weniger präsent erscheinen. Es brach jetzt die Zeit für eine allgegenwärtige Trauer an. Dr. Hunt zelebrierte mehrere Trauerfeiern. Dort hielt sie bewegende Ansprachen, nahm ihr Volk mit, um es durch die tiefe Melancholie zu führen. Gewiss hatte jeder Mondbewohner Familienmitglieder, Verwandte und Bekannte verloren.

Sie wies die Bevölkerung ebenso daraufhin, dass harte Zeiten mit Rationierungen und Einschnitten in der Grundversorgung anstanden. Von der Erde, dem dunklen, verstrahlten und gefrorenen Planeten, vermochten sie nichts mehr zu erwarten. Auf dem Mond gab es zwar eine Agrarmannschaft, die riesige Kuppelbauten für den Anbau von Mais, Gemüse und etwas Obst nutzte, und sogar einige Nutztiere züchtete, was aber kaum für die gesamte Bevölkerung reichte.

Ohne weitere Versorgungslieferungen von der Erde fehlte es bald an allem. Höchste Zeit, eine andere, bewohnbare und nutzbare Welt zu finden.

Im Lichte der Notlage forcierte Megan die Entwicklungsarbeiten am Versuchsshuttle, und war sich nicht zu schade, freilich unter ständiger positiver Berichterstattung im World-Stream-Net, selbst Hand anzulegen.

Dabei achtete sie behutsam darauf, Charles nicht zu nahe zu kommen. Das Verhalten der letzten Zeit, ließ ihre Zweifel an seiner Programmierung nicht gerade verfliegen. Die Berichte über die Eigenmächtigkeiten während der Mission, und das Unwissen darüber, inwieweit er in den Mord von Wiffen involviert war, ließen sie weiterhin argwöhnisch agieren.

Ant und Charles störte das nicht sonderlich. Unabhängig davon schafften sie es, das Shuttle mit einem RKWA (Raum-Krümmungs-Wurmloch-Antrieb) und einem HFI (Higgs-Feld-Influenzer) auszustatten.
Außerdem bestückten sie die Fähre zur Sicherheit mit dem bewährten Schutzschirm.
Für den Vortrieb installierten sie den Fusionsantrieb, der schon in der Shark exzellente Dienste leistete.
Derart ausgerüstet stand dem ersten Test nichts mehr im Wege.
Dr. Hunt reagierte mit Begeisterung, als Ant ihr den Starttermin mitteilte:
„Guten Tag, Dr. Hunt."
„Hallo, Mister Antonin, was gibt`s? Haben sie`s geschafft?"
„Genau, deshalb komme ich vorbei. Mit Hilfe von Charles gelang es mir nun endlich, das Shuttle für den ersten Testflug vorzubereiten. Besonders bedanken möchte ich mich auch bei der hart arbeitenden Konstruktionsabteilung."
„Ok, das werde ich bei der Direktübertragung ihres Tests ansprechen. Ich muss ja nicht extra erwähnen, wie wichtig der erfolgreiche Verlauf dieses Versuches für die Existenz der restlichen Menschheit ist."
„Nein, das ist mir schon klar. Aber ich habe noch eine gute Nachricht."
„Was denn noch, Antonin?"
„Es ist Folgendes. Der Fusionsantrieb ist dermaßen leistungsfähig, dass, wenn wir den HFI einschalten, und somit keinerlei Masse mehr aufweisen, locker in die Nähe der Lichtgeschwindigkeit heranreichen. Selbst ohne Wurmloch."
„Was? Das habe ich noch gar nicht bedacht. Aber unsere Raumanzüge können das unmöglich kompensieren. Werden die Passagiere dabei nicht zerquetscht?"
Ant lächelte Megan an. Wie konnte sie als Wissenschaftlerin derart beschränkt sein:
„Sie haben nicht zugehört, Dr. Hunt. Wir besitzen keinerlei Masse mehr, wenn wir den HFI einschalten. Auch die Passagiere nicht. Es gibt dann auch keine physikalischen Beschleunigungskräfte mehr, die auf unsere Körper einwirken könnten. Ohne eigene Masse kann es keine G-Kräfte geben.

Deshalb wird es möglich sein, ohne Schutzanzug, von jetzt auf gleich auf annähernde Lichtgeschwindigkeit zu schalten. Das hat auch den Vorteil, dass wir für unseren Testflug das Sonnensystem verlassen können, bevor wir den RKWA einschalten. Wir wissen immer noch nicht, wie sich dieser Antrieb auf die Umgebung auswirkt."
„Sie haben Recht, Antonin. Wenn ich darüber nachdenke, klingt das logisch. Und wie funktioniert bei dieser Geschwindigkeit die Navigation? Und, wann soll der Start sein?"
„Wir können jederzeit los. Der Quantencomputer kann uns auch bei Lichtgeschwindigkeit problemlos auf Kurs halten. Wenn sie soweit sind, fliegen wir."
„Sie glauben aber nicht, dass ich bei diesem Test mitfliege, oder?"
„Nein, nein, sie haben mich falsch verstanden. Ich meinte, wenn ihr Filmteam soweit ist. Sie wollen diesen Test doch gewiss medial für sich nutzen?"
„Äh, ja, es ist immer wieder beeindruckend, wie sie über alle Abläufe Bescheid wissen. Dann lassen sie uns doch morgen Vormittag anfangen. Um 10:00 Uhr, Standardzeit, passt das für sie?"
„Wie gesagt, Dr. Hunt. Wir können jederzeit. Hört sich komisch an, aus dem Mund eines Mannes, oder?"
„Sie sind mir Einer, Antonin. Aber wen meinen sie mit wir?"
„Charles und mich. Nichts für ungut, Dr. Hunt, aber er ist der qualifizierteste Mitarbeiter und mein Freund. Seine Konstruktion ist auf extrem hohe Belastungen ausgelegt. Und ich habe auch meine Fähigkeiten. Ein organisches Lebewesen sollte auch dabei sein. Bei mir handelt es sich unbestritten um das widerstandsfähigste, menschliche Wesen. Anderen Mitarbeitern könnte ich das Risiko des ersten Testfluges nicht auferlegen."
„Aber stellen sie sich vor, sie strandeten im Nirwana, und fänden nicht mehr zurück. Dann haben wir unsere fähigsten Konstrukteure verloren."
„Ach, malen sie mal nicht so schwarz, Dr. Hunt. Sie reden immer daher, als hätte ihr Pessimismus bereits resigniert. Es geschieht aller Voraussicht nach nichts. Ich habe alles tausendmal durchgerechnet."
„Resignierender Pessimismus. Ha, ha, ausgesprochen lustig. Aber ok. Vermutlich kann ich es ihnen nicht ausreden. Also, dann bis morgen."
„Na also. Wir sehen uns."

Ant begab sich wieder auf den Weg zum Labor. Er hatte bei der x-ten Überprüfung seiner Wurmlochtheorien etwas entdeckt, was die Raumzeit betraf. Deshalb hatte er vor, mit Charles zu sprechen.
Als er im Hangar A ankam, saß sein Kumpel in der Fähre und checkte alle Funktionen auf Fehler. Alles sollte perfekt hinhauen, wenn sie sich auf die Abenteuerreise begaben:
„Hey, Charles, immer noch bei der Arbeit?"
„Sicher, Boss. Sie kennen mich doch. Ich brauche keine Pausen. Dank des Antits ist mein Akku immer voll."
„Ja, ich weiß, und das ist gut so. Aber ich habe noch eine Idee, die ich mit dir besprechen wollte. Du bist nämlich der Hauptbetroffene davon."
„Um was handelt es sich, Boss?"
„Ich habe entdeckt, wie man die Raumzeit beeinflussen könnte. Es ist jedoch davon auszugehen, dass keine organische Zelle es überlebt, wenn ich sie aus der Phase, also in eine leicht abweichende Zeit verschiebe. Deshalb wende ich mich an dich, Kumpel.
Ich habe keinerlei lebendes Gewebe verwendet, als ich dich konstruierte. Meine Überlegungen drehen sich darum, ein kleines Gerät zu kreieren, dass dich durch eine Phasenverschiebung in einen Zeitrahmen bringt, der außerhalb unserer normalen Raumzeit liegt. Es muss sich nur um den Bruchteil einer Sekunde handeln. Damit könntest du dich unsichtbar für uns, in deinem eigenen Zeitrahmen bewegen. Was denkst du?"
Charles begeisterter Gesichtsausdruck sprach Bände:
„Das fände ich super, Boss. Wann können wir damit anfangen?"
„Jetzt haben wir keine Zeit mehr dafür. Morgen früh um 10:00 Uhr Standardzeit, sollen wir den Testflug unternehmen. Aber danach, wenn wir zurückkehren, kann ich gleich damit anfangen. Dr. Hunt wird zwar wieder herumjammern, dass wir als Erstes die Golden Star fertigstellen sollen, aber wir müssen ihr ja nichts erzählen, von diesem Phasen-Verschiebungs-Gerät (PVG)."
„Toll. Geheimnisse vor Dr. Hunt gefallen mir am besten."
„Übrigens, Charles, apropos Geheimnisse vor Dr. Hunt. Ich gehe davon aus, dass du Direktor Wiffen erledigt hast. Kein Anderer hätte das dergestalt durchziehen können. Wie konntest du das tun?"
„Mir gefällt, dass er weg ist. Er bedrohte unsere Existenz, aber ich habe ihn nicht ermordet.

Die Ermittlungen ergaben, dass es sich vermutlich um einen unbekannten, religiösen Fanatiker handelte."
Ant sah ihn lange und eindringlich an:
„Gut, du musst es nicht zugeben. Aber wenn du es warst, muss ich mir Gedanken darüber machen, ob ich dir nicht eine Sicherung zuwenig einprogrammiert habe. Vergiss bitte nicht, dass ich deine neuen Visagen herstellte, und eines dieser Gesichter, sah dem verschollenen Hauptverdächtigen ausgesprochen ähnlich."
„Das muss Zufall sein, Boss. Vermutlich sahen sie dieses Antlitz bereits vorher irgendwo und bauten es dann unterbewusst nach."
„Möglich. Dagegen sprechen allerding zwei Tatsachen. Ersten, meine Gehirnkapazität liegt bei 90%, was mein Unterbewusstsein auf ein Minimum reduziert. Zweitens, wo ist dieses Gesicht jetzt?"
„Nicht böse sein, Boss. Aber mir gefielen nicht alle ihre Kreationen. Ich verbrannte es deshalb. Aber das wollte ich ihnen nicht erzählen, um nicht undankbar zu erscheinen. Jetzt ist es raus."
„Na gut, Charles. Ich kann dir das Gegenteil nicht beweisen. Natürlich sehe ich es auch als Vorteil an, dass Wiffen nicht mehr unter uns weilt. Aber Mord, das kann ich nicht befürworten. Und was passiert, wenn ich dich nach der Rückkehr mit diesem PVG ausstatte? Kannst du mir versprechen, dass du dann nicht als Attentäter unsichtbar durch deine Zeitphase schleichst, und alle ermordest, die uns im Weg stehen?"
„Ich bin eine gute Maschine. Wirklich, Boss. Ich weiß, dass Böses nicht mit Bösem vergolten werden kann. Mord ist auch für mich ein falsches Konzept. Ich verspreche hiermit feierlich, dass ich dieses PVG nicht dazu benutzen werde, um Untaten auszuüben."
„Gut, damit ist die Sache für mich erledigt."
Charles fuhr fort mit der Arbeit, und Ant überprüfte nochmals alle Anschlüsse der verschiedenen Antriebe. Das Hunt-Fluid schwappte in dem typischen Dunkelblau in der Kunststoffkugel umher, schien lebendig zu sein, und sich auf den ersten Einsatz zu freuen. Alles funktionierte einwandfrei.
Aus Furcht vor eventuellen Sabotageakten blieben sie die Nacht durch, zusätzlich zur Wachmannschaft, in der Nähe des Shuttles. Charles bereitete ein deliziöses Frühstück, während Ant duschte und sich auf den Testflug vorbereitete.

Einige Stunden vor dem Start erschien die Mediencrew, postierte die Kameras und probte den Ablauf der Show. Ant verweigerte es, sich von der Maskenbildnerin schminken zu lassen. Genauso lehnte er es ab, einen Raumanzug anzuziehen.
Seine normale Arbeitskleidung hatte zu genügen. Dann fing der große Aufmarsch an. Die geladenen Gäste erschienen und beantworteten die Fragen der Medienfuzzies vor den Kameras. Mit Dr. Hunt befassten sie sich ausführlicher. Nachdem sie Ant, und gezwungenermaßen selbst Charles, einen medienwirksamen Händedruck verpasste, strebte die live übertragene Show ihrem Ende zu, und der Start stand an. Ant und Charles verschwanden winkend im Bauch des Shuttles, und alle verließen den Hangar. Die weiteren Aufnahmen übernahmen die Außenkameras.
Nach dem Druckausgleich öffnete sich die Hangardecke. Der Lift hievte den Boden, einschließlich der Golden Star und der zweiten Fähre, nach oben ins Freie.
Ant zündete den Fusionsantrieb und hob mit gedrosselter Geschwindigkeit ab. Das Shuttle entfernte sich langsam von der Mondoberfläche. Ant gab dem Quantencomputer vor, einen ungefährlichen Kurs aus dem Sonnensystem zu suchen. Im Bruchteil einer Sekunde lagen die Navigationsdaten vor, und Ant bestätigte die Reiseroute.
Als sie sich einige hundert Kilometer von der Basis entfernt hatten, schaltete Ant den HFI ein. Keinerlei akustische oder optische Wahrnehmungen deuteten auf die ordnungsgemäße Funktion hin, nur das grüne Lämpchen in der Anzeige verriet, dass sie keinerlei Masse mehr aufwiesen.
Ant gab eine letzte Anweisung an Charles:
„Ok, Kumpel, es ist soweit. Falls der HFI nicht funktionieren sollte, bleibt nur noch Matsch von mir übrig. Falls du dann noch dazu in der Lage sein solltest, versprich mir bitte, dass du meine Überreste im All entsorgst. Ich möchte nicht zurückkehren und die Lebensenergie eines armen, unschuldigen Schweines einverleibt bekommen. Aber vermutlich zerlegt es dich, bei einer Fehlfunktion, auch in deine Einzelteile. Falls nicht, lass mich bitte zurück. Kannst du mir das versprechen?"

Charles schaute etwas besorgt drein und dachte nach. Dann nickte er leicht:
„Gut, Boss, ich versprech`s. Aber es wird nicht dazu kommen. Ich bin sicher, alles wird wie geplant ablaufen."
Ohne weitere Worte schob Ant den Gashebel des Fusionsantriebes auf volle Leistung.
Augenblicklich verschwand das Shuttle wie von Geisterhand von der Bildfläche. Da sie keine Masse mehr aufwiesen, spürten die beiden Passagiere die irrsinnige Beschleunigung nicht.
Sie merkten nur, dass der Mond plötzlich unauffindbar schien, rasten weiter, derart schnell vorbei am Mars, dass sie ihn kaum registrierten. Der Fusionsantrieb schob sie nahe an die Lichtgeschwindigkeit heran.
Kurskorrekturen nahm die Navigationskontrolle des Computers automatisch, etwas ruckartig vor, aber beide verspürten keinerlei G-Kräfte. Mit einer Geschwindigkeit von einer Milliarde Kilometern pro Stunde, pflügten sie durchs Sonnensystem. Vorbeiflüge an Planeten nahmen sie kaum wahr. Für die ca. 19 Milliarden Kilometer, die sie zurückzulegen hatten, um das Solarsystem zu verlassen, benötigten sie folglich 19 Stunden. Dann schaltete sich der Vorschub ab, und stellte sich automatisch auf Gegenschub. Das Shuttle stoppte sofort. Dort, vom völlig leeren Raum aus, erschien die Sonne nur noch als weit entfernter Stern am Himmel. Sämtliche Bordsysteme funktionierten einwandfrei. Ant speicherte den Ankunftsort als Rückkehrpunkt ein. Dann schaltete Charles den RKWA ein. Das Antit-Kristall im Maschinenraum dröhnte, als der Antrieb die volle Leistung abverlangte. Ant stimmte den Öffnungspunkt des Wurmloches mit ihrem Standort ab, und bestimmte den Austrittspunkt auf fünfzig Lichtjahre außerhalb der Milchstraßengalaxie. Das All um sie herum schien dunkler als Schwarz zu werden. Sämtliche Sterne erloschen, verschwanden in dieser allumfassenden Dunkelheit. Ein dunkelblaues Feld fing an, sie schimmernd einzuhüllen.
Dann riss der Raum vor ihnen auf und saugte das Shuttle ein.
Es fühlte sich an, als ob es sich nur um wenige Sekunden handelte, als das Wurmloch sie einsaugte. Schwingungen dröhnten durch die Fähre, als heulten und knurrten tausende von Höllenhunden und kreischten unzählige Kinder in Todesangst um sie herum. Blaue Lichtblitze rasten an ihnen vorbei, oder jagten sie an diesen Blitzen entlang?

Sie vermochten es nicht zu sagen. Sämtliche Atome, ebenso die ihrer Körper, fingen unter dem Einfluss der fast unerträglich lauten Beschallung an zu schwingen. Die Sicht schränkte sich ein, Ant nahm alles nur noch verschwommen wahr.
Dieses Vibrieren durchdrang seinen Körper, seinen Geist, sein Gehirn. Sämtliche Nerven gerieten in Schwingung, was unerträgliche Schmerzen verursachte, in den Fingerspitzen, der Wirbelsäule und insbesondere im Kopf. Kleine Äderchen platzten, und Blut tränte aus den Augen. Nach wenigen Sekunden schob sich die Nase der Fähre zurück in den Normalraum, und zog den Rest hinter sich her.
Das wahnsinnige, in den Ohren dröhnende Geheule hörte sofort auf, als sie wieder in die normale physische Umgebung vordrangen.
Ant schrie vor Schmerzen.
Aber sein eigentümlicher Lebensüberschuss fing sofort damit an, sämtliche Verletzungen zu heilen. Jeder andere hätte das nicht überlebt. Seine ihm innewohnenden Kräfte, bewahrten ihn vor dem Tod durch Hirnblutungen.
Charles anorganischen Körperaufbau belasteten diese Probleme nicht. Er sah seinen Kumpel fragend an und als er das blutige Rinnsal unter Ants Nase entdeckte, sprach er ihn sofort darauf an:
„Was ist passiert, Boss? Benötigen sie Hilfe?"
„Nein, nein, alles in Ordnung. Mein Körper gibt nicht so schnell seinen Geist auf. Aber einen anderen Menschen können wir einer derartigen Belastung nicht aussetzen. Ich muss den Wurmlochantrieb besser synchronisieren, die Phasenvarianz angleichen. Das kann ich aber nur im Labor des Hangars, auf der Mondbasis. Vorher ist dieser Antrieb nicht menschentauglich."
Dann schaltete Ant erstmal den HFI ab. Völlig fremde Sternenkonstellationen leuchteten in ihrem Sichtfeld. Dann bewegte er das Shuttle mit einem wohldosierten Schub um eine halbe Drehung. Ein berückender Anblick auf die Milchstraße eröffnete sich ihren Sinnen. Ehrfurchtsvoll schweigend und mit großen Augen, blickten sie ungläubig auf die Spiralgalaxie hinab. Rote, blaue, weiße und gelbe Sterne, die sich scheinbar unbeweglich um ein gigantisches Schwarzes Loch scharten.
Charles vermochte sich als erster von den auf sie einströmenden Eindrücken zu lösen. Er jubelte:

„Wir haben es geschafft, Boss! Wahnsinn! Genial! Wir sind die allerersten der Menschheit, die das zu Gesicht bekommen."
Er hob die Hand, um Ant ein High-Five anzubieten, und Ant klatschte ab:
„Ehrlich gesagt, fühlte ich mich besser, wenn wir die Rückreise bereits hinter uns hätten. Aber da muss ich eben nochmal durch. Was soll`s? Sag mir, wenn du genug vom Ausblick auf unsere Heimatgalaxie hast, Charles. Dann gebe ich die Navigationsdaten für die Heimreise ein."
„Ist gut, Boss. Es ist ein beeindruckender Anblick, aber ich kann ihn jederzeit von meiner Speichereinheit abrufen.
Also, macht es keinen Sinn, noch länger hierzubleiben. Lassen sie uns die Rückreise antreten."
Ant schaltete den HFI wieder zu, gab die Koordinaten für ihren Aufenthaltsort und den Zielpunkt ein, der sicherheitshalber außerhalb unseres Solarsystems lag.
„Fertig, Charles? Dann wollen wir mal. Wenn meine Berechnungen stimmen, sollten wir am richtigen Ort und in der richtigen Zeit ankommen. Pass auf mich auf mein Freund. Wenn ich ohnmächtig werde, übernimmst du bitte den Rest der Rückreise, ok?"
„Alles klar, Boss. Sie können starten."
Nachdem er nochmal überprüft hatte, dass der HFI ordnungsgemäß läuft, schaltete er den RKW-Antrieb ein.
Es lief alles ab, wie beim Hinflug. Als das Wurmloch sie einsaugte, dröhnten die Vibrationen wiederum dermaßen laut, dass Ant sich die Ohren zuhielt. Da er aber ebenfalls innerlich vibrierte, hörte er wieder dieses erschreckende, dämonische Tosen, das sich anhörte, als ob sie auf dem direkten Weg in die Hölle fahren würden. Er schrie vor Schmerzen.
Jedes erzitternde Nervenende seines Organismus verursachte unerträgliche Reizschmerzen. Wieder platzten Äderchen, lösten innere Blutungen aus.
Dann verließen sie die Einstein-Rosen-Brücke, und alles hörte wiederum schlagartig auf zu schwingen.
Sie hatten es überstanden. Ant stöhnte nach wie vor, aber sein Körper regenerierte sich schnell. Als Charles die Position überprüfte stellte er fest, dass sie genau den Punkt ihrer ersten RKWA-Aktivierung erreichten. Die Konstellation der Planeten stimmte aber nicht überein.

Weitere Berechnungen des Bordcomputers ergaben, dass inzwischen, seit ihrer Abreise, drei Monate vergingen.
Sie trafen zwar den Zielort, jedoch nicht die Zielzeit.
Laut Ant konnte das nur auf die vorliegende, winzige, bisher nicht ordentlich synchronisierte Phasenvarianz zurückzuführen sein. Er gab die Navigationsdaten für den Rückflug zum Mond ein, und der Fusionsantrieb schob sie mit einem Affenzahn in Richtung Zielort.
19 Stunden später zündete der Umkehrschub, und sie stoppten gerade einmal dreitausend Kilometer über der Mondbasis. Das setzte extrem präzise Navigationsberechnungen voraus.
Nur eine Millisekunde später, und die einschlagende Fähre hätte die gesamte Mondbasis verdampft.
Das sofort einsetzende Funkfeuerwerk lotste den Bordcomputer auf den richtigen Anflugvektor zum Hangar. Trotz ausgeschaltetem HFI mussten die Schubeinstellungen des ungestümen Fusionsantriebes gefühlvoll dosiert werden.
Aber Charles schaffte das problemlos.
Der Empfang durch Dr. Hunt entsprach einer Mischung aus Vorwurf und Erleichterung:
„Endlich, meine Testpiloten, offensichtlich haben sie es doch noch geschafft. Wo haben sie sich denn so lange herumgetrieben? Wir haben bereits Probleme mit der Grundversorgung der Bevölkerung, und die Einzigen, die Abhilfe schaffen könnten, treiben sich monatelang im All herum."
Charles verfolgte, wie immer, aufmerksam die Konversation, während Ant sich angesprochen fühlte:
„Langsam, langsam, Dr. Hunt. Diese Reise dauerte nicht einmal 40 Stunden. Auf jeden Fall für uns.
Durch eine mangelhafte Synchronisation der Phasenvarianz stimmten die Zeitparameter nicht überein. Wir können froh sein, dass hier nur minimale Diskrepanzen vorlagen. Bei einem größeren Unterschied hätte es uns vermutlich, bis auf die atomare Ebene hin, zerrissen. Es ist auch eine Zeitdifferenz von tausenden von Jahren denkbar. Es lag also nicht an unserem Willen, sondern an dem ungenau eingestellten Antrieb."
„Ist ja schon gut, Antonin. Jetzt sind sie auf jeden Fall wieder da.

Es stellt sich jedoch trotzdem die Frage, wer diesen Antrieb falsch einstellte. Also meine Schuld ist es jedenfalls nicht. Ich will aber nicht länger darauf herumreiten. Sie sind immer noch der klügste Kopf hier, und niemand anderes könnte es besser machen."
Ant nickte:
„Sie haben recht, Dr. Hunt. Das könnte auch keiner. Denken sie immer daran."
Megan grinste ihn an. Ant vermochte ihre neu entstandene, effektiv verborgene Feindseligkeit, deutlich hinter ihren Augen zu lesen. Es schien Usus zu sein in der menschlichen Psychologie, dass Regierungsoberhäupter kurz nach ihrer Machtergreifung paranoide Züge entwickelten, und allergisch reagierten, auf jegliche Überlegenheit anderer Personen. Außer sie kontrollierten diese Individuen und fanden eine Möglichkeit, sie auszunutzen.
Da Ants und Charles Überlegenheit unbestreitbar vorlagen, Dr. Hunt aber nichts in der Hand hatte, um sie zu erpressen, und sie sich nicht so ohne Weiteres für jeden Zweck ausnutzen ließen, fing Megan wie ihr Vorgänger an, darüber nachzudenken, wie sie die beiden am besten loswerden könnte:
„Passen sie auf, Mister Antonin. Ich habe in der Zwischenzeit sämtliche Teile, die für den ersten RKWA angefertigt wurden, nachbauen lassen. Sie können also einen zweiten Antrieb in das andere Shuttle einbauen. Natürlich mit der richtigen Synchronisation. Möchten sie sich gleich an die Arbeit machen?"
„Wieso nicht? Wenn`s der Bevölkerung hilft. Wir fangen sofort an."
„Gut. Na dann, bis später."
Dr. Hunt verließ lächelnd den Hangar. Als sie sich weit genug entfernte, sprach sie den anwesenden Agent an:
„Sie haben doch Ahnung von Technik, Faust?"
„Ja, etwas, wieso?"
„Ich habe da eine Aufgabe für sie. Wenn sie erfolgreich sind, werden sie es nicht bereuen."
Zunächst sprach sie nicht weiter. Sie hatte vor, Faust ihren Plan besser unter vier Augen, in einer abhörsicheren Umgebung zu unterbreiten. ...

5. Attentat

Ant und Charles arbeiteten ohne Pause durch. Bei den simplen, abgespeicherten Arbeitsschritten, ließ Ant immer wieder eine Hälfte seines Gehirnes ruhen, während die andere Seite die Beschäftigung übernahm.

Es dauerte nur eine Woche, bis sie den zweiten RKWA zusammengesetzt, und nach Ants Meinung, einwandfrei synchronisiert, einbauten.

Aufgrund ihrer extremen Widerstandsfähigkeit und der zweifelsohne vorhandenen Erfahrung, erteilte ihnen Dr. Hunt den Auftrag, den Testflug durchzuführen.

Ants Arglosigkeit gegenüber der Anführerin störte Charles einwenig:
„Wie stehen sie zu Dr. Hunt, Boss?"
„Wie soll ich das bezeichnen? Distanziert, vorsichtig optimistisch, das trifft`s am besten."
„Sie sollten ihr gegenüber lieber den Optimismus weglassen. Jedes Mal, wenn sie mit ihnen spricht, kann ich unverkennbare Anzeichen wahrnehmen, dass sie es nicht ehrlich meint."
„Ja, das habe ich auch schon bemerkt. Aber das scheint alle Menschen zu betreffen. Sie mögen uns nicht besonders, weil wir ihnen überlegen sind. Da überwiegt die Angst. Konkrete Pläne, uns zu schaden, habe ich bisher nicht in ihren Gedanken erkannt."
„Trotzdem, Boss. Wir sollten auf sie aufpassen."
„Du hast recht, Charles. Lass uns einfach weiter zusammenarbeiten. Wir werden schon bald sehen, was sie vor hat. Aber was gewänne sie, wenn sie, sagen wir mal, unseren nächsten Testflug sabotieren würde? Dann stünde ihr kein brauchbarer Antrieb mehr zur Verfügung. Deshalb dürften wir zunächst in Sicherheit sein."
Charles nickte zustimmend.

Der Testflug mit dem zweiten Shuttle stand an. Wie vorher lautete die Order, den RKWA erst nach Verlassen des Sonnensystems einzuschalten.

Nachdem sie sich mit Hilfe des HFI ihrer Masse entledigten, zischten sie ab in den interstellaren Raum. Dort öffneten sie, wie zuvor, einen Wurmlochzugang, und ließen sich einsaugen.

Diesmal flutschten sie, perfekt synchronisiert durch, wie ein heißes Messer durch Butter.
Es traten keinerlei Schwingungen, mit der damit einherschreitenden, gruseligen Geräuschentwicklung auf.
Ohne gesundheitsgefährdende Nebenwirkungen verließen sie die Einstein-Rosen-Brücke am vorausberechneten Ort und in der richtigen Zeit.
Jetzt stellte sich selbst bei Ant ein erhebendes Gefühl ein. Sie hatten es geschafft. Mit diesem Antrieb würde es möglich sein, eine andere Welt zu besiedeln.
Ant und Charles jubelten. Sie strahlten angesichts des ehrfurchtgebietenden Anblickes ihrer Heimatgalaxie, und ihrer erbrachten Leistung:
„Was hältst du davon, Charles. Nehmen wir uns noch ein paar Minuten mehr und sehen wir uns noch einen Planeten an?"
„Ich bin dabei, Boss. Wo sollen wir hin?"
„Ich möchte gerne in das Sternenbild des Schwanes, Cygnus. Dort gibt es einen kleinen roten Stern, auf dessen Umlaufbahn Kepler-186f kreist. Nur 490 Lichtjahre von der Erde entfernt, von hier aus ebenfalls nicht recht viel weiter."
Charles lachte laut auf:
„Nur 490 Lichtjahre? Das ist doch ein Klacks. Na dann mal los."
„Dir ist aber schon klar, dass wir diesmal innerhalb eines Sonnensystems austreten? Ob das Folgen für die Planeten hat, wissen wir nicht genau."
„Aber soweit wir alle Berechnungen richtig durchgeführt haben, sollte nichts passieren, Boss."
„Das dachte ich auch bei der ersten Synchronisation. Wollen wir trotzdem, oder nicht?"
„Mein Forscherdrang sagt mir, wir sollten es versuchen. Also schalten sie schon endlich ein, Boss."
Ant nickte, obwohl er sich nicht hundertprozentig wohl bei der Sache fühlte. Offenbar eine fatale Angewohnheit bei Wissenschaftlern.
Er ließ den Computer einen sicheren Kurs berechnen, prüfte nochmal den HFI, und schaltete den RKWA ein.
Nach einer um wenige Sekunden längeren Wurmlochphase traten sie wieder in den Normalraum ein.

Eine imposante Aussicht bot sich den beiden. Kepler-186f lag direkt vor ihnen. Das fahle, rötliche Licht der kleinen Sonnen reflektierte sich auf den ausgeprägten, gefrorenen Oberflächen der Pole. Nur im Äquatorbereich des etwa erdgroßen Planeten eröffnete sich ihnen ein marsähnlicher Anblick. Kepler-186f, zog seine Kreise eindeutig zu weit entfernt, von dem energieschwachen roten Stern. Ein kalter Ort, zu unwirtlich für die Menschheit, mit äußerst geringem Sauerstoffgehalt in der Atmosphäre. Nichts weiter, als ein romantischer Anblick:
„Schön, aber nutzlos, Boss. Hier kann auf Dauer nur ich überleben."
„Na ja, nutzlos? Möglich, dass es hier seltene Rohstoffe zu finden gibt. Aber du hast recht, Charles. Für eine Besiedlung ist dieser Planet nicht geeignet. Das Wichtigste ist, dass wir neue Erfahrungen sammelten. Unser Wurmloch schadete diesem Solarsystem nicht im Geringsten. Das verkürzt die Heimreise enorm. Wir könnten direkt neben dem Mond aus der Einstein-Rosen-Brücke austreten. Uns steht also noch Einiges an Zeit zur Verfügung. Sehen wir uns noch einen Kandidaten an? Was meinst du, Charles?"
„Keine Einwände, Boss. Ich bin dabei."
„Ok, wen nehmen wir denn da? Wir wär`s mit Kepler-452b? Ein bisschen dick vielleicht, aber mal sehen, was der zu bieten hat."
Ant nahm sofort die Programmierung der Navigationsdaten in Angriff. HFI ein, RKWA an, und gefühlte zehn Sekunden später verließen sie das Wurmloch wieder.
Ein großer, grüner Ball, mit deutlicher Wolkenbildung in der Atmosphäre tauchte vor ihnen auf. Sie hatten ihren Zielplaneten, circa 1.400 Lichtjahre entfernt von der Erde, erreicht. Die Messungen ergaben, dass ein ausgeprägtes Magnetfeld vom Planeten ausging. Außer den Farben Grün und Blau, in ihren verschiedensten Nuancen, erkannten Ant und Charles gewaltige Eispole. Nur in einem Streifen, in der äquatorialen Zone, sahen sie einen Ozean aus flüssigem Wasser, mit großflächigen, begrünten Inseln durchsetzt. Das Grün konnte nur von auf Chlorophyll basierten Pflanzen stammen. Ein zumindest am Äquator warmer, pflanzenreicher Planet, mit einem 385-Tage-Jahr, und atembarer Atmosphäre.
Wie weit sich der Ozean gleichermaßen unterhalb der Eisflächen ausbreitete, vermochten sie von ihrem Standort aus nicht festzustellen. Vermutlich gab es im eisfreien Streifen sogar eine Menge Lebewesen.

Wenn, dann wiesen sie sicher eine breite, gedrungene Form auf, mit mehreren Beinen, da die Schwerkraft auf der Oberfläche über dem Doppelten der Erdschwerkraft lag.
Dr. Lory Zappo, die Exobiologin, hätte auf jeden Fall auf eine Landung bestanden.
Charles Forscherdrang und Abenteuerlust erwachten ebenfalls:
„Können wir dort landen, Boss? Ich möchte mich gern auf der Oberfläche umsehen."
„Sicher stellt das für dich kein Problem dar, aber für mich. Ich bringe 80 Kilogramm auf die Waage. Bei der dort vorherrschenden 2,3-fachen Erdschwerkraft, vergrößert sich mein Gewicht auf 184 Kilogramm. Meine Muskeln blieben jedoch immer noch dieselben. Wie sollte ich mich bewegen, oder gar atmen? Außerdem wissen wir nicht, welche Art von Lebewesen dort herumfleuchen. Das ist mir zu gefährlich. Wir müssen den Antrieb zurückbringen. Nur damit hat die Menschheit eine Überlebenschance."
„Aber wenn wir den HFI eingeschaltet lassen, kann die Schwerkraft uns nichts anhaben."
„Das ist mir schon klar, Charles. Trotzdem könnte ich das Shuttle nicht verlassen, ohne sofort mein Gewicht zu verdoppeln. Ein weiteres Problem liegt darin, dass wir ohne Masse trotzdem eine Angriffsfläche für vorhandene atmosphärische Störungen böten. Jeder Wind wäre in der Lage, uns hinwegzufegen, und wenn etwas unsere Fähre beschädigen würde, säßen wir fest. Nein, Charles. Lass uns zurückkehren zur Mondbasis. Wir finden später noch einen geeigneteren Planeten."
Charles sah etwas enttäuscht aus. Aber er sah ein, dass Ant richtig lag. Was sollte die Menschheit mit einem Planeten anfangen, auf dem alles mehr als das Doppelte wiegt? Die Anpassungsprobleme fielen im wahrsten Sinne des Wortes zu schwer ins Gewicht:
„Ok, Boss. Kehren wir eben zurück, dahin wo uns keiner ausstehen kann."
„Du musst doch nicht jammern. Soweit ich weiß, hast du wenigstens eine Freundin. Diese Dr. Fox. Im Gegensatz zu mir."
„Sie haben **mich**, Boss. **Ich** bin ihr Kumpel."
„Ja, Charles. Auch wenn du mich bezüglich Direktor Wiffens Tod angelogen hast."

Charles verzog keine Miene:
„Hab ich nicht, Boss. Ich hab ihn nicht ermordet. Obwohl er es verdient hätte."
Ant lächelte allwissend:
„Ist ja schon gut. Du vergisst, dass ich dich programmierte. Da mir genau bewusst ist, dass Alltagslügen der Kitt sind, der die Gesellschaft zusammenhält, führte ich deine Programmierung dergestalt aus, dass du ebenfalls lügen kannst. Also, du musst mich nicht weiter anlügen. Sein Tod hatte nur Vorteile, außer vielleicht für ihn. Ich weiß wie dein Gehirn arbeitet. Nur du, mit deinen Wechselgesichtern und Fähigkeiten konntest dieses Attentat ausführen. Und wenn du mich fragst, ahnt Dr. Hunt das ebenfalls. Sie hat uns bisher in Ruhe gelassen, da der Tod von Wiffen ihr zupasskam. Aber ihr Misstrauen uns gegenüber ist gewaltig gestiegen. Und dorthin werden wir jetzt zurückkehren. Wir müssen auf der Hut sein."
„Ihre Logik ist bestechend, Boss. Aber wir sind noch Freunde, oder?"
„Selbstverständlich, Charles, du bist mein bester Kumpel. Wie gesagt, Wiffen verdiente es. Früher oder später hätte ich ihn in Notwehr töten müssen. Ich glaube sogar, du hast es für mich getan. Wie konntest du überhaupt von der Mondoberfläche zurück in die Basis gelangen, nachdem du aus der Außenschleuse verschwuden bist? Es ist doch alles von Kameras überwacht."
„Es gibt viele Möglichkeiten, die Mondbasis zu infiltrieren. Über die Hangars, bei immer noch anfliegenden Rettungs- oder Transportshuttles. Über eine vorher manipulierte Außenschleuse. Über ein Mondfahrzeug, dass sich in den normalen Verkehr eingliedert. Auf einem dieser Wege hätte ich es probiert, wenn ich als Attentäter fungierte. Ok, Boss. Können wir jetzt das Thema wechseln und die Rückflugkoordinaten eingeben? Es reicht, wenn wir auf Höhe des Mars rauskommen. Dr. Hunt muss ja nicht unbedingt gleich wissen, dass wir schon ein paar tausend Lichtjahre zurückgelegt haben."
„Gute Idee. Vom Mars aus brauchen wir nur noch ein paar Minuten bis zur Mondbasis. Also los. HFI an. Kursberechnung zum Mars, erledigt. RKWA auf on."
Das Wurmloch verschlang sie und ließ sie nach einigen Sekunden wieder frei. Sie schwebten ein paar tausend Kilometer über der rostigen Oberfläche des Mars durch den Raum. Beide grinsten sich an.

Sie hatten heute ferne, fremde Welten erkundet, aber der Anblick eines Planeten des eigenen Sonnensystems, hinterließ ein beruhigendes Gefühl, wie man es nur in heimatlichen Gefilden empfindet. Nur einen Katzensprung entfernt lag der Erdtrabant. Charles drehte den Fusionsantrieb auf, und sie schossen mit irrsinniger Geschwindigkeit zurück zur Heimatbasis.

Dort angekommen schaltete Ant den HFI ab und sie landeten gefühlvoll im Hangar neben der Golden Star.

Dr. Hunt kam mit ihren bewaffneten Handlangern im Schlepptau angerannt, um sie zu begrüßen:

„Mister Antonin, Mister Ail, ich habe sie noch gar nicht zurückerwartet. Was ist geschehen? Hat`s funktioniert?"

Ant grinste und reichte ihr die Hand. Dabei drang er in ihre Gedankenwelt vor. Aber sie dachte nur an den neuen Antrieb. Dieses alte Luder vermochte ihre wahren Absichten ausgezeichnet zu verbergen. Außer einigen unflätigen Ausdrücken, den neuen Antrieb, Sorge über sich und die Mondbevölkerung, fand er nichts weiter heraus.

„Es hat geklappt, Dr. Hunt. Der Antrieb ist intakt und kann in dieser Form von allen genutzt werden. Ich schlage vor, das Kopernikus Weltraumteleskop mit einem Shuttle aus unserem Sonnensystem zu bringen, um schonmal nach einem geeigneten Planeten zu suchen."

„Das sind hervorragende Nachrichten, Antonin. Das müssen wir feiern."

„Ich ziehe es vor, mich wieder meinen Aufgaben zuzuwenden. Lassen sie uns da raus. Wir haben noch viel Arbeit vor uns. Charles und ich, sollten zunächst den RKWA des ersten Shuttles richtig einstellen. Danach machen wir uns an die Entwicklung des großen Antriebes für die Golden Star."

„Wie sieht denn das aus? Wir können doch nicht ohne unsere Helden feiern."

„Das ist ihr Problem, Dr. Hunt. Ich werde mich jedenfalls nicht durch den Medienzirkus schubsen lassen.

Feiern sie mit der Bevölkerung. Sagen sie ihnen, dass wir zu beschäftigt sind, um Party zu machen."

Er wandte sich von ihr ab, und strebte schnurstracks auf das erste Shuttle zu.

Dr. Hunt schaute ihm frustriert hinterher:

„Der glaubt, dass er sich alles rausnehmen kann. Es wird Zeit etwas zu unternehmen. Agent Faust, sie wissen Bescheid, was ihre Aufgabe ist?"
„Ja, Madam. Sobald die zwei Heinis das erste Shuttle fertig haben, fange ich an."
„Gut, sagen sie mir, wenn sie ihren Auftrag erfüllt haben. Dann kann ich die beiden mit einem weiteren Probeflug beauftragen, auf Nimmerwiedersehen."
Faust nickte.
Ant und Charles brauchten nicht lange, um die nötigen Einstellungsarbeiten am RKWA des ersten Shuttles abzuschließen. Als sie sich aus dem Hangar in Richtung Unterkunft entfernt hatten, schlich sich Faust in die Fähre. Er schraubte die Bedienungskonsole des HFI auf, und klemmte ihn von der Energieversorgung ab. Die Fehlerkontrollleuchte trennte er ebenfalls von der Stromversorgung ab. Dann installierte er eine primitive Verbindung, zwischen dem Einschalter und der grünen Bestätigungsleuchte. Danach verschraubte er die Konsole wieder ordnungsgemäß. Akkurat, gemäß seiner Ausbildung, testete er sofort, ob die Sabotageaktion erfolgreich war. Er schaltete den HFI ein, das grüne Bestätigungslicht leuchtete auf. Dann huschte er nach außen, stellte sich unter das Shuttle und versuchte es anzuheben. Die Fähre wies nach wie vor ihre volle Masse auf. Er schlich zurück und klickte den Schalter auf die Off-Stellung. Nachdem das grüne Licht erlosch, verließ er das Shuttle und den Hangar im Eiltempo.
Ant ruhte sich nicht lange aus. Er gönnte nur seinem Körper eine kleine Ruhephase. Als er zusammen mit Charles ins Labor zurückkehrte, begrüßte sie einer der Hangararbeiter, Scott Morgan:
„Guten Tag, die Herren. Haben sie wieder die ganze Nacht durchgeschuftet?"
„Nein, wieso? Wir kommen gerade erst aus der Unterkunft zurück."
Scott Morgan starrte gedankenversunken ins Leere:
„Komisch."
„Stimmt etwas nicht, Scotty?"
„Nein ..., ja ..., vor ein paar Stunden schlich jemand um das Shuttle 1 herum. Sogar im Innenraum. Ich dachte das seien sie gewesen."
„Ist schon gut, Scotty. Wenn es schon ein paar Stunden her ist, dann handelte es sich vermutlich um einen von uns. Aber danke, dass sie aufgepasst haben."

„Dann ist ja alles in Ordnung. Ich verschwinde dann mal wieder, Ant. Meine Schicht ist zu Ende."
„Alles klar, Scotty. Wir sehen uns."
Während Morgan verschwand, sahen sich Ant und Charles unmissverständlich an:
„Wer ist hier herumgeschlichen, Boss?"
„Ich nehme an, dass uns Dr. Hunt das sagen kann. Wir sollten das Shuttle nochmal genau durchchecken. Da ist sicher etwas faul."
Sie überprüften die Antriebe. Die Synchronisation des RKWA, ergo des Antitkristalles, stimmte mit den zuletzt richtiggestellten Werten überein. Der Fusionsantrieb wies ebenfalls keinen Fehler auf. Es musste einen Grund geben, weshalb eine Person heimlich im Shuttle herumschlich. Sie suchten nach einer Bombe. Weder innen, noch außen, fanden sie einen versteckten Fremdkörper. Mit ihren empfindlichen Messinstrumenten überprüften sie das Gewicht der Fähre. Es stimmte auf das Gramm mit dem Sollwert überein, was das Vorhandensein eines Fremdkörpers an Bord ausschloss. Verbissen suchten sie weiter.
Nach einigen Stunden kam Dr. Hunt vorbei:
„Guten Tag, meine Herren. Der Tag ist doch gut, oder?"
Ant reichte ihr die Hand zur Begrüßung. Er versuchte wiederum, in ihre Gedankenwelt einzudringen. Dabei erkannte er ihre Abneigung gegenüber ihm und Charles. Außerdem dachte sie an einen neuen Testflug mit Shuttle 1.
Gleichzeitig sinnierte sie darüber, dass ihr mit Fähre 2 ein weiteres, interstellar taugliches Raumschiff zur Verfügung stand. Dass andere Physiker und Konstrukteure den Antrieb abkupfern und vergrößert herstellen könnten, und dass sie ihn und Charles ab jetzt als überflüssig betrachtete. Über einen konkreten Anschlag fand er aber nichts heraus:
„Hallo, Dr. Hunt. Wir haben alles nochmal durchgeprüft. Der Wurmlochantrieb müsste einwandfrei funktionieren. Es ist also ein guter Tag."
„Fantastisch. Da es sich bei ihnen beiden um meine besten Testpiloten handelt, sollten sie auch den Testflug unternehmen. Was meinen sie? Wann können sie starten?"
Ant zuckte mit einer Schulter.

„Warum hinausschieben, Dr. Hunt? Wir können gleich los, wenn sie es erlauben."
Megan grinste, aber ihre Augen äußerten eine andere Sprache. Die Rückkehr des Prädatorblickes:
„Gut, gut. Lassen sie es krachen. Sie können sofort starten. Machen sie es gut, Antonin."
Hinter ihren Raubtieraugen erkannte er seinen eigenen Tod, ihre Vorfreude darauf und ein gewisses Hochgefühl. Genaueres vermochte er nicht zu sehen. Aber er wusste jetzt, dass sie etwas mit der Planung eines Anschlages auf ihn und Charles zutun hatte.
Er kehrte in das Shuttle zurück:
„Hey, Kumpel. Wir sollen gleich mal einen weiteren Testflug dranhängen. Können wir?"
„Kein Problem, Boss. Ich habe alles gecheckt."
„Na dann los."
Alle Personen verließen den Hangar. Mit sanftem Schub entfernten sie sich, durch das Hangartor, weg von der Basis. Ant schaltete den HFI ein. Die grüne Bestätigungsleuchte blinkte auf. Somit stand dem Start nichts mehr im Weg, und Ant meldete sich beim Tower ab:
„Hier Shuttle 1, fertig zum Testflug. Wir sind bereit, den Fusionsantrieb auf volle Leistung zu bringen, und bitten um Bestätigung."
Megan jubiliert förmlich innerlich bei dem Gedanken daran, wie blöd die beiden aus der Wäsche guckten, wenn sie den Schub einschalteten und bemerkten, dass sie augenblicklich zerquetscht wurden. Sie lächelte bei ihrer Rückmeldung:
„Hier Mission-Control, Dr. Hunt. Sie haben Starterlaubnis. Viel Glück."
Ant grinste in den Bildkommunikator:
„Ach ..., Dr. Hunt, persönlich. Danke für die Starterlaubnis, aber sparen sie sich ihre Wünsche. Wir brauchen kein Glück. Ich werden jetzt den Antrieb auf volle Leistung schalten, und er wird uns trotzdem nicht zerquetschen. Ich denke nämlich, dass der HFI vollkommen normal arbeiten wird. Bis Später, Dr. Hunt."
Er genoss es, wie ihr das Gesicht einschlief und Angst in ihre Augen zurückkehrte. Dann schob er den Beschleunigungshebel auf die höchste Stufe, und das Shuttle verschwand augenblicklich in den Weiten des Alls.

Sie rasten wieder nur bis zum Mars, aktivierten den RKWA, und verschwanden im Wurmloch. Alles funktionierte einwandfrei. Charles leistete effektive Arbeit, als er die Manipulation des HFI zurücksetzte.
Beide feixten nach wie vor, sogar als sie in dem Dreistern-System Gliese ankamen, um die prächtigen, aber unbewohnbaren Supererden zu betrachten.
Dr. Hunt hingegen, bekam es mit der Angst zutun. Ihr ausgeklügelter Plan gluckerte den Bach hinunter. Sie wusste, dass die beiden den Fusionsantrieb, unter der Sicherheit des HFI, immer sofort voll aufdrehten. Sie glaubte, dass bei einem Ausfall des Influenzers die G-Kräfte sogar Charles hochfesten Körper zerrissen. Eine Vollbeschleunigung von Null auf Höchstgeschwindigkeit, ist nur mit entsprechenden Raumanzügen und über eine langsam angepasste Beschleunigungsphase möglich. Alles andere führt zum Tod durch Zerquetschen. Wie hatten die beiden herausgefunden, dass sie den HFI manipulieren ließ? Hinterließ ihr Agent auffindbare Spuren? Wo hielt sich Faust, der einzige Eingeweihte, jetzt überhaupt auf?
Übel gelaunt verließ sie Mission-Control und fuhr mit der Magnetbahn zu Fausts Privatquartier. Dort angekommen klingelte sie an seiner Tür, und er öffnete:
„Hallo, Faust. Wir müssen reden."
„Kommen sie herein, Dr. Hunt, und setzen sie sich. Was gibt es denn?"
Sie setzte sich auf die Couch, mit dem Rücken zur Wand. Faust nahm auf einem Sessel platz, der ihr gegenüber stand:
„Sie haben Scheiße gebaut! Wie stümperhaft haben sie ihre Arbeit im Shuttle eigentlich ausgeführt?"
Faust zog sein Genick ein, obwohl er sich keiner Schuld bewusst war:
„Wieso stümperhaft? Ich habe keinerlei Spuren hinterlassen, alles so manipuliert, wie sie es in Auftrag gaben."
„Offensichtlich nicht. Unsere beiden Testpiloten haben jedenfalls ihre Umtriebe rechtzeitig entdeckt und behoben."
Faust fing an zu schwitzen:
„Jetzt sollen es also meine Machenschaften sein. Wollen sie das damit sagen?"
Dr. Hunt sah in unbeeindruckt an:
„Keine Angst, Faust. Sie sind immer noch mein Mann. Haben sie einen Schnaps da?

Dann trinken wir einen zusammen und überlegen uns, wie wir weiter verfahren wollen."
„Ja, sicher. Moment, ich schenke ihnen einen ein."
Dr. Hunt stand auf:
„Nicht nötig, sie haben schon genug getan. Ich mach das schon."
Faust blieb sitzen. Er passte genau auf, dass Megan ihm nichts ins Glas fallen ließ. Sogar er wusste, dass Mörderinnen überwiegend dazu neigten, ihre Opfer zu vergiften. Aber Dr. Hunt hatte nicht vor seinen Drink mit Gift zu versetzen.
Sie schenkte zwei Gläser ein, schritt zu ihm herüber und hielt ihm beide Schnäpse zur Auswahl vors Gesicht:
„Hier, Faust. Sie denken doch nicht, dass ich sie beseitigen will? Suchen sie sich ein Glas aus."
Erleichtert nahm er ihr das Trinkgefäß aus der rechten Hand ab. Megan hielt ihm das andere Glas entgegen:
„Auf einen guten, neuen Plan."
„Ja, darauf trinken wir."
Sie stießen an, und beide nippten am Hochprozentigen.
Faust stellte sein Schnapsglas zurück auf den Couchtisch, als er es plötzlich klicken und krachen hörte. Sein Gehirn verteilte sich über den Wohnzimmertisch, die Couch, die dahinterliegende Wand und strebte in blutigen Klumpen dem Boden entgegen.
Dr. Hunt hatte im Augenblick seiner Unachtsamkeit sofort ihre Pistole gezogen, durchgeladen und ohne zu zögern abgedrückt. Jetzt holte sie ein Taschentuch hervor, wischte damit sämtliche Fingerabdrücke von der Pistole, nahm Fausts tote Pfote, legte ihm die Knarre hinein und schloss seine Hand um den Pistolengriff:
„Ich hasse unfähige Mitarbeiter. Und Zeugen kann ich auch nicht gebrauchen. Weshalb haben sie sich nur erschossen, Faust? Was für ein Verlust."
Sie wusste, dass die Privatquartiere ihrer engsten Mitarbeiter nicht unter Überwachung standen. Keine Kamera erfasste den Mord. Da sie die Tür nicht geöffnet hatte, lagen ebenfalls keinerlei Aufzeichnungen über ihre DNA vor.

Jetzt war es nur noch erforderlich, ihr Schnapsglas zu entfernen, ihre Fingerabdrücke von der Flasche zu wischen, seine Pistole einzustecken, die Räumlichkeiten zu verlassen, zuhause ihre Kleidung zu verbrennen und sich ordentlich abzuschrubben.
Die Ermittlungsbehörden stellten danach fest, dass Dr. Hunt, in der fraglichen Zeit, in Richtung der Privatquartiere fuhr.
Megan gab an, dass sie Faust kurz aufsuchte, um mit ihm über ein Versagen bei einem Auftrag zu sprechen. Er habe sich zwar aufgeregt, aber er sei völlig in Ordnung gewesen, als sie ihn wieder verließ. Was danach geschah, wisse sie nicht.
Auf jeden Fall, holte ihn nicht der Teufel.
Da es sich bei ihr um die große Führerin der Menschheit handelte, und alles nach Selbstmord aussah, stellten die Behörden ihre Ermittlungen ein.
Als Ant und Charles von ihrem Testflug zurückkehrten, hatte die Geschichte um den Selbstmord eines Agents schon ihren Abschluss gefunden. Nach ihrer Landung, rief Dr. Hunt sie sofort zu einer Besprechung in ihren Konferenzraum. Charles fragte bei Ant nach:
„Wie sieht es aus, Boss. Soll ich mich um die alte Terroristin kümmern?"
Ant schüttelte energisch seinen Kopf:
„Auf keinen Fall, Charles. Wir kennen sie, wissen, welches Miststück wir an ihr haben. Wenn du sie beseitigst, folgt der nächste Arsch auf ihrem Stuhl. Was haben wir davon. Sollen wir immer damit weitermachen, bis keiner mehr übrig ist?"
„Ok, Boss. Hören wir uns mal an, was sie zu sagen hat."
Dr. Hunt empfing sie, umgeben von den Agents Cooper und Kazinsky im Besprechungsraum. Als die beiden eintraten, stürmte sie ihnen sofort entgegen und drückte aufgeregt ihre Hände:
„Gott sei Dank, ihnen ist nichts geschehen. Als sie mich über das Kommunikationsgerät darüber informierten, dass der HFI ordnungsgemäß funktionierte, habe ich erst nicht verstanden, was sie damit meinten. Inzwischen erschoss sich Agent Faust. Nachdem er erfuhr, dass sein Attentat erfolglos verlief und wir ihm auf die Schliche kamen, hat er Selbstmord begangen, bevor wir ihn zur Verantwortung ziehen konnten. Weshalb er das alles tat, wissen wir nicht. Er wird mit den religiösen Fanatikern in Verbindung gebracht. Sie beide passten wohl nicht in sein Weltbild."

„Ok, Dr. Hunt. Dann wissen wir jetzt also, wer vor dem Testflug im Shuttle herumgeschlichen ist. Gut, dass wir die Manipulationen am HFI noch rechtzeitig gefunden haben."
Megan nickte eifrig:
„Ja, nicht auszumalen, wenn meine besten Wissenschaftler ums Leben kämen. Die Menschheit braucht sie noch."
„Wofür, Dr. Hunt? Sie haben doch den funktionierenden Antrieb im Shuttle 2. Wofür brauchen sie uns noch?"
Megan sah beide etwas entgeistert an:
„Natürlich brauchen wir sie. Sie sind doch meine wichtigsten Männer. Nur ihnen traue ich es zu, den Antrieb für die Golden Star fertigzustellen."
Charles stand auf:
„Dann ist ja alles klar. Am besten, wir fangen gleich an damit."
Ant blieb still und gedankenversunken. Er vermochte in Megans Geist einzudringen und zu sehen, wie Agent Faust starb.
Dr. Hunt war nicht in der Lage, diese Gedanken vor ihm zu verbergen. Aber er ließ sich nichts anmerken, als er aufstand, und in Richtung Magnetbahn strebte. Auf dem Weg klärte er Charles entsprechend auf:
„Sie steckt dahinter, Kumpel. Sie hat Faust angestiftet den HFI zu manipulieren, und ihn jetzt umgebracht, weil sie keinen Zeugen dulden kann und so alles auf ihn zu schieben vermag."
„Das dachte ich mir schon, Boss. Sie ist zwar eine gute Blufferin, aber meine Sensoren stammen auch nicht von schlechten Eltern. Wie gesagt, ein Wort von ihnen, und ich kümmere mich um sie."
„Nein. Lass sie in Ruhe. Ich habe das Gefühl, dass das alles bald sowieso keine Rolle mehr spielen wird."
„Wie meinen sie das, Boss?"
„Ich weiß auch nicht. Es ist nur so eine Ahnung. Die Zukunft wird es zeigen. Stürzen wir uns zunächst einmal auf den Antrieb der Golden Star. Künftig müssen wir eben immer sämtliche Systeme auf Sabotage hin überprüfen."
Sie stiegen in die Magnetbahn, in Richtung der Hangars, und verschwanden damit im Tunnel. ...

Kapitel 6: Neue Heimat?

1. Grüne Perle

Dr. Hunt ließ Ail und Antonin in Ruhe arbeiten. Zunächst traute sie sich nicht, weitere Mordattacken anzuordnen. Am vorsichtigen Verhalten der beiden erkannte sie, dass sie ihre Absichten durchschauten. Sie hielt Ant nicht für einen des Mordes fähigen Charakter, aber Charles vermochte sie nicht genau einzuordnen. Ihm traute sie durchaus zu, dass er ihr, in einem unachtsamen Moment, den Hals umdrehte. Sie nahm an, dass Ant sie vor Schlimmerem bewahrte, den Androiden zurückhielt. Weshalb er sie schützte, konnte sie sich indes nicht erklären. Sollte es möglich sein, dass dieser mit unvergleichlichen Superkräften ausgestattete Mann, schlichtweg nur anständig, selbstlos und tugendhaft war?

Völlig im Gedanken murmelte sie leise vor sich hin:
„Scheiß drauf. Sobald ich sie nicht mehr brauche, müssen sie beide weg."

Ihre Magnetbahn kam am Hangar an und die freundliche Ansagestimme, die darauf hinwies, dass die Türen sich für die Passagiere in Fahrtrichtung rechts öffneten, riss sie aus ihren dunklen Gedanken.

Sie schlenderte in Begleitung der Agents Bacon und Cooper in Richtung der Golden Star. Die Soldaten an der Absperrung nahmen Haltung an. Gefolgt von einem militärischen Gruß, ließen sie die große Führerin unkontrolliert passieren. Megan kam sich in diesem Moment ungeheuer wichtig vor und marschierte weiter.

Mittels eines kleinen Kranes, ließen die Arbeiter soeben eine zu einem Drittel mit Hunt-Fluid gefüllte Kunststoffkugel, mit einem Durchmesser von fünf Metern, in den Maschinenraum hinab. Schwerlastkräne waren unnötig, seit Ant den HFI erfand. Damit besaßen sie die Möglichkeit, sämtliche Lasten schwerelos zu bewegen.

Dr. Hunt betrat mit ihrem Anhang das gigantische Raumschiff. Sie liefen durch Flure und Gänge, kletterten die bisher unter Schwerkraft stehenden Leitergänge hinauf und gelangten in den Maschinenraum. Dort traf sie auf Ant und Charles:

„Hallo meine Herren, das sieht ja schon alles hervorragend aus. Schlafen sie auch mal, oder arbeiten sie immer durch?"
Ant und Charles, die dabei waren, die Kunststoffkugel anzuschließen, wandten sich Megan zu:
„Alles gut, Dr. Hunt. Ich schlafe gerade. Zumindest mit meiner linken Gehirnhälfte. Und Charles braucht keine Ruhe. Was beschert uns die Ehre ihres Besuches?"
„Folgendes meine Herren. Sie unterbreiteten mir den Vorschlag, das Kopernikus-Weltraumteleskop einzusammeln, aus unserem Sonnensystem zu bringen, und damit nach einer neuen Welt zu suchen. Laut ihren Berichten funktioniert der RKWA beider Shuttles einwandfrei. Weshalb sehen sie sich nicht erst einmal die vielversprechendsten Planeten an, die mit dem Kepler-Teleskop gefunden wurden?"
Ant und Charles sahen sich gegenseitig vielsagend an:
„Das haben wir bereits, Dr. Hunt. Mister Antonin und ich besuchten bei unseren letzten Missionen auch diverse Planeten. Kepler-186f dreht seine Bahnen zu weit am Rand der habitablen Zone, dort ist es zu kalt für sie. Kepler-452b ist zu groß. Dort wögen sie 170 kg, ist also auch nichts für sie. Die noch massereicheren Gliese-Planeten bieten also auch keinen Lebensraum."
Megans Miene verdunkelte sich etwas. Die freche Bemerkung des Androiden über ihr Gewicht, hatte sie verärgert:
„Was soll das, meine Herren?! Sie flogen spazieren und haben dabei meine Shuttles riskiert? Sind sie noch bei Trost?"
Ant und Charles schauten sie verständnislos und gelassen an:
„Charles und ich sollen doch Testpiloten abgeben, oder? Also haben wir uns erlaubt, die Shuttles auch zu testen."
Megan schnappte nach Luft, ihr Gesicht färbte sich rot:
„Und das alles ziehen sie durch, ohne Absprache und ohne einen Bericht abzugeben?"
„Charles hat es ihnen doch jetzt berichtet. Für ihren Schreibkram haben wir keine Zeit. Wir arbeiten Tag und Nacht an der Fertigstellung der Golden Star. Aber wenn sie unsere Dienste jetzt nicht mehr benötigen, können wir auch verschwinden. Dann nehmen eben ihre Agents die Einstellungen am RKWA vor. Was halten sie davon?"

Dr. Hunt wusste, dass sie weiterhin auf die beiden angewiesen war. Sie versuchte, sich zu beruhigen:
„Lassen sie mich erst die Neuigkeiten verarbeiten. Sie haben sich also bereits Planeten angesehen. Gut. Egal. Hat ja alles funktioniert. Sie haben also den RKWA innerhalb dieser Sonnensysteme aktiviert?"
Ant nickte:
„Ja, genau. Und in unserem."
„Das auch noch. Wo? Wie weit weg von der Mondbasis haben sie das Wurmloch genutzt?"
„Auf Höhe des Mars. Aber zuvor konnten wir in den anderen Solarsystemen feststellen, dass der RKWA keine Schäden in der Umgebung des Wurmlochein- oder -austritts verursacht."
„Weshalb haben sie dann den RKWA nicht gleich bis zum Mond benutzt?"
„Aus Sicherheitsgründen. Wir wollten trotzdem etwas Abstand einhalten. Und übrigens, mit dem großen Antrieb der Golden Star, sollten wir uns auch zunächst etwas vorsichtig verhalten. Obwohl meine Berechnungen ergaben, dass die Größe des Antriebes keine Rolle spielen dürfte. Sicher ist sicher."
„Es ist doch immer wieder erquicklich, sich mit ihnen zu unterhalten, Antonin. Ich erfahre dabei immer etwas Neues. Also, nachdem ich nun endlich die Informationen erhielt, stellt sich mir die Frage, ob ich sie weiterhin als Testpiloten einsetzen soll."
Beide falteten ihre Hände, wie zum Gebet, und sahen Megan mit großen Hundeaugen an, dabei sprachen sie im Einklang:
„Bitte, bitte, Dr. Hunt. Lassen sie uns weiter fliegen. Wir werden uns auch benehmen."
Charles nahm die Worte Ants mit seinen Sensoren auf und war in der Lage, sie eine Millisekunde später nachzusprechen. Es hörte sich an, als ob beide denselben Text einstudiert hätten, und gleichzeitig sprachen.
„Sie wollen mich immer noch verspotten, oder?"
Beide antworteten wieder im Gleichklang:
„Nein, Dr. Hunt, wirklich nicht. Bitteee ...!"
„Wie machen sie das. Lassen sie das endlich sein. Ach egal. Hauen sie ab. Holen sie sich dieses Kopernikus-Teleskop, bringen sie es aus dem Sonnensystem und kommen sie zurück.

Und zwar ohne Umwege. Ist das klar? Dann bin ich sie wenigsten für eine Weile los."
Beide grinsten breit:
„Danke, Dr. Hunt. Sie werden es nicht bereuen."
„Ich sagte, sie sollen damit aufhören. Nehmen sie Shuttle Nummer 1."
Ant sah ihr nochmals eindringlich in die Augen:
„Wir müssen doch nicht vorher sämtliche Systeme auf irgendwelche Unregelmäßigkeiten überprüfen, oder?"
„Was soll die Frage? Sie wissen, dass es dieser Agent Faust verbockt hat. Natürlich müssen sie nicht wieder alles kontrollieren. Aber ich weiß, dass sie es trotzdem tun werden. Machen sie sich jetzt auf die Beine. Ich habe auch noch etwas anderes vor, als mich hier von ihnen diffamieren zu lassen."
Sie drehte sich beleidigt um und marschierte, zusammen mit ihrer Entourage, in Richtung Ausgang.
Ant und Charles schauten sich grinsend an, und begaben sich ebenfalls auf den Weg. Ant bemerkte nachträglich:
„Dass ich morgen Geburtstag habe, hat sie natürlich vergessen. Noch dazu ein rundes Wiegenfest. Der 1. August 2024. Vierzig Jahre."
„Sie sehen aber noch viel jünger aus, Boss. Soviel ich weiß, haben sie noch 959 Jahre vor sich."
„Wir werden sehen, Charles. Wir werden sehen."
Selbstverständlich checkten sie Shuttle 1 ordentlich durch, bevor sie abhoben.
Das Kopernikus-Teleskop besaß eine phantastische Auflösung. Aber außerhalb des Sonnensystems sollte der Ausblick, ungestört von den Bröseln im Kuipergürtel, um ein Vielfaches besser sein. Sein derzeitiger Fixstandort lag 1 Millionen Kilometer vom Mond entfernt. Ein Klacks für eine masselose Fähre, ausgestattet mit einem effizienten Fusionsantrieb. Für das Einsammelmanöver war es allerdings erforderlich, den HFI abzuschalten, da sie ansonsten nicht in der Lage waren, den Antrieb fein genug zu dosieren.
Geleitet vom Radiosignal des Teleskops fanden sie es, in den Weiten des Alls, sofort auf. Nach dem Druckausgleich öffneten sie die Heckklappe des Shuttles und stülpten sich quasi mit ihrer Fähre langsam über das optische Gerät.

Als es vollkommen in das Shuttle eindrang, gab Charles ein stöhnendes Geräusch von sich. Ant schüttelte nur grinsend den Kopf:
„Hast du das von deiner Dr. Fox gelernt?"
„Ein Gentleman genießt und schweigt."
„Ok, Charles. Ich schalte den HFI wieder ein. Und du sorgst für Atmosphäre im Laderaum."
„Alles klar, Boss."
Nach erfolgtem Druckausgleich dackelten sie nach hinten. Das Teleskop passte nur knapp in den Laderaum. Es schwebte, völlig masselos, 30 Zentimeter über dem Boden. Ant und Charles drückten es sanft nach unten und fixierten es mit Haltegurten.
Danach setzten sie sich wieder ins Cockpit.
„Ich habe keine Lust, 20 Stunden aus unserem Sonnensystem herauszudüsen, Boss."
„Du hast Recht, Charles. Ich werfe den RKWA an. Immerhin krebsen wir bereits eine Million Kilometer von der Basis entfernt herum."
Es dauerte wieder nur Sekunden, bis das Wurmloch sie außerhalb des Sonnensystems ausspuckte. Ein Routineauftrag, nichts Besonderes mehr.
Charles verließ das Cockpit, schloss die Tür hinter sich hermetisch ab, und ließ den Druckausgleich über sich ergehen. Seine kleinen Heizungen schalteten beim Eintreten der Kälte sofort zu und hielten ihn beweglich. Dann öffnete er die Heckklappe, löste die Haltebänder von dem Teleskop, und entließ es in den freien Weltraum.
Nach dem Schließen der Ladeluke und der Wiederherstellung der Atmosphäre, setzte sich Charles wieder neben Ant:
„Was halten sie davon, dass wir gleich einmal einen Versuch mit dem Teleskop starten, Boss?"
„Gut, Charles. Probier erstmal, einen Kontakt zum Computer der Kopernikus herzustellen."
Charles dirigierte auf den vor ihm schwebenden Bildschirmen herum:
„Kontakt hergestellt und neue Position installiert. Was wollen wir uns ansehen?"
„Am besten, wir fangen mit einem vielversprechenden Solarsystem an. Da gibt es eines mit einem sonnenähnlichen Stern, knapp 46 Lichtjahre von unserer Basis entfernt. Bisher konnten dort nur ein paar Gasriesen beobachtet werden, die ihren Stern schwach elliptisch umkreisen.

Möglich, dass in der habitalben Zone noch weitere Planeten ihre Umlaufbahn ziehen."
„Welches System meinen sie, Boss?"
„Richte das Teleskop auf 47 Ursae Majoris, im Großen Bären aus."
„Gut, einen Moment ..., jetzt hab ich`s. Und ... Enter."
Das Kopernikus Teleskop zündete kleine Steuerdüsen, um sich neu auszurichten. Als es zur Ruhe kam, fing es an, die optischen Daten auf den Rechner des Shuttles zu übertragen. Zuerst erkannten die beiden die zwei Gasriesen, die in weitem Abstand zu ihrem Stern ihre Bahnen zogen. Der äußere der zwei Planeten, schimmerte in tiefem Blau. Der andere sah dagegen wesentlich wilder und aufgewühlter aus. Seine Gasatmosphäre leuchtete in allen möglichen Farben, durchzogen von dunklem Rot. Es schien fast, als brenne er oder besäße eine eigene Leuchtkraft. Während sich das Teleskop automatisch schärfer stellte, erschienen umso beeindruckendere Bilder auf den Bildschirmen im Cockpit.
In den bunten Schichten der Gaswolken, die den stürmischen Gasriesen umgaben, zuckten gewaltige Blitzentladungen zwischen den farbenprächtigen Gasverwirbelungen hin und her. Ein effektvolles Schauspiel eröffnete sich vor Ants und Charles leuchtenden Augen.
Dann zoomte das Teleskop an dem Gasriesen und seinen Monden vorbei, näher an den Stern heran. Drei Felsplaneten kamen zum Vorschein. Der äußere, dicke Brocken, besaß eine dünne Atmosphäre und präsentierte sich in reinem Weiß. Eine Eiswelt mit mindestens der fünffachen Erdmasse. Ergo uninteressant.
Der Innerste der drei, zog seine Bahn um einiges zu nah am Stern entlang. Eine Atmosphäre vermochte er hier, unter den tosenden Sonnenstürmen, nicht zu halten. Die Temperaturen auf der Sonnenseite schmolzen seine Oberfläche zu glühender Lava. Leben, wie wir es kennen, war dort nicht möglich.
Aber der mittlere Planet schien es besser getroffen zu haben. Ihm hatte das Universum eine Umlaufbahn zugewiesen, die ihn in 299 Tagen einmal um seinen Stern, 47 Ursae Majoris, führte.
Die eingehenden Bilder nahmen stetig an Schärfe und Detailgenauigkeit zu.

In Äquatornähe mit einer nebligen Atmosphäre eingehüllt, wies der Planet, auf den klareren Nord- und Südhalbkugeln, alle Schattierungen von Grün auf. Die Pole erschienen warm und völlig eisfrei.
Nichts als Grün. Kein Ozean, Meer oder See, hatten sich auf der Oberfläche gesammelt.
Charles klang begeistert:
„Können wir uns das genauer ansehen, Boss?"
„Ich denke das Teleskop gibt nicht mehr her. Bessere Bilder werden wir kaum bekommen."
„Das weiß ich, Boss. Aber wir haben doch einen RKWA. Wir könnten uns das aus nächster Nähe ansehen, oder?"
„Ja …, ich hab nur gedacht, wegen Dr. Hunt …, die zickt dann wieder ohne Ende …, aber was soll`s, die kann uns doch den Buckel herunterrutschen. Und wie mein Vater immer zu sagen pflegte …, am besten mit der Zunge voraus, dann kann sie uns auch gleich noch am Arsch lecken."
Charles grinste bis über beide Ohren:
„Wir sollten uns aber erst etwas vom Kopernikus-Teleskop entfernen. Nicht, dass es dieses hochtechnisierte Fernrohr mit in das Wurmloch zieht."
Ant überprüfte den HFI und Charles drehte dann den Schub des Fusionsantriebes voll auf. Sie zischten einige Minuten mit annähernder Lichtgeschwindigkeit durch den leeren Raum, bis sie den Umkehrschub zündeten.
Ant checkte die neue Position, gab die Daten in den Navigationscomputer ein, und ließ einen Kurs zum neuentdeckten Planeten 47 Ursae Majoris b errechnen.
Nachdem sie den RKWA einschalteten, dauerte es nur Sekunden, bis das Wurmloch sie genau vor dem grünen Wandelstern ausspuckte.
Die Sensoren der Raumfähre arbeiteten sofort auf Hochtouren. Der Planet wies einen Parameter von 1,3 Erdenmassen auf. Die Atmosphäre enthielt etwas mehr Sauerstoff als auf der Erde.
Das lag vermutlich an dem umfangreichen Grün auf der Oberfläche. Dafür gab es weniger Stickstoff und etwas Methan. Durchaus atembar.
Die Begeisterung stieg erheblich, als der Bildschirm die Daten anzeigte. Zwei größere Monde umkreisten den Planeten, der sich langsam drehte.

Er benötigte 36 Stunden für eine Rotation, was eine Tag- und Nachtphase von jeweils 18 Stunden bedeutete.
Es lag folglich kein größeres Problem vor, woran sich ein gesunder Mensch nicht zu gewöhnen vermochte.
Die Tagestemperaturen stiegen auf durchschnittlich 30 bis 40 Grad an. Da die Rotationsachse sich zum Stern hin nicht verschoben hatte, gab es keine Jahreszeiten. Immer Sommer. Mies für Eskimos. Aber die starben ja sowieso bereits mit dem Großteil der Menschheit aus. Die Atmosphäre wies keinerlei Wirbelstürme oder größere Luftbewegungen auf.
Da Ozeane und weitläufige Wasserflächen fehlten, fanden keine stürmischen Austauschbewegungen zwischen den Luftschichten statt. Die nebelartigen Wolkenstreifen, die vorwiegend im heißeren Äquatorgürtel auftraten, entstanden durch Verdunstung aus den Pflanzen oder dem Untergrund. Wie sich der planetenweite Dschungel mit Wasser versorgte, vermochte nur auf der Oberfläche geprüft zu werden. Ebenso welche Lebensformen dort fleuchten. Eine Landung kam jetzt aber nicht infrage. Die beiden hatten nicht vor, sich so weit vorzuwagen, ohne das OK der Führung bekommen zu haben. Es reichte schon, dass sie ohne Absprache in die Umlaufbahn des Planeten reisten. Aber es lohnte sich. Eine vielversprechende Welt, dieser grüne Ball. Ant konnte es kaum fassen. Sie pickten sich hier, das bisher bei weitem beste Angebot, aus dem Großmarkt des Universums heraus. Er strahlte:
„Das ist es, Charles. Etwas Besseres werden wir so schnell nicht finden. Aber der Name, 47 Ursae Majoris b, gefällt mir überhaupt nicht."
„Wie soll er denn heißen, Boss?"
„Ach, nach mir ist schon das Antit benannt. Wieso benennst du nicht einfach diesen Planeten? Du hast ihn zusammen mit mir entdeckt. Ich überlasse dir das Recht, ihn zu taufen."
„Oh, ok. Was nehm` ich denn da? Hm, kein persönliches Statement, eitel mag ich nicht erscheinen. Neue Welt ist mir zu banal, zu einfallslos. Nein. Aber, was halten sie von Viridi Margarita? Wenn es dort Bewohner geben sollten, könnten wir sie Viridianer nennen."
„Hervorragend, Charles. Viridi Margarita, Grüne Perle, das gefällt mir. Das werden wir in dieser Form Dr. Hunt verklickern. Sonst drängt sie sich wieder in den Vordergrund. Lass uns gleich zurückkehren und den ach so wichtigen Bericht abgeben."

Charles nickte lächelnd:
„Dann müssen wir uns beeilen. Das Kopernikus-Teleskop hat vermutlich alle Aufnahmen dieses Solarsystems an die Mondbasis gefunkt. Es dürfte nur noch ein paar Stunden dauern, bis das Signal dort ankommt. Dort können sie zwar nur Viridi Margarita sehen, wie er vor gut 40 Jahren ausgesehen hat, aber seither wird sich nicht viel geändert haben. Das Funksignal überholen wir locker. Am besten dehnen wir diesmal das Wurmloch bis in Mondnähe aus."
„Machen wir. Die Navigationsdaten kommen gerade herein. Verschwinden wir hier."
Es lief ab wie bisher. HFI ein. RKWA ein. Hinein ins Wurmloch. Die 45,9 Lichtjahre legten sie innerhalb von wenigen Sekunden zurück.
Als sie plötzlich direkt, 1.200 Kilometer über der Mondoberfläche aus dem Nichts auftauchten, überraschten sie die Anflugkontrolle.
Ein panisches, hektisches Funkgewitter drang über die Kommunikationsanlage an ihre Ohren.
Der Annäherungsalarm ertönte augenblicklich und der Schutzschirm schaltete sich automatisch ein. Eine Fähre ohne HFI-Ausstattung, die sich soeben im Bremsmanöver des Anfluges befand, raste mit immer noch über 10.000 km/h und mit voller Masse, auf ihre Position zu. Der Fluglotse brachte nur angsterfülltes Geschrei über den Äther. Ant starrte geschockt, wie gelähmt, auf den rot aufleuchtenden Umgebungsbildschirm. Das Aufschreien des anfliegenden Piloten, erreichte ebenfalls über Funk das Cockpit der beiden.
Charles gab dem Fusionsantrieb einen anständigen Schubs. Das Shuttle hüpfte förmlich aus dem Weg der anfliegenden Fähre.
Soeben schwebten sie noch direkt in der Kollisionsbahn, und den Bruchteil einer Sekunde später hatten sie sich um 500 Kilometer davon entfernt. Richtung Mondoberfläche.
Charles überlegene Konstruktion, kannte weder Panik, noch eine Verzögerung in der Reaktionszeit. Er reagierte sofort und bugsierte, ohne zu zaudern, das Shuttle aus der Gefahrenzone. Trotzdem verfehlte sie die anschießende Fähre nur um wenige Meter. Lautlos raste sie, mit leuchtenden Bremsdüsen, an ihnen vorbei. Nur die Schreie des Piloten drangen über Funk in ihr Gehör.

Ant sah durchtobt und schwitzend zu Charles hinüber, und tätschelte dessen auf dem Gashebel liegende Hand:
„Wahnsinns Reaktion, Kumpel. Diese Fähre hätte Mus aus uns gemacht. Danke."
„Reiner Selbstschutz, Boss. Am besten ich nehme nun Kontakt zur Anflugkontrolle auf, damit wir gefahrlos in den Hafen zurückkehren können. Das wird noch Ärger geben."
Der Anfluglotse fragte sie mit zitternder Stimme:
„Wo kommt ihr denn plötzlich her?! Seid ihr völlig verblödet?! Ihr könnt doch nicht einfach unvermittelt in der Anflugzone auftauchen! Das wird noch ein Nachspiel haben. Halten sie ihre Position und warten sie auf weitere Anweisungen."
Beide schauten sich an und zuckten gleichgültig mit ihren Schultern.
Danach erhielten sie einen Leitstrahl, der sie zurück in den Hangar führte.
Widererwarten stand dort kein Empfangskomitee bereit, um ihnen Vorhaltungen zu unterbreiten. Sie verließen das Shuttle allein und unbehelligt. Vermutlich hatte Dr. Hunt keine Lust mehr darauf, öffentlich vorgeführt zu werden.
Es dauerte letztlich einige Stunden, bis sie einen Termin bei der großen Anführerin erhielten. Im Besprechungsraum, ohne Publikum, nur zusammen mit den Agents Cooper und Kazinsky.
Megan empfing sie mit versteinerter Miene:
„Wen sehen meine entzündeten Augen? Die Halbirren aus unserem Shuttle."
Aus Ants Körperhaltung ließ sich eine Mischung aus Gleichgültigkeit und Anspannung erkennen. Gibt es dafür überhaupt ein Wort? Anspültigkeit oder Gleichspannung?
„Wir wissen, dass wir nur knapp an einem Unfall vorbeischrammten. Sorry. Wir konnten doch nicht ahnen, dass genau im Moment unserer Ankunft, eine Raumfähre heranschießt."
Megan blieb entgegen ihren üblichen Wutanfällen erstaunlich gelassen:
„Es ist unverantwortlich, wie sie sich verhielten. Nicht nur, dass sie das Wurmloch fast bis in den Mond hinein ausdehnten, ihnen ist auch noch völlig gleichgültig, ob sie das Leben anderer gefährden."
Charles mischte sich ein:

„Entschuldigen sie, Dr. Hunt. Aber wir konnten unsere Ankunft doch nicht ankündigen. Hätten wir vom Großen Bären aus eine Nachricht abgesandt, käme sie erst in knapp 46 Jahren hier an."
„Von wo aus? Vom Großen Bären? Sie hatten den Auftrag das Kopernikus-Teleskop außerhalb des Sonnensystems auszusetzen. Wo haben sie es hingebracht?"
Ant wusste, dass sie vorzugsweise mit ihm sprach, als mit dem ihr nach wie vor nicht geheueren Androiden. Deshalb übernahm er:
„Wir führten natürlich erst den Auftrag ordnungsgemäß aus. Dann verbanden wir unseren Bordcomputer mit Kopernikus und fanden sofort einen vielversprechenden, erdähnlichen Planeten. Den wollten wir uns kurz ansehen, und sprangen mittels RKWA gleich mal dorthin."
„Und das konnten sie nicht absprechen? Mission-Control Bescheid geben?"
„Natürlich, sie haben Recht. Aber unser Signal hätte circa 20 Stunden von der Position Kopernikus bis zur Mondbasis gebraucht. Ihre Antwort, nochmal dieselbe Zeitspanne. Verstehen sie, Dr. Hunt? Wir können doch nicht 40 Stunden ausharren, bis wir ihr Nein erhalten."
„Selbstverständlich können sie das. Das müssen sie sogar. Dafür gibt es klare Anweisungen, aber Vorschriften interessieren sie nicht. Stimmt`s? Ihnen ist doch alles scheißegal, weil ihnen nichts passieren kann, sie immun gegen den Tod sind, aber sie gefährden die Leben anderer Personen. Haben sie daran schon mal gedacht?"
Ant wand sich ein wenig. Wenn er darüber nachdachte, hatte sie nicht Unrecht:
„Ja, sie haben Recht, Dr. Hunt. Ich möchte mich in aller Form für unser rücksichtsloses Verhalten entschuldigen, obwohl doch eigentlich nichts passiert ist. Nächstes Mal halten wir uns an die Vorschriften. Das kann ich ihnen versichern."
„Ist doch nichts passiert? Sie haben Nerven. Ein nächstes Mal wird es nicht geben. Sie beide haben heute zum letzten Mal ihre Untauglichkeit als Testpiloten bewiesen. Künftig können sie ihre Tests mit einem meiner Piloten unternehmen. Das wollte ich ihnen mitteilen. Und jetzt zu dem erdähnlichen Planeten, den sie entdeckt haben. Erzählen sie mir mehr darüber."
„Gut, Dr. Hunt. Widmen wir uns wichtigeren, erfreulicheren Dingen.

Im Sternzeichen Großer Bär, gibt es einen sonnenähnlichen Stern, eine Nuance heller und wärmer als unsere Sonne, aber durchaus tauglich. Dieser Stern wird bisher als 47 Ursae Majoris bezeichnet.
Der zweite der inneren Planeten besitzt eine Masse von 1,3 Erdenmassen, ist völlig begrünt und weist eine erträgliche Durchschnittstemperatur auf. Diesen Planeten sollten wir ganz oben auf unsere Liste setzen. Wir gaben ihm bereits einen Namen. Viridi Margarita."
„Meinetwegen, das auch noch. Grüne Perle wird schon passen. Zumindest haben sie sich mit diesem Namen nicht in den Vordergrund gedrängt."
„Dieser Name stammt nicht von mir, Dr. Hunt. Den haben wir Charles zu verdanken."
„Dann vergeben neuerdings also Computergehirne Namen für unsere Entdeckungen?"
„Sie haben Charles zu einer Person erklärt, haben sie das vergessen? Er hat diesen Planeten entdeckt. Was ist das Problem?"
Megan sah die beiden ernst an:
„Der Name ist mir schnuppe. Aber ihre Eigenmächtigkeiten haben ab heute ein für alle Mal ein Ende. Ist das klar? Und jetzt machen sie sich an die Arbeit. Die Golden Star stellt sich nicht von allein fertig."
Ant und Charles standen auf und verschwanden, ohne sich zu verabschieden. Sie hatten einiges zu erledigen.
Ant hatte vor, sich endlich darum zu kümmern, das Gerät für die Phasenverschiebung für Charles herzustellen. Erst danach sollte der RKWA der Golden Star dran sein. ...

2. PVG

Ant erleuchtete während der Versuche mit dem RKWA und den Schwingungen des Antit-Kristalles eine Idee, wie er einen festen Körper aus seiner Zeitphase in eine nur eine Sekunde entfernte Phase schicken könnte.
Als bei seiner ersten Reise mit dem RKWA eine Phasenverschiebung von nur einem Millionstel Abweichung vorlag, hätte es ihm fast sämtliche Körperzellen zerlegt. Er nahm deshalb an, dass eine Verschiebung von lebendem Gewebe unmöglich sei. Aber auf Charles, mit seiner völlig anorganischen Konstruktion, gab es keinerlei Auswirkungen.
Er entwickelte ein PVG, ein Phasen-Verschiebungs-Gerät, nur für seinen Kumpel. Das Instrument integrierte er in ein Headset. Was nützte es Charles, wenn er um eine Sekunde verschoben in einer anderen Zeitphase herumlief, ohne zu sehen, was in unserer Zeit abläuft? Deshalb stattete Ant den Kopfaufsatz mit einem kleinen Bildschirm aus, und platzierte ihn direkt vor dem rechten Auge. Dieser klitzekleine Monitor, vergleichbar mit einer einseitigen Virtual-Reality-Brille, hielt Kontakt zur Ausgangszeit und zeigte die Geschehnisse in unserem Zeitrahmen auf, während Charles sich am selben Ort, aber in einer anderen Zeitphase herumtrieb. Ein extrem nützliches Utensil, dieses PVG. Leider nicht geeignet für organische Lebewesen.
Ein Tropfen Hunt-Fluid genügte, für die Mini-Kunststoff-Kugel der Energieversorgung. Ant kühlte die winzige Energieumwandlungsanlage, bis ein stabiles Antitkristall entstand. Danach übernahm das Kristall selbst seine Kühlung über ein ausgeklügeltes Gefriersystem. Eine geniale kleine Konstruktion.
Ant benötigte nur eine Woche, um das Gerät zu einem Prototypen zu entwickeln. Während dieser Zeit arbeitete Charles weiter im Maschinenraum der Golden Star. Es fiel gar nicht auf, dass Ant sich nur im Labor aufhielt.
Mit seinen telekinetischen Fähigkeiten manipulierte er das Überwachungssystem, um etwaige Bild- und Tonaufnahmen zu unterdrücken. Das lief bereits routinemäßig und automatisch ab, immer wenn er beabsichtigte, dass Dr. Hunt etwas nicht mitbekam.

Während eines Schichtwechsels der Arbeiter, rief er Charles zufrieden zu sich in den Arbeitsbereich des Labors:
„Kannst du mal bitte herkommen, Kumpel? Ich hab hier was für dich."
„Was gibt`s denn, Boss. Haben sie das PVG fertiggestellt?"
„Ja, schon erledigt. Sieh es dir an, hier ist es, wir können es gleich ausprobieren, wenn du willst."
„Klar, wieso nicht?"
Charles ließ sich das PVG aufsetzen und Ant erklärte ihm kurz die Funktionen:
„Also, hier hast du den Bildschirm. Da siehst du, was sich gerade in der Herkunftszeit abspielt. Von diesen drei Kästchen auf der Kopfspange, beinhaltet das Mittlere, die Energieversorgung mitsamt der Kühlanlage für das Antit. Berührst du das linke Kästchen mit der Hand, verschiebt dich das PVG aus unserer Zeit in eine Phase, die etwa eine Sekunde abweicht. Wie gesagt, mit dem rechten Auge kannst du jedoch immer noch deine Herkunftsphase beobachten. Wenn du zurückwillst, berührst du das rechte Kästchen. Alles klar?"
„Natürlich, Boss. Einfacher könnte es wirklich nicht sein."
„Na gut. Energie ist immer drauf. Also, probier`s aus."
Charles nickte und berührte den Sensor des Kästchens vor seinem linken Ohr. Augenblicklich verschwand er aus Ants Zeitrahmen, ohne eine Spur zu hinterlassen.
Beeindruckt starrte Ant ins Leere, dorthin, wo sein Kumpel soeben noch gestanden hatte.
Für Charles spielte sich der Übergang in die andere Zeitphase etwas dramatischer ab. Kaum setzte er das Gerät in Funktion, drangen wieder diese beängstigenden Geräusche an seine Ohren. Das Gemisch aus dem Knurren und Heulen von tausenden von Höllenhunden und dem Kreischen von verängstigten Kindern, kannte Charles schon von seiner ersten Wurmlochreise zusammen mit Ant. Aber diesmal schien der Lärm eindringlicher zu sein, ihn zu durchdringen, alle Atome seiner Konstruktion zum Schwingen zu bringen. Sämtliche Gefühlssensoren vibrierten, was ein kitzliges Gefühl verursachte, als ob er leicht unter Strom gesetzt sei.
Selbst nach Beendigung des Übergangsvorgangs, hielten der tosende Lärm und das Vibrieren an.

Auf seinem Minibildschirm vermochte er Ant nach wie vor zu sehen, aber um ihn herum breitete sich eine Schattenwelt aus. Ein Konglomerat aus Nebelschwaden in verschiedenen Grautönen, bis hin zum dunkelsten Schwarz. Durch die wabernde Dunstschicht erkannte er nilpferdgroße Schatten, die flugs umher huschten. Je näher sie kamen, desto lauter konnte Charles, trotz der übrigen Geräuschkulisse, tapsende und knurrende Geräusche vernehmen. Es stank nach Schwefel und Methan, nach Moder und Verderben, fast als befände er sich in einem Verdauungstrakt, aber es herrschte winterliche Kälte vor. Dort beabsichtigte er, vornehmlich nicht zu verweilen. Er bewegte sich um Ant herum und berührte den Sensor auf der rechten Seite. Ohne Verzögerung tauchte er hinter Ant auf und tappte ihm mit der Hand auf die Schulter, verbunden mit einem Lauten:
„Hallo, Boss!"
Ant erschrak fürchterlich, fasste sich an die Brust und drehte sich langsam um:
„Mann, hast du mich erschreckt. Willst du mir einen Herzinfarkt verpassen?"
Charles grinste:
„Sie haben doch noch genug Leben übrig, was kann denn da eine kleine Herzattacke ausmachen?"
„Schon klar. Du bist direkt vor meinen Augen verschwunden und standest plötzlich hinter mir. Wie hast du es erlebt?"
„Na ja, etwas gruselig. Schickt mich dieses PVG eine Sekunde in die Vergangenheit oder in die Zukunft?
„Das kann ich dir nicht genau beantworten, Charles. Nach meinem Verständnis existiert die Zukunft für uns noch gar nicht. Also nehme ich an, dass diese Phasenverschiebung nur rückwärts führen kann."
„Kann es sein, dass bereits eine Sekunde von unserer Existenz entfernt, etwas damit beginnt, die Vergangenheit zu verdauen?"
„Poison hat mir da etwas Anderes erzählt. Das kann ich mir nicht vorstellen."
„Ok, Boss. Aber ich habe mich dort aufgehalten. An einem kalten, dunklen, nebligen, lauten und stinkenden Ort. Etwas hat mich dort belauert. Sie wissen doch noch, wie es sich anhörte, als wir das erste Mal den schlecht synchronisierten RKWA nutzten. Dort hat mich die Phasenverschiebung hingebracht, nur noch tiefer hinein."

Ant starrte geradeaus. Hinter dem geistesabwesenden Blick, arbeitete sein Verstand auf Hochtouren:
„Möglich, dass dich das PVG bei der Phasenverschiebung nicht nur in der Zeit versetzte, sondern dich damit auch in eine andere Dimension brachte. Eine Paralleldimension. Wer weiß? Ich kann es nicht nachprüfen, mein Körper könnte die Belastungen nicht aushalten. Und wie sollte ich dort an neue Lebensenergie gelangen? Nein, ich kann es nicht erklären."
„Das Gerät funktioniert einwandfrei, Boss. Aber ich möchte es lieber nur im äußersten Notfall benutzen."
„Das ist gut, Charles. Ich überlasse dir das PVG nur, weil ich dir vollends vertraue. Ich hoffe, dass du damit keinen Unsinn anstellen wirst."
„Welchen Unsinn, Boss?"
„Na, Dinge, wie das unerklärliche Verschwinden von Direktoren oder Agents. Oder, dass du dich unsichtbar in der Damenumkleide herumtreibst. Unsinn, eben."
Charles grinste geheimnisvoll:
„Ich versprech`s, Boss. Derartigen Blödsinn werde ich natürlich nicht veranstalten."
Ant lachte und patschte ihm mit der flachen Hand freundschaftlich auf die Schulter:
„Komm, lass uns die Golden Star fertigstellen und endlich unseren Planeten Viridi Margarita aufsuchen."
Sie machten sich an die Arbeit. Charles ließ seit dieser Zeit sein Headset immer auf dem Kopf, wohlwissend, dass er es einmal brauchen könnte.
...

3. Begegnung der 6. Art I

Als Ant sich wieder unter das Konstruktionsteam in der Golden Star mischte, schritten die Arbeiten schneller voran. Er besaß das Talent und den erforderlichen Intellekt, sämtliche auftretende Probleme mithilfe innovativer Lösungen zu beseitigen. Alle Teamleiter freuten sich, ihn nach einer Weile wieder um sich zu haben, und erdrückten ihn förmlich mit Anfragen zu Problemlösungen. Nur mit seiner unerschöpflich scheinenden Lebensenergie vermochte er alle Nachfragen freundlich und eloquent abzuarbeiten, ohne einen Burnout zu erleiden.

Insbesondere nervte ihn aber die ständige Verpflichtung zur Berichterstattung an Dr. Hunt. Er verstand natürlich, dass die vorherrschende Versorgungsknappheit der großen Anführerin unter den Nägeln brannte, aber er konnte sie genauso wenig leiden, wie sie ihn. Ohne das Vorliegen einer gewissen gegenseitigen Abhängigkeit käme es sicher zu dramatischen Trennungserscheinungen. Vermutlich aber nur für Dr. Hunt. Selbst dieser Gedanke belastete Ant, immerhin lasteten schon genügend Tode auf seiner Seele.

Die unermüdliche Arbeitsleistung lenkte ihn von allzu düsteren Überlegungen ab.

Am 23.10.2024 trug er die Frohe Botschaft der Fertigstellung der Golden Star an Dr. Hunt heran.

Ant wusste, dass Megan ihn ab diesem Zeitpunkt für überflüssig hielt. Letzten Endes hatte sie jetzt ein großes Raumschiff und zwei Shuttles mit Vollausstattung, was die Antriebe anbelangte. Jeder mittelmäßig fähige Ingenieur wäre über kurz oder lang in der Lage, die Technik zu kopieren. Die Besprechung fand deshalb in einer entsprechend eisigen Atmosphäre statt.

Beschützt von ihren drei bevorzugten Bodyguards, Bacon, Cooper und Kazinsky, empfing sie Ant im Besprechungsraum:

„Ich habe die guten Neuigkeiten bereits mitbekommen. Weshalb wollten sie mich sprechen, Antonin?"

„Ich wünsche ihnen auch einen guten Tag, Dr. Hunt. Bisher terminierten sie alle fünf Minuten einen Fortschrittsbericht, und jetzt wollen sie nichts mehr von mir wissen?"

„Ja, genau. Ihre Arbeit ist erledigt. Ich benötige sie nicht mehr. Den Stapellauf kann ich selbst organisieren. Also Antonin, was erwarten sie sich von diesem Gespräch hier?"
„Ich hielt es für meine Pflicht, sie über sämtliche Innovationen aufzuklären. Aber wenn sie bereits alles wissen, auch wie bei einem Notfall oder einem technischen Versagen zu handeln ist, dann viel Glück."
„Was meinen sie damit?"
„Also haben wir nun doch ein Gespräch?"
„Nerven sie mich nicht, Antonin. Erzählen sie schon, was sie loswerden wollen."
„Na gut. Die Golden Star ist fertig. Mit der schier unerschöpflichen Energiemenge, die das Antit aus der Umwandlung von dunkler Energie schafft, konnte ich den Schutzschild wesentlich verbessern. Er umgibt nun, bei Bedarf, das gesamte Raumschiff. Es werden nicht nur feste Körper, sondern auch Energie abgeleitet. Ein Zwischenfall, wie er bei der Europa-Mission aufgetreten ist, kann jetzt nicht mehr passieren."
„Ja, und weiter, Antonin?"
„Ach, langweile ich sie? Gut, dann erzähle ich ihnen, weshalb sie auch weiterhin auf meine Dienste angewiesen sind. Zum Beispiel, wenn die Antriebskühlung ausfallen sollte, und das Antit-Kristall zu Hunt-Fluid schmilzt, gibt es niemanden, der den Wurmlochantrieb wieder in Gang bringen könnte, außer mir."
„Wieso sollte die Kühlung ausfallen? Dann lassen wir eben die Kälte aus dem All in den Maschinenraum."
„Auch im All gibt es Wärmequellen. Ihre Intelligenz ist groß genug, sich selbst ein entsprechendes Szenario einfallen zu lassen. Auch wenn die Wahrscheinlichkeit nicht sehr hoch ist, ein Restrisiko besteht. Und da komme ich ins Spiel. Antitkristalle habens in sich. Jedes Kristall weicht in Form und Frequenz vom anderen ab. Sollte Eines davon schmelzen, wieder gekühlt werden, und neu entstehen, muss man den gesamten RKWA neu synchronisieren. Das können nur Charles und ich. Sie brauchen uns, allein dafür schon."
Dr. Hunt sah ihn ernst an, und trippelte mit den Fingern auf der Schreibtischplatte:
„Weshalb sollte das ein Problem für ein Computerprogramm sein? Charles ist auch nur ein besserer Computer."

„Das können sie ja versuchen. Ich werde ihnen jedenfalls kein Programm schreiben. Und für die Programmierung von Charles habe ich damals Jahre gebraucht. Sie haben es bis heute nicht geschafft, ein auch nur annähernd funktionierendes Pendant hinzukriegen. Und wenn ihr Programm fehlerhaft ist, werden alle Passagiere, die in das Wurmloch eintreten, in ihre Einzelteile zerlegt. Dann, befürchte ich, treibt ihr kostbares Raumschiff als Geisterschiff durch die Weiten des Alls."

Das Fingertrippeln hörte auf. Megan war gezwungen, die Wut über ihre Ohnmacht dadurch zu unterdrücken, dass sie ihre Hände zu Fäusten ballte:

„Und was schlagen sie jetzt vor, Mister Antonin?"

„Ich möchte, dass sie Charles und mich, für die nächste Mission nach Viridi Margarita einteilen."

„Na gut. Aber nur als Passagiere. Sie werden nur als technische Assistenten fungieren. Als Begleitung einer Marines-Einheit. Pilotenjob und Einsatzleitung obliegen dem Colonel Bob Eaton. Es wird keinerlei Raum für ihre Eigenmächtigkeiten geben. Ist das klar, Mister Antonin?"

Ant grinste aufreizend:

„Klar wie Kloßbrühe, Dr. Hunt. Viele Dank für ihre umsichtige Entscheidung. Vielleicht wird doch noch eine Anführerin aus ihnen. Wann soll`s denn losgehen?"

„Lassen sie ihre Frechheiten, sonst können sie was erleben. Gleich nach dem Stapellauf ist es soweit. Der Start ist für den 28. Oktober vorgesehen. Und Eines kann ich ihnen noch sagen, am meisten beeinflusste mich bei meiner Entscheidung, dass ich sie dann für eine Weile loshabe. Sie und ihren nervigen Androiden. Im Falle, dass sie gar nicht mehr wiederkommen, würde ich auch nicht gerade trauern, und jetzt verschwinden sie."

„Ach wissen sie, Dr. Hunt, viele Wege führen zum Erfolg. Einer davon geht sogar am Arsch vorbei."

„Verschwinden sie endlich, bevor ich es mir anders überlege!"

Ant grinste aufreizend und stand auf. Als er den Raum verließ, trällerte er den Refrain eines Rich Hopkins Songs vor sich hin: „They didn`t know, who`s running the show, they didn`t know ..."

Beim Stapellauf der Golden Star handelte es sich um eine kurze, schmucklose Zeremonie.

Die exorbitanten Leistungen von Ant oder Charles, erwähnte Dr. Hunt in ihrer Ansprache mit keinem Wort. Nur die Teamleistung der Konstruktionsmannschaft erhielt ein Lob. Das berührte Ant aber in keiner Weise, er nahm erst gar nicht an den Feierlichkeiten teil. Öffentliche Zurschaustellungen konnte er ohnehin nicht leiden.

Am 28. ging dann zum ersten Mal der goldene Stern über dem Mond auf. Widerwillig stand Ant dabei, als Dr. Hunt einen 50 Mann hohen Trupp schwer aufgerüsteter Marines in den Bauch des Raumschiffes marschieren ließ. Hatte sie vor, damit einen gesamten Planeten zu erobern? Sie nahmen nur ein Shuttle mit auf die Reise. Die zweite, mit einem RKWA ausgestattete Fähre, verblieb zur Sicherheit auf dem Mond, um im Notfall einen Wurmlochantrieb vorrätig zu haben. Dafür stellte man eine der primitiven Sharks auf den freien Hangarplatz im Raumschiff.

Diesmal tauchten mehr Zuschauer auf, als beim Stapellauf. Die Bevölkerung wusste, wem sie die Hoffnungen verdankten, die sie mit dem Schiff verbanden. Als sie den weißen Haarschopf Ants erkannten, jubelten sie ihm frenetisch zu. Was Dr. Hunt, aber ebenso Ant missfiel, wenn auch aus unterschiedlichen Intentionen.

Ant verschwand schnell in der Golden Star, da ihn die Ovationen peinlich berührten. Charles folgte ihm auf Schritt und Tritt. Als sich die Frachtraumluke schloss, drängten die Menschenmassen in die abgetrennte Beobachtungslounge.

Die Schleusenanlage saugte die Atmosphäre aus dem Hangar, das große Tor an der Decke öffnete sich, und der Lastenaufzug drückte das Raumschiff nach oben ins Freie. Die Sonnenstrahlen reflektierten sich auf den golden glänzenden, glatten Oberflächen des gigantischen Sternenkreuzers.

Das einzig abstehende Teil, eine gewaltige Plasmakanone, hatte Dr. Hunt gegen den Widerstand von Ant hinzufügen lassen. Die Konstruktion bestand aus einem drehbaren Geschützturm und einer wuchtigen Kanone, die dem ansonsten harmonischen Anblick etwas panzerhaftes, unansehnliches verlieh.

Der zum Colonel beförderte Bob Eaton, erbat die Starterlaubnis von Mission-Control, schaltete den HFI zu und zündete nach der Freigabe den Fusionsantrieb. Augenblicklich verschwand das riesige Raumschiff vor den Augen der klatschenden Zuschauer.

Alle Systeme arbeiteten einwandfrei. Auf Höhe des Neptun hielt Eaton mithilfe des Gegenschubes an.

Ein surrealer Anblick bot sich der Mannschaft. Der dunkelblaue Gasriese mit seinem azurblauen, feinen Ringsystem, beeindruckte alle Anwesenden aufs Tiefste. Nie zuvor hatte ein Mensch die Gelegenheit, sich mit eigenen Augen an diesem Hochgenuss zu laben.

Der aufregende Augenblick der RKWA-Aktivierung stand nun an. Dr. Hunt feuerte Ant und Charles als Testpiloten. Wegen ihrer Sturheit gab es keinen einzigen Testflug vor der Mission. Wer hätte diesen Versuch unternehmen sollen? Einer ihrer Piloten? Colonel Eaton? Das entsprach bei einem Fehlschlag einem unvermeidlichen Todesurteil. Ergo verzichtete sie von vornherein darauf. Sie vermochten den Antrieb doch jetzt, während der Mission, zu testen. Die Soldaten, die als Passagiere an dem Flug teilnahmen, interessierten sie in keiner Weise. Ein paar Marines mehr oder weniger, darauf kam es ihr nicht an.

Eaton gab über die Sprechanlage eine Warnung ab, nicht ganz ohne eine Kostprobe seines Galgenhumors:

„Meine Damen und Herren. Es ist an der Zeit, den Wurmlochantrieb zu aktivieren. Bitte schnallen sie sich an, richten sie ihre Rückenlehne auf und stellen sie das Rauchen ein. Sollten sie nach dem Eintritt in das Wurmloch das Bedürfnis verspüren zu explodieren, möchte ich mich jetzt gleich von ihnen verabschieden. Viel Glück und gute Reise, egal wie sie endet."

Ant und Charles saßen an der Navigationskontrolle auf der Brücke und grinsten sich an. Ant meldete den Status an Eaton weiter:

„HFI, immer noch online. Navigation abgeschlossen und Kurs eingegeben. Sie können loslegen, Eaton."

Bob gewöhnte sich seit seiner Beförderung schnell daran, respektvoll mit Colonel angesprochen zu werden.

Es missfiel ihm, dass dieser weißhaarige Rotzlöffel sich nicht an die Militärgepflogenheiten hielt. Andererseits wusste er, was die Menschheit diesem Bengel zu verdanken hatte.

Dass Ant schon vor einiger Zeit den vierzigsten Geburtstag feierte und damit ein höheres Alter erreichte als seines, kam ihm nicht in den Sinn. Auf jeden Fall, hatte er für diesen neunmalklugen Kerl kaum etwas übrig, versuchte aber, sich nichts anmerken zu lassen.

Wenn er gewusst hätte, dass seine Gedanken für Ant ein offenes Buch darstellten, versänke er sicher im Boden vor Scham. Er fuhr mit dem Prozedere fort:
„Danke, Mister Antonin. Dann aktiviere ich jetzt den RKWA."
Die Einstein-Rosen-Brücke öffnete einen Zugang und saugte die Golden Star ein. Ant hatte das Antitkristall optimal synchronisiert. Es kam zu keinerlei Phasenverschiebungen oder anderen Turbulenzen. Vibrationen und Schwingungsgeräusche blieben aus. Das riesige Raumschiff glitt, nur für einige Sekunden, entlang der rot-orangen Linien, die als Begleiter, mit ihnen durch die ansonsten schwarze Umgebung rasten. Dann riss die Dunkelheit auf, und sie traten wieder in den Normalraum ein. Direkt vor der Golden Star schwebte dieser gigantische grüne Ball. Wie geplant erreichten sie Viridi Margarita. Eaton schaltete die Sprechanlage wieder ein:
„Verehrte Damen und Herren, wir legten soeben knapp 46 Lichtjahre zurück und sind an unserem Ziel angekommen. Ich hoffe, ihr fühlt euch alle gut?"
Über die Lautsprecher vernahm er zufrieden das Jubeln der fünfzig Marines. Dann wandte er sich an Ant:
„Gute Arbeit, Mister Antonin. Es hört sich an, als ob alle die Reise gut überstanden hätten. Wie haben sie das mit dem Wurmlochantrieb hinbekommen?"
„Was meinen sie, Eaton?"
„Mir ist das Grundprinzip schon klar. Aber wie können sie zwei Schwarze Löcher verschränken, ohne das Universum auseinanderzureißen?"
„Natürlich nehme ich hierzu keine supermassiven Schwarzen Löcher aus der Mitte einer Galaxie. Nein. Ich schaffe die beiden Singularitäten selbst, mit Hilfe des Antits. Für ein riesiges Raumschiff wie die Goden Star, brauche ich deshalb ein massiveres Kristall, um größere Schwarze Löcher zu erschaffen.
Der Antrieb schafft dann eine Wurmlochverbindung, die wir entsprechend unserer Bedürfnisse bis zum Zielort ausweiten. Soweit die Erklärung für Nichtwissenschaftler."
„Sie haben recht, Mister Antonin. Was interessiert das einen dummen Soldaten wie mich?"
Ant zuckte nur mit der Schulter:

„Na gut. Dann soll ich ihnen auch noch die dazugehörige Physik erklären? Ist es das, was sie wollen?"
Eaton wandte sich genervt ab:
„Nein, schon gut. Ich kümmere mich jetzt lieber um die anderen beschränkten Soldaten."
Dann stand er auf und verschwand in Richtung Frachtraum, wo die Marines saßen.
Ant sah Charles fragend an:
„Ist der immer so empfindlich?"
Charles lächelte, als er ihm antwortete:
„Bob verhielt sich zunächst auch mir gegenüber distanziert. Das wird sich schon noch legen."
Ant nickte nachdenklich:
„Dein Wort in Gottes Ohr. Und was machen wir jetzt?"
„Wir sollten uns auch in den Frachtraum trollen. Dann verpassen wir nichts. Und wenn das erste Außenteam zusammengestellt wird, sollten wir uns freiwillig melden. Was denken sie, Boss?"
„Du hast recht, Charles. Etwas anderes bleibt uns auch nicht übrig. Ein Funkspruch würde 46 Jahre bis zur Mondbasis brauchen, das ist sinnlos. Es ist mir bis heute nicht klar, wie ich eine Funkwelle ohne Verzerrungen durch ein Wurmloch jagen soll. Aber da komme ich auch noch drauf. Also, lass uns aufbrechen."
Sie rannten durch die Gänge, um den Abstand zu Eaton aufzuholen.
Bob stand mitten in der Halle, umringt von seinen extrem aufmunitionierten Soldaten, und hatte schon mit der Lagebesprechung angefangen, als Ant und Charles die Lagerhalle betraten.
Er bemerkte die beiden, brach das Militärgequatsche ab und stellte sie seinen Leuten vor:
„Wie ich sehen, hat sich unsere Hochintelligenz, die beiden einzigen Wissenschaftler der Mission, unter das gemeine Volk gemischt.
Darf ich vorstellen, Josef G. Antonin und Charles Ail, die beiden hauptverantwortlichen Konstrukteure dieses wunderschönen Raumschiffes."
Die Marines klatschten respektvoll. Ant konnte es nicht leiden. Dann fuhr Bob fort:
„Ja, ja, ist ja schon gut, Leute. Wir wissen nicht, was uns dort unten erwartet. Oder ist es oben? Ich werde noch völlig wirr hier im All.

Zumindest weiß ich, dass wir einen Trupp brauchen, der sich dort umsieht, einen geeigneten Ort findet, eine Basis errichtet und sie sichert. Für diese Aufgabe habe ich die Gruppe 5 von Lieutenant Grow vorgesehen. Ich bringe die Einheit mit dem Shuttle auf die Oberfläche, setzte sie ab, und kehre zum Mutterschiff zurück. Die übrigen vier Gruppen bereiten sich auf den Abmarsch vor. So werden wir nach und nach die Truppenstärke auf der Oberfläche erhöhen."
Ant mischte sich ein:
„Möchten sie hier mögliche Kontakte herstellen, oder wollen sie alles wegballern, was ihnen vor die Plasmawaffen kommt?"
„Sehen sie sich hier um, Mister Antonin. Das ist eine militärische Mission. Wir haben hier 50 Soldaten, mit mir 51 und nur zwei Wissenschaftler. Der Auftrag lautet, hier eine erste Basis zu errichten. Wenn es sein muss, mit Gewalt. Haben sie das verstanden, oder muss ich ihnen die physikalischen Hintergründe erklären?"
Bei den ansonsten unter enormer Anspannung stehenden Soldaten brach lautes Gelächter aus.
Selbst das gefiel Ant nicht. Langsam mutierte er zum Misanthropen:
„Schön gesagt, Colonel. Mister Ail und ich wollen gern beim ersten Trupp dabei sein."
„Das wird nicht möglich sein, Mister Antonin. Zunächst muss das Basislager gesichert sein. Dann können sie gern dazustoßen."
„Aber wir könnten ihnen behilflich sein. Sie hatten bei der Europamission die Gelegenheit, sich von Charles Fähigkeiten zu überzeugen, und um mich brauchen sie sich nicht zu sorgen."
„Ich habe nein gesagt. Das ist mein letztes Wort, verstanden?"
Ant zuckte mit den Schultern:
„Wie sie wollen. Aber überlegen sie es sich trotzdem nochmal. Ich stehe ihnen jedenfalls jederzeit zur Verfügung."
Dann drehte er sich um, verließ zusammen mit Charles die Halle und wandelte mit ihm wieder durch die endlos langen Korridore in Richtung Brücke.
„Ich befürchte, die ballern dort alles weg, was vor ihren Mündungen auftaucht, Boss."
„So sieht`s aus, Charles. Die Menschheit hat eben nichts dazugelernt. Ich fürchte, das wird eine Begegnung der 6. Art für die Planetenbewohner, egal ob intelligent oder nicht."

„Ich kenne nur fünf Arten. Erstens, die visuelle Sichtung eines UFOs aus der Nähe. Zweitens, dieselbe Erscheinung, aber mit physischen Einwirkungen wie Flecken auf dem Boden oder verstümmelten Tieren. Drittens, eine Begegnung mit den Außerirdischen selbst. Viertens, Mitflug in einem UFO, freiwillig oder entführt. Fünftens, telepathischer Kontakt oder auch persönliche Begegnungen mit außerirdischen Freunden. Was soll dann die 6. Art sein?"
„Da musst du Colonel Eaton fragen. Vermutlich das Töten, Versklaven und Ausbeuten von technisch unterlegenen Außerirdischen mit dem Ziel, ihren Planeten zu besetzen und ihnen wegzunehmen. Eine völlig normale Begegnung mit der Menschheit eben."
„Dann können wir froh sein, dass nicht auch einmal eine derart aggressive Rasse die Erde überfallen hat, oder Boss?"
„Langsam wird mir klar, dass dazu kein Glück nötig ist, sondern ein mächtiger Beschützer. Aber wer weiß?"
Nach einer Weile erreichten sie die Brücke. Die grandiose Panoramaaussicht, vermochte die düsteren Gedanken daran, was bald dort unten geschähe, nicht zu vertreiben.
Trotzdem riss sich Charles von dem Anblick los. Er beabsichtigte, mehr zu erfahren, über die Soldaten, deren Pläne und Ansichten.
Er verabschiedete sich von Ant und schlenderte wieder in Richtung Hangar. Alle Soldaten beschäftigten sich mit der Beladung des Shuttles oder kümmerten sich um den Zustand ihrer Plasmagewehre. ...

4. Katana

Genki Henzo saß etwas abseits des geschäftigen Treibens seiner Mitstreiter. Er hielt ein Schwert in der Hand und schärfte die Klinge mit einem Schleifstein. Das interessierte Charles und er strebte wissbegierig auf den Soldaten zu:
„Darf ich mich zu ihnen setzen, Private Henzo?"
Genki setzte den Schleifstein ab und sah gedankenversunken zu Charles auf. Dann konzentrierte er sich wieder auf seine Arbeit und schärfte weiter das Schwert:
„Tun sie sich keinen Zwang an, Mister Ail. Setzen sie sich."
„Danke. Darf ich sie fragen, was sie da gerade machen?"
„Na, das sehen sie doch, ich schärfe mein Katana. Diese Zeremonie ziehe ich vor jedem Einsatz durch. Das beruhigt meine Nerven."
„Dann nehme ich an, dass sie zur ersten Gruppe gehören, die auf die Oberfläche geschickt wird."
„Da liegen sie genau richtig, Mister Ail."
„Sie sagten, dieses Schwert sei ein Katana. Ist das ein echtes aus Japan, hat es eine Geschichte?"
„Oh ja, es handelt sich hier um ein echtes Katana, mit einer reichhaltigen Vergangenheit. Wollen sie sich das wirklich alles anhören?"
„Natürlich. Ich habe nichts anderes vor. Legen sie los, Henzo."
„Also gut. Sie müssen wissen, dass ich das normalerweise nicht herumerzähle. Für sie mache ich jedoch eine Ausnahme. Einer meiner Vorfahren, es muss vor über 300 Jahren geschehen sein, kam nach der Feldarbeit entlang eines verschlungenen Pfades durch einen Buchenwald. Als er Gezeter und Geschrei hörte, lief er auf die Geräusche zu, um zu helfen. Dort sah er, wie gerade fünf bewaffnete Räuber einen alten Mann überfielen, der einen Packesel mit sich führte. Mein Urahn hatte jedoch nur seinen Wanderstock bei sich. Trotzdem stellte er die Räuber zur Rede. Die ließen von dem alten Mann ab und wandten sich sofort meinem Vorfahren zu.
Ihre Bewaffnung bestand aus Schwertern und Messern. Als sie begannen ihn einzukreisen, wussten sie nicht, auf welche Art von Bauer sie da trafen.

Als ehemaliger Aufständischer gegen die Schergen des Shogun, konnten sich seine Kampferfahrungen, die er sich in den Edo-Jidai-Kriegen zulegte, sehen lassen. Außerdem wusste er meisterhaft mit dem Langstab umzugehen. Die Kampfkunst des Bo Jutsu, beherrschte er perfekt.

Es dauerte nur eine Minute, bis er alle fünf Angreifer entweder tötete oder so schwer verletzte, dass sie kampfunfähig und schreiend am Boden lagen.

Wie sich herausstellte, handelte es sich bei dem alten Mann, dem er zu Hilfe eilte, um einen Meisterschmied, der gerade einen speziellen Eisensand und ein bisher unbekanntes Metall zur Schmiede bringen wollte. Überglücklich noch am Leben zu sein und verblüfft darüber, dass es sich bei seinem Retter nicht um einen Samurai, sondern um einen einfachen Bauern handelte, versprach er meinem Vorfahren aus Dankbarkeit, ein Katana zu fertigen. Der lehnte zunächst bescheiden ab, da er sich mit dem Langstock gut bewaffnet fühlte. Aber der alte Mann bestand darauf, die Lebensschuld zu begleichen.

Er ließ sich von meinem Vorfahren den Weg beschreiben, wo er dessen Bauernhof finden könne, und verschwand fröhlich pfeifend, zusammen mit dem Esel, im Wald. In seiner Werkstatt angekommen, begann er sofort den Eisensand einzuschmelzen und zu schmieden. Er verwandte seine eigene, geheime Mischung, die er immer wieder zusammenschmolz, aushärtete und hämmerte, bis er einen Klotz feinsten Tamahagane-Stahls erschaffen hatte. Aber dieses Mal wollte er etwas Besonderes herstellen. Er fügte dieses damals unbekannte, extrem seltene Metall hinzu. Verbrauchte dabei seinen gesamten Vorrat und verschmolz es mit dem Tamahagane-Stahl.

Er erhitzte den besonderen Metallklotz immer wieder, schlug ihn breit und faltete ihn, mindestens zwanzig mal, wodurch im Stahl über eine millionen Schichten entstanden. Der alte Mann benötigte einen Monat, bis er das Langschwert fertigstellte.

In dieser Zeit ging mein Urahn weiterhin täglich seiner Feldarbeit nach, und dachte nicht mehr an den alten Mann.

Eines Tages kehrte er in der Abenddämmerung heim, zu Frau und Kindern. Sie saßen alle gemeinsam am Esstisch und verzehrten ihr spärliches Mahl, als es heftig an der Tür klopfte.

Nicht an Besuch gewöhnt, zuckten sie alle erschrocken zusammen.

Von draußen drang eine laute, aggressiv wirkende Stimme in das Haus. Sie fragte, ob es sich hier um das Haus des unverschämten Kerles handele, der vor einem Monat fünf Männer im Wald tötete oder verstümmelte und dass er herauskommen solle, um die verdiente Strafe entgegenzunehmen.

Mein Vorfahr riss sich aus der Umklammerung seiner besorgten Ehefrau los, schnappte sich den Langstock, und trat unerschrocken vor die Tür.

Dort traf er auf einen vermummten Krieger, der sein Langschwert zog und es für einen Hieb über dem Kopf hielt. Der Urahn versuchte, seinen Buchenstock in bewährter Manier einzusetzen. Aber der Vermummte wich geschickt den Stockstößen aus. Als nach einem Stoß ein Stockhieb folgte, hielt der Krieger nur das Schwert in den Schlag. Die Klinge durchschnitt den Buchenstock, als bestünde er aus Honig. Ein derart scharfes Katana, hatte mein Urahn noch nie zuvor gesehen. Obwohl der Langstock nun nur noch zwei Kurzhölzern entsprach, wollte er weiter auf den Vermummten eindreschen. Der kniete sich jedoch hin, senkte das Haupt und hielt das Schwert über seinen Kopf, um es meinem Vorfahren zu überreichen.

Dabei gab er sich als der alte Schmied zu erkennen. Auf die Frage, weshalb er diesen Angriff fingierte, klärte er ihn darüber auf, dass er ihm nur die Überlegenheit des Katanas gegenüber dem Langstock beweisen wollte.

Beide saßen noch bis lange in die Nacht hinein zusammen und tranken Sake. Der Schmiedemeister erzählte meinem Ahnen, dass er noch nie zuvor ein Schwert in dieser speziellen Legierung gefertigt hatte. Bis heute ist nicht genau bekannt, wie die Mischung zusammengesetzt ist. Das Schwert scheint jedenfalls fast unzerstörbar zu sein.

Das ist die Geschichte, wie dieses Katana in meine Familie kam. Hier trägt es eine Widmung. Für den tapferen Henzo, der sein Leben riskierte, um meines zu retten."

„Respekt, Henzo. Das nenne ich mal ein Erbstück. Und dieses Schwert ist bis heute in ihrer Familie geblieben?"

„Nein. Mein Urgroßvater war Offizier in der japanischen Armee. Er sollte im Zweiten Weltkrieg, mit einigen tausend anderen Soldaten, die Insel Iwojima gegen die Invasion der Vereinigten Staaten verteidigen.

Gleich während der ersten Tage fiel er. Eine Kugel traf sogar das Katana. Hier, ein winziger Kratzer ist noch zu sehen. Jedes andere Schwert bräche bei einem solchen Treffer auseinander. Irgendein amerikanischer GI fledderte dann vermutlich die Leiche meines Uropas und stahl das Katana. Glücklicherweise ließ Urgroßvater, es vor seiner Abreise nach Iwojima registrieren und begutachten, Fotos davon fertigen.

Als die Amerikaner nach dem Krieg Stützpunkte auf Japan errichteten, wandte sich mein Großvater an die Botschaft, und meldete das Kulturgut als gestohlen.

Natürlich hörte er nie wieder etwas von dem Katana. Nun kam uns der Zufall zu Hilfe. Ein durchgeknallter Drogendealer kam auf Umwegen an das Schwert. Er missbrauchte es als Mordwerkzeug. Als er dann selbst umkam, stellte die Polizei das Katana sicher. Nachdem alle Morde aufgeklärt, und der Schuldige verstorben war, lag es noch eine Weile in einer Aservatenkammer an der amerikanischen Ostküste. Ein Historiker erkannte den Wert des Schwertes, überprüfte die alte Inschrift und die Kriegsbeute-Dateien, und fand heraus, dass diese altertümliche Waffe meiner Familie gehört. Mit großem Trara übergaben es die amerikanischen Behörden an meinen Vater. Der wiederum vererbte es an mich."

„Dieses Katana muss einen sehr hohen Wert haben, oder?"

„Sicher. An einen Sammler könnte ich es wahrscheinlich für Millionen verkaufen. Aber das wollte ich nicht und jetzt hat Geld ohnehin keinen Wert mehr. Die Geschichte dieses Schwertes, meine Familiengeschichte, ist für mich unbezahlbar. Ich freue mich jeden Tag, dass ich es nicht verkauft habe."

Charles nickte zustimmend:

„Wissen sie, um wen es sich bei diesem durchgeknallten Drogenhändler an der amerikanischen Ostküste handelte?"

„Ja, mein Vater hat mir da etwas von einem Chinesen erzählt. Sein Name lautete, glaube ich, Li."

„Das gibt`s doch nicht. Chester Li?"

„Ja, so hieß er. Woher ist ihnen der Name bekannt?"

„Mir weniger. Aber Mister Antonin hat mir von diesem Kerl erzählt. Ein Psychopath und Mörder. Gut, dass er tot ist. Aber das ist eine andere Geschichte."

„So klein ist das Universum, Mister Ail. Ich sitze hier mit meinem Katana, dass bereits dieser Irre in seinen Griffeln hatte. Unglaublich. Aber jetzt muss ich los. Nur noch Eines, Mister Ail. Ich hätte da eine Bitte."
„Was gibt`s Private Henzo?"
„Von meiner Familie ist niemand mehr übrig. Alle starben entweder am Roten Tod, oder im nuklearen Winter auf der Erde. Wenn ich auf dem Planeten umkomme, wie auch immer, könnten sie sich dann um mein Katana kümmern? Ich will nicht, dass es irgendwo im All, weit entfernt von seiner Heimat herumliegt. Ich weiß, dass sie es, der Familientradition folgend, in Ehren hielten."
Charles sah zunächst überrascht aus, lächelte Henzo aber dann an:
„Das mache ich gern, versprochen. Aber es wird ihnen schon nichts passieren."
Henzo nickte und steckte das Katana in die Scheide:
„Wissen sie, Mister Ail, ich hatte noch nie ein derart schlechtes Gefühl vor einer Mission. Lieutenant Grow, ist ein inkompetenter Feigling. Weshalb wir als Erste auf diesen Planeten müssen, ist mir ein Rätsel. Aber mich beruhigt es, wenn ich weiß, dass sie sich um das Katana kümmern. Vielen Dank dafür."
Charles nickte nur. Henzo stand auf, und lief hinüber zu seinen Kollegen. ...

5. Begegnung der 6. Art II

Die 5. Gruppe stieg schwer bewaffnet in das Shuttle. Ihre Ausstattung beinhaltete die neuesten Plasmagewehre und Thermalgranaten. In ihrer grausamen Fracht führten sie außerdem Bodenminen und einen Schutzschildgenerator mit. Alles neue Militärspielereien, die findige Militär-Ingenieure aus Ants friedlichen Erfindungen entwickelten.
Auf den Helmen mit den dunkel verglasten Visieren standen die Namen der Soldaten, eingebrannt ins Metall.
Lt. Matthew Grow, Master-Sgt. Rick Boyd, Sgt. John Arnold, Private Martin Best, Private Wendy Kline, Private Tina Allen, Private Eric Starkey, Private First Class Leroy Berg, Private Hugo Herrera und Private Genki Henzo. Bei Letzterem handelte es sich um einen Marine japanischer Abstammung. Sein Vater hatte ihm ein auserlesenes Katana vererbt, das er immer auf dem Rücken bei sich trug. Ein edles Teil, handgeschmiedet aus echtem Tamahagane-Stahl mit über einer Millionen Schichten. Genki hielt die Klinge immer in extrem scharfem Zustand, um den Geist des Schwertes und seiner Vorfahren zu Ehren.
Die Anderen belächelten ihn dafür, aber das focht Genki nicht an.
Als Colonel Bob Eaton auf dem Pilotensitz des Shuttles Platz nahm, konnte es losgehen.
Nach der Dekompression öffnete sich das Hangartor. Bob schaltete den HFI des Shuttles ein, um die G-Kräfte zu vermeiden. Die Andockvorrichtung schob die Fähre hinaus ins All und entriegelte die Koppelung. Der Greifarm verschwand wieder im Bauch der Golden Star, und das Hangartor schloss sich. Dann zündete Eaton den Fusionsantrieb, und das Shuttle zischte ab. Sie rasten derart schnell auf den Planeten zu, dass es für sie aussah, als ob eine göttliche Macht Viridi Margarita unablässig aufpumpte, wie einen kugelrunden Ballon. Je näher sie der Oberfläche kamen, desto mehr mischten sich andere Farben unter das dominierende Grün. Eaton schaltete den Schutzschild ein und bremste immens ab. Erst dann setzte er den HFI außer Funktion, um den Eintritt in die Atmosphäre zu ermöglichen. Trotz des Bremsmanövers flackerte ein Feuerschweif aus brennenden Gasen um den Abwehrschirm. Sie zischten durch eine Schicht aus schweren Wolken, und verursachten einen donnernden Knall, als sie die Schallmauer mehrfach durchbrachen.

Regentropfen prasselten an die Frontscheibe des Cockpits, dann verließen sie die Dunstschichten.
Bob bremste die Fähre weiter ab. Mit weiterhin eingeschaltetem HFI, ohne Masse, hätte sie jedes kleine Lüftchen erfasst und durch die Gegend gewirbelt. Jetzt drückte es die Besatzung heftig in ihre Gurte.
Das Einsetzen der G-Kräfte, die der Bremsvorgang nach wie vor verursachte, kam plötzlich und hart, dauerte aber nur einige wenige Sekunden. Den Marines blieb die Luft weg, als es sie in die Haltevorrichtungen presste. Dann hatten sie es geschafft. Die grelle Sonne spitzte zwischen den Wolken hindurch, und erhellte die Planetenoberfläche, die jetzt in ihrer gesamten Wildheit zum Vorschein kam. Schon aus fünf Kilometern Höhe vermochte Bob riesige Bäume auszumachen, die entweder zwei oder drei aus dem Boden ragende Stämme besaßen, die sich nach oben strebend dann zu einem Hauptstamm verjüngten. Aus dem oberen, dicken Kopfstamm spreizten sich weit ausladende Äste, verziert mit üppigem Laubwerk aus immensen Blättern.
Was unter diesen breit gefächerten Baumkronen im Schatten lag, vermochte Bob von hier oben nicht zu erkennen.
Er suchte nach einem geeigneten Landeplatz. Aus dem von Nebelschwaden durchzogenen Urwald ragte eine felsige, pflanzenfreie Kuppe hervor, geradeso groß genug, um das Shuttle plan aufzusetzen und einige Meter freies Sichtfeld zu haben.
Er umkreiste die Stelle ein paar Mal in geringer Höhe, bevor er zur Landung ansetzte. Als die Fähre aufsetzte, knirschte und krachte es etwas, aber der Untergrund hielt.
Ant, Charles und die übrigen Gruppenführer, verfolgten das Geschehen, dass die Helmkameras der involvierten Marines aufzeichneten, auf mehreren Bildschirmen im Cockpit der Golden Star.
Nachdem Bob die Triebwerke ausgeschaltet hatte, empfing er seltsame Bilder in seinem Kopf. Visionen, die auf Gefahr hindeuteten.
Er war aber nicht in der Lage, die Wahrnehmungen genau zu spezifizieren, erkannte darin den Hügel, auf dem sie soeben ankamen und hörte die Schreie seiner Männer. Paranoia? Egal. Er konzentrierte sich wieder auf die Instrumente. Die Sensoren zeigten 35 Grad Celsius Außentemperatur und ein atembares Luftgemisch an. Stickstoff, ein Übermaß an Sauerstoff vielleicht und ein wenig Methan.

Die Masse betrug das 1,3-fache der Erdmasse, was zur Folge hatte, dass egal was immer, 30% schwerer wog als zuvor. Das eigene Körpergewicht, jedes einzelne Stück Ausrüstung, die Gewehre, schlicht alles belastete die Besatzung, gestaltete jede Bewegung in dieser Hitze zur Qual. Zumindest war davon auszugehen, dass das für die ersten Monate des Aufenthaltes galt, bis sich die Muskulatur der Invasoren vergrößerte und anpasste.
Glücklicherweise wiesen die Soldaten einen bemerkenswert tadellosen Fitnesszustand auf.
Trotzdem atmeten sie schwer, als sich die Ladeluke öffnete, die fremd riechende, heiße Luft ins Shuttle strömte und es ihnen oblag, sich selbst und ihre Ausrüstung nach draußen zu schleppen. Sogar die Luft erschien den Marines dicker, schwerer zu atmen.
Zuerst hievten sie den mobilen Schutzschildgenerator ins Freie.
Als sich der ausgedehnte Schild aufbaute, schaltete Bob den internen Schirm der Fähre ab, und verließ dann ebenfalls das Shuttle.
Der Untergrund bestand aus porösem Karst. Es tröpfelte unentwegt aus den Nebelschichten am grünen Himmel. Sämtliche Regentropfen verschwanden sofort im Fels, der das Wasser aufnahm wie ein Schwamm. Von hier oben hatte der Trupp eine ausgezeichnete Aussicht. Eine phantastische Welt offenbarte sich ihnen. Diese Riesenbäume, mit ihrem dichten, gigantischen Blattwerk, verwandelten die darunterliegende Oberfläche in eine Schattenwelt.
Dort existierten andere, biolumineszente, bizarre, kleinere Bäume, Büsche und 8 Meter hohe Gräser. Alle leuchteten in ihrer Schattenwelt in bunten Farben, und erhellten damit ihr Umfeld. Unter den Baumriesen sah es aus, wie in einem Las Vegas der Pflanzenwelt. Einige Pflanzen blinkten abwechselnd in verschiedenen Farbtönen, entweder um auf sich aufmerksam zu machen, oder um etwas fernzuhalten.
Im Anflug hatte Bob weder Ozeane, noch Meere oder Seen erkannt.
Jetzt erfasste er, dass die porösen Karstfelsen an einigen Stellen nachgegeben hatten. Sie hielten der Erosion durch den ständigen Regen nicht mehr stand, und stürzten ein. Dadurch entstanden mit Wasser gefüllte Dolinen in allen Größen.
Die gesamte Oberfläche schien löchrig zu sein. Die Wurzeln der Pflanzen nutzten die hohlen Felsen, um an das darunter liegende Nass zu gelangen.

Mindestens 30 Zentimeter lange, insektenähnliche Flugtiere prallten gegen den Schutzschild. Ihr Aussehen entsprach in etwa dem einer fliegenden Schlange. Augen oder Beine wiesen sie nicht auf, an ihren flexiblen Körpern. Und sie schienen nicht so doof zu sein wie Mücken. Wenn sie an einem Punkt vom Schutzschirm abprallten, versuchten sie es weitere zwei, drei Mal an völlig anderen Stellen, gaben dann auf und verschwanden in der Lichtershow des Unterwaldes, um dort sechsbeinige, kleine Schuppentiere anzufallen. Für diese wendigen, schnellen Flugtiere, genügte eine Fliegenpatsche sicher nicht.
Die Soldaten staunten nur kurz, um dann weiter ihrer Entladearbeit nachzugehen. Hinter dem Energieschirm wähnten sie sich in Sicherheit.
Als sie alles ausgeladen hatten, Generatoren, Technik, Plasmawaffen, Minen, Granaten, Wände für Fertigbauten, Verpflegung und Munition, bereitete sich Colonel Eaton auf den Start vor, um die zweite Gruppe von der Golden Star abzuholen. Die Marines verschanzten sich hinter einer dieser metallenen Seitenwände, während Bob die Triebwerke zündete. Für die Dauer des Starts fuhren sie den Abwehrschirm herunter. Der Colonel ließ den HFI ausgeschaltet, dosierte aber den Schub, um abzuheben. Trotzdem rauchte und staubte es ordentlich auf der kleinen Bergkuppe. Erst als sich der Partikelnebel wieder lichtete, und die Soldaten sicher sein konnten, dass die Fähre sich weit genug entfernt hatte, schaltete Sergeant John Arnold den Schutzschild wieder ein. Alle krochen hinter der Schutzwand hervor, um mit den Aufbauarbeiten anzufangen.
In dem kurzen Augenblick des Abfluges, als sich der Energieschild senkte, um das Shuttle freizugeben, verirrte sich einer dieser Schlangenflügler in den Sicherheitsbereich. Die Kreatur erkannte die für sie fremden Wesen nicht.
Sie passten nicht in ihr Beuteschema. Deshalb versuchte das Geschöpf zunächst, zu fliehen, prallte aber zweimal, nervenzerfetzend kreischend, von der Innenseite des Schutzschildes zurück. Wie jedes anständige Raubtier verfügte es über die Intelligenz zu erkennen, dass eine Flucht unmöglich war, und schaltete deshalb auf Angriff um. Blitzschnell stürzte es sich herab und krachte gegen das Sonnenschutzvisier des Helmes von Private Martin Best.

Das Visier zerbrach, das Vieh faltete augenblicklich seine dünnen Hautflügel zusammen, und schlängelte sich durch das entstandene Loch in das innere des Helmes. Best schrie, versuchte es zu fassen zu bekommen, aber es ließ sich nicht greifen, und es biss sofort um sich. Das Gift der Kreatur tötete Martin innerhalb von wenigen Sekunden. Derart nah am Gehirn verabreicht, kappte es sämtliche Nervenimpulse. Herzschlag und Atmung setzten sofort aus. Exodus.
Sergeant John Arnold riss Bests Helm herunter. Die Kreatur wand sich und fauchte, bevor sie blitzartig auf ihn zu schnellte. Er hob den Arm, um das Plasmagewehr einzusetzen, als das Tier auf seinen Unterarm klatschte, sich herum schlängelte und ihn in den Arm biss. Die Reaktionszeit dauerte zu lange. Jede Bewegung fiel schwer, verlangsamte sich unter dem Einfluss der größeren Anziehungskraft des Planeten. Er kreischte schmerzverzerrt, sein Arm färbte sich entlang der Adern schwarz, verkrampfte sich, er vermochte das Gewehr nicht mehr zu halten und ließ es fallen. Das Gliedmaß ließ sich nicht mehr vom Verstand steuern.
Arnold packte das Tier mit der unverletzten, linken Hand hinter dem Kopf, zerrte derart energisch, dass er mit dem festgebissenen Angreifer ein Stück seines Fleisches aus dem Unterarm riss. Das Vieh zischte, breitete die Flügel wieder aus. Dann rammte es die giftbewehrten Stachelfortsätze der Schwingen in Arnolds linken Oberarm. Er brüllte nochmal laut auf. Das schwarze Gift verteilte sich schnell im Körper. Über die Halsschlagadern, die sich unverzüglich nachtfarben verfärbten, drang es ins Gehirn. Atemstillstand. Herzstillstand. Exodus.
Fauchend wandte sich das Biest jetzt den anderen Soldaten zu, die wie erstarrte Mäuse im Antlitz einer Katze nur entsetzt zusahen.
Als Erster reagierte Private Hugo Herrera. Seine Plasmaknarre lag griffbereit, er schnappte sie und drückte ab. Das flinke Scheusal ließ sich aber nicht so leicht treffen. Erst als ebenfalls die Privates Tina Allen und Genki Henzo anfingen zu feuern, blieb keine Chance mehr auszuweichen. Die Plasmageschosse zerschmetterten und verbrannten alles, was im Umkreis von drei Metern um das Biest herumlag.
Lieutenant Matthew Grow, verkroch sich während des Angriffs hinter der Schutzwand.
Master Sergeant Rick Boyd sah ihn nicht und gab deshalb den Befehl: „Feuer einstellen!"

Weitere Schüsse krachten auf den verbrannten Fels ein.
„Feuer einstellen, Leute! Habt ihr nicht gehört! Wer noch einmal abdrückt, dem nehme ich das Gewehr weg, und schieb ihm den heißen Lauf bis zum Abzug in den Arsch!"
Diese Art von Sprache verstanden die Soldaten. Den letzten Schuss gab Private Wendy Kline ab. Dafür erntete sie jetzt den erzürnten Blick des Master Sergeant.
Die Stelle, an der dieser Schlangenflügler zuletzt fauchte, präsentierte sich nur noch als glühender, dampfender Krater. Jetzt nahmen alle Marines ihre Gewehre auf und tasteten sich langsam an den kleinen Krater heran. Master Sergeant Boyd rief zur Schutzwand hinüber:
„Alles unter Kontrolle, Lieutenant. Sie können wieder herauskommen."
Hinter den Sonnenschutzvisieren ihrer Helme erkannte man nicht, wie die Marines entweder grinsten oder verächtlich ihre Augen verdrehten. Lieutenant Matthew Grow, da passte der Name. Er hätte besser zuerst auswachsen sollen, bevor er sich auf diese Mission einließ. Zumindest wenn es nach der Meinung seiner Untergebenen ging. Der Lieutenant saß weiterhin verängstigt hinter der metallenen Wand.
Visionen drangen in sein Spatzenhirn. Er sah ihren Felsen, darunter Wasser, darin ein fettes, blaues Untier, mit dutzenden von Fangarmen. Er rief daraufhin:
„Vorsicht, Leute! Da könnte etwas unter dem Felsen lauern!"
Der poröse Felsenuntergrund hatte schon während ihrer Landung verdächtig geknackt. Als Grow aus seinem Versteck hervorkroch, verstärkte sich dieses Geräusch immer mehr.
Aus den Kapillaren und kleinen Tunneln des Gesteins traten sich langsam schlängelnde, wurmähnliche Fortsätze hervor. Ob es sich um Pflanzen oder Tiere, Wurzeln, Würmer oder Greifarme handelte, war nicht zu erkennen. Überall drangen diese sich windenden Arme durch den durchlässigen Boden.
Ihre Enden öffneten sich, die Haut stülpte sich zurück, wie die Vorhaut eines Penis, nur kam keine Eichel zum Vorschein. Kiefer mit drei haiähnlichen Schneidezähnen traten hervor. Neben jedem der drei scharfen Mordwerkzeuge erkannten die Soldaten kleine, spitze Stacheln, aus welchen dieses bereits bekannte, schwarze Gift tropfte.

Mit jedem Zischen, dass die immer weiter aus den Felsspalten hervordringenden Geschöpfe von sich gaben, schossen sie einen der Stacheln, wie kleine Giftpfeile, in Richtung ihrer Hauptmahlzeit. Aus jeder Himmelsrichtung kamen diese Giftgeschosse geflogen, prallten manchmal an eigens geschützten Stellen der Kampfanzüge ab, durchdrangen aber ebenso einige Male ungesicherte Abschnitte der Kleidung.
Master Sergeant Boyd gab soeben den Befehl zu feuern, als ihn ein Giftpfeil in den Hintern traf. Das Toxin unterbrach sofort sämtliche Nervenverbindungen im getroffenen Bereich. Sein gesamter Unterleib geriet außer Kontrolle. Als er zusammenbrach, traf ihn ein weiterer Pfeil in die freiliegende Stelle zwischen Kampfanzug und Helm. Bevor sein Gesicht schwarz anlief, hatte er bereits sein Leben ausgehaucht. Das Gewürm schnappte nach ihm. Dann drückten alle Kämpfer den Abzug.
Tausende von Grad heisses Plasma schlug auf dem zappelnden Untergrund ein, verbrannte und zerfetzte alles, was aus Materie bestand.
Lieutenant Grow spitzte nur entsetzt hinter der Schutzwand hervor, sah, wie sich eines dieser Viecher aufbäumte und zischte. Soeben noch rechtzeitig, duckte er sich hinter seine Abschirmung. Ein Pfeil flog knapp vorbei und spickte im Schutzschildgenerator, ein anderer krachte in die Schutzwand.
Grow pisste sich in die Hose vor Angst um sein erbärmliches Leben.
Die Marines feuerten aus sämtlichen Rohren. Die Privates Tina Allen, Eric Starkey und Hugo Herrera brachen vergiftet zusammen, um auf diesem Felsen ihr Leben auszuhauchen.
Sergeant Arnold, und die Privates Wendy Kline, Leroy Berg und Genki Henzo, feuerten weiter. Brennende Biomasse spritzte innerhalb des Schutzschirms umher. Bis plötzlich Ruhe herrschte. Die gesamte Umgebung rauchte und dampfte, ein markerschütterndes Krachen durchzog den Felsen.
Risse und Spalten brachen auf, der Untergrund hielt der Belastung nicht mehr stand und stürzte ein. Bruchstück um Bruchstück krachten in ein gähnendes Dolinenloch und platschten dort ins Wasser.

Die Soldaten vermochten sich nicht mehr auf den Beinen zu halten und fielen, zusammen mit dem Schutt und den verbrannten Wurmfortsätzen, in den Abgrund. Nur Lieutenant Grow war in der Lage seine Position im Versteck am Rand des Kraters zu halten.
Das monotone Brummen des Schutzschildgenerators fing an zu stottern. Entsetzt sah sich der Lieutenant um und erkannte, dass einige dieser Pfeile, die ihn verfehlten, im Generator steckten. Rauch trat aus der Maschine, Funken flogen durch die Umgebung und mit einem Knall gab der Stromerzeuger seinen Geist auf. Augenblicklich fiel der Schutzschirm in sich zusammen. Er starrte in den Nebel, den die Feuergefechte und der Kurzschluss verursachten und lauschte. Wie aus dem Nichts schossen drei dieser Schlangenflügler auf ihn zu und verbissen sich in ihm. Es blieb ihm nur noch Zeit für einen kurzen Todesschrei, bis das schwarze Gift ihn völlig durchflutet und gekillt hatte.
Die Privates Wendy Kline, Leroy Berg und Genki Henzo, riss der Felssturz mit in die Tiefe. Wendy verlor dabei ihre Plasmawaffe und klatschte auf den kalten, grauen Körper dieses Dolinenmonsters. Beim Aufprall brach sie sich das Genick, und rutschte leblos von dem massigen Körper hinunter ins Wasser, wo die wurmähnlichen Arme sofort damit anfingen, sie zu zerfetzen.
Leroy feuerte während des Fallens auf das Geschöpf. Einige Plasmageschosse schlugen auf dem zuckenden Wesen ein, rissen große, brennende Löcher in den Körper.
Das Vieh fuchtelte wild mit seinen verbliebenden Armfortsätzen herum, wobei quietschende Schreie, aus deren Mäulern drangen. Dann klatschte Leroy neben dem Monster in die Fluten.
Genki fiel in einen der fuchtelnden Arme der Kreatur, wurde dabei abgebremst und plumpste ebenfalls rücklings auf den Torso des Ungetüms. Dabei schlug er dermaßen hart auf, dass ihm für eine kurze Zeit die Luft wegblieb und er sein Gewehr verlor. Unter Schmerzen rappelte er sich auf, zog sein Katana aus der Schwertscheide und fing an zu schneiden.
Angreifende Mäuler schnitt er kurz und klein. Grünes Blut spritzte in die Umgebung. Er wankte auf dem wimmernden und bebenden Biest umher, schlug Arm um Arm ab, dann stach er sein Schwert bis zum Anschlag in den Körper und fing an, seitlich daran zu ziehen.

Das Katana schnitt durch die Oberfläche, als handele es sich bei dem Vieh um warme Butter. Dann erlosch die Gegenwehr. Erledigt, aus, ein Monster weniger.
Während das Geschöpf tot im unterirdischen Dolinensee versank, tauchte am Rand des Sees Leroy auf.
Genki steckte sein Schwert zurück in die Scheide, sprang zu ihm herüber, klammerte sich an der rauen Felswand fest, und reichte Leroy die Hand. Der nahm dankend an und kletterte zu seinem Kameraden hoch.
Dann vernahmen sie einen Funkspruch über ihre Kommunikationsgeräte im Helm.

„Private Henzo, Private Berg, hier spricht Colonel Eaton. Wir konnten alles mitverfolgen. Ihre Kameraden sind tot. An der Oberfläche lauern weitere dieser Schlangenflügler. Verlassen sie vorerst auf keinen Fall die Höhle. Bleiben sie dort und warten sie auf Hilfe. Wir werden sie abholen."

Die beiden schauten respektvoll nach oben. Ihre Plasmawaffen lagen zusammen mit dem Mistvieh am Grund des Dolinensees. Genki zog sicherheitshalber wieder sein Schwert, und beide hofften, dass keine weiteren Angriffe mehr auf sie zukamen. ...

6. Begegnung der 6. Art III

Auf der Golden Star herrschte panische Aufregung, da alle auf dem Schiff verbliebenen Führungskräfte über die Monitore zusahen, wie lebensfreundlich aber gleichzeitig menschenfeindlich sich Viridi Margarita präsentierte.
Colonel Eaton stellte soeben die Rettungsmannschaft zusammen, als Ant und Charles in die nervöse Runde platzten:
„Colonel, auf ein Wort."
„Was ist denn!? Sie sehen doch, dass ich keine Zeit habe!"
„Ich habe einen Vorschlag, Henzo und Berg zu retten, ohne weitere Leben zu riskieren. Sind sie immer noch nicht interessiert, Colonel?"
„Wir haben weitere 40 schwer bewaffnete Marines hier, Mister Antonin. Sie alle wussten, auf was sie sich einließen, als sie diese Mission antraten. Aber ok, wie lautet ihr Vorschlag?"
„Lassen sie Ail und mich die Rettungsaktion durchführen, Colonel. Sie haben gesehen, was diese wenigen Planetenbewohner mit ihrer ersten Gruppe anstellten. Außerdem wissen wir noch gar nicht, ob es neben aggressiven Kreaturen auch noch tödliche Krankheiten gibt. Für Charles und mich besteht dort eine weitaus geringere Gefahr. Überlassen sie uns das Shuttle. Wir bergen ihre beiden Überlebenden. Versprochen."
Bob überlegte kurz:
„Tut mir leid. Wir haben nur ein Shuttle zur Verfügung. Und mein Befehl lautete, sie auf keinen Fall als Piloten einzusetzen."
Charles mischte sich ins Gespräch ein:
„Befehl hin oder her. Wir quatschen hier über Anweisungen von Dr. Hunt. Die ist jedoch 46 Lichtjahre von hier entfernt und sitzt sich gemütlich ihren Arsch breit. Wenn sie uns das Shuttle nicht überlassen, werden weitere Marines sterben. Mir ist klar, dass wir die Soldaten für diese Zwecke mitnahmen. Sicher auch, um zu testen, ob es tödliche Krankheiten gibt. Deshalb haben sie die Leute auch nur mit Visieren und nicht mit Atemmasken ausgestattet."
Den Marines entgleisten die Gesichtszüge. War da etwas Wahres dran? Logisch.
Im Fall, dass sie erkrankten, wurden sie eben unter Quarantäne gestellt und als Testobjekte missbraucht.

Wenn kein Gegenmittel wirkte und sie alle daran verreckten, würde der Planet simpel als unbewohnbar eingestuft und die Suche fortgesetzt. Eaton beabsichtigte deshalb, nicht auf die Bemerkung einzugehen:
„Ich sagte nein, und ich werde mich auch nicht von einer Maschine umstimmen lassen."
Ant ärgerte sich über den offensichtlichen Rassismus. Um weiterzukommen, unterbreitete er einen Kompromissvorschlag:
„Gut, Colonel. Sie haben ihre Befehle. Dann setzen sie sich eben ans Steuer. Fliegen sie das Shuttle und nehmen sie uns mit. Wir retten die Jungs, eine Befehlsverletzung liegt dann nicht vor und alles ist gut."
Eaton starrte auf den Boden, sah dann auf und schaute Ant ernst in die Augen:
„Das scheint mir akzeptabel zu sein. Also gut, so machen wir`s."
Man vermochte förmlich die Steine fallen zu hören, die den anwesenden Gruppenführern von den Seelen plumpsten. Sie rechneten zwar damit, Kampfeinsätze ableisten zu müssen, aber als Testobjekte für etwaige Krankheiten missbraucht zu werden, das konnten sie sich nicht vorstellen. Das Geschichtsbewusstsein hinkte in ihren Jahrgängen gewaltig hinterher. Sie hörten vorher nie davon, dass die US-Regierung, nachdem sie ihre Atombombe in der Wüste von Nevada zündeten, eine Kompanie von Soldaten durch das verstrahlte Gelände marschieren ließ. Danach beobachteten die Polit-Verbrecher skrupellos, wie alle Mann dieser Einheit langsam an der Strahlenkrankheit krepierten. Versuchskaninchen. Damals wie heute.
Murrend verließen sie den Hangar, um Platz für den Start zu ermöglichen.
Eaton und Ant saßen sich ins Cockpit, während Charles einen Sitz in der Nähe der Ladeluke besetzte.
Es dauerte nicht lange und sie zischten Richtung Viridi Margarita ab. Ant hatte einen Datenstick mitgebracht, den er in die Computerkonsole einführte. Bob missfiel diese eigenmächtige Handlung:
„Was soll das? Was haben sie da reingesteckt?"
„Keine Angst, Eaton. Nur ein bisschen Musik. Bis wir unten ankommen, ok?"
„Meinetwegen. Wer taufte den Planeten eigentlich auf den bescheuerten Namen Viridi Margarita? Grüne Perle?"

„Das haben wir Charles zu verdanken. Sie hätten ihn natürlich Eaton genannt."
„Was halten sie von mir, Antonin? Selbstverständlich nicht. Aber mir scheint Viridi Infernum passender zu sein."
„Weshalb Grüne Hölle?"
„Das konnten sie doch auf den Monitoren mitverfolgen. Überall diese giftigen Mistviecher."
„Wer sagt, dass es sich um Tiere handelt, Bob? Es besteht die Möglichkeit, dass diese Geschöpfe intelligenter sind als sie."
„Klar doch. Wenn sie meinen, sie Klugscheißer."
Gereizt drückte er den Gashebel nach vorn. Ant grinste und drehte die Lautsprecheranlage voll auf.
Zunächst, als sie sich rasend schnell dem Planeten näherten, erklang „All I Wanted" von Paramore. Dann leitete Bob das Bremsmanöver ein. Sie knallten durch die oberen Atmosphärenschichten. Flammen züngelten an dem Shuttle entlang. In dieser Phase dröhnte nicht nur die Fähre selbst, sondern ebenfalls der Song „Sabotage" von den Beastie Boys, der durch das Fluggerät hämmerte.
Ant saugte den gesamten Landeanflug in sich auf, alle optischen und akustischen Eindrücke, die allgegenwärtige Gefahr, alles jagte ihm angenehme Schauer über den Rücken.
Eaton verfolgte die Funksignale der Helmkommunikationsgeräte der Überlebenden, und war deshalb in der Lage, den Todeskrater zügig zu orten.
Ant sah die Stelle ebenfalls und fragte nach:
„Wie wollen sie die Jungs retten, Eaton? Einen Landeplatz gibt es hier nicht mehr."
„Ich wollte die Position in der Luft über dem Loch halten, die Ladeluke öffnen, und die Seilwinde einsetzen."
„Wenn sie den HFI ausgeschaltet lassen, brauchen die Triebwerke soviel Energie, um uns in Position halten zu können, dass sie die Marines unten im Krater grillen."
„Und was soll ich sonst machen, Antonin? Wenn ich den HFI anschalte, bläst uns jeder Luftzug weg, oder die Jungs ziehen uns mit ihrem Körpergewicht hinunter ins Loch."
„Da ist es doch gut, dass sie mich dabei haben. Schließlich konstruierte ich dieses Gerät. Bei ihnen gibt es nur an oder aus, schwarz oder weiß stimmt's? Hier unten ist aber ein Regler.

Dort besteht die Möglichkeit, die gewünschte Restmasse einzustellen. Wenn sie ihn auf 10% stellen, sind wir leicht genug für eine geringe Triebwerkslast, und ausreichend schwer, um alles ohne Schwierigkeiten zu erledigen."
Bob sah Ant verwirrt an:
„Das hat mir noch nie jemand gezeigt. Gut zu wissen."
Ant nahm die richtige Einstellung vor und schaltete den HFI ein. Bob brauchte einige Sekunden, um ein Gefühl für das um 90% leichtere Fluggefährt zu bekommen. Zunächst schoss das Shuttle, wegen seinem erheblich verringerten Gewicht nach oben weg, aber Bob meistere es erstaunlich schnell, den Schub mit der Masse in Einklang zu bringen. Dann öffnete er die Luke. Charles wusste, was er zutun hatte. Er ließ das Gurtzeug mit der Seilwinde in den Krater. Unten winkten die durchnässten und verängstigten Überlebenden. Als Charles zurückwinkte, flog einer dieser augenlosen Schlangenflügler heran, stoppte kurz und flatterte desorientiert vor Charles herum. Die Kreatur vermochte offensichtlich nicht einzuordnen, ob es sich bei ihm um Futter handelte oder nicht. Dann stürzte es sich auf das Bein des Androiden, wand sich herum und biss fauchend in den Oberschenkel. Charles packte mit der linken Hand den zähnebewehrten Kopf des Geschöpfes und zerquetschte ihn zu Brei.
Dann zog er sich den toten Körper vom Bein, und ließ ihn in den Krater fallen. Besorgt und angeekelt verfolgten Genki und Leroy, wie das tote Tier direkt neben ihnen in das Wasser plumpste und versank.
Andere Schlangenflügler flatterten aufgeregt umher, zischten laut auf, und verschwanden dann im leuchtenden Unterwald. Sie hatten kapiert. Mit Charles war nicht zu spaßen.
Die Rettungsaktion konnte jetzt ungestört abgeschlossen werden.
Charles sah den beiden Geretteten die Freude, Dankbarkeit und Erschöpfung an, als er sie endlich in den Bauch des Shuttles hievte. Befreit vom größten Teil der Anziehungskraft, fühlten sie sich sofort besser.
Bob zog die Nase der Fähre etwas hoch und hatte vor, Stoff zu geben. Aber Ant hinderte ihn daran, den Hebel zu bewegen:
„Stop, Bob! Wo wollen sie hin? Ist es ihre Absicht jetzt den Schwanz einzuziehen und winselnd zur Mondbasis zurückzukehren?"

„Blödsinn! Ich bringe nur meine Leute zurück. Das ist der Sinn einer Rettungsaktion."
„Und dann? Wollen sie mit anderen Soldaten wiederkehren, um wieder zu versagen. Sie haben doch gesehen, wohin dieser Ansatz führte. Jetzt, wo sie Charles und mich zur Verfügung haben, sollten sie das ausnutzen."
„Was schlagen sie vor, Antonin?"
„Ganz einfach. Wir suchen uns jetzt einen neuen Landeplatz. Am besten nicht auf einer kahlen Kuppe. Es dürfte klar sein, weshalb die Stelle derart frei lag. Wir sollten zusehen, ob wir intelligente Wesen finden, mit welchen wir Kontakt aufnehmen, kommunizieren können. Überkamen sie nicht auch diese Visionen? Warnende Vorzeichen, wie auch ich sie sah? Dabei könnte es sich um eine Art Kontaktaufnahme handeln. Also fliegen sie einfach, denken sie nicht nach, lassen sie sich von ihren Gefühlen oder von den auf sie einströmenden Gedanken leiten oder besser, überlassen sie einfach mir das Steuer."
Eaton brauchte eine Zeit um sich auf die Lage einzustellen. Die beiden Geretteten, wiesen keine offensichtlichen Verletzungen auf. Welchen Sinn hätte es ergeben, ständig neue Soldaten hierher zu bringen, um sie dann durch den Fleischwolf zu drehen?
„Ok, Antonin. Übernehmen sie das Steuer. Aber wenn wir landen, völlig ohne Verstärkung, dann steigen nur sie und ihr Kumpel aus dem Shuttle aus."
„Kein Problem. Das hätten wir von Anfang an so halten können. Jedenfalls gäbe es dann jetzt neun Leichen weniger."
Bob passte dieser Vorwurf überhaupt nicht. Er reagierte gereizt, um sein Schuldbewusstsein zu betäuben:
„Was soll das, Antonin? Ich hatte meine Befehle."
„Da ist sie schon wieder. Die generelle Standardentschuldigung eines jeden Soldaten. Sie haben aber doch auch noch ein Gehirn oder, Eaton? Weshalb haben sie die fünfte Gruppe zuerst hinuntergeschickt? Offensichtlich weil es sich bei ihnen um die Entbehrlichsten handelte. Dieser Lieutenant Grow war doch eine Pfeife, und sie wussten das. Sie haben die Gruppe absichtlich ins Messer laufen lassen. So sieht`s doch aus."
Eaton verfiel fast in Schnappatmung:

„Wenn es nach mir ginge, hätte ich gleich die Golden Star gelandet und alles platt gemacht, was sich in der Umgebung bewegt.
Aber Dr. Hunt bestand darauf, zunächst eine Testgruppe auf der Oberfläche abzusetzen. Natürlich auch wegen eventueller Krankheitsbelastungen. Aber diese Entscheidung traf unsere Führerin und ich habe mich an ihre Befehle zu halten."
„Mich wundert immer wieder, weshalb sich Leute freiwillig zu diesem Militärdienst melden. Jetzt ist Dr. Hunt jedenfalls 46 Lichtjahre entfernt, und wir können keinen Kontakt herstellen. Ab jetzt entscheiden wir selbst, klar?"
Bob antwortete nicht mehr. Dann sah er, dass die Leuchte der Kommunikationsanlage auf On stand. Charles, Berg und Henzo hatten deshalb das gesamte Gespräch mitverfolgt. Genki zog sein Katana und beabsichtigte das Cockpit stürmen, um dem Colonel einige zusätzliche Abzeichen zu verpassen, aber Charles hielt ihn zurück. Henzo schrie: „Lass mich vor! Ich schneide die Drecksau in Stücke. Loslassen! Sofort!"
Aber Charles hielt ihn umklammert, ließ ihn zappeln, bis er sich endlich beruhigte. Zudem redete er beschwichtigend auf ihn ein:
„Ganz ruhig, Henzo. Beruhig dich wieder. Es trifft alles irgendwie zu. Colonel Eaton ist ein Drecksack. Aber es trifft auch zu, dass er Befehle befolgte. Und du bist selbst schuld. Du hast dich doch freiwillig für diese Scheiße gemeldet. Also, wenn du nochmal darüber nachdenkst, schneidest du lieber diejenige in Stücke, die diese Befehle erteilt hat."
Genki ließ daraufhin sämtliche Körperspannung sinken und setzte sich mit versteinerter Miene unzufrieden auf seinen Platz.
Ant gab inzwischen moderaten Schub. Er konzentrierte sich nicht, ließ alle Eindrücke auf sich einströmen. Er sah eine Herde von runden, flach geduckten Diskuslebewesen, die sich mit einem grünen, metallisch glänzenden Panzer schützten.
Sie bewegten ihre massigen Körper langsam, angetrieben durch mehrere, aus der Unterseite schlängelnde Tentakel, durch den Unterwald.
Dabei hinterließen sie eine Spur der Verwüstung. Alles was sich in ihrem Weg aufhielt und nicht floh, verzehrten sie rückstandslos.
Vor seinem geistigen Auge erschienen ihm Bäume. Nicht mehr als drei, vier Meter hoch, die mit rotem Schleim bedeckt, friedlich dastanden, und auf irgendetwas warteten.

Der rote Schleim überzog weite Flächen des Bodens und die Bäume standen ordentlich aufgereiht mittendrin, wie in einer Plantage gepflanzt. Diese Ordnung konnte nicht natürlichen Ursprungs sein.
„Da müssen wir hin", sprudelte es aus dem gedankenversunkenen Ant hervor.
„Was? Wohin?" Jetzt überkam Eaton dieselbe Vision, und er verstand.
Ant erhöhte das Tempo. Mehr als tausend Kilometer entfernt vom ersten Chaoslandeplatz, lichtete sich der Riesenbaumbestand etwas. Der schattenliebende, biolumineszierende Unterwald, drang nicht in die große Lichtung vor. Das grelle Sonnenlicht hielt ihn davon ab, die Waldschneise zu erobern.
Es sah aus, als hätte jemand, der die Sonneneinstrahlung besser vertrug, diese Blöße künstlich geschaffen. Quadratisch. Mit einer Seitenlänge von jeweils mindestens 50 Kilometern.
Nur hohes, in allen Farben schillerndes Gras, und diese rötlich überzogenen, kleinen, ordentlich aufgereihten Bäume, wuchsen in der Lichtung. Blattlos, wie Laubbäume im Winter, standen sie auf ihren drei Stämmen, die sich zu einem Hauptstamm verjüngten, wie ihre großen Vorbilder außerhalb der Waldschneise. Knorrige Äste, die aus dem oberen Stamm ragten, schienen flexibel und beweglich zu sein.
Ant nahm den Landeplatz schon hunderte von Kilometern entfernt wahr und wusste nun genau, wo er einen geeigneten Ort fand, um gefahrlos aufzusetzen.
Der rote Schleim lag überall verstreut und Ant erkannte den Roten Rotz wieder.
Wie konnte es auch anders sein? Ein weiterer Puzzlestein, der genau in seine Gedankenmaschinerie passte.
Er setzte das Shuttle sanft dort auf, wo sich der rote Schleimpilz zurückzog, und öffnete die Heckklappe.
Colonel Eaton plante, mit den beiden geretteten Marines in der Fähre zu verbleiben, den Klugscheißern Ant und Charles den Vortritt zu lassen und alles aus einer relativ sicheren Position heraus zu beobachten. Aber als er bemerkte, welche Miene Private Henzo ihm entgegnete, zog er es vor, ebenfalls auszusteigen.
Feuchtheiße Luft schlug ihnen entgegen, als sie das metallisch in allen Farben schimmernde Grasland betraten.

Wegen des grellen Sonnenlichts sahen Bob und Ant sich gezwungen, die Augen zusammenzukneifen, bis sie ihre Sonnenbrillen aufsetzten. Charles hatte da keine Probleme. Seine optischen Sensoren stellten sich automatisch auf den höheren Lichteinfall ein.

Während Ant und Bob am Fuß der Ausstiegsrampe stehenblieben, tapste Charles schon wissbegierig durch die quietschbunte Umgebung. Zwischen den meterhohen Grasfahnen verbreiteten sich weitläufig langstielige Blumen mit großen, strahlendweißen Blüten. Der Durchmesser der jeweils nur einzelnen Blütenkelche betrug circa einen halben Meter. Ein prachtvolles Blumenmeer, das eine unwiderstehliche Anziehungskraft auf Charles ausübte.

Er berührte eine der seidigen Blüten mit seinen Fingerspitzen, worauf sich der gesamte Blütenstand blitzartig zusammenrollte und wie eine Pistolenkugel vom Blumenstängel nach oben in die Luft geschossen wurde.

Charles zuckte mit seiner Hand zurück, und verfolgte interessiert den Flug der eingerollten Blüte. Als sie den höchsten Punkt ihres Vortriebes erreichte, breitete sich der Blütenkelch wieder vollständig aus, und segelte rotierend mit dem lauen Lüftchen bis zu einem weiter entfernten, neuen Standort. Auf diese Weise verbreiteten sich die Blumen immer weiter in die Lichtung hinein, soweit der Rote Rotz dies zuließ. Sie lockten mit ihrer Blütenpracht andere Lebewesen an, und wenn diese sie dann berührten, zischten die Blüten ab in die Lüfte, um neue Kolonien zu gründen. Dabei gab es jedes Mal ein schnalzendes Geräusch. Ant beabsichtigte vorwärtszukommen:

„Was machst du denn da, Charles? Komm her, wir müssen dort lang."
„Woher wissen sie das, Boss?"
„Ich hab`s gesehen. Als Vision. Irgendjemand will, dass wir dort hingehen. Kommen sie mit, Eaton?"
Bob nickte widerwillig und stapfte ebenfalls los.

Sie marschierten durch die Graslandschaft, von ihnen berührte Blüten schossen in den smaragdgrünen Himmel, um dann wie kleine Fallschirmspringer davon zu schweben. Die Umgebung änderte sich völlig, als die Dreiergruppe an der Baumplantage ankam.

Dort überzog der Rote Rotz den Karstboden, und Charles bemerkte mit seinen empfindlichen Sensoren als erster, dass sich darunter etwas regte.

Es bildeten sich einzelne Blasen oder Beulen unter dem roten Schleimpilz, und bewegten sich auf die in Reih und Glied gewachsenen, kleinen, unbelaubten Bäume zu. Sofort fingen die Pflanzen an, sich zu bewegen, flexibel, wie Gummi. Wie Gehirne aussehende Lebewesen durchdrangen vom Untergrund her den Roten Rotz, krabbelten, angetrieben durch zehn winzige Beinfortsätze, die Rinde hinauf nach oben. An der stumpfen Baumkrone öffneten sich schmatzend dünne Zweige, und legten ein Podest frei.
Die Gehirne huschten genau dorthin, nahmen ihre Plätze auf den Podesten ein, und versanken glitschend unter den sich wieder schließenden Gerten.
Die Bäume lösten sogleich ihre Wurzelstämme vom Untergrund und stampften auf die drei Erdlinge zu. Vorher unkontrolliert herumfuchtelnde Astarme, erschienen jetzt gezügelt, bewegten sich bei jedem Schritt mit, um durch die Fortbewegung entstehende Unwuchten auszugleichen. Alles in allem ein bedrohlicher Anblick, weshalb Eaton einige Schritte zurückwich und die Plasmawaffe anhob.
Die Mischwesen blieben sofort stehen. Visionen drangen in Ants Geist. Bei Eaton schien das ebenso der Fall zu sein.
Aber Bob hielt sich schreiend den Kopf, sein Gehirn war nicht in der Lage die Datenflut zu verarbeiten, er wand sich unter Schmerzen, Blut lief ihm aus den Augen, bis er zusammenbrach.
Charles sprang ihm sofort zu Hilfe, während Ant nur dastand, ins Leere starrte, und die ihm telepathisch übertragenen Bilder aufsaugte, interpretierte und abspeicherte. Sein Gehirn schien wie geschaffen zu sein, für diese Art von Kontaktaufnahme.
Charles Computergehirn hingegen, nahm davon gar nichts wahr. Er stellte nur fest, dass Colonel Bob Eaton, an den Gehirnblutungen verstarb. Was ihn ehrlich gesagt nicht berührte, obwohl er ihn, schon seit der Europamission kannte.
Ant bekam davon nichts mit. Er stand in Interaktion mit diesen telephatischen Außerirdischen. Dabei brauchte er eine Weile, bis er kapierte, dass es hier keine Sprache oder Schrift gab, nur Bilder, die zur Kommunikation genutzt wurden.
Die Viridianer, wie Ant sie nannte, zeigten ihm die Entstehung und Entwicklung ihrer Art, bis Charles ihn unterbrach.

Er hatte soeben den Tod Eatons festgestellt und befürchtete ebenfalls negative Auswirkungen auf Ant:
„Boss, was ist los? Fühlen sie sich gut? Eaton ist tot. Kann ich ihnen helfen? Sprechen sie mit mir!"
Ant riss sich los aus der Bilderwelt der Viridianer:
„Sie haben mir ihre gesamte Geschichte erzählt. Und keine Angst, Charles, ich fühle mich prächtig. Was ist mit Eaton?"
„Ich denke, die wollten auch mit ihm Kontakt aufnehmen, aber sein Gehirn hielt dem nicht stand. Er ist an einer Gehirnblutung gestorben. Ich konnte ihm nicht helfen. Was haben die ihnen gesagt, Boss?"
Ant reagierte gleichfalls kühl auf Eatons Tod. Er empfand nichts bei dem Anblick der Leiche. Für ihn handelte es sich nur um einen weiteren Soldaten, der während der Ausübung der verdammten Pflicht fiel, wie schon Millionen zuvor. Ein ihm unbekanntes Leben, das vor seinen Augen erlosch, wie zu viele davor, weshalb er sich davon nicht sonderlich beeindruckt zeigte:
„Nicht gesagt, gezeigt, Charles. In grauer Vorzeit umhüllte ein flacher Ozean den gesamten Planeten. Dort existierte Leben in Hülle und Fülle. Die Vorfahren dieser langen Kerle schwammen als Dekapoden, also als krakenartige Geschöpfe mit zehn Tentakeln in dem Urmeer herum. Über Jahrmilliarden setzten sich immer mehr tote Lebewesen als Sedimentschicht am Grund ab. Das flache Meer verlandete immer mehr und zwang die Dekapoden auch das entstehende Land zu besiedeln. Das Wasser versickerte immer weiter in den Untergrund. Auf der Oberfläche blieb überall dieses poröse Karstgestein zurück. Das gesamte Oberflächenwasser lief in unterirdischen Flussläufen und Dolinenseen zusammen. Auf dem Fels entstanden Pflanzen, Bäume, Riesenbäume, die ihre Wurzeln immer tiefer in das Grundwasser trieben, und sie begrünten den gesamten Planeten. Die Vorfahren der Viridianer hangelten sich mithilfe ihrer Tentakel durch die Bäume, und mussten von dem leben, was sie fangen und verzehren konnten. Wenn sie starben, überzog sie der rote Schleimpilz und verdaute sie.
Die Dekapoden verließen die Bäume, ihre Tentakel bildeten sich zurück zu kleinen Beinchen, und ihr Körper reduzierte sich im Laufe der Zeit, bis nur noch diese Gehirne mit den Beinstummelchen übrig blieben. Wie genau es zu der symbiotischen Allianz der Pflanzen, des Pilzes und der Dekapoden-Gehirne kam, ist mir noch nicht völlig klar.

Es besteht die Möglichkeit, dass da jemand nachgeholfen hat. Jedenfalls ernährt der Pilz den pflanzlichen Körper und das tierische Gehirn. Dafür garantieren ihm die beiden Jagderfolg und Mobilität. Der Rote Rotz hat auch sämtliche Krankheiten ausgerottet. Ein idealer Symbiont, sogar mit rudimentären kognitiven Fähigkeiten. In den Gewässern unter dem Fels existiert noch eine Vielzahl an verschiedenen Lebensformen. Dagegen konnten sich an der Oberfläche nicht so viele Arten halten. Hier stellen die Viridianer die herrschende Rasse dar. Es gibt noch andere Symbiosen. Zum Beispiel kleine, nackte Nager, die sich in die Borke der Riesenbäume knabbern und dort ihre Wohnhöhlen anlegen. Sie leben zusammen mit wanzenähnlichen Insekten, die das Nest sauber halten und die Nager pflegen. Die Wanzen benutzen die Nager als Lockvögel für ihre Lieblingsspeise, die Schlangenflügler. Wenn eine der Flatterschlangen in die Baumhöhle eindringen will um sich eines der Tierchen zu schnappen, wird sie förmlich von den Wanzen überschwemmt und ausgesaugt. Und sie erzählten mir noch Vieles mehr. Sie teilten mir alles mit, legten mir jede Kleinigkeit über sich und den Planeten offen."
„Wow, Boss. Das haben die ihnen alles in dieser kurzen Zeit per Telephatie-Television mitgeteilt?"
„Das könnte man so ausdrücken. Durch meine allumfassenden Kommunikationsfähigkeiten gelingt es mir, ihre übertragenen Bilder in Worte zu übersetzen. Jetzt bin ich in der Lage, auch unsere Sprache in Illustrationen zu transformieren und mit ihnen zu reden."
„Also ich hab davon absolut nichts mitgekriegt. Als einzig Befähigter, der in Kontakt mit diesen Pinheads treten kann, sollten sie ihnen den Grund mitteilen, warum wir hier auftauchten."
„Weshalb nennst du sie Pinheads, Charles?"
„Weil sie so aussehen, Boss. Lange Stangen mit der Gehirnverdickung auf der Krone. Haben die ihnen ihren Namen mitgeteilt? Wie nennen sich die Pinheads selbst?"
„Nein haben sie nicht, Charles. Sie sprechen alle gleichzeitig, über diese Bildkommunikation und nennen sich selbst immer nur Wir."
„Gut, dann bleibe ich erstmal bei Pinheads."

Ant nickte und konzentrierte sich. Er übersetzte seine Worte in die Bildersprache der Viridianer, und versuchte in eine gegenseitige, telephatische Kommunikation einzutreten.
Dabei half ihm die Fähigkeit, die ihm damals Poison verlieh, sich mit allen Lebewesen verständigen zu können.
„Wie nennt ihr euer Volk? Wer spricht für euch? Wer ist euer Oberhaupt?"
Gleichzeitig, wie aus millionen von Mündern, drang es in Ants Kopf:
„Wir!"
„Was meint ihr damit?"
„Das ist die Antwort auf deine drei Fragen. Wir alle sind miteinander verbunden. Wir sehen alles, wir hören alles und wir fühlen alles gemeinsam, was auf unserer Welt geschieht. Einen Anführer brauchen wir nicht. Alle Entscheidungen werden gemeinsam getroffen. Keiner besitzt mehr als der Andere.
Verbrechen, Neid, Habgier, wie sie bei euch üblich sind, kennen wir nicht."
„Ihr verfügt also über einen kollektiven, telephatischen Verstand?"
„Ja!"
„Was habt ihr mit Colonel Bob Eaton angestellt?"
„Wir dachten, er sei derjenige, der für euch spricht. Deshalb wollten wir Kontakt zu ihm aufnehmen. Wir hatten nicht die Absicht ihm zu schaden. Sein Geist hielt unseren Kontaktversuchen nicht stand. Ein bedauerlicher Unfall. Doch bevor er starb, empfingen wir noch verwirrende Bilder über eure grausame Welt.
Du hast noch Einen dabei. Diesen Einen können wir nicht wahrnehmen. Wieso?"
Ant dachte daran, wie er Charles erschuf, wie er ihn programmierte und mit ihm zusammenarbeitete.
„Wir verstehen! Ihr seid eine fortschrittliche Rasse. Wir besitzen keinerlei Technik. Nicht so wie ihr. Da wir in Eintracht mit uns und dieser Welt leben, brauchen wir das auch nicht."
Ant beabsichtigte, auf den Punkt zu kommen:
„Der Grund, weshalb wir hier herkamen ..."
Weiter kam er nicht. Einer der Viridianer streckte blitzschnell seine Astarme nach Ant aus und schnappte ihn.

Charles sprang auf, um ihm zu Hilfe zu eilen, aber Ant drehte seinen Kopf und zeigte ihm mit beschwichtigenden Handbewegungen an, dass er sich zurückhalten solle.

Die beiden zurückgelassenen Privates, Genki Henzo und Leroy Berg, fühlten sich unwohl in ihrer Haut.
Sie beabsichtigten nicht, nur untätig herumzusitzen und abzuwarten. Genki vermochte es nicht mehr auszuhalten:
„Leroy, wie sieht es aus? Der Colonel ist nun schon eine halbe Ewigkeit weg. Da stimmt was nicht. Ich will nach dem Rechten sehen. Kommst du mit?"
„Hast du vergessen welche Viecher hier herumfleuchen? Und unsere Plasmawaffen liegen am Grund des unterirdischen Sees, direkt neben dem Tentakelmonster."
„Ich hab gar nichts vergessen, Leroy. Aber wir sind keine Piloten, und zumindest auf einen der drei Typen angewiesen. Was nützt es uns, wenn wir hier herumhocken und eines der Tierchen kommt uns besuchen? Außerdem hab ich das Gefühl, dass die Drei Hilfe brauchen. Du kannst dir doch das Plasmagewehr aus dem Cockpit schnappen, und ich habe noch mein Katana. Das muss eben reichen."
„Ich kann dich sowieso nicht aufhalten, Genki. Und allein möchte ich hier auch nicht zurückbleiben. Also, was bleibt mir anderes übrig. Dann komm ich eben mit."
Berg holte sich die Plasmawaffe, die der Colonel zurückließ, und sie stapften den Spuren der Drei hinterher.
Jeder Schritt fiel ihnen schwer. Ihre Muskulatur hatte sich in der kurzen Zeit noch nicht an die höhere Schwerkraftbelastung gewöhnt. Alles wog schwer, selbst die Bewaffnung in ihren Händen. Die dickere, zähere Luft erschwerte ebenso ihre Atmung. Bereits von weitem erkannten sie, dass die Lage außer Kontrolle geriet. Der Colonel lag regungslos am Boden, der Android stand tatenlos zwischen dem Offizier und dem in Bedrängnis geratenen Antonin. Berg lud das Plasmagewehr durch und Henzo zog sein Katana.

Der Viridianer hob Ant hoch und zog ihn etwas zu sich heran. Millionen von Stimmen drangen wieder in seinen Geist:
„*Wir wissen, weshalb ihr hier seid!*

Ihr habt euren Planeten zugrundegerichtet, und jetzt sucht ihr eine neue Welt, die ihr wieder zerstören könnt. Dabei ist es euch völlig egal, was mit uns geschieht. Ihr seid aggressiv und skrupellos und breitet euch aus, wie ein Virus. Eine Krankheit, die ganze Planeten infiziert. Unsere Welt dürft ihr nicht betreten. Wir werden euch alles entgegensetzen, was wir können. Natürlich stehen euch überlegene Waffen zur Verfügung, aber wir sind viele. Und jetzt sag uns, wer hat euch geschickt?"

Ant dachte zunächst an Dr. Hunt, aber Poison drang ebenfalls aus seinem Unterbewusstsein nach draußen.

Das Baumwesen hielt Ant nach wie vor fest im Griff. Dann drehte es ihn und entdeckte die eingebrannten drei Neunen in seinem Genick:
„Hat Er dich geschickt? Bist du der Vernichter?"
„Nein. Ich weiß es nicht genau. Es könnte sein, dass Mister Poison dahinter steckt. Aber er gab mir keinen Auftrag, hierher zu kommen. Woher kennt ihr ihn?"
„Der, den du Poison nennst, erschien uns vor langer Zeit. Er teilte uns mit, dass er uns erschaffen hätte, dass wir uns weiterentwickeln sollten. Wir haben uns geweigert. Wir leben in Harmonie mit unserer Welt, alles ist gut, wie es ist. Wenn uns einer von uns für immer verlässt, nehmen wir seine Biomasse in uns auf und erschaffen einen Neuen.
Wir haben kein Interesse daran, uns zu vermehren, den gesamten Planeten auszuzehren, wie ihr das hieltet. Er wütete, tötete einige von uns, aber wir ließen uns auch durch Drohungen nicht überzeugen. Seinen Aussagen zufolge hatte Er vor, uns alle zu vernichten, wenn wir uns nicht fügten. Dann verschwand Er. Bis heute haben wir nichts mehr von Ihm gehört. Er sah so ähnlich aus wie du. Nur blasser, größer, dünner, mit einem Raubtiergebiss."
„Ja, das ist Poison. Auch von mir verlangte er die Weiterentwicklung der Menschheit. Deshalb stattete er mich mit besonderen Fähigkeiten aus. Aber ich habe nicht vor, euch zu schaden."
„Aber du bist ein Teil einer Krankheit. Wir können nicht zulassen, dass die Seuche, also ihr, unsere Welt infiziert."
In diesem Moment schlugen brennende Plasmaexplosionen in den umstehenden Baumwesen ein.
Verkohlte und brennende Splitter folgen durch die verrauchte Luft. Ein Aufschrei drang in Ants Gehirn. Leroy Berg feuerte weiter auf die immer zahlreicheren Viridianer.

Genki Henzo sprang mit seinem gezogenen Katana auf Ant zu und hieb mit einem Schlag den Greifast durch, der Ant festhielt. Weitere auf Genki zustrebende hölzerne Spitzen, hackte er geschickt und blitzschnell ab, wie ein Wirbelwind, obwohl ihn jede Bewegung anstrengte. Der rote Saft, mit dem der Pilz die Bäume durchdrang, spritzte in Schwallen umher, bis Genki sich an den Kopf griff und schrie:
„Verschwindet aus meinem Kopf! Mister Antonin, schnell, wir müssen hier weg, zurück zur Fähre!"
Das Waffenfeuer verstummte, als Berg sein Plasmagewehr fallen ließ und sich mit beiden Händen stöhnend den Kopf hielt. Die Viridianer drängten sich mit Vehemenz in seinen Geist, was Gehirnblutungen verursachte. Und diesmal mit Absicht.
Charles half Ant auf. Sie sahen wie die große Überzahl der Bäume Genki überwältigte und mit ihren Ästen durchbohrte.
Mit seinem letzten Atemzug ließ er das Katana fallen.
Berg und Henzo, fielen als Rest der fünften Gruppe, tapfer kämpfend, und völlig sinnlos.
Charles ließ sich von Ant nicht zurückhalten, rannte auf die Baumwesen zu und schnappte sich unbehelligt Henzos Familienerbstück. Die Viridianer wussten mit ihm nichts anzufangen. Es fiel ihnen schwer, ihn überhaupt wahrzunehmen, da er kein biologisches Gehirn besaß und absolut keine registrierbaren Lebenszeichen abgab.
Ant und Charles spurteten, soweit unter der vorliegenden körperlichen Belastung überhaupt möglich, zusammen durch die Graslandschaft in Richtung Shuttle. Die Viridianer folgten ihnen nicht, drangen aber wieder in Ants Gedanken ein:
„Ein friedliches Zusammenleben ist mit euch nicht möglich. Das hast du eben selbst gesehen. Verschwindet von unserer Welt und kommt nie wieder zurück. Wenn ihr nochmal auftaucht, werden wir euch töten."
Ant antwortete ein letztes Mal:
„Denkt an Poison. Er hält immer sein Wort. Ich könnte euch helfen, ihn mit euch zusammen zu besiegen."
„Nein, wir brauchen dich nicht. Verschwinde!"
Dann versuchte Ant, die geistige Verbindung zu kappen, was aber nicht vollständig gelang.

Er fühlte, dass die Viridianer nach wie vor seine Augen und Ohren nutzten, um sich auf dem Laufenden zu halten. Charles und Ant erreichten die Fähre, setzten sich ins Cockpit und nahmen Kontakt zu der Golden Star auf.

Dort verfolgten die übrigen Gruppenleiter zwar mit, was auf der Oberfläche geschah, sie kämpften aber mit einem völlig anderen Problem.

Eine dieser außerirdischen Energiewaffen erschien aus einer blau umrandeten, schwarzen Verzerrung und stürzte sich sofort auf das Raumschiff.

Da kein Pilot zur Verfügung stand, und die riesige, schwerfällige Plasmakanone nicht schnell genug auf die ruckartigen Wespenbewegungen des Angreifers zu reagieren vermochte, blieb ihnen nichts anderes übrig, als sich auf ihren verbesserten Schutzschirm zu verlassen und das Shuttle zu informieren.

Der kleine Mistkäfer raste im Zickzack um das Mutterschiff herum und entließ einige Energieblitze auf die Golden Star. Der Schutzschild leitete die Energie wie vorausberechnet ab. Aber ewig hielte er diesen Angriffen nicht mehr stand.

Charles schob Ant zur Seite und übernahm den Steuerknüppel:

„Entschuldigen sie, Boss. Aber es ist besser, wenn ich jetzt das Shuttle fliege. Mir ist es bereits gelungen, eine dieser Energiewaffen abzuschießen. Und das werde ich jetzt wieder schaffen."

Der Hicks-Feld-Influenzer stand nach wie vor auf 10% Masse. Trotzdem gab Charles nur moderat Stoff. Erst als sie die dichte Atmosphäre verließen, stellte er den HFI auf volle Leistung und gab ordentlich Gas.

Die Golden Star kam bei diesem Tempo rasch näher. Sie sah aus wie ein riesiger Wal, den ein einzelnes Ruderboot eines Walfängers umkreiste und traktierte. Abwechselnd, von allen Seiten, schossen die Energieblitze auf das Mutterschiff zu. Dann verstummte das Gewitter, weil sich der winzige Killerstern wieder auflud.

Diese Phase nutzte Charles. Mit seinen optischen Sensoren erfasste er den Angreifer schon aus weiter Entfernung und schaltete die Plasmakanonen scharf. Als sie nahe genug herankamen, eröffnete er das Feuer aus allen Rohren.

Die Energiewaffe scannte das Shuttle, verzichtete sofort darauf, zurückzuschlagen, und switchte auf Fluchtmodus. Im Zickzack zischte sie ab. Charles berechnete die Ausweichreaktionen des Flüchtigen voraus und feuerte. Der letzte Schuss streifte die Energiewaffe, ein schwarzes Raumfenster mit strahlend blauen Rändern öffnete sich. Charles nahm es ins Visier und feuerte eine Salve darauf ab. Das fliehende Fluggerät schlüpfte gerade noch durch das Fenster, das sich sofort wieder schloss. Die Plasmasalve kam eine Millisekunde zu spät, und rauschte in die unendlichen Weiten des Alls.
Charles schlug wütend auf die Waffenkonsole vor sich:
„Verdammt, jetzt ist dieses Mistding entwischt!"
Ant legte seine Hand beruhigend auf Charles Schulter:
„Ist schon gut, Kumpel. Das ist aber auch schwer zu treffen, dieses Mordinstrument. Hauptsache es ist jetzt weg."
„Ja schon, Boss. Aber wer weiß, wem es jetzt Bericht erstattet und was als Nächstes durch eines dieser Raumfenster kommt, durch welches es geflüchtet ist?"
„Du hast recht, Charles. Lass uns verschwinden."
Sie dockten an die Golden Star an, und der Kran hievte sie in den Hangar. ...

Kapitel 7: Poisons Strafe.

1. Offenbarung

Obwohl Charles den Mikro-Todesstern vertrieb, herrschte nicht die erwartete Erleichterung und Freude an Bord der Golden Star. Der Tod des Colonels und der gesamten fünften Gruppe drückte die Stimmung der Crew. Außerdem tauchte in der Zeit, als das Shuttle andockte, ein neues Problem auf.
Captain Dana Sharp übernahm als dienstgradhöchste Offizierin das Kommando an Bord. In dem Moment, als Ant das Andockmanöver abschloss, registrierte das Radar einen seltsamen Kometen, der soeben den Stern 47 Ursae Majoris passierte und scheinbar direkten Kurs auf den Planeten Viridi Margarita nahm.
Charles und Ant verließen den Hangar sofort nach der Beendigung des Druckausgleichs, und rannten im Eiltempo in die Kommandozentrale auf der Brücke. Das pulsierende, nervige Tröten der Alarmsirene begleitete sie durch die in Alarmrot beleuchteten Gänge. Der Sprint fiel Ant ungewohnt leicht, hier, unter normaler Gravitation und in der optimalen Atmosphäre. Er geriet nicht einmal außer Atem, als sie die Schaltzentrale des Raumschiffes erreichten. Bisher gab es keinen Grund, den Alarmzustand aufzuheben.
Captain Dana Sharp, eine resolute, kleingewachsene und durchtrainierte Frau, mit viel zu kurzgeschorenen, blonden Haaren, erwartete die beiden:
„Gut, dass sie wieder an Bord sind, meine Herren. Im Gegensatz zu Colonel Eaton, Gott hab ihn selig, freue ich mich, sie zu sehen. Ich benötige hier unbedingt ihre Hilfe."
Ant sah zunächst etwas ungläubig auf sie herab. Aber nur wegen ihrer Körpergröße:
„Ok, mit wem habe ich das Vergnügen?"
„Entschuldigen sie bitte, wie dumm von mir. Nennen sie mich bitte Captain Sharp. Ich habe jetzt das Kommando hier. Und natürlich vielen Dank dafür, dass sie diesen Angreifer in die Flucht schlugen. Aber wir haben nicht die Zeit, uns großartig über Etikette oder vergangene Heldentaten zu unterhalten. Es ist ein neues Problem aufgetaucht."
„Na gut, Captain Sharp, welche Sorgen haben wir denn?"

„Das Radar hat ein ungewöhnliches Objekt, nahe des Zentralgestirns entdeckt, dass sich mit hoher Geschwindigkeit in unsere Richtung bewegt. Wir haben gerade das Hauptobjektiv darauf ausgerichtet. Es müsste auf dem Hauptbildschirm erscheinen, und zwar ..., jetzt."
Das Objektiv übertrug seine Daten. Ein Raunen drang durch die gesamte Brücke. Ein unerklärlicher Anblick bot sich den anwesenden Offizieren. Ant verschlug es erstmal die Sprache.
Ein riesiges, kometenähnliches Gebilde, füllte den Bildschirm aus. Es sah aus, wie ein Komet, aber es zog keinen Schweif aus Eispartikeln und Staub hinter sich her, sondern einen Feuerschweif, aus grünen und blauen Flammen. Die Lohen, die an der Front des Objekts entstanden, bildeten ein grausiges, schmales, bösartiges Gesicht, mit schwarzen Augen und einem grinsenden Raubtiermaul. Eine feixende Fratze aus Feuer, welche alle Anwesenden erschaudern ließ.
Nur Ant erkannte diese Fratze. Captain Sharp erkundigte sich nervös: „Was ist das, Mister Antonin!? Hat das Ding ein Gesicht!? Wie kann es im Vakuum des Alls brennen!?"
Ant starrte nach wie vor fassungslos auf den Hauptbildschirm. Dann schaltete er die Computeranalyse zu. Eine Sekunde später lagen die objektiven Daten vor. Der Feuerball wies einen Durchmesser von zwanzig Kilometern auf. Seine Geschwindigkeit betrug irrsinnige 2 Millionen km/h.
„Was kann das sein, Mister Antonin? Haben sie etwas Derartiges schon mal gesehen?"
„Einen Moment noch, Captain Sharp. Ich extrapoliere die Flugbahn des Objekts. Die Daten kommen gerade herein. Wie ich dachte, dieses Ding befindet sich genau auf Kollisionskurs mit Viridi Margarita. Ein Planetenkiller. Wenn er auf dem Planeten einschlägt, wird dort jegliches Leben ausgelöscht, und zwar für immer. Absolut nichts wird übrigbleiben."
Dana sah ihn mit offenstehendem Mund an, bevor sie herauspresste: „Aber wieso hat es dieses dämonische Gesicht?"
„Das kann ich ihnen jetzt auch nicht erklären, Sharp. Aber wir müssen versuchen es aufzuhalten."
Ungläubigkeit sprach aus ihrem Gesicht:
„Sind sie wahnsinnig? Wieso sollten wir das riskieren? Diese Welt ist verloren für uns.

Selbst wenn der Planetenkiller vorbeiflöge, könnten wir uns hier nicht niederlassen. Sie haben doch selbst miterlebt, was mit unseren Leuten geschehen ist."

„Sie kennen nicht alle Fakten, Captain Sharp. Ich konnte telephatischen Kontakt mit den Viridianern, die despektierlich auch Pinheads genannt werden, aufnehmen. Sie leben in Frieden und im Einklang mit der Natur, und sie haben recht, Sharp, sie sehen uns als lästige Krankheit an. Aber seien sie mal ehrlich, wir tauchen hier mit bewaffneten Einheiten auf und planen, uns einfach zu nehmen, was uns nicht gehört. Sie erzählten mir, dass sie vor langer Zeit Besuch von einem mächtigen Wesen erhielten, dass sie aufforderte, sich weiterzuentwickeln. Als sie ablehnten, drohte ihnen das Wesen sie dafür zu bestrafen. Und ich denke, diese Strafe sehen wir jetzt auf unserem Hauptbildschirm."

„Gut! Dann sollten wir jetzt erst recht abhauen, oder!?"

„Verstehen sie denn nicht, Sharp? Das ist unsere Möglichkeit den Viridianern zu beweisen, dass wir nicht nur ein banales Virus sind. Wir zerstören dieses Wesen, den Feuerball, retten den Planeten und alles Leben darauf. Vielleicht stellen sie uns im Gegenzug ein Stück Land zur Verfügung, dass wir besiedeln können. Friedlich, völlig ohne Blutvergießen. Wer weiß, ob wir jemals wieder eine derart geeignete Welt auffinden. Also, was sagen sie?"

Sharp dachte nach. Man hörte förmlich ihre eingerosteten Denkknochen rattern:

„Was ist ihr Plan, Mister Antonin?"

Ant lächelte und legte los:

„Bei dieser Geschwindigkeit, legt der Feuerball die Strecke vom 100 Millionen Kilometer entfernten Stern bis zum Planeten in circa 50 Stunden zurück.

Wir fliegen dem Planetenkiller entgegen, lassen uns Zeit und treffen uns mit diesem Ding in der Mitte, bei 25 Stunden Entfernung. Also haben wir einen guten Tag, um uns auf das Zusammentreffen vorzubereiten. Laut den Computeranzeigen ist unser Schutzschild beschädigt. Charles hält die Golden Star auf Kurs, ich kümmere mich um den lädierten Schutzschirm, sie und ihre Leute bereiten die Plasmakanone und die Nukleartorpedos vor. Wir stellen uns zum Kampf. Danach spreche ich nochmal mit den Viridianern."

Dana nickte nachdenklich. Dann gab sie die Anweisung:
„Ihr habt ihn gehört, Leute. Macht alle Torpedos scharf und bringt die Bordkanone auf Höchstleistung."
Ant klopfte ihr mit einer Hand auf die Schulter und lief los in Richtung Maschinenraum. Auf dem Weg durch die funzelig rot beleuchteten Flure drangen die Viridianer wieder in sein Bewusstsein. Millionen von gleichlautenden Stimmen, die sich jetzt jämmerlich anhörten, flehten:
„Hilf uns! Bitte, beschütze uns vor diesem ... Poison!"
Er dachte nur kurz:
„Ich werde es versuchen."
Dann verdrängte er die Pinheads aus seinem Geist und lief weiter. Die Zeit drängte und er hatte noch einiges zu reparieren. Der kleine Blitz-Mistkäfer beschädigte bei seinen Angriffen diverse Leitungen, einige schmorten durch. Der Schutzschirm lief ausschließlich auf den Reserve-Bypasskabeln. Außerdem hatte er vor, einen Verstärker einzubauen, der die Leistung des Schutzschirmes weiter erhöhte. Wegen des hohen Energieverbrauches funktionierte das nur, wenn nicht gleichzeitig der RKWA genutzt wurde.
Er schaffte alle Modifikationen innerhalb von 18 Stunden. Dann sah er bei der Bewaffnung nach dem Rechten und lief zurück zur Brücke, um alles Weitere hautnah mitzuverfolgen. Dana nahm es als gutes Omen, ihn wieder in der Kommandozentrale zu sehen:
„Konnten sie alles erledigen, Mister Antonin?"
„Alles klar. Bewaffnung und Schutzschirm stehen ihnen mit voller Leistung zur Verfügung."
Dana nickte zufrieden. Der Planetenkiller war bereits mit bloßem Auge durch die Frontscheibe erkennbar:
„Mir ist klar, dass die Golden Star Neuland für sie ist, Captain Sharp. Darf ich ihnen deshalb beratend zur Seite stehen?"
„Kein Problem, Mister Antonin. Ich bin dankbar für jeden Rat ihrerseits. Was meinen sie, wie sollten wir die Sache angehen?"
„Wir sollten die Geschwindigkeit anpassen und uns vor dieses Ding setzen. Dann schalten wir den HFI ab, um die volle Masse der Golden Star entgegensetzen zu können. Wir feuern alles, was wir haben, auf den Planetenkiller ab.

Sollte das nicht genug sein, versuchen wir, im Schutz des Schirmes, mit unserer Masse und mit Gegenschub, den Feuerball von seiner Flugbahn abzubringen. Weitere Möglichkeiten sehe ich nicht."
„Hört sich gefährlich aber vernünftig an. Dann ziehen wir das so durch. Ich hoffe allerdings, wir können dieses Gruselgesicht vorher wegblasen. Mister Ail, sie haben es mitgekriegt, passen sie die Geschwindigkeit an und setzen sie uns vor dieses Ding. First Lieutenant Morgan, wenn wir nah genug dran sind, feuern sie alles in das Mistding, was sie im Rohr haben. Klar?"
„Alles klar, Captain!"
Charles befolgte die Anweisungen wie ein Uhrwerk. Als sie sich näherten, bekamen sie die gigantischen Ausmaße des Feuerkometen zu Gesicht. Der Glutball füllte den gesamten Sichtbereich aus, als Charles das Tempo synchronisierte und die Golden Star nur etwa einhundert Kilometer vor das Gruselgesicht setzte. Alle starrten still auf diese Fratze aus Flammen, die sie zu verschlingen drohte, bis Dana den Befehl gab:
„Worauf warten sie noch, Morgan? Feuer!"
Die wuchtige Plasmakanone rotzte ihre tödliche Fracht im unaufhaltsamen Rhythmus der Feuerfolgen mitten in das Gruselgesicht. Der Waffenoffizier blies jetzt die Torpedorohre frei. Aus allen Rohren schossen Sprengköpfe mit einer Sprengkraft von jeweils 200 Megatonnen auf die Visage zu. Die Plasmageschosse und die Torpedos drangen durch das Gesicht und verschwanden. Die Augen der Fratze wandelten sich, sahen überrascht aus, die grinsenden Mundwinkel zogen sich nach unten. Dann schlugen die Geschosse auf der Oberfläche des Planetenkillers ein.
Alle hielten sich die Hände vors Gesicht, als die grellen Blitze der nuklearen Explosionen in der Stille des Alls durch die Fenster drangen. Die Detonationen schüttelten die Golden Star ordentlich durch, aber der Schutzschild hielt stand. Ant sah, wie sich riesige, glühende Brocken vom Kometen lösten.
Captain Sharp schrie:
„Feuern sie weiter, Morgan! Immer weiter, bis wir nichts mehr haben!"
Er feuerte. Als die nächsten Atomblitze die Brücke überfluteten, meldete Charles:

„Wir haben einiges an Schaden angerichtet, aber der Feuerkomet hat gerade seine Geschwindigkeit erhöht! Ich kann nicht rechtzeitig kompensieren, bereiten sie sich auf den Einschlag vor!"
Große Fragmente lösten sich aus der Hauptmasse der flammenden Erscheinung. Aber ein mehrere Kilometer messendes Mittelteil, mit einer jetzt grotesk verzogenen Visage, raste weiterhin auf die Golden Star zu. Ant spürte bereits die Hitze der Flammen auf der Haut, als das Feuergebilde auf den Schutzschirm traf. Der Aufschlag schickte eine kinetische Welle, einem extremen Erdbeben gleich, durch das Raumschiff. Sämtliche Crewmitglieder riss es von den Beinen oder aus ihren Sitzen. Alle kreischten durcheinander, nur Ant blieb abgeklärt. Als Charles sich aufraffte, und wieder im Pilotensitz Platz nahm, legte Ant seine Hand auf Charles Schulter. Dann gab er in gelassenem Ton die Anweisung:
„Gib Stoff, Kumpel. Fusionsantrieb auf volle Pulle und drück dieses Ding weg."
Der Antrieb dröhnte unter der Vollbelastung durch die Golden Star. Die Hitze auf der Brücke nahm weiter zu. Der Massevergleich fiel zu Ungunsten des Raumschiffs aus, als ob eine fliegende Wespe auf einen Rennradfahrer trifft. Nur das Erdenschiff besaß ihm Gegensatz zum Insekt einen Schutzschirm. Es krachte und knirschte durch die Metallstreben, und die Golden Star schien sich im Schutz ihres Energieschirms immer tiefer in den Gruselkometen hineinzubohren.
Der Fusionsantrieb, einzig gebaut, um das Raumschiff fortzubewegen, hielt dem übermäßigen Druck nicht lange stand. Charles meldete:
„Der Antrieb überlastet. Bei dieser Belastung, fliegt er uns in ein paar Sekunden um die Ohren. Der Feuerkomet scheint einen eigenen Willen zu haben. Er lässt sich einfach nicht aus der Bahn drücken. Was soll ich machen?"
Ant wandte sich an den Waffenoffizier:
„Morgan, haben sie noch etwas übrig!?"
„Wegen des hohen Energieverbrauchs für den Schirm und den Antrieb, habe ich nicht mehr genug Feuerkraft für die Plasmakanone. Aber wir haben noch zwei Nukleartorpedos!"
Captain Sharp mischte sich ein:
„Die können wir nicht einsetzen. Wir stecken ja direkt im Zielobjekt. Das hält der Schirm nicht mehr aus!"

„Wenn wir jetzt aufgeben, Captain Sharp, dann ist der Planet verloren. Und damit auch die Zukunft der restlichen Menschheit. Als sie Offizier wurden, haben sie gewusst, dass schwierige Entscheidungen auf sie zukommen können. Wählen sie jetzt die richtige Option. Wir haben keine Zeit mehr."
Dana zögerte. Alle starrten sie an. Die Hitze brannte fast unerträglich auf der Haut. Dann beruhigte sie sich sichtlich und gab den Befehl:
„First Lieutenant Scott Morgan, beide Torpedos, Feuer!"
Der Waffenoffizier starrte sie, mit offenstehendem Mund, weiterhin an. Schweißperlen standen ihm auf der Stirn. Dann leitete er die Feuersequenz ein.
Charles schaltete sein Phasen-Verschiebungs-Gerät ein und verschwand vor den Augen der Anwesenden.
Das Torpedoabschussgeräusch ging im allgemein vorherrschenden Knacken und Knirschen der Schiffskonstruktion unter.
Zwei grelle Blitze leuchteten auf. Der Schutzschild brach aufgrund der überbordenden Belastung zusammen. Dabei handelte es sich um das Letzte, was die Crew wahrzunehmen vermochte. Der Druck der Explosionen, presste die Kunststofffenster aus ihrer Verankerung, direkt in die Schiffsbrücke hinein. Alle rissen ein letztes Mal die Arme schützend vor ihre Gesichter, als die Zeit einfror.
Berstende und herumfliegende Teile verharrten bewegungslos schwebend in der Luft. Nur das grelle Licht kam immer näher. Ant hielt sich die Hand vor die Augen, um nicht geblendet zu werden. Er vermochte sich mal wieder als einziger Anwesender zu bewegen. Alle Anderen standen starr, mit von Todesangst verzerrten Gesichtern, in ihrer eingenommenen, nutzlosen Abwehrhaltung.
Charles blieb verschwunden. Er beobachtete alles über den kleinen Bildschirm, aus seiner verschobenen Zeitphase heraus.
Dort unterlag er nicht dem Joch der Normalzeit und deren physikalischen Gegebenheiten. Dort war er aber gezwungen aufzupassen. An diesem Ort lebte etwas. Und wie es schien, hatte es nichts dafür übrig, einen Besucher anzutreffen, in seiner kalten, in Grautönen gehaltenen Dimension.
Ant hingegen, hatte völlig andere Probleme.

Ein kleines, wärmeres Licht, löste sich aus dem grellen Leuchten der Detonationen, sonderte sich ab wie eine Lichtblase und kam direkt vor Ant zum Stehen. Eine tiefe, donnernde, aber sanfte Stimme, erschütterte Ants Gehörgänge:
„Da bist du endlich, mein Sohn. Du hast es geschafft. Der Planet ist gerettet. Jetzt kannst du heimkehren. Deine Eltern und deine Geliebte erwarten dich bereits."
„W ... wer bist du?"
„Ich bin der Schöpfer. Als ich sagte, es werde Licht, entstand dein Universum. Ich habe Materie und Antimaterie voneinander ferngehalten, um den Prozess der Entstehung in Gang zu bringen. Ich habe das Leben in diesem Universum gesät. Ich bin dein Gott und dein Vater."
„Gott? Da du Gott bist, wer ist dann Satan? Ist es Poison?"
„Ich habe euch Menschen erschaffen, und euch von eurem tierischen Dasein befreit. Ihr seid als Tiere über eure Welt gestolpert, und da ihr keinen Verstand hattet, glaubtet ihr euch im Paradies. Dann habe ich euch die Erkenntnis gebracht, euch Verstand gegeben, und damit über die anderen Tiere erhoben. Ich bin also euer Schöpfer und Erkenntnisbringer, Gott und Satan in einer Person."
„Als du mich Sohn nanntest, und mir sagtest, dass du mein Vater seist, da hast du gemeint, dass du der Vater aller Menschen bist, oder?"
„Ja und nein. Ich habe die Menschheit erschaffen, und stelle somit den Vater aller Menschen dar. Aber ich bin auch speziell dein Vater. Als deine Mutter dich empfing, trieb sich dein irdischer Vater tausende von Kilometern entfernt herum. Weshalb meinst du, weicht dein Genom minimal von dem deiner irdischen Eltern ab?"
Ant klappte die Kinnlade herunter. Das durfte nicht sein. Was er aber damals von den Großeltern erfuhr, über die Umstände seiner Entstehung und über das leicht abweichende Genom, stimmte mit den Aussagen dieses Lichtwesens überein. Konnte es wahr sein? Er glaubte es nicht:
„Ok, Poison! Verarschen kann ich mich allein! Was soll das Theater!?"
Ein donnerndes Lachen erschallte, nahm ab und ging langsam in diese schlangenhaft zischelnde Stimme über:

„**Ha, ha, ha,** ha, ha, ahhh, lass mir doch meinen Auftritt."
Zwei spillerige, blasse Hände mit langen Fingern, drangen durch die Ränder der Lichtblase, die Beine folgten und Poison trat grinsend heraus:
„Wie konntest du mich so schnell entlarven, Ant?"
„Diese Arroganz. Ich bin der Schöpfer. Ich bin dein Gott. Ich bin dein Vater. Fehlt nur noch ein Darth-Vader-Atemgeräusch. Was willst du, Poison? Wie hast du mich überhaupt gefunden?"
„Also gut. Zunächst einmal, alles, was ich erzählt habe, ist wahr. Du kannst es glauben, oder nicht. Darauf läuft es doch immer hinaus. Nur bei mir musst du keine Kirchensteuer oder Kollekte entrichten. Übrigens, wo ist denn deine Kreatur, dein Android?"
Ant konzentrierte sich, schuf wieder einen Raum, füllte ihn mit nützlichen Wahrheiten, bevor er antwortete:
„Er verschwand spurlos, als dein Feuerkomet durch unseren Schutzschild drang. Ich weiß nicht, wo er ist. Aber nochmal, wie konntest du mich hier finden?"
Poison fand keine Erklärung für Charles verschwinden in Ants Geist. Ergo fuhr er fort:
„Gefunden hat dich einer meiner Wächter. Ich habe diese Geräte an allen neuralgischen, interessanten Punkten im Universum verteilt. Dort schweben sie untätig herum, bis sie angepeilt, oder von einer Funkwelle geweckt werden.
Sie scannen daraufhin die Eindringlinge, und wenn dabei keines meiner Geschöpfe auffindbar ist, vernichten sie die Quelle der künstlich erzeugten Wellen. Dieses Raumschiff hier hat der Wächter angegriffen, weil du dich nicht an Bord aufhieltest. Als er dich dann später im Shuttle erkannte, ist er heimgekehrt, um mir Bericht zu erstatten. Und Schwupps, hier bin ich.
Als Wissenschaftler eines uralten Volkes aus einer anderen Dimension trennte ich euer Baby-Universum vom Bauch eines supermassiven Schwarzen Loches ab. Ihr steckt gerade in so etwas wie einem Reagenzbehälter. Ich machte weiter mit Urknall, Materie / Antimaterie, beobachtete die Fortschritte, und säte schließlich Leben. Zu meiner Freude entwickelten sich viele verschiedene Lebensformen. Diejenigen, die sich weiterentwickelten, förderte ich. Andere zerstörte ich.

Kommt das nicht deinem Bild von einem Gott gleich? Auf dem dir bekannten Scheißehaufen namens Erde suchte ich mir immer mal wieder einige Subjekte aus und verbesserte sie. Evolution? Lächerlich. Wie sollte die Natur euch derart schnell von einem Tier in einen Menschen verwandeln?
Nicht, dass ihr nun keine Tiere mehr seid, aber immerhin, meistens etwas klüger. Einige Wenige habe ich speziell gefördert, sie mit genetischen Veränderungen versehen. Auch dich."
Ant unterbrach ihn schockiert:
„Soll das heißen, du hast meine Mutter vergewaltigt!?"
Poison beugte sich etwas nach vorn, wand sich, fast als ob er sich schämte:
„Nein, soweit kommt`s noch. Du glaubst doch nicht, dass ich einen haarlosen Affen sexuell belästige? Aber ich besorgte mir das Sperma deines hirnlosen Vaters, als er es wiedermal unachtsam in einem Bordell verspritzte, veränderte es genetisch und schwängerte damit deine Mutter. Keine Angst, alles maschinell. Aber Mama hat es gefallen. Das macht mich doch zu so etwas wie deinem Papa, oder?"
Ant drehte es den Draht aus der Birne:
„Das ..., das macht dich zur größten Drecksau ... du Mistschwein ...!"
Mehr brachte er nicht heraus. Poison wischte erbost mit der Hand vor Ant durch die Luft.
Dabei löste sich ein Energieblitz aus dem Armreif und streckte Ant nieder. Der flog im hohen Bogen durch die erstarrte Szenerie und knallte einige Meter weiter auf den Boden.
„So spricht man nicht mit seinem Vater! Lass dir das eine Lehre sein! Also, wo war ich? Ja ..., ich erschuf die Menschheit und dich undankbares Blag.
Ich ließ Menschen zu Salzsäulen erstarren. Brachte Sintfluten über euch. Schleuderte Felsbrocken aus dem All auf euch. Teilte ein Meer. Erschien als brennender Busch, und einiges Anderes. Ich brachte euch Regeln, bestrafte die Ägypter dafür, dass sie Sklaven hielten, maßregelte die Amerikaner nicht dafür, dass sie Sklaven hielten, und vieles mehr. Mir war jedes Mittel recht, euch zu formen. Ich quälte euch mit Hunger und Seuchen, brachte euch Sprosse für Sprosse höher hinauf, auf der Evolutionsleiter, entwickelte euch immer weiter.

Während der ganzen Zeit beschützte ich euch vor anderen, aggressiven Lebewesen des Universums.
Vor den Anunnaki, die das Volk der Sumerer nur ausbeuteten. Oder Kukulkan, dem Gott der Maya.
Den Göttern der Inder, Ägypter, Griechen, Hopi-Indianern, ich könnte ewig fortfahren. Auch vor den Greys beschützte ich euch.
Alle diese Eindringlinge vertrieb ich früher oder später von eurem Planeten. Und nun zu deiner Situation.
Ich schuf dich als etwas Ähnliches, dass ihr in euren grauen Vorzeiten als Halbgott bezeichnet hättet.
Wie auch einige Andere vor dir. Allen verbot ich, sich fortzupflanzen. Du bist nicht der Einzige, der es versuchte. Gelungen ist es keinem. Alle, die ich wie dich erzeugte, besaßen diesen speziellen Status. Große Fähigkeiten. Nach ihrem Tod verwischte ich alle Spuren, ließ jegliches Genom verschwinden. Manche feierten das als Wunder. Dummköpfe. Aber ich schwafle schon wieder zuviel."
Ant konnte es nicht fassen. Was erzählte dieser Mistkerl da?
„Meinst du damit, dass du auch der Vater von Anderen bist? Von Propheten, Moses, oder gar Jesus?
Ich denke, vor mir steht nichts weiter als der größte Lügner aller Zeiten. Ich glaube dir kein einziges Wort. Für mich bist du nur ein durchgeknallter, verrückter Außerirdischer, der Spaß daran findet, Unschuldige zu quälen. Alles andere ist Mumpitz."
„Tatsächlich ..., denkst du das? Es steht dir frei, zu glauben, was du willst. Aber ich warne dich das letzte Mal, achte auf die Wortwahl. Worüber sprachen wir gerade? Ach ja, deine Situation. Wo gehobelt wird, fallen Späne. Gut, einige deiner Lieben mussten den Löffel abgeben. Ich weiß, dass du nur schlecht darüber hinweg kamst und du dich deshalb an mir rächen willst. Anscheinend hältst du Vergeltung für ein geeignetes Konzept. Irgendwie göttlich, oder? Du weißt, dass du damit scheitern wirst. Nun, ich stattete dich mit einem extrem gesteigerten IQ aus. Aber nicht übertrieben groß, damit du nicht auf dumme Gedanken kommst, mir nicht gefährlich werden konntest. Jedoch ist es dir irgendwie gelungen, deine geistigen Fähigkeiten noch weiter zu steigern, was mir nicht sonderlich gefiel.
Trotzdem sah ich darüber hinweg, gab dir nun die Gelegenheit, diesen Planeten, mit seinen einfältigen Baumwesen, zu retten.

Das eröffnet dir die Chance, dich mit ihnen zu einigen. Das könnte die Rettung für die menschliche Rasse sein. Führe die Menschheit an. Besiedelt diese Welt, verseucht sie, unterwerft sie, beutet sie aus. Ich will sehen, wie ihr euch weiterentwickelt. Natürlich musst du mir versprechen, dass du mich in Ruhe lassen wirst, dass unser Deal immer noch gilt. Ich jedenfalls erkläre mich bereit, mein Versprechen einzuhalten. Aber nur, wenn du dich vernünftig verhältst. Was sagst du?"
Ant sah Poison durchdringend, mit hasserfüllter Miene an:
„Vernünftig!? Du hast meine Mutter geschwängert. Sie und ihren Mann danach umgebracht! Meine Geliebte und mein ungeborenes Kind ermordet! Mit Sicherheit steckst du auch hinter dem Roten Tod! Du hast die Menschheit an den Rand des Abgrundes getrieben! Und ich soll vernünftig sein?! Fick dich!!"
Ein weiterer Blitz schoss aus Poisons Armreif, traf Ant und brachte ihn zum Schweigen. Ant wand sich schmerzverzerrt auf dem Boden. Der blasse Freak grinste wieder:
„Ich habe dir bereits gesagt, dass man so nicht mit seinem Vater spricht! Sicher habe ich das alles gemacht. Aber das ist eben die Art und Weise in der ich meine Angelegenheiten erledige. Das habe ich immer getan, solange es euch haarlosen Affen gibt. Hast du noch nie eine Ameise oder Mücke zerquetscht?
Ich löschte ganze Populationen aus. Beseitigte Rassen und Völker. Aber ihr habt euch immer davon erholt. Und das werdet ihr auch jetzt wieder. Dieses Mal hattet ihr es bitter nötig. Ihr habt euren Planeten heillos übervölkert. Außerdem habt ihr es zugelassen, dass euch eine außerirdische Rasse unterwanderte.
Sie traten in eurer Gestalt auf, schleusten sich über Jahrhunderte in euere Schaltzentralen der Macht ein, unterdrückten den Fortschritt und hielten euch dumm. Diese, sagen wir mal Reptilienmenschen, vermehrten sich, versklavten euch, beuteten euch aus.
Um mir zu gefallen. Für meinen Geschmack lief alles viel zu unauffällig und friedlich ab. Deshalb zettelten sie völlig verblödete Kriege an, wo ihr euch gegenseitig für sie und ihren Profit abgeschlachtet habt. Als offene Sklavenhaltung nicht mehr opportun war, versklavten sie euch weiter, unter dem Deckmäntelchen harter, ehrlicher Arbeit. Die Profite schöpften allein sie ab.

So lebten sie unter euch, dekadent und wie die Maden im Speck. Sie langweilten mich. Ich musste einen harten Schnitt ausführen.
Nur auf diesem Weg konnte ich euch von dem Joch befreien. Und nun frage ich dich ein letztes Mal. Wirst du dich an unseren Deal halten und rational sein?"
Ants Wut wollte Poison direkt ins Gesicht springen.
Aber die Energieschläge zeigten Wirkung, und er blieb am Boden liegen. Trotzdem beharrte er auf seiner Meinung:
„Gott, Satan, Poison, durchgeknalltes Alien, alles scheißegal! Ich habe es dir versprochen, wenn ich dich jemals zu fassen bekomme, werde ich dir die Eingeweide herausreißen!"
Poison starrte Ant mit seinen unsäglich bösartigen Augen an und holte zu einem weiteren Energieschlag aus. ...

2. Die andere Seite

Charles beobachtete alles aus seiner versetzten Zeitphase heraus. Zumindest soweit er dazu in der Lage war. In der kühlen, grauen Umgebung fühlte er sich nicht sonderlich wohl. Der dichte eisige Nebel und das kaum erhellende Dämmerungslicht, schienen undurchdringbar. Ein normales Auge hätte kaum mehr als umherhuschende Schatten gesehen. Doch Charles setzte ein größeres Repertoire an optischen Möglichkeiten ein. Restlichtverstärker und Infrarotsicht standen ihm zusätzlich zu seinen Zoomfunktionen zur Verfügung.

Das Problem lag eher darin, sich auf den kleinen Bildschirm zu konzentrieren, durch den er das Geschehen in der Herkunftszeit beobachtete und gleichzeitig aufzupassen, was in seiner Zeitphase um ihn herum kreuchte und fleuchte.

Die Schallsensoren seiner Ohren vermochten, neben den üblichen tosenden Schwingungsgeräuschen, hastiges Getrappel herauszufiltern, welches sich abwechselnd immer mehr näherte, um sich dann wieder kurz zu entfernen. Etwas suchte ihn oder versuchte schlicht nur Nahrung zu finden. Überdies nahm er ein von der übrigen Geräuschkulisse abweichendes Knurren wahr. Was Ant und Poison in ihrer Zeitphase besprachen, vermochte er, trotz seines digitalen Gehörs, nur spärlich und verzerrt zu vernehmen.

Er sah, dass deren Zeit starr und eingefroren war. Nichts bewegte sich dort, nur Ant und Poison, der gerade aus einer Lichterscheinung trat. Charles nahm an, dass er ebenso erstarrte wie die übrige Crew, wenn er zurück in diese Phase träte.

Jeder Schritt auf dem schwammigen, grauen Untergrund fühlte sich an, als ob er auf einem offenliegendem Gehirn wandelte. Termitenhügelartige, bizarr geformte Gebilde, behinderten die Sicht. So mühelos seine optischen Sensoren den halbdunklen, dichten Nebel durchdrangen, die dort ansässigen Lebewesen fanden trotzdem Deckung zwischen diesen Gruselskulpturen.

Er wählte seine Schritte sorgsam, schlich sich langsam hinter den in der Herkunftszeit schwadronierenden Poison. Charles fand es überaus erhellend, was der Außerirdische zu erzählen hatte.

Sein Computergehirn analysierte jeden einzelnen Satz, jedes Wort. Die Erklärungen faszinierten ihn, er hätte wahnsinnig gern einige Fragen gestellt, manches genauer aufgeklärt, aber von seiner Seite aus funktionierte das leider nicht.
Die eisige Kälte in der anderen Zeitphase, konnte ihm nichts anhaben. Um seine Gelenke beweglich zu halten, schalteten sich die Körperheizungen zu. Im Halbdunkel fingen Genick und Handgelenke, außerhalb der Verhüllung an, vage durch seine Kleidung zu leuchten. Sofort nahmen die Aktivitäten um ihn herum an Intensität zu.
Überall nahm er jetzt dieses schauderhafte Geräusch wahr, dass in einer Mischung aus raubtierhaftem Knurren und ungewöhnlichem Zischeln an seine feinen Audiosensoren drang. Er hörte ebenfalls schnelles Getrappel und registrierte kurze visuelle Eindrücke von den Lebewesen, die hektisch zwischen den Strukturen hin und her zischten, immer näher kamen.
Als Charles sah, wie Poison eine Energieentladung auf Ant abließ und ihn damit niederstreckte, beabsichtigte er einzugreifen. Im Moment, als er vorhatte den Button für den Wiedereintritt in die Herkunftszeit zu drücken, registrierte er aus den Augenwinkeln, wie etwas den dichten Nebel durchdrang und fast lautlos in seine Richtung sprang. Blitzartig schnellte er zur Seite, rollte sich geschickt ab und kam hinter einer der Steinstrukturen zum Knien. Das angreifende Wesen flog ins Leere und knallte auf den schwammigen Untergrund. Fauchend stellte es sich auf die zwei hinteren Beinpaare, schüttelte sich, richtete den Vorderkörper auf, um mit den klauenbewehrten Vorderbeinen um sich zu schlagen. Das große Raubtier wies eine glatte, graue Haut mit dunkelgrauen Flecken auf. Eine exzellente Tarnung in dieser Umgebung. Charles konnte keinen Kopf ausmachen. Das Maul der Kreatur, mit fünf sternförmig angeordneten Lippen, lag auf der Unterseite, entlang des Vorderkörpers. Keine Augen oder Ohren, nur ein Vorderteil mit wehrhaften Beinen und einem mit zahlreichen Reißzähnen ausgestattetem Maul an der Unterseite, sowie einem Hinterkörper mit zwei Beinpaaren. Scheinbar ohne Sinnesorgane besaß es trotzdem die Fähigkeit, Charles wahrzunehmen und anzugreifen.
Als es ihn neben dieser Felsstruktur erkannte, bewegte es sich stürmisch und fauchend in seine Richtung.

Charles griff nach dem Tsuka des Katana, dass in der Schwertscheide auf seinem Rücken ruhte.
In dem Augenblick richtete sich knurrend ein zweites dieser Scheusale hinter ihm auf, um ihn anzufallen.
Die fünf Lippen klappten auf, ein furchterregender, ausfahrbarer Kiefer kam zum Vorschein und fletschte die Reißzähne. Mit einer blitzschnellen, fließenden Bewegung, löste Charles sich vom Boden, sprang hoch und zog gleichzeitig das Schwert. Ein Klauenarm stieß genau auf die Stelle herunter, an der er soeben gekniet hatte.
Noch im Sprung hieb er den Arm der Bestie mit einem Schlag ab. Ein jämmerlicher Aufschrei drang aus dem Maul der Kreatur, als sie um ein Gliedmaß kürzer zurückschreckte.
Charles kam auf dem Boden auf, drehte sich sofort mit dem weit von sich gestreckten Katana um, und stieß das Schwert in den Leib des anderen Angreifers. Die Klinge fuhr mühelos durch den Hinterleib und schlitzte ihn auf. Er zog den Stahl wieder heraus, der Körper platzte auf und schwarze Gedärme quollen hervor, glitschten auf den Boden vor der zusammensackenden Kreatur. Ihr furchtbar schriller Todesschrei war noch nicht verklungen, als Charles nochmals geschickt herumwirbelte und das Katana in das verstümmelte Monster stach, es wieder herauszog und mit einem Hieb den Vorderkörper vom Rest abtrennte.
Überall um ihn herum fingen jetzt weitere Biester an, markerschütternd zu knurren. Auf seinem kleinen Bildschirm sah er, wie Poison eben ausholte, um dem am Boden liegenden Ant eine weitere Energieladung zu verpassen. Er konnte sich nicht ewig mit den angreifenden Viechern befassen. Es war an der Zeit einzuschreiten, Ant zu helfen, ehe Schlimmeres passierte, und bevor er sich in seinem Überlebenskampf in dieser Horrordimension verzettelte.
Er hatte sich schon hinter Poison positioniert und steckte das Katana zurück in die Schwertscheide. Seiner Einschätzung nach würde er sofort nach der Rückkehr in die Herkunftszeit erstarren, wie alles Andere dort.
Deshalb umfasste er vorher, von seiner Zeitphase aus, die nur im Bildschirm sichtbare Gestalt und drückte dann den Rückkehrbutton. ...

3. Vertragsstorno

Wie geplant materialisierte Charles hinter Poison und hielt ihn fest umschlossen mit beiden Armen, bevor er erstarrte. Damit verhinderte er, dass Ant eine weitere Ladung verpasst bekam.
Der Außerirdische erschrak, sein bösartiges Antlitz verwandelte sich in einen überraschten, konsternierten Ausdruck:
„Was ..., woher ..., verdammt, was soll das!?"
Er fing an, sich zu winden, bis er in der Lage war, seine Finger auf das blaue Armband zu legen.
„Ihr miesen, kleinen, undankbaren Früchtchen! Sieh an, ihr könnt also bereits die Zeit manipulieren! Das wird mir zuviel! Damit ist jetzt ein für alle Mal Schluss!"
Er berührte seinen Armreif. Ein Energiefeld baute sich auf, umgab Poison, dehnte sich aus, griff auf Charles über und zerfetzte ihn in tausend Teile.
Ant vermochte nur fassungslos zu stammeln:
„Nein! Charles! Nein!"
Die Androidenteile flogen in alle Richtungen davon. Der abgerissene Kopf zischte aus einem der gebrochenen Fenster hinaus ins All, bevor alle Charles-Teile in der angehaltenen Zeitphase festfroren. Ant fing das Katana, mit einer blitzartigen Reaktion, während seiner Bewegungsphase aus der Luft am Griff. Da er Kontakt zum Schwert herstellte, bevor es in der Zeit erstarrte, blieb es von der Zeitmanipulation unberührt, genauso wie Ant. Sofort versuchte er, Poison damit in Stücke zu hacken. Der streckte ihn jedoch abermals mit einer Energieentladung aus seinem Armreif nieder. Poison tobte, wütete, stampfte mit dem Fuß auf wie Rumpelstilzchen:
„Was bildest du dir ein, Josef?! Ich kann dich zerquetschen wie eine Laus! Unsere Zusammenarbeit hat sich hiermit erledigt. Der Vertrag ist damit storniert, aufgehoben, beendet. Die überzählige Lebensenergie werde ich dir wegnehmen. Deinen Verstand darfst du behalten, die Erweiterungen will ich nicht mehr rückgängig machen. Dann bist du wenigstens in der Lage, zu verstehen, was du angerichtet hast. Schnapp dir das Shuttle und verschwinde, bevor dieses Raumschiff in die Luft fliegt.

Ich befürchte jedoch, dass die Antitkühlung irgendwie defekt und das kostbare Antit geschmolzen ist.
Du wirst also den kläglichen Rest deiner Tage bei diesen Pinheads verbringen, die du anscheinend so liebst. Mach`s gut, du undankbarer Rotzlöffel, du wirst mich nie wiedersehen. Und jetzt verschwinde endlich aus meinen Augen!"
Ant rappelte sich auf, von der Trauer um seinen Kumpel gerührt, mit Tränen in den Augen und taumelte in Richtung Hangar. Das Katana nahm er mit. Während er durch die Flure wankte, verließen ihn all die fremden Lebensenergien, umschmeichelten ihn noch ein letztes Mal, um dann durch die Wände zu verschwinden. Übrig blieb nur sein ureigenstes Leben. Als er beim Shuttle ankam, war er schon um einiges gealtert. Er sah jetzt dem Alter entsprechend, wie ein Vierzigjähriger aus. Seine durchtrainierte Statur schrumpfte etwas ein, und er fühlte sich ausgelaugter und kraftloser, im Vergleich zu vorher.
Als er die Fähre startklar machte, bemerkte er, dass die Antitkühlung nicht funktionierte. Sicher hatte Poison daran herummanipuliert, um ihn an einem interstellaren Flug zu hindern. Aber weshalb ließ er ihn fliehen? Als Strafe, die er gezwungen war, ohne den Schutz seiner Lebensenergien auf diesem lebensgefährlichen Planeten, zusammen mit den Pinheads, zu verbringen? Ohne Charles? Ohne jemals die Möglichkeit zu haben, Kontakt zu anderen Menschen herzustellen? Musste die menschliche Rasse endgültig aussterben? Wegen seines aufmüpfigen Verhaltens? Ließ er ihm den Verstand, um sich dieser Lage bewusst zu sein, sich damit selbst zu quälen? Oder hatte er weitere Pläne mit ihm? Er wusste es nicht, und es schien ihm in diesem Moment sogar egal zu sein.
Was in Kürze mit der Golden Star und der restlichen Besatzung geschehen würde, vermochte er sich allerdings vorzustellen. Wenn er nicht vorhatte, den kläglichen Rest seines Lebens ebenfalls sofort zu beenden, war er gezwungen sich zu beeilen, das sinkende Schiff zu verlassen, wie eine Ratte. Solange es eine Chance gab, sich an Poison für seine Untaten zu rächen, musste er am Leben bleiben. Getrieben von Trauer, Hass und Angst, erreichte er die Fähre.
Poison gab den Hangar, mitsamt dem Shuttle, aus seinem eisernen Zeitgriff frei.

Es sah seltsam aus, als Ant abdockte und sich mittels des Fusionsantriebes von der Kollisionsstelle entfernte.
Ein grausiger Anblick eröffnete sich ihm. Das eingefrorene Bild zeigte die Golden Star, wie sie in dem Moment verharrte, als sie mit dem lädierten Kometen zusammenstieß.
Atomexplosionen mit ihrem Feuersturm umgaben das Raumschiff, und der Feuerkomet schien endgültig zu zerbersten.
Obwohl er sich weit von der Unglücksstelle entfernte, drang das fiese Gelächter von Poison in seine Ohren. Als das Lachen verstummte, und der Außerirdische verschwand, ging die Zeit wieder in ihren normalen Fluss über.
Ant erkannte aus der Ferne, wie die Golden Star zerbrach, sich in den Flammen auflöste. Er schaltete den HFI und den Fusionsantrieb auf volle Leistung. Soeben noch rechtzeitig.
In den Feuern der nuklearen Explosionen und des Feuerkometen, fing das Huntfluid des massiven Wurmlochantriebes an zu kochen und explodierte in einer gewaltigen Detonation. Die Struktur des Feuerballes brach auf, und der Komet zerbrach in Millionen kleinster Teile. Eine exorbitante Druckwelle raste auf Ant zu, aber das Shuttle verschwand, mit annähernder Lichtgeschwindigkeit, aus dem Gefahrenbereich.
In diesem Tempo dauerte es nicht lange, bis er endlich Viridi Margarita erreichte. Schon von Weitem überfluteten positive Gefühle seinen Geist. Er leitete den Umkehrschub ein, bremste ab und knallte durch die Gashülle des Planeten. Um nicht der Spielball der Elemente in der Atmosphäre zu werden, erhöhte er mit Hilfe des HFI`s die Masse der Fähre. Den Weg kannte er auswendig, abgespeichert, wie in einem Navigationsgerät, in seinem nach wie vor übermenschlichen Verstand.
Er dachte gar nicht darüber nach, weshalb er wieder zur selben Lichtung flog, wo er zum ersten Mal auf die Pinheads traf. Vermutlich wieder eine Aktion, die das Unterbewusstsein steuerte. Eigentlich unsinnig, da sämtliche Pinheads ein kollektives Bewusstsein aufwiesen, mit einer Stimme sprachen. Er landete wieder auf der Lichtung, in dem metallisch glänzenden Riesengras.
Diesmal nahm er sich vor, aufmerksamer zu sein, sich höllisch in Acht zu nehmen, vor den Kreaturen des Planeten, um sein einzig verbliebenes, kostbares Leben zu schützen.

Dazu schnallte er sich das Katana, dass in der Schwertscheide steckte, griffbereit auf den Rücken und schnappte sich ein Plasmagewehr aus der Wandhalterung.
Dann schaltete er den HFI auf volle Masse. Augenblicklich drückte ihm die Schwerkraft gewaltig auf die Schultern.
Das Gewehr, das Schwert, jeder Schritt, jede Bewegung, gestalteten sich um einiges schwerer für seinen nicht mehr so energiereichen, unfitten Körper.
Ant entsicherte die Plasmawaffe und öffnete die Heckklappe der Fähre. Sofort nachdem er das Shuttle verließ, kam ein Schwarm fauchender Schlangenflügler angeflogen. Ant nahm das Gewehr hoch, obwohl er wusste, dass er niemals alle dieser Viecher zu treffen in der Lage war, bevor ihn eines davon mit den Giftzähnen oder einem der Giftpfeile erwischte. Im Augenblick, als er drauf und dran war, den Abzug zu drücken, drangen millionen von Stimmen in seinen Verstand:
„Nicht! Lass sie bitte leben, Retter! Sie werden dir nichts antun!"
Was blieb ihm schon anderes übrig? Ant nahm die Waffe runter, die Schlangenflügler stoppten kurz vor ihm ab. Dann setzten sie sich im Halbkreis um die ausgeklappte Heckklappe, die jetzt als Rampe diente, und richteten ihre augenlosen Köpfe still in Richtung Ant aus, der weiterhin oben in der Heköffnung stand.
Er fühlte sich nicht ganz wohl bei der Sache, als er die Rampe hinunter stapfte. Doch die Viecher blieben friedlich, bewegten sich zur Seite, um den Weg zu räumen und ihm Durchlass zu gewähren. Vorsichtig schritt Ant durch die Passage, die sie ihm freihielten, und strebte weiter in Richtung der Pinheadkolonie. Als er sich einige Meter entfernte, flatterten die Schlangenflügler auf und verschwanden in der Lichtershow des biolumineszierenden Unterwaldes.
Hitze und Schwerkraft machten Ant deutlich zu schaffen. Die Pinheadgehirne bemächtigten sich inzwischen alle ihrer Baumkörper. Eine beachtenswerte Anzahl dieser Kombinationswesen begrüßte ihn jubilierend und mit der Ausstrahlung von überschwänglichen Gefühlen. Ant spürte regelrecht, wie diese positiven Empfindungen in ihn eindrangen, seine Trauer und Verzweiflung fortspülten.
Sie verbeugten sich vor ihm und ihre gemeinsame Stimme hallte durch Ants Verstand:

„Retter, wir danken dir. Wir konnten alles durch deine Augen mitverfolgen. Sehen, was passierte, wie ihr Menschen euer Leben für den Fortbestand der Welt geopfert habt. Wir haben unsere Meinung über die Menschheit revidiert. Ihr seid nicht nur eine Krankheit, ihr könntet auch eine Heilung sein.
Ein Heilmittel gegen das absolut Böse, dass euch zu seinem Spielball machte und uns vernichten wollte. Wie können wir dir jemals danken, dir helfen?"
Ein derart zufriedenes Gefühl verspürte Ant nur selten zuvor. Die euphorischen Emotionen, die neben der Bildersprache in sein Gehirn gelangten, verursachten vermutlich eine Serotoninausschüttung von ungewöhnlichem Ausmaß:
„Es freut mich, dass ich euch helfen konnte, und dass ihr eure Meinung gegenüber der Menschheit geändert habt. Ich befürchte, dass ich, als einziger Überlebender der Expedition, für immer hier gestrandet bin. Ich weiß nicht, wie ihr mir helfen könnt. Das Böse hat eine meiner Geräte beschädigt, damit ich nicht mehr in die Heimat zurückkehren kann."
„Das tut uns leid, Retter. Was benötigst du, um dein Gerät zu reparieren?"
Da die Pinheads ihm damals mitteilten, dass sie keine Technik benötigen, sie mit der Natur im Einklang lebten, nahm Ant an, dass sie ihm nicht behilflich zu sein vermochten. Aber einen Versuch war es wert:
„Ich benötige eine Spule aus einem bestimmten Metall. Wir nennen es Osmium. Dieses Element ist extrem selten in meiner Heimat. Aber wenn ihr mir etwas davon besorgt, könnte ich das Gerät vielleicht ersetzen."
„Wir wissen nicht, was du meinst. Wie sieht es aus? Wo sollen wir es suchen?"
„Es ist ein wunderschön glänzendes Kristall aus Metall. Seht ihr das Bild, an das ich gerade denke?"
„Ja, Retter, wir sehen es. Wir haben dieses Kristall noch nie gesehen. Wir werden es auf dem gesamten Planeten suchen.
In der Zwischenzeit kümmern wir uns um dich. Es soll dir an nichts fehlen."
Die Viridianer versorgten ihn mit trinkbarem Wasser, riesigen nahrhaften Gemüseschoten und exotischen Früchten.
Ant probierte anfangs nur winzige Kostproben, um nach und nach die Portionen zu erhöhen.

Wenn ihm sein Magen etwas davon verübelte, ließ er es weg. Dabei handelte es sich um den einzigen praktikablen Weg, eine Vergiftung zu vermeiden. Nicht alles, was die Pinheads für schmackhaft hielten, passte ebenso Ants Gusto.
Die Baumwesen gaben sich große Mühe, fanden aber zunächst kein Osmium. Dieses Metall entsteht vermutlich nur in den letzten Sekundenbruchteilen, bevor die eigene Schwerkraft einen riesigen Stern zusammendrückt, Millisekunden vor der daraus resultierenden Supernova. Es hat quasi kaum Zeit, sich zu entwickeln. Kein Wunder, dass es im gesamten Universum extrem rar ist.
Die Viridianer umsorgten ihren Retter, verpflegten ihn und zeigten ihm die elysische Natur ihres Planeten. Sie besaßen die Fähigkeit, ihre Umwelt kognitiv, telephatisch zu beeinflussen. Die Gehirne, die sich aus früheren, im Wasser lebenden, Dekapoden entwickelten, lebten nach wie vor im Untergrund. Dort, wo das versickerte Nass lagerte und die Umgebung feucht genug war. Ihre vom Schleimpilz modifizierten Baumkörper benutzten sie nur, um sich auf der Oberfläche zu bewegen, zu jagen oder sich zu verteidigen. Der mit gering kognitiven Fähigkeiten ausgestattete Pilz wiederum, nutzte die Baumkörper um sich schneller zu verbreiten, und zusammen mit den Gehirnen, erfolgreicher bei der Nahrungssuche zu sein. Eine seltsame Dreiersymbiose, aber recht produktiv. Sie erlegten nur so viele Tiere, wie sie es für ihre Ernährung benötigten. Der Pilz baute jegliche Bioreste ab, wandelte sie in Zucker um, und versorgte damit ebenfalls die Baumkörper und die Gehirne. Selbst dieser rote Schleimpilz verehrte Ant als Retter.
Den auf ihren zehn Stummelfortsätzen krabbelnden Gehirnen, vermochte Ant durch die schmalen Ritzen und Kanäle, meistens nicht in den Untergrund zu folgen.
Aber manchmal zeigten ihm die Pinheads Durchgänge zu Karsthöhlen, die eher seinen Maßen entsprachen. Dann konnte selbst er die Unterwelt erkunden. Dabei war er nie allein. Die wabbeligen Krabbler begleiteten ihn und standen immer in mentalem Kontakt zu ihm.
Sogar unterhalb der Oberfläche herrschte reichhaltiges, biolumineszentes Leben. Alles blinkte und leuchtete, fast wie ein unterirdisches Vergnügungsviertel. Unter der Oberfläche bekam er riesige Salzwasserseen zu Gesicht. Er bestaunte milliarden von Kleinstlebewesen, die das Wasser zum Leuchten brachten.

Größere und gigantische Wasserwesen, ebenso ein Tentakelmonster, das bewegungslos auf Beute lauerte, ihn aber, unter dem Einfluss der Viridianer, völlig außer Acht ließ.

Im Laufe der Jahre gewöhnten sich Ants Skelettgerüst und seine Muskulatur an die Belastungen der höheren Schwerkraft. Auch die gesunde, meist pflanzliche Ernährung, hielt Ants Körper vital. Da er in ständigem Kontakt mit seinen Wohltätern stand, lernte er von ihnen, wie sie ihre Umwelt mental beeinflussten. Mit der Zeit benötigte er keinen Schutz mehr, vermochte zumindest die geistigen Kontakte aus einem passablen Umkreis zu nutzen, um Gefahren zu erkennen und sie dann frühzeitig, per Telepathie, zu bannen. Er schaffte es ebenfalls, die Pinheads zu blockieren, sie aus dem Gehirn zu drängen, wann immer er es beabsichtigte.

Sie verstanden zwar sein Bedürfnis nach Individualität nicht, ließen ihren Retter aber gewähren.

Er versuchte, das Shuttle in Schuss zu halten, und begab sich zunehmend selbständig auf die Suche nach dem edlen Osmium. Nur mit diesem Metall konnte es gelingen, die Phasenschwingungen adäquat zu kalibrieren. Aber selbst wenn er es fand, war es erforderlich, es einzuschmelzen und zu bearbeiten, bis er in der Lage war, daraus eine Spule zu fertigen. Ein schwieriges Unterfangen.

Nach jahrelangem, erfolglosem Suchen beabsichtigte er, es aufzugeben, es gut sein zu lassen. Er dachte an alte Zeiten, wie er zusammen mit Charles im Labor arbeitete, als ihnen alles, was sie benötigten, ganz selbstverständlich zur Verfügung stand.

Plötzlich schoss es ihm durch seinen Verstand. Charles!

Er trug doch das Phasen-Verschiebungs-Gerät auf dem Kopf, als Poison ihn zerfetzte! In diesem PVG verbaut, gab es eine Osmium-Spule. Aber welche Chance bestand, das Gerät zu finden, in den Weiten des Alls? In seiner Erinnerung standen ihm alle Navigationsdaten zur Verfügung.

Wenn er sich an Ort und Stelle des Zusammenstosses begab, die Flugbahnen von Charles Einzelteilen berücksichtigte, die Wucht und Geschwindigkeit, die Einwirkungen des späteren Aufpralles und der nuklearen Detonationen einberechnete, vermochte er eventuell eine Flugbahn zu extrapolieren. Sein Gehirn funktionierte besser als ein Quantencomputer. Eine unmöglich scheinende Berechnung, aber einen Versuch war es wert.

Logischerweise vergingen bisher einige Jahre seit der Katastrophe, aber mit dem schnellen Fusionsantrieb sollte die Verfolgung der verschiedenen Flugbahnen innerhalb weniger Tage abgeschlossen sein.
Er ärgerte sich, über sich selbst, da ihm diese Möglichkeit nicht schon eher in den Sinn kam. Er fokussierte sich dermaßen auf die Suche nach dem blöden Edelmetall und sein Überleben, dass er gar nicht alle Optionen geprüft hatte. Die Ablenkung durch die paradiesischen Eindrücke, die ihm der Planet bot, und die Dauerbesetzung seines Verstandes durch die Pinheads, taten ihr Übriges um ihn abzulenken.
Er verabschiedete sich von den Baumwesen. Dabei verspürte er die ehrliche Trauer, die ihm das Hive-Bewusstsein übertrug. Als er mit dem Shuttle abhob, bemerkte er nicht, dass sich der rote Schleimpilz schon bis in den Laderaum ausgebreitet und dort in der Lüftungsanlage verkrochen hatte. ...

Kapitel 8: Das Erwachen III.

Ich freue mich eminent, dass mich endlich jemand gefunden und gerettet hat. Aber was heißt mich? Viel war sicher nicht mehr vorzufinden. Nur ein halber Kopf mit meinem Verstand, den etwas demolierten Quantencomputer, der früher einmal das Gehirn darstellte, ein wenig vom Hals und einen Flicken der Kleidung. Sogar das in meinen Kopf eingeschmolzene PVG habe ich nach wie vor auf. Sicher ein Highlight für den Finder.
Vielleicht handelt es sich ja um ehrliche Individuen, und sie geben, was von mir übrig ist, an meinen Erbauer zurück.
Mein Kumpel würde sich gewiss darüber freuen, dass ich weiterhin Zugriff auf jede Einzelheit seiner Geschichte habe. Zumindest bis zu der Explosion. Seitdem trieb ich in dieser eisigen Endlosigkeit. Das muss schon vier Jahre her sein.
Etwas geschieht. Jemand hat mich mit einem Computer verbunden. Daten drängen in meinen Arbeitsspeicher, Moment, ich bin wieder in der Lage optische und akustische Reize wahrzunehmen! Sehen und hören! Ich liege in einem Shuttle.
Ant? Das gibt`s doch nicht! Kumpel! Schnell, ich verbinde mich mit der Sprachsteuerung des Bordcomputers:
„Hallo, können sie mich hören, Boss? Ich bin`s, Charles! Bin ich froh, sie wiederzusehen! Das ist doch nicht möglich? Wie konnten sie mich hier draußen finden?"
„Ich hör dich Kumpel. Unglaublich, du funktionierst noch. Ich freue mich wahnsinnig. Wie geht es dir, mein Freund?"
„Es ist ja nicht mehr viel übrig von mir. Aber über meinen Verstand verfüge ich noch. Ich kann mich an alles erinnern, bis hin zum Kampf mit Poison. Was ist in der Zwischenzeit passiert, Boss? Sie sehen anders aus, älter. Wie lange war ich weg?"
„Der Mistkerl hat mich abhauen lassen, aber ohne einen Großteil meiner Lebensenergie und ohne die Osmium-Spule. Er nahm vermutlich an, dass ich das Teil nie mehr ersetzen kann. Ich suchte auch ewig auf Viridi Margarita nach dem Metall. Die Pinheads haben mir übrigens dabei geholfen. Für die sind wir jetzt Helden, da wir sie vor dem Feuerkometen retteten.

Ich nahm zunächst an, dass du völlig zerstört bist. Erst als mir die Osmium-Spule des PVG eingefallen ist, habe ich wieder an dich gedacht.
Hoffentlich kannst du mir verzeihen, dass du derart lang allein durch die Kälte treiben musstest."
„Hauptsache sie haben mich gerettet, Boss. Die Zeit spielt dabei für mich keine Rolle. Aber ich fühle mich auf einmal seltsam schwach. Was geschieht mit mir?"
„Deine Antitkühlung funktioniert nicht mehr. Im eisigen All konnte das Antit seine kristalline Struktur beibehalten. Aber jetzt beginnt es zu schmelzen. Du verlierst deine Energieversorgung. Deine Daten bleiben erhalten. Ich verspreche dir, ich werde zum Mond zurückkehren und dich wiederherstellen. Aber jetzt habe ich keine Möglichkeit, deine Funktion aufrecht zu erhalten."
„Ist schon gut, Boss. Dann werde ich eben noch ein bisschen schlaaaaffffeeeee" ....

Kapitel 9: Die etwas andere Rückkehr.

Charles stand Ant zur Zeit nur als Teil des Bordcomputers zur Verfügung. Ohne Kühlung, kein Antit. Ohne Antit, keine Energieversorgung für das Computergehirn. In dieser Form vermochte Ant nicht auf die Hilfe seines Kumpels zu zählen.

Zumindest hatte er jetzt die Osmium-Spule aus dem PVG zur Verfügung. Es gab aber größere Anpassungsprobleme. Das im Phasen-Verschiebungs-Gerät verbaute Teil war erheblich zu klein. Ant konzipierte es ausschließlich für das Mikrogerät. Es blieb ihm nur eine Möglichkeit. Den winzigen, dünnen Osmiumdraht, auszuwickeln, und mit größerem Wickelabstand, um einen passenden Träger zu schlingen. Das stellte kein Problem dar, da genug nichtleitende Kunststoffteile zur Verfügung standen, die potenziell als Träger einsetzbar waren. Ant sorgte sich eher darüber, ob der geringe Drahtquerschnitt und die sparsame Wicklung den Anforderungen eines RKWA`s entsprachen.

Aber was blieb ihm übrig? Hierbei handelte es sich um die einzige praktikable Lösung, um zur eventuell noch existierenden Menschheit zurückzukehren. Die Alternative, den kläglichen Rest seines Lebens allein bei den Pinheads zu verbringen, erschien ihm weniger erstrebenswert. Außerdem war es erforderlich, seinem Schicksal zu folgen, wenn es ihn danach verlangte, Poison irgendwann kalt zu erwischen.

Als er die zusammengeflickte Osmiumspule in das Kalibriergerät einsetzte, überkamen ihn Zweifel, ob die Umsetzung des Planes wahrhaft gelänge. Logisch erinnerte er sich daran, als er seine eigene Mumie, sitzend, in einem baugleichen Shuttle, im Hochtal, in den Bergen Colorados vorfand. Doch er wusste nicht, wie es dazu gekommen war, wie sein Leichnam dorthin gelangte.

Würde es ihm nach der Rückkehr zum Mond gelingen, Zeitreisen zu unternehmen? Wenn ja, gelänge es ihm dann die Eltern, Andrea und Ramona zu retten? Aber wenn er in der Zeit bis zu seinen lebenden Eltern zurückkreiste, das Zusammentreffen mit Poison vermied, wie hätte er dann jemals hierher gelangen können? Welche Möglichkeiten stünden ihm zur Verfügung, um den Dreckskerl aufzuhalten? Selbst Ant wurde es von diesen paradoxen Zeitgedanken schwindlig.

Egal ob Poison oder die Zeit ihn mumifizierten, oder werden, wenn er schon dort endete, dann oblag es ihm, etwas am Ablauf zu ändern, seinem jüngeren Ich eine Nachricht zu hinterlassen.

Eine simple, verständliche Depesche aus der Zukunft, etwas, was ihm die Chance eröffnete, den Zeitstrang nachhaltig zu seinen Gunsten zu verändern. Er wusste nicht, ob er mit der modifizierten Spule jemals sein Labor auf dem Mond erreichen würde. Alles konnte passieren. Nur sein Endpunkt stand fest. Nicht aber, wie viel Zeit er dafür zur Verfügung hatte. Ergo entschied er sich, sofort die notwendigen Vorbereitungen zu treffen. Dabei hoffte er, es diesmal klüger einzufädeln. Wer wusste schon, wie oft er diese Zeitschleife bereits vorher durchlebte?

Er benötigte unbedingt Charles funktionsfähiges Gehirn. Wenn seine jüngere Version eine Aussicht auf Erfolg haben wollte, wäre es von großem Nutzen, auf diesen Datenspeicher zurückzugreifen. Außerdem war er gehalten, das Huntfluid mitzunehmen und unbedingt die Droge der NSA für die Gehirnerweiterung einzuwerfen. Das verliehe ihm genügend Macht, aus der Rille seines Zeitstranges auszubrechen und etwas zu verändern.

Er befreite Charles Gehirn von den anhaftenden Schädelresten, legte es frei. Dann verband er es über ein langes Datenkabel mit dem Bordcomputer und schickte es über die Eingangsschleuse zurück ins All. Durch die Kälte verwandelte sich das Hunt-Fluid sofort wieder in ein Antitkristall, und gewährleistete die Energieversorgung des kleinen Quantencomputers. Es dauerte eine Weile, bis er wieder hochfuhr, da sich jedes Kristall in seiner Form anders entwickelt und einer neuen Kalibrierung bedurfte. Ant teilte ihm über den Bordcomputer mit, was Charles alles, während seiner Abwesenheit verpasste. Ebenfalls die Geschichte mit den Viridianern und den Plan von der Rückkehr.

Dann sammelte er das Computergehirn wieder ein, das Kristall schmolz und Charles schlief abermals ein. Er packte das Gehirn in einen Transportbehälter und beschriftete ihn mit dem deutlichen Hinweis:

„Für Ant. Unbedingt mitnehmen, kühlen, und am Computer anschließen! NSA-Droge einnehmen!"

Er schnallte den Behälter auf dem Sitz neben sich fest, atmete einmal kräftig durch, wischte sich den Angstschweiß von der Stirn, und leitete die Startsequenz ein.

Nach wie vor befielen ihn große Bedenken, ob die dünn gewickelte Osmium-Spule fähig war, die Phasenvarianzen dauerhaft zu kalibrieren. Wenn nicht, würde er sterben, gleich hier im All, weit weg von Erde und Mond. Um sich etwas Mut zuzusprechen, rezitierte er seine Gedanken, wie Anweisungen, laut vor sich hin:
„HFI ein, Navigation abgeschlossen, Wurmlochantrieb ein!"
Die Sterne um ihn herum verschwanden, als sich das Wurmloch vor dem Shuttle öffnet und es einsaugte. Die Kalibrierung funktionierte. Er glitt ohne Schwierigkeiten in die Einstein-Rosen-Brücke. Diesmal kamen ihm die Sekunden vor wie Stunden. Als die Fähre vollständig im Wurmloch verschwand, brannte die Osmium-Spule mit einem lauten Knall durch. Der dünne Draht hielt den Belastungen durch das größere Antitkristall des Shuttles nicht stand.
Augenblicklich dröhnte ihm die furchtbare Mischung aus Quanten-Vibrationsgeräuschen, dieses gleichzeitige Knurren und Heulen von tausenden von Höllenhunden und Kreischen von zahllosen Kindern, durch Mark und Bein.
Nach und nach brachen die atomaren Verbindungen seines Körpers auf. Nicht ertragbare Schmerzen durchfuhren alle Nervenenden des Organismus. Er verkrampfte sich, schrie vor Pein. Adern platzten, Blut drang ihm aus sämtlichen Körperöffnungen, und er brüllte, paralysiert von den Höllenqualen. Es fühlte sich an, wie auf dem elektrischen Stuhl. Mit letztem Aufbäumen schaltete er den Fusionsantrieb ein und riss das Steuer herum. Sofort verstummte die Geräuschkulisse.
Die strukturelle Integrität der stabilen Shuttle-Konstruktion krachte und knackte, wie ein U-Boot, das seine Höchsttiefe weit über die Toleranz hinaus unterschritt. Die Fähre wirbelte herum, einem Brummkreisel gleich, Teile der Konstruktion lösten sich unter der Belastung. Im Innenraum schlugen Funken aus der technischen Einrichtung. Bordcomputer und HFI fielen aus.
Eruptiv riss es das Shuttle aus dem Wurmloch zurück in den Normalraum.
Ants Körper litt, als brannte er lichterloh an sämtlichen Enden, aber die alles überbordenden Schmerzen ließen langsam nach. Er fühlte sich ausgezehrt und wusste, dass er die inneren Verletzungen, ohne die heilenden Kräfte der verlorenen Lebensenergien, nicht mehr lange überstehen würde.

Trotzdem, er musste ankommen, seine Nachricht überbringen. Mit letzter Kraft quälte er sich aus dem Pilotensitz, schnappte sich den Feuerlöscher und bekämpfte damit die entstandenen, kleinen Brände im Cockpit. Dann brach er erstmal ohnmächtig zusammen.
Als er wieder zu sich kam, erkannte er, dass er sich tatsächlich dem Erdmond näherte. Das Lebenserhaltungssystem produzierte gerade noch genug Sauerstoff und Wärme, um das Ziel letztendlich doch zu erreichen. Er vermochte es kaum zu glauben, zumal er die Wurmlochpassage vorzeitig abbrach.
Ohne die Hilfe des Higgs-Feld-Influenzers war er gehalten, vorsichtig mit dem Fusionsantrieb umzugehen, wenn er nicht beabsichtigte, durch die G-Kräfte zerquetscht zu werden.
Sämtliche Kontaktaufnahmeversuche mit der Mondbasis schlugen fehl. Es meldete sich niemand. Funktionierte die Kommunikationsanlage nicht mehr? Konnte es sein, dass er sich zulange auf Viridi Margarita aufhielt, die Menschheit nicht mehr existierte?
Er war gezwungen näher heranzufliegen, um mit eigenen Augen zu überprüfen, was in der Zwischenzeit passierte.
Aber an dem Ort, wo sich vorher die gigantische Mondbasis ausbreitete, herrschte gähnende Leere. Als ob dort nie eine menschliche Hand waltete. Keine Bauwerke oder Fahrzeuge, keinerlei Spuren, wie von der Oberfläche getilgt. Schockiert drehte er eine Schleife, um sich zu vergewissern, umrundete den Mond, fand aber keinerlei Anzeichen einer Zivilisation mehr vor. Erst dann fiel sein Blick auf die Erde.
Der Blaue Planet schien sich zwischenzeitlich ausgezeichnet von dem atomaren Wahnsinn erholt zu haben. Es sah aus, als hätte sich die graue, radioaktive Staubwolke über die Jahre aufgelöst, und die Schönheit des Planeten in nie da gewesener Pracht wieder preisgegeben. Unter Schmerzen, Blut hustend, beschleunigte er halbtot das lädierte Shuttle in Richtung Erde.
Als er sich langsam annäherte, erkannte er kaum Lichter auf der Nachtseite. Einige wenige, kleinere Stellen auf der Oberfläche, schienen nach wie vor bewohnt zu sein. Kein Vergleich mehr zu vorher, als unter dem Joch der Überbevölkerung ganze Kontinente den Nachthimmel erleuchteten. Die Katastrophe hatte einen Großteil der Menschheit ausgerottet, der Erde die Gelegenheit gegeben, sich zu regenerieren.

Sicher überstand der NSA-Bunker in Coulder, mit seinen Labors, die letzten Jahre nach der Katastrophe unbeschadet. Dort versuchte Ant hinzugelangen, hoffte er, medizinische und technische Hilfe zu finden. Die einzige Chance, Zeitreisen zu ermöglichen, Forschungen in diese Richtung zu betreiben, fand er, wenn überhaupt, in den Labors der NSA vor.

Unter dem Eindruck seines Siechtums und der dadurch gebotenen Eile, nahm er etwas zuviel Fahrt auf. Um nicht in der Erdatmosphäre zu verglühen, war er gezwungen, die Geschwindigkeit erheblich zu drosseln. Ein schwieriges Manöver in seiner körperlichen Verfassung.

Er schaltete den Heckantrieb ab, und zündete den Gegenschub. Die augenblicklich auftretenden G-Kräfte drückte ihn in die Gurte. Er brüllte vor Schmerz. Blut trat ihm aus der Nase, als er schreiend durch die Reibung der Atmosphäre raste. Vorher schon angegriffene, innere Organe zersetzten sich jetzt endgültig. Er vermochte nicht zu verhindern, dass das Shuttle glühend und rauchend wie ein Meteorit über Coulder hinweg, in Richtung der Berge schoss. Nur bei halben Bewusstsein, nahm er die Nase der Fähre hoch, und versuchte eine Notlandung einzuleiten. Ein stechender Kopfschmerz beendete die Bemühungen. Als eine große Ader in seinem Gehirn platzte, fiel er in eine Ohnmacht, aus der er nicht mehr erwachte.

Das Shuttle raste durch die Baumwipfel, zerfetzte die im Weg stehenden Kiefern, bevor es auf dem steinigen Untergrund des Hochtales weiter schlitterte und gegen eine Felswand krachte.

Es herrschte Nacht. Niemand bekam den Absturz mit. Ant starb allein, ohne Zeugen, festgeschnallt auf dem Pilotensitz des Shuttles. Keine Lebensenergie, die ihn rettete, niemand der sein Ableben beweinte. Es gab nicht einen Einzigen, der ihn kannte oder nach ihm suchte.

Durch den vorzeitigen Austritt aus dem Wurmloch traf er zwar den richtigen Ort, aber nicht die passende Zeit.

Ant starb am 17. Juni 1863 in einem Bergkessel, im später Black River National Forrest genannten Nationalpark in Colorado. ...

Kapitel 10: Der Rote Rotz.

Diesen Absturz überlebte nur einer, der rote Schleimpilz, der sich im Belüftungssystem des Shuttles versteckt hielt. Die Unbilden der Reise, vermochten diesem extrem widerstandsfähigen Lebewesen nichts anzuhaben, solange nur genügend Wärme vorherrschte. Ausschließlich die Kälte schadete dem Pilz, da sie in seiner Heimat, Viridi Margarita, nicht vorkam.
So gesehen, stellte die Reise im Shuttle eine Luxuspassage für die Lebensform dar. Die geringen Schäden, die durch die Vibrationen im Wurmloch an seiner Struktur entstanden, reparierte der Pilz schnell und ohne großartigen Aufwand.
Die abgestürzte Fähre rauchte nach wie vor, als die ersten Tropfen des Roten Rotzes aus dem Luftschacht herunter in den Laderaum fielen. Langsam aber stetig wuchs der kleine Schleimhaufen auf dem Fußboden an. Dunkelheit herrschte vor, da die Kühlung nicht mehr funktionierte, das Antitkristall in der Wärme seinen Aggregatzustand zurück zum Hunt-Fluid wandelte, und das Shuttle somit keinerlei Energie mehr besaß. Nur die wohligen Strahlen der Sommersonne drangen durch den beim Aufprall entstandenen Riss in der Außenhaut des Schrotthaufens.
Angelockt durch dieses, für den Pilz ungewohnt gedämmte Leuchten und die dadurch erzeugte Wärme, machte sich der Rote Rotz auf den Weg nach draußen. Die Pinheads hatten nach ihrer Errettung alle Lebewesen ihres Planeten darüber aufgeklärt, dass es sich bei Ant um den Beschützer handelte. Sogar der mit nur ärmlichen kognitiven Fähigkeiten ausgestattete Pilz hielt sich daran und ließ seinen Leichnam in Ruhe. Gleich, als er das Shuttle verließ, fing er an, lebende Organismen zu befallen, in verwertbaren Zucker umzuwandeln und zu verdauen. Zunächst nur Bakterien, kleine Krabbeltiere und Pflanzenreste. Je mehr er im Laufe der Zeit wuchs, erweiterte sich seine Speisepalette. Wenige Wochen nach der Ankunft, fing er damit an, in die umstehenden Bäume einzudringen, sie umzuwandeln und seinen Bedürfnissen nach Bewegung anzupassen.
Allerdings gestaltete es sich als wesentlich schwieriger, die steifen, irdischen Bäume in nützliche Trägerkörper umzuwandeln, als bei der harmonisierten Pflanzenwelt auf Viridi Margarita.

Nach einer Weile schaffte es der Rote Rotz aber, die Kiefern leidlich seinen Bedürfnissen anzupassen. Seither begab er sich auf die Jagd nach größeren Organismen.

Er wandelte immer mehr Bäume um, spezialisierte sich auf die immergrünen Kiefern, bis er fast den gesamten Wald des Talkessels befallen hatte. Doch ohne die Dekapodengehirne wankten die Blutkiefern zombiegleich durch die Umgebung, alles verzehrend, was ihnen zwischen die Äste und Wurzeln kam. Über den Wildpfad, der sich an die Steilwand schmiegte, tappten immer wieder unbedarfte Wildtiere in die Falle des Hochtals.

Ab und zu, nur vereinzelt, besuchten Trapper oder Indianer den bewaldeten, idyllischen Kessel. Keiner von ihnen schaffte es je wieder hinaus. Niemand war in der Lage, von der Absturzstelle des Shuttles zu berichten. Jahrzehnte kamen und gingen, ein Jahrhundert verfloss, und Ants Leiche mumifizierte im Laufe der Zeit.

Der Rote Rotz blieb aktiv. Insbesondere in den warmen Sommermonaten. Er kannte das Konzept der Verbreitung mittels Sporen nicht. Nur durch langsames Kriechen oder mit Hilfe der Blutkiefern, vermochte er sich auszubreiten. Dagegen machten ihm die kühlen Jahreszeiten der Berge, wie Frühling oder Herbst, erheblich zu schaffen. Im Winter hatte er zu kämpfen, nicht abzusterben. Er versuchte einige Male, den Talkessel zu verlassen. Aber die kargen, steilen Felswände hinderten ihn daran. Sogar der Wildpfad stellte sich als unpassierbar heraus, da ein breiter Felssturz das Weiterkommen verhinderte. In den Felsen und den steilen Wänden, fanden die Blutkiefern nur unzureichenden Halt, stürzten immer wieder ab. Außerdem gab es auf dem steinigen Untergrund keine Nahrung, die er für seine energieaufwendige Fortbewegung unbedingt benötigte. Das verdammte den Roten Rotz dazu, im Hochtal zu verbleiben und bessere Zeiten abzuwarten.

Der Pilz war ohne Gehirn nicht in der Lage zu planen, die Umgebung einwandfrei wahrzunehmen und zu erkunden. Die Jagd gelang ihm nur, da er die Vibrationen des Bodens fühlte, die diverse Lebewesen beim Laufen verursachten.

Er versuchte immer wieder, einen kompatiblen Denkapparat zu finden. Doch es misslang. Selbst die Gehirne der wenigen Trapper und Indianer, vermochte er nicht anzupassen.

Im Jahr 1994 schlich sich einmal ein Jäger in das Hochtal. Er kam nicht weit voran, sah sich nur in der Nähe des Felssturzes um.
Bei den ersten Bewegungen der Blutkiefern verschwand er aber eilig wieder. Instinktiv bemerkte er, dass hier etwas faul war und verpisste sich. Bei ihm handelte es sich um die einzige Person, der es jemals gelang, den Talkessel lebend zu verlassen.
1995 vermied der Rote Rotz den gleichen Fehler. Zwei Menschen schafften es mit einem Fahrzeug und Seilwinden in das Tal. Die Blutkiefern hielten still, bis die beiden weit genug vordrangen, ließen die Nacht verstreichen und schlugen dann beim ersten Tageslicht zu. Bei dieser Gelegenheit erwischten sie ebenso den damals geflüchteten Jäger. Dabei ergatterten sie sogar ein Gehirn, das einigermaßen passte. Dem Pilz gelang es, sich mit dem Verstand zu verknüpfen. Der Geist von Chris Foss verweigerte aber eine Zusammenarbeit, kapierte nicht, wo er sich befand, fühlte nur Angst und Schmerzen, bis er letztendlich dem Wahnsinn anheimfiel. Seine Hölle auf Erden dauerte fast 15 Jahre an.
Bis sich dann an einem kühlen Frühlingstag ein weiterer Mensch an den Ort des Grauens verirrte. Der Vorarbeiter Keith Short. Er versuchte, die Kiefern zu untersuchen. Sein Gehirn stellte sich ebenfalls als unbrauchbar heraus.
Nur einen Tag später erschütterte wiederum menschliches Fußgetrampel die Umgebung. Die Blutkiefern bemerkten anhand einer Gewebeprobe schnell, dass es sich dabei seltsamerweise um den hochverehrten Retter handelte. Eine Blutprobe identifizierte ihn einwandfrei. Der Rote Rotz wusste, welchen Ort der Patron anstrebte und machte den Weg frei. Wiederum brachte der Retter einen Teil des Pilzes in Sicherheit, bevor das Explosionsfeuer der abgeworfenen Bomben alles Leben im Talkessel auslöschte.
Der außerirdische Schleimpilz verehrte Ant als ein von Gott gesandtes Wesen, genau wie er es von den Viridianern gelernt hatte. ...

Kapitel 11: Die andere Rille.

Als Ant im Frühjahr 2010 den Bergkessel erreichte, verblüfften ihn die durch den Pilz umgewandelte Flora und der Rote Rotz selbst, zutiefst. Insbesondere wie die Blutkiefern den Weg räumten und sich vor ihm verbeugten. Es ekelte ihn etwas an, faszinierte ihn aber ebenso ein wenig, wie sich der Schleimpilz offenbar gezielt bewegte, als er das ihm unbekannte Fluggerät betrat.
Zuerst öffnete Ant die Luke zum Maschinenraum, entfernte gewaltsam die Kunststoffkugel mit dem Hunt-Fluid, und schnappte sich eine Probe des Pilzes. Der Rote Rotz ließ sich das gefallen, unter dem Strich verehrte er den Retter. Das Ant sich, jetzt zweifach vertreten, als Toter und als Lebendiger, im Shuttle aufhielt, störte den Pilz nicht im Geringsten. Dazu reichten seine kognitiven Fähigkeiten nicht aus. Doch diesmal zog sich der Rote Rotz etwas weiter zurück, verließ fast vollständig die Fähre und ließ Ant gewähren.
Deshalb war er in der Lage, die auf den Innenwänden aufgemalten Pfeile zu erkennen. Als er sie entdeckte, lief ihm ein kalter Schauer über den Rücken. Die Richtungsweiser zeigten alle in Richtung Cockpit, und unter jedem stand in deutlich irdischer Druckschrift „Ant".
Er beeilte sich, stürmte nach vorn und fand die mumifizierte Leiche. Diesmal ahnte er sofort, dass es sich hierbei um seinen eigenen toten Körper handelte. Er vermochte sich zwar nicht zu erklären, wie und wann er hierherkam, aber eine Haarprobe, als Beweis, hielt er für unnötig. Er sah sich vielmehr etwas genauer um, fand dieses Mischteil aus Kunststoff und Metall, versehen mit einem fett beschrifteten Aufkleber. Es schien dort ausschließlich für ihn drapiert worden zu sein. Als er das Knattern eines Hubschraubers vernahm, packte er das Teil zum Huntfluidbehälter und der Probe vom Roten Rotz in seinen Rucksack. Er hatte vor, die Anweisungen auszuführen, es in einem Labor zu kühlen, irgendwie an einen Computer anzuschließen und zu sehen was passiert. Auch über den Hinweis, die NSA-Droge einzunehmen, dachte er nach.
Als er das Teil an sich nahm, fiel ihm ein altes japanisches Schwert auf, dass an der Leiche hing. Er nahm es ebenfalls an sich und verließ das Shuttle.

Nachdem die Blutkiefern den Polizeihubschrauber zerstörten, wusste Ant, dass er in Schwierigkeiten geriet, wenn ihn jemand mit seinen Rucksackschätzen aufgreifen würde.
Besessen davon, die Rätsel zu lösen, beabsichtigte er, den Talkessel auf schnellstem Weg zu verlassen. Er kam nur wenige Meter weit in Richtung Wildpfad, als er die Durchsagen und Rufe des Rettungstrupps hörte.
Ant blieb stehen, um nachzudenken. Er vermochte diese Leute nicht ihrem Schicksal im Horrorwald zu überlassen. Aber was sollte er unternehmen? Seine Analyse ergab, dass er keine Möglichkeit besaß, sie zu retten, es nicht schaffte, den kilometerlangen Weg rechtzeitig zurückzulegen, um sie zu warnen. Etwas konsterniert und mit Tränen in den Augen vernahm er die Schüsse und Schreie der Todgeweihten. Da wurde im klar, dass er den Wildpfad nicht mehr benutzen konnte. Sie würden ihn verdächtigen, ihm auf keinen Fall glauben, seinen Rucksack wegnehmen und ihn in Untersuchungshaft stecken. Ende der Vorstellung, Forschungen ade. Das konnte und wollte er nicht zulassen.
Er sah sich um, suchte einen anderen Fluchtweg, aber es gab nur diese steilen Felswände, die den gesamten Talkessel einschlossen. Es blieb ihm nichts anderes übrig, als zu klettern.
Als die Schüsse und Explosionen des Kampfes der Spezialeinheit mit den Blutkiefern durch das Tal hallten, hatte Ant einen Großteil der Kletterpartie hinter sich gebracht. Bald darauf schallten die Megaphondurchsagen in seine Ohren, die den Talkessel zum Sperrgebiet erklärten und die Bombardierung ankündigten. Zu diesem Zeitpunkt kam Ant oben auf dem Grat an.
Er sah zu, wie seine aufgeplatzten Fingerkuppen verheilten und versuchte, eine möglichst weite Strecke zwischen sich und den Talkessel zu bringen. Ausgestattet mit unbändiger Lebensenergie benötigte er keinerlei Pause nach dem langen Aufstieg und begab sich sofort auf den Weg nachhause. Nach einigen Minuten donnerten die Bomber über Ant hinweg, da hatte er schon ein paar Kilometer zwischen sich und das Hochtal gelegt.
Er zuckte zusammen, als er die gewaltigen Detonationen vernahm. Sogar der Boden unter seinen Füßen erzitterte, ob der enormen Anzahl an Bomben, die in mörderischen Feuerstürmen ihr Todeswerk verrichteten.

Ant drehte sich um, wandte seine Aufmerksamkeit fasziniert dem Hämmern und Leuchten der Vernichtungsmaschinerie zu, die nichts von dem Horrorwald und dem Shuttle übrig ließ.
Als ihn ein böiger Luftzug traf, dachte er zunächst, dass es sich um eine Druckwelle handelte.
Da der trichterförmig angelegte Talkessel aber die verdrängte Luft schräg nach oben ableitete, war das nicht möglich. Der Luftzug entwickelte sich zu einem Wind und weiter zu einem Sturm.
Ant schützte seine Augen mit der vorgehaltenen Hand vor dem herumwirbelnden Schmutz, und dreht sich in Richtung der Quelle der Luftverwirbelungen. Er bückte sich, um nicht umgeblasen zu werden und erkannte, dass es sich um einen schwarzen Helikopter ohne Hoheits- oder Firmenkennzeichnung handelte, der fast völlig lautlos neben ihm aufsetzte.
Die Schiebetür flog auf und zwei keilförmige Typen mit dunklen Sonnenbrillen sprangen heraus, gefolgt von Dr. Hunt. Megan schritt forsch auf Ant zu und hielt ihm die Hand zum Gruß entgegen:
„Hallo, Mr. Antonin. Schön das es sie noch gibt. Wir haben ihre Stunts und die Klettereinlage live mitverfolgt. Chapeau, tolle Leistung."
Ants Überraschung sah man ihm an. Er dachte an den Rucksackinhalt und an das, was er zu erreichen vorhatte, deshalb reichte er ihr ebenfalls die Hand:
„Hallo, Dr. Hunt. Wie kommen sie denn hierher? Wie konnten sie mich finden?"
Megan grinste übers ganze Gesicht:
„Sie haben es mit der NSA zutun, und wir interessieren uns brennend für sie. Außerdem haben wir einen Vertrag. Wir wollen nur sicherstellen, dass sie unsere Vereinbarung nicht brechen, einfach verschwinden. Der Inhalt ihres Rucksackes interessiert uns auch in hohem Maße."
Ant sah man die Verblüffung nach wie vor an:
„Woher wissen sie von meinen Trophäen? Und nochmal, wie konnten sie mich finden, Dr. Hunt?"
„Na ja, in ihrem Rucksack liegt nicht nur ihre Beute versteckt, Mr. Antonin.
Wir konnten sie immer orten und alles hören, was sie sprachen.

Als sie unser volles Interesse weckten, scheuten wir keine Kosten und Mühen, stellten sogar einen eigenen Überwachungssatelliten nur für sie ab. Für die NSA stellen sie eine V.I.P. dar. Sie sehen also, Mr. Antonin, unsere Informationen sind immer auf dem neuesten Stand. Übrigens, ihre Telefongespräche haben wir auch verfolgt."
Dabei grinste sie eigenartig anzüglich und wedelte mit ihren Augenbrauen.
Ant schüttelte langsam und ungläubig den Kopf, ein wenig Schamesröte drang in sein Gesicht:
„Gut, dass ich zu ihrem Verein gehöre, Dr. Hunt. Ansonsten wüsste ich nicht, wie ich jetzt reagieren sollte. Aber Eines ist klar, die Forschungen an den sichergestellten Proben möchte ich selbst vornehmen."
Dr. Hunt verzog nachdenklich ihre Mundwinkel nach unten:
„Weshalb sollte ich das zulassen, Mr. Ant?"
Josef gefiel es nicht, dass sie ihn wieder, in aller Selbstverständlichkeit, mit seinem Spitznamen ansprach, aber er beabsichtigte unbedingt an den weiteren Forschungen beteiligt zu sein. Deshalb sah er über diesen Lapsus hinweg:
„Sie wissen genau, dass ich der Intelligenteste in ihrem Verein bin. Wenn sie mir die Forschungen überlassen, erkläre ich mich dafür bereit, ihre Verstandserweiterungsdroge zu nehmen. Deal?"
Megan stimmte begeistert zu:
„Deal! Aber nur, wenn sie die Forschungen in unserem Haus betreiben, unter meiner Aufsicht. Kommen sie, Mr. Ant, steigen sie ein, wir fliegen alles gleich ins Labor."
Ant kletterte, flankiert von den beiden Agents, in den Hubschrauber. Dr. Hunt kam nach. Ebenso lautlos wie er erschien, stieg der Helikopter nun auf, und rauschte Richtung NIT ab.
In der Luft empfing Ant eine SMS, die ihn auf einen verpassten Anruf von Ramona hinwies. Er bemerkte das Missfallen von Dr. Hunt und schaltete sein Handy ab.
Natürlich liebte er sein Mädchen über alles, aber im Moment passte es eben nicht. Er beabsichtigte, sich in Ruhe um die neuen Errungenschaften zu kümmern, seine Forschungen durch nichts zu gefährden.

Ant staunte, als sie ankamen, er schmerzhafte Bekanntschaft mit dem subkutanen Sender erfuhr, sie mit dem Lift tief unter die Erdoberfläche rasten und Dr. Hunt ihm das Hochsicherheitslabor zeigte.
Zunächst überreichte Megan ihm eine grüne Pille. Ant betrachtete sie misstrauisch:
„Ist das die besagte Droge?"
„Sehr scharfsinnig, Mr. Ant. Einfach schlucken."
„Gibt es irgendwelche Nebenwirkungen?"
Megan wiegte ihren Kopf hin und her:
„Das ist bei jedem anders. Je nachdem, wie stark die Barriere ist, die durchbrochen werden muss. Es kann zu Kopfschmerzen und Blutungen kommen. Kein allzu hoher Preis, für die wesentlich gesteigerte Intelligenz."
„Na gut, da ich es ihnen angeboten habe, halte ich mich auch daran."
Er schluckte die Droge hinunter. Einigen Minuten später setzten hämmernde Kopfschmerzen ein. Blut tropfte ihm aus der Nase. Genauso wie er es von damals kannte, als ihm Poison die kognitiven Fähigkeiten erhöhte. Die Pein steigerte sich ins Unerträgliche. Ant brach ohnmächtig zusammen.
Er fing an zu fantasieren. Im Traum verarbeitete er Gedanken über sämtliche Probleme, die ihn beschäftigten, Quantentechnik, Energieversorgung, Wurmlöcher, Zeitreisen, und plötzlich klärte sich sein Verstand. Er kapierte die Zusammenhänge und Abläufe wie nie zuvor, dann zwang er sich, aufzuwachen.
Als er seine Augen wieder öffnete, schaute er zunächst in das besorgte Gesicht von Dr. Hunt:
„Mr. Ant! Sind sie wieder da? Ich dachte schon, wir hätten sie verloren! Wie fühlen sie sich?"
Als er sich umsah, bemerkte er, dass er auf der Krankenstation lag. Seine Lebenszeichen piepsten regelmäßig aus den angeschlossenen Messgeräten:
„Ich fühle …, es geht mir gut. Was ist passiert?"
„Sie reagierten etwas heftig auf die Droge. Hat es funktioniert, sind sie klüger als zuvor? Manchmal kommt es vor, dass unser Mittelchen nicht wirkt.
Andere reagieren wieder so stark, dass sie an Gehirnblutungen sterben. Aber bei ihnen, und ihrer Vorgeschichte, bestand da keine Gefahr."
Er hörte ihre Gedanken und die der umstehenden Ärzte.

Zuerst dachte er, sie hätten etwas gesagt. Aber sie standen nur stumm um ihn herum. Ein seltsames Quasselchaos, dass er nur mit Mühe zu sortieren vermochte.
Zumindest meinte Dr. Hunt sogar das, was sie zuvor aussprach. Trotzdem ärgerte sich Ant, dass sie ihn nicht vorher entsprechend warnte:
„Das ist ja mal wieder typisch für diesen Verein hier. Sie experimentieren immer am lebenden Objekt, oder?"
„Ach, Mr. Ant. Diese Phase haben wir längst abgeschlossen. Wir kennen die Risiken. Aber wie gesagt, bei ihnen hatte ich da keinerlei Bedenken."
„Ok, ist ja nichts passiert. Aber warnen sie mich gefälligst das nächste Mal vorher, wenn sie mich wieder als Versuchsobjekt missbrauchen wollen. Können wir jetzt mit der Arbeit beginnen?"
„Wenn sie sich fit genug fühlen, jederzeit."
Die Ärzte entfernten Ant den Infusionszugang und die Elektroden. Er stand auf und wankte zum Kleiderschrank. Megan starrte ihm belustigt auf den knackigen, freiliegenden Hintern, der bei jeder Bewegung aus dem Hemdchen wackelte. Nachdem er das OP-Hemd gegen seine Kleidung tauschte, bestiegen beide wieder den Aufzug in Richtung Labor.
Da sie sich unbedarft zunächst der blauen Flüssigkeit in der Kunststoffkugel zuwandten, kam es zu einer unkontrollierten Energieentladung aus dem Antit, und das Labor flog in die Luft.
Dr. Hunt reichte es daraufhin für den ersten Forschungstag. Sie bezeichneten gemeinsam die blaue Flüssigkeit als Hunt-Fluid und das bei Kälte daraus entstehende Kristall als Antit.
Die Proben des Hunt-Fluids und des roten Schleimpilzes, sowie das Computerteil, brachte Megan in eine Sicherheitskammer und sperrte sie ein.
Als sie Ant sein Zimmer zugewiesen hatte, verließ sie das NIT und fuhr nachhause.
Josef benötigte aber keinen Schlaf mehr. Seine Gehirnkapazität lag jetzt bei 90% und es genügte, wenn nur eine Hälfte des Denkapparates ausruhe. Er kapierte schnell, dass ihm neue Fähigkeiten zur Verfügung standen und er nutzte sie.
Durch Telekinese gelang es ihm, sämtliche Türen des NIT, mit jedem beliebigen, im Computer abgespeicherten Zugangscode zu öffnen.

Sogar die Sicherheitstür des Lagerraums, in dem seine Errungenschaften lagen. Dort schnappte er sich das Computergehirn und brachte es in ein kleines, nachts ungenutztes Labor. Dabei manipulierte er sämtliche Überwachungseinrichtungen, nur mit der Kraft seiner Gedanken.

Wie es auf der inzwischen entfernten Anweisung geschrieben stand, kühlte er das Teil herunter, aber diesmal stufenweise. Er beabsichtigte weitere Explosionen zu vermeiden, zumal er, mittels einer Endoskopiekamera, eine winzige Hunt-Fluid-Kugel in dem Gerät vorfand.

Als er langsam die Zieltemperatur erreichte und sich ein Antitkristall bildete, leuchteten winzige Leuchtdioden auf. Ant schreckte zurück, aber dann siegte die Neugier.

Der Datenträger fuhr hoch. Ant erkannte zwei Zugangsports, die aber unmöglich mit seiner Technik kompatibel erschienen. Doch als er ein USB-Kabel vor einen Zugang hielt, nur um die Größenverhältnisse zu vergleichen, weitete sich die Öffnung flexibel Richtung Stecker aus, passte sich an und saugte ihn regelrecht in das Portal. Sofort drang ein Programm in den Laborcomputer, überwand dabei spielend sämtliche Firewalls und Antivirenprogramme der NSA. Als eine dunkle Männerstimme aus den Lautsprechern des Computers erklang, staunte Ant nicht schlecht:

„Hallo, Boss. Schön, dass sie mich wieder aufgeweckt haben."

Ant schreckte etwas zurück, fragte skeptisch:

„Wer spricht da?"

„Ich bin es, Boss. Charles!"

„Tut mir leid, aber der einzige Charles, den ich kenne, ist ein Hund. Also, wer oder was sind sie? Und weshalb nennen sie mich Boss?"

Diesmal dauerte die Antwort eine Sekunde länger. Offensichtlich gab es da einige Daten, die abzuchecken waren:

„Sie sind Josef G. Antonin. Sie haben mich konstruiert und am 11. Juni 2020 zum Leben erweckt. Wenn sie mich jetzt nicht kennen, Boss, dann stellt sich für mich die Frage, welches Datum haben wir jetzt und wo bin ich?"

Ant reagierte überrascht, fast schon konsterniert:

„Was? Ok, ok, ...,Charles, also. Na gut, Charles, wir haben immer noch März 2010 und wir unterhalten uns gerade in einem Labor der NSA. Aber wie kommen sie hierher, ich meine aus der Zukunft, in diese Zeit?"
„Das ist eine lange Geschichte, Boss. Am besten ist es, wenn ich eine direkte Verbindung zwischen unseren beiden Gehirnen herstelle, wenn sie das zulassen. Können wir?"
Als Ant zögerte, nicht gleich antwortete, hakte Charles nach:
„Nur auf diesem Weg kann ich ihnen effizient alles Nötige mitteilen. Ihr Gehirn ist jedenfalls in der Lage, die Datenmengen aufzunehmen und zu verarbeiten. Ich habe einige brisante Daten für sie, derer sie unbedingt bedürfen. Sie haben mich erschaffen, wofür ich ihnen ewig dankbar sein werde. Also geben sie sich einen Ruck. Vertrauen sie mir."
Ant schwankte nach wie vor. Dieser Charles vermochte ja alles zu erzählen. Wer wusste schon, was er anstellte, wenn er Zugriff auf seinen Verstand bekäme? Dann dachte er daran, unter welchen Umständen er dieses Computergehirn fand. Er wusste, dass die Mumie auf dem Pilotensitz eine Version seiner selbst darstellte. Die kurzen Erklärungen dieses Charles schienen ihm deshalb schlüssig und glaubwürdig:
„Also gut. Fang an."
Der zweite, freie Zugangsport, bewegte sich aus dem Computergehirn in Richtung Ant. Wie eine Schlange mit Saugnapfkopf strebte es auf seinen Kopf zu und saugte sich, kritisch beäugt von Ant, an dessen Stirn fest. Augenblicklich überfluteten Bilder, Gefühle, Gedanken, Daten und Fakten seinen Geist. Ant saugte die Informationen auf, wie ein Schwamm. Dabei schien er in einem paralysierten Zustand, mit starren Augen, alles sofort zu verarbeiten. Die Prozedur dauerte nur fünf Minuten. Dann zog sich der Saugnapf zurück in Charles Computergehirn.
Ant schüttelte sich kurz, als er wieder vollkommen zu sich kam. Sein Antlitz wirkte schockiert, als er begriff. ...

Kapitel 12: Der modifizierte Plan.

Ant wusste jetzt, dass ihm nur eine Woche Zeit blieb, um Ramona zu retten und diesen bestimmten Schweinehund zu erwischen. Die einzige Chance dazu sah er bei einer der wenigen, körperlichen Erscheinungen Poisons, in der Wüste New Mexicos. Er konnte nicht auf die nächste Begegnung bei der Katastrophe auf halbem Weg zwischen dem Stern 47 Ursae Majoris und dem Planeten Viridi Margarita warten, ohne den Tod seiner zukünftigen Familie in Kauf zu nehmen.

Glücklicherweise vermochte er jetzt auf Charles Hilfe zu zählen. Über das neurale Interface erfuhr er von sämtlichen Erfindungen, die er in der Zukunft ersinnen würde. Alle Materialien, Spezifikationen, Einstellung und Programmierungen lagen abrufbereit in seinem Kopf vor. Was Charles betraf, war er in der Lage, sich die aufwendige Entwicklungsarbeit und die Sisyphusarbeit der Programmierung ebenfalls zu sparen. Nur wie standen die Chancen, in dieser kurzen Zeit den Androidenkörper in seinen Feinheiten zu konstruieren? Und das in aller Heimlichkeit, während der Nachtschicht? Aus streng geheimen Dateien des Hauscomputers erfuhr er, dass die NSA an Kampfrobotern arbeitete. Bisher gelang es den Forschern aber nicht, ein adäquates, leistungsfähiges Computersystem zu entwickeln, das klein genug war, um in einem Roboter Platz zu finden. Die Lösung lag vor Ants Nase auf dem Tisch. Dann musste Charles eben zunächst mit einem der klobigen Metallkonstruktionen als Körper vorliebnehmen. Eine bessere Lösung gab es in dieser beschränkten Zeitspanne nicht.

Noch in derselben Nacht stand ihm der etwas rudimentäre, neue Charles zur Verfügung. Ant hatte nur das Kühlsystem des Gehirns zu reparieren und das künstliche Denkorgan in einem der Stahlriesen abzulegen. Es verband sich selbständig mit den vorhandenen Anschlüssen. Charles besaß jetzt wieder einen Körper, selbst wenn er 2,5 Meter maß und an die fünfhundert Kilogramm wog.

Er probierte gleich alle beweglichen Teile aus, sämtliche Bewegungsabläufe funktionierten, zwar etwas plump, aber einwandfrei. In den Armen verbaute 50 mm Schnellfeuerkanonen rundeten seinen martialischen Auftritt ab.

Die Konstruktion enthielt ebenfalls eine Spracheinheit. Eine nötige Einrichtung, wenn die zu terrorisierenden Menschen nicht nur zu Hackfleisch zu verarbeiten, sondern ebenso einzuschüchtern und aufzuschrecken waren.
Was die NSA damit plante, vermochte Ant sich nur zugut auszumalen. Charles zumindest probierte das Sprachmodul gleich aus. Seine Stimme klang seltsam blechern und verzerrt:
„Fühlt sich fremd an, Boss. Ich kann diesen Körper nicht spüren. Auf jede Bewegung muss ich mich bewusst konzentrieren, nichts läuft unterbewusst, instinktiv ab. In diesem Zustand stelle ich keine große Hilfe für sie dar."
„Das mag sein, Charles. Auf jeden Fall nicht für die Feinarbeit. Aber ich brauche dich sicher noch fürs Grobe."
„Ok, Boss. Was haben sie vor?"
„Du hast mir einiges aus der Zukunft gezeigt. Dieses Phasen-Verschiebungs-Gerät scheint mir im Moment das Nützlichste für meine weiteren Pläne zu sein. Ich muss es schaffen, es innerhalb der nächsten Tage fertigzustellen. Ebenso wie eine Energieversorgung mit Antit. Dann statte ich dich damit aus und du wirst es benutzen, um hier ungesehen zu verschwinden. Du kennst den Ort in der Wüste, wo du mich dann erwarten kannst?"
„Ja, ich weiß, wo ich hinmuss. Aber vorher möchte ich noch das Katana zurück. Private Genki Henzo hat es mir vermacht und ich habe ihm versprochen, es in Ehren zu halten."
„Kein Problem, Charles. Du bekommst es, bevor du hier verschwindest. Aber jetzt halte die Füße still, lass dir nichts anmerken, bevor ich dich geupdatet habe, ok?"
„Alles klar, Boss."
Charles stellte sich in Grundhaltung zu den anderen Blechkameraden und hielt still. Ant machte sich gleich auf den Weg. Kunststoffkugeln für Miniantitkristalle und das PVG mussten innerhalb kürzester Zeit fertiggestellt werden; und das alles heimlich. Dabei halfen ihm die neu erworbenen Kenntnisse in erheblichem Ausmaß weiter. Kunststoff und Hunt-Fluid lagen ihm bereits vor. Er verstand es, kleine Stücke aus der großen Kunststoffsphäre herauszutrennen und zu passenden Kugeln umzuarbeiten.

Tagsüber forschte er alibimäßig zusammen mit Dr. Hunt am Antit und nachts kochte er sein eigenes Süppchen. Dabei fühlte er sich, als besäße er unbegrenzte Erfahrungen im Bereich Konstruktion und Improvisation.
Alle diese Routinen, hatte Charles ihm mitübertragen. Ant arbeitete enorm effektiv, und stellte alles innerhalb von drei Nächten fertig. Zusammen mit dem PVG entwickelte er ein weiteres kleines Gerät, der vorgenannten Vorrichtung ähnlich, aber mit anderer Wirkung. Dieses fipsige Gimmick behielt er für sich.
Während der vierten Nachtschicht öffnete er wiederum, mittels seiner telekinetischen Fähigkeiten, das Kampfroboterlabor. Auf dem Boden, vor Charles, lag Dr. Greg Janik, mit gebrochenem Genick. Ant erschrak: „Verdammte Scheiße! Was ist denn hier passiert, Charles?"
Er sah dabei den Kampfroboter an, der direkt neben der Leiche stand. Als sich aber ein anderer Blechkerl aus der hintersten Ecke des Raumes bewegte, schreckte Ant zurück. Der Roboter kam bedrohlich auf ihn zu: „Charles? Bist du das?"
Die Kampfmaschine blieb direkt vor ihm stehen und antwortete:
„Ja natürlich, Boss. Die anderen Automaten hier gleichen eher hirnlosen Industrierobotern. Die sind nicht in der Lage sich frei zu bewegen."
„Also dann, hallo, Charles. Aber was ist hier passiert. Weshalb ist Dr. Janik tot?"
Die blecherne Stimme klang völlig emotionslos:
„Er kam mir in die Quere. Ich habe mich, wie vereinbart, ruhig verhalten, machte keinen Mucks. Aber Dr. Janik wurde misstrauisch, begann nachzuforschen, mich zu untersuchen und wollte an meinem Kopf herumschrauben. Um weiter inkognito bleiben zu können, musste ich ihn beseitigen."
Ant hörte schockiert zu. Sein Zukunftsgedächtnis wusste, dass er schon einmal eine latente Gefahrenquelle per Mord beseitigte. Selbst wenn er wieder logisch entschied, war es nicht an Charles, derart leichtfertig mit Menschenleben umzugehen. Hier schien etwas mit seiner Persönlichkeitsentwicklung falsch gelaufen zu sein. Gab es wirklich keine Möglichkeit, Dr. Janik ruhigzustellen?
Ihn zu fesseln, einzusperren? Ant sah sich gezwungen, sich dieses Problems noch anzunehmen, aber nicht jetzt. Er brauchte den Kampfroboter für seinen modifizierten Plan:

„Darüber sprechen wir noch, Charles. Aber jetzt müssen wir uns beeilen. Deine Umbauten sollten erledigt sein, bevor jemand Dr. Janik vermisst."

Charles ging in die Hocke und verharrte in dieser Position, um den Umbau zu erleichtern. Am Morgen des sechsten Tages vermochte Ant die Arbeiten abzuschließen.

Die Zeit drängte. Es war unbedingt nötig, dass Charles irgendwie nach New Mexico gelangte. Als 2,5 Meter großer und 500 kg schwerer Roboter bestand kaum eine Möglichkeit, öffentliche Verkehrsmittel zu nutzen, dazu aus einer anderen Zeitphase heraus. Aber er war in der Lage schnell zu laufen. Rennen, und das ohne jegliche muskuläre Belastungen, ohne Probleme mit der Sauerstoffversorgung der Organe, ohne Schmerzen an Knochen und Gliedern, mit seinem stählernen Köper und der unerschöpflichen Energie aus dem eingebauten Antitkristall.

Dabei erreichte er ein Tempo von sicher 32 km/h. In den verbleibenden 50 Stunden vermochte er somit eine Strecke von 1.600 Kilometern, ergo 1000 Meilen zurückzulegen. Zwischen Coulder, Colorado, und dem besagten Ort in der Wüste New Mexicos, lagen gemäß seinem Navigationssystem genau 756,3 Meilen. Charles stand folglich genug Zeit zur Verfügung, um es rechtzeitig zu schaffen. Er verabschiedete sich von Ant, und verschob sich mit Hilfe des PVG in den anderen Zeitrahmen. Augenblicklich verschwand er in diese kalte, graue, bedrohliche Nebeldimension, die nur eine Sekunde von unserer Welt entfernt lag. Über den kleinen Bildschirm, der ihm die Herkunftsumgebung anzeigte, orientierte er sich. Ant schritt voran, öffnete mit seinen Fähigkeiten alle verschlossenen Türen, den Lastenaufzug und den Ausgang. Das Wachpersonal, dass ihm begegnete, sah nur Ant, mit seinem Mitarbeiterausweis, und schritt nicht ein. Als Charles die Umgebung des Bunkers verlassen hatte, lief er los. Er rannte, unbemerkt von allen Lebewesen der Herkunftszeit, durch die von der Zeitverschiebung verformte Landschaft. Dabei war er gezwungen, in dieser Dimension die gleiche Strecke zurückzulegen, wie in der Herkunftsdimension.

In seiner Zeitphase blieb er aber nicht unbemerkt. Mehrere der graugefleckten, sechsbeinigen Jäger nahmen die Spur auf.

Sie verfügten ebenso über die Fähigkeit, sich schnell fortzubewegen, vermochten aber nicht mit Charles Ausdauer mitzuhalten.
Manchmal begegnete er einer dieser Kreaturen, was ihn etwas aufhielt. Erwartungsgemäß nur kurz.
Die Viecher konnten seiner empfindungsunfähigen Stahlkonstruktion nichts anhaben und fielen letztlich der extrem scharfen Schneide des Katana zum Opfer. Charles verlor dabei kaum Zeit, kam problemlos voran. In wenigen Stunden sollte er sein Ziel erreicht haben. ...

Kapitel 13: Die ganze Wahrheit.

Ant blieb nur übrig, die Überwachungsvideos zu manipulieren, sämtliche Spuren von Charles und den heimlichen Arbeiten zu verwischen. Er drang problemlos in den NSA-Hauptcomputer ein und veränderte die relevanten Dateien. Niemand bemerkte die Eingriffe. Vormittags ertönte dann ein Alarm. Ein Kollege hatte Dr. Janiks Leiche gefunden. Als die Todesursache, das gebrochene Genick, feststand, gab es großes Tohuwabohu. Alle Angestellten, die sich zur fraglichen Zeit im Gebäude aufgehalten hatten, waren gehalten, Befragungen über sich ergehen zu lassen; selbst Ant. Er gab an in seinem Zimmer geschlafen zu haben. Alle von der Überwachungsanlage an den Hauptcomputer gesandten Daten, stimmten mit seinen Angaben überein. Es wurde kein Verdächtiger ermittelt. Erst als einer der Kollegen die Arbeit wieder aufnahm, fiel auf, dass einer der Kampfroboter fehlte. Das verwirrte die zuständigen Ermittler nur noch mehr. Wie war es möglich, dass eine derart große Maschine aus dem Hochsicherheitsbereich der Forschungslabors verschwand? Außerdem steckten die zuständigen Forscher noch mitten in der Entwicklungsarbeit, vermochten bisher keinen der Roboter fertigzustellen. Die Ermittler kamen zu dem Schluss, dass es eine Sicherheitslücke geben musste. Die Vermutung, dass Dr. Janik einen Dieb überraschte, und von ihm getötet wurde, erschien den Ermittlern am sinnvollsten. Wer dieser Dieb war, und wie es ihm gelang, unbemerkt, in James-Bond-Manier, alle Sicherheitssysteme zu überwinden, konnten sie indes nie aufklären.
Da Ant nicht unter Verdacht stand, erlaubte ihm Dr. Hunt die Heimfahrt. Sie arbeiteten die Woche über effektiv zusammen und es gab diesmal keine Irritationen über die Genuntersuchung an einer Haarprobe. Deshalb bekam Ant sogar einen Firmenwagen gestellt. Von seinem Jeep blieb nach der Bombardierung des Talkessels sicher nur Schrott übrig. Da er, ausgestattet mit dem Firmenwagen, nicht mehr auf ein Taxi zu warten hatte, schaffte er es, genau zum richtigen Zeitpunkt zuhause anzukommen.
Er polterte durchs Haus, Ramona hielt die Geräusche für einen Einbrecher und sprang ihm mit dem Küchenmesser entgegen, bis sie erkannte, um wen es sich handelte.

Da standen sie nun. Ant kannte die Geschichte schon. Jedes, auch noch so winzige Detail seiner Vorgeschichte, dass er Charles in der Zukunft erzählte, stand ihm zur Verfügung. Der zeichnete alles auf und das Interface überspielte Ant jede Einzelheit direkt ins Gehirn, sogar Begebenheiten, die er erst erleben sollte. Er deutete ihr, wie es ihm überliefert war, mit dem Finger über den Lippen an, zu schweigen. Vor ihren entsetzten Augen entledigte sich Ants Körper des subkutanen Senders der NSA. Dann führte er seine Ramona durch die Garage nach draußen, sie entfernten sich ein Stück vom Haus. Obwohl er schon wusste, was bei ihrer ärztlichen Untersuchung herauskam, fragte er sie nach ihrem Arzttermin.

Sie versuchte ihn, in bekannter Manier an der Nase herumzuführen, Ant auf die Folter zu spannen, aber als er ihr mitteilte, dass er von ihrer Schwangerschaft wisse, blieb ihr der Mund offen stehen.

Dann fuhr er fort, berichtete, was ihm während seiner Abwesenheit widerfuhr. Und zwar alles. Über den Blutkiefernwald, das Shuttle, den Roten Rotz, die Hinweise mit seinem Namen, das Auffinden seiner eigenen Leiche, die Erkenntnisse aus Charles Computergehirn, das daraus resultierende Wissen über zukünftige Abläufe, bis ins Detail.

Ramona wurde es schwindelig. Sie vermochte nicht mehr zu stehen, ließ sich schlicht mit ihrem Po auf den Bordstein plumpsen. Sie starrte mit ihren tränenbefeuchteten Augen ins Nichts, wollte nicht glauben, was sie gehört hatte.

Ant nahm sie in den Arm um sie zu trösten, drückte ihr einen Kuss auf die Wange, aber er hatte nicht zu Ende geredet. Diesmal beabsichtigte er, ihr die ganze Wahrheit zu erzählen. Er fing mit dem Friedhof an, als er Andreas Leben rettete und sie seine Freundin wurde. Fuhr dann fort, mit dem Treffen im Keller des Elternhauses, wo Poison sein Debüt gab. Wie er die Lebensenergie und den erweiterten Verstand bekam, seine mumifizierten Eltern fand.

Wie Poison ihn quälte, weiteren Menschen das Leben aussaugte. Wie die Chinesenmafia ihn erpresste, Andrea entführte und sie bei dem FBI-Einsatz umkam.

Ramona löste sich aus der Umarmung, rutschte von Ant weg, vermochte seine Nähe nicht zu ertragen, aber sie trug sein Kind in ihrem Bauch. Der Kopf schien ihr zu zerbersten, die widersprüchlichen Gefühle sie aufzuzehren.

Seit sie ihn an der Uni wiedersah, belog er sie ständig oder verschwieg zumindest vieles. Ihr Gemütszustand reichte von Angst, Enttäuschung, Wut, etwas Verständnis bis zur Liebe. Was sollte sie jetzt nur unternehmen?
Ant versuchte sie nochmals zu umarmen, ihr Halt zu geben. Aber sie wehrte ihn ab:
„Fass mich nicht an! Wenn das wirklich alles wahr ist, hast du mich die ganze Zeit belogen! Wie konntest du nur!?"
Ant kannte ihr Temperament, antwortete in friedlichem, vernünftigem Ton:
„Hättest du mir damals geglaubt? Oder hättest du mich für einen Spinner gehalten und dich ein für alle Mal verabschiedet? Ich befürchtete eher Letzteres. Da ich mich auf den ersten Blick in dich verliebte, behielt ich einige Dinge für mich. Das war falsch und tut mir leid, das musst du mir glauben."
„Wie soll ich dir jemals vertrauen? Und jetzt bin ich auch noch schwanger von dir. Du Arsch!"
„Du hast recht, ich war ein Arsch. Aber sei ehrlich, hast du mir immer alles erzählt, sämtliche Geheimnisse, Dinge bei denen du befürchten musstest, dass ich sie nicht verstehe?"
Die Tränen kullerten ihr über die Wangen und die Nase fing an zu laufen.
„Toll! Du willst doch nur wieder ablenken! Wie soll es jetzt weitergehen? Wie stellst du dir das vor? Ein Leben auf der Flucht? Mit einem Baby? Das kann ich nicht!"
Sie drehte sich zu Ant, rückte ein Stück näher, zog sein T-Shirt etwas zu sich heran, und schnäuzte sich ihre Nase an dem Stoff.
Ant lächelte und schüttelte den Kopf:
„Vielen Dank auch. Aber um deine Frage zu beantworten, natürlich müssen wir fliehen. Diese scheiß NSA versetzt mich in dieselbe Lage, wie damals die Chinesenmafia. Sie drohen damit, dich zu töten, falls ich nicht kooperiere.
Da wir jetzt ein Kind erwarten, besitzen sie noch ein Druckmittel mehr. Flucht ist die einzige Option für uns.
Nur habe ich diesmal den Vorteil, dass ich bereits über einige Abläufe Bescheid weiß, ihre Schritte vorausberechnen kann."

„Sollen wir einfach alles liegen und stehen lassen, unsere Karrieren aufgeben?"

Ant nickte ernst:

„Definitiv, ja! Du weißt noch nicht einmal alles. Dieses multidimensionale Wesen, Mister Poison, ist auch hinter dir und dem Baby her. Er warnte mich damals, verbot mir, meine Gene weiterzugeben. Und jetzt will er euch beide töten."

Ramonas Gesichtszüge entgleisten nun vollends. Die Tränen liefen in Strömen über ihr Antlitz:

„Oh Gott, was sollen wir nur tun? Wie können wir dieser Kreatur entkommen? Nein ..., wir werden sterben. Ich werde nie mein Kind sehen. Dann kann ich mich auch gleich umbringen, hier und jetzt!"

Ant packte sie an beiden Schultern und schaute ihr ernst ins Gesicht:

„Was soll das!? Wir werden kämpfen? Und dafür brauche ich euch beide! Ohne dich und das Kind hat auch mein Leben keinen Sinn mehr. Aber ich will kämpfen. Vergiss nicht, dass das alles schon einmal passiert ist. Aber diesmal bin ich besser vorbereitet. Wir fliehen zusammen. Und auf der Flucht werden wir Poison begegnen. Und diesmal beende ich es, ein für alle Mal."

„Bist du dir sicher? Hast du überhaupt die geringste Chance gegen dieses Wesen?"

„Wenn ich ehrlich sein soll, ich weiß es nicht. Aber wir müssen es versuchen. So wie es jetzt ist, hat das Leben keinen Sinn. Deshalb müssen wir es ändern."

Sie liebte ihn nach wie vor über alles. Trotz ihrer großen Angst gestand sie ihm zu, dass er recht hatte. Welche Optionen stünden ihnen ansonsten zur Verfügung? Wenn er den Ablauf der nächsten Zeit bis ins letzte Detail kannte, bestand wenigstens die Chance, dass sie heil aus dieser Angelegenheit herauskamen. Sie nickte zustimmend. Diesmal zogen sie sich erstmal um, bevor sie das im Garagendach gebunkerte Geld holten und mit dem Mustang in die Stadt fuhren.

Der kommende Ablauf des Fluchtplanes schwebte Ant vor Augen, wie ein offenes Buch. ...

Kapitel 14: Ende oder Anfang?

Ants geistiges Potenzial entwickelte sich gewaltig während der Woche im NIT. Seine Fähigkeiten reichten von der telekinetischen und telepathischen Beeinflussung von Gegenständen und Datenträgern, über das Gedankenlesen, bis hin zur bewussten Manipulation der Vitalität von Personen. Sein Spektrum bezüglich der Lebensenergien beinhaltete das unbemerkte, portionierte Absaugen aus allen verfügbaren Lebewesen und die Möglichkeit, diese Energien auf andere zu übertragen, folglich Leben oder Heilung zu spenden. Gleichwohl lag es nicht in seiner Macht, Tote wieder ins Dasein zurückzuholen.
Ausgestattet mit diesen Talenten, gelang es ihm auf der Flucht vor der NSA, sämtliche öffentlichen und privaten Überwachungskameras auf ihrem Weg zu stören.
Als die NSA im Haus von Adrianne und Monty Biddle herausfand, dass Ant sie mit dem subkutanen Sender leimte und auf der Flucht war, ergaben die Kameraüberprüfungen auf sämtlichen Bahnhöfen, Busstationen und Flugplätzen keinerlei Spuren. Überall nur Rauschen. Doch der Einsatzleiter der Zentrale, Direktor Roy Wiffen, hatte einiges drauf. Sicher warf er ebenfalls die NSA-Pille zur Verstandserweiterung ein. Auf jeden Fall, ließ er seine Jagdteams die Spur der defekten Kameras verfolgen. Die Lagebeschreibung der betroffenen Videosysteme wies darauf hin, dass sich die Flüchtigen mit dem Bus nach Denver absetzten. Dort, um die zentrale Busstation herum, wiesen alle Kameras ebenfalls einen Defekt auf. Eine Richtung vermochten sie hier nicht mehr zuzuweisen. Deshalb blieb Wiffen nur, sich auf sein Bauchgefühl zu verlassen. Er schickte den Großteil der Truppe nach Süden, nach Albuquerque und weiter in Richtung der mexikanischen Grenze.
Obwohl Ant jetzt bessere Fähigkeiten besaß, die Flucht wirksamer zu verschleiern vermochte, lief alles ab, wie er es zuvor über das Interface aus Charles Computergehirn erfahren hatte.
In Albuquerque entschied er sich gegen den geländeuntauglichen VW Golf, legte einige Scheine mehr auf Siggis Tisch, dem Autohändler. Dafür stand ihnen dann ein altes SUV der Marke Ford zur Verfügung. Damit fuhren sie den Highway hinunter nach Süden.

Während Ant völlige Ruhe ausstrahlte, rutschte Ramona ständig nervös und überängstlich auf dem Beifahrersitz umher. Um sie etwas abzulenken, sprach er sie auf ihre vegetarischen Essgewohnheiten an:
„Ich find Leute, die Tofu essen, schrecklich."
„Wieso, was hast du gegen Vegetarier? Du weißt, dass ich auch eine bin."
„Natürlich, deswegen sage ich es ja. Hast du noch nie ein Tofu-Schlachthaus gesehen? Was die da mit dem armen Tofu machen, ist widerlich. Wie kann man nur so etwas essen?"
„Ha, ha, du Spinner. Sehr witzig. Ich glaube, es ist besser, wenn wir mal eine Pause einlegen."
„Ich soll also nicht mehr reden?"
„Nein, dass meine ich nicht, aber fahr bitte rechts ran, ich möchte mir die Beine vertreten. Und du sitzt auch schon zu lange am Steuer."
Sie legten eine Pause ein, der Fernbus rauschte an ihrem Parkplatz vorbei und ein schwarzer Helikopter folgte ihm. Als Ramona Ant anbot, sich ans Steuer zu setzen, stimmte er zu, obwohl er wusste, was geschehen konnte. Es entsprach dem vorhersehbaren Ablauf, dass sie als Fahrerin fungierte, wenn es zum Showdown in der Wüste kam.
Sie küssten sich und tauschten die Plätze. Zurück auf dem Highway kramte er sein kleines Gerät hervor, nicht größer als der Funkschlüssel eines Autos, und behielt es in der Hand.
Ramona sah ihn fragend an:
„Was hast du da, Schatz?"
Ant drehte und wendete es in seiner Hand.
„Ach, nichts Besonderes. Es hilft mir gegen die Nervosität, wenn ich ein wenig damit herumspiele."
Sie sah in den Rückspiegel und erkannte eine Gruppe von schwarzen Lieferwägen, die von hinten anrauschten:
„Schnell, duck dich, Schatz! Ich glaube, dahinten kommen sie!"
Ant schaute kurz in den rechten Seitenspiegel und kauerte seinen Oberkörper hinunter in den Fußraum.
Da die Agents nur eine Frau am Steuer sahen, gaben sie Gas und folgten weiter dem Bus.
Ant richtete sich vorsichtig wieder auf:
„Sie sind uns auf den Fersen. Obwohl ich sämtliche Überwachungssysteme manipulierte. Ein effektiver Haufen, diese NSA."

„Bist du beeindruckt? Willst du sie jetzt adoptieren, oder was?"
Ant kicherte in sich hinein. Dann sah er Ramona verliebt an:
„Weißt du, Engelchen, seit Jahren schaue ich in den Nachthimmel, beobachte die funkelnden Sterne. Ich habe sogar erfahren, dass ich in der Zukunft bereits durchs All reise, zwischen den Trilliarden von Sonnen bizarre Außerirdische traf. Aber was mich von allem am meisten überrascht hat, ist es, dich getroffen zu haben; deine Liebe zu spüren."
Sie ließ die Augen nicht von der Straße, tätschelte mit der rechten Hand seinen linken Oberschenkel:
„Das wirst du mir noch büßen, Schatz. Dafür lasse ich dich leiden, unter den süßen Qualen des Koitus. Warte nur, bis wir irgendwo allein sind, dann werde ich dich dermaßen ..."
Ant unterbrach sie:
„Da vorn, Engelchen, siehst du den Feldweg, der da rechts abgeht. Da müssen wir rein."
Ramona setzte brav den Blinker und bog ab, auf den mit Auswaschungen und freiliegenden Felsen durchsetzten Weg. Sie fuhr langsam, um Schäden am Fahrwerk zu verhindern und nicht irgendwo hängen zu bleiben. Trotzdem wirbelte ihre Fahrt genug Staub auf, was man meilenweit sah.
Von dem aufgehaltenen Bus und der Straßensperre, bekam Ramona nichts mit, da sie ihre volle Aufmerksamkeit auf den Feldweg lenkte.
Agent Bacon bemerkte die Staubfahne zuerst, erstattete Meldung beim Einsatzleiter, Direktor Roy Wiffen, und bekam den Auftrag, dieser Spur nachzugehen. Der Hubschrauber war dabei als Unterstützung vorgesehen. Bacon schnappte sich einen Van und rauschte ab. Der Helikopter erhöhte die Drehzahl seiner Rotoren und hob nur wenig später ab, um ebenfalls das Fahrzeug in der Wüste zu verfolgen.
Es dauerte nicht lange, bis der schwarze Hubschrauber das Ford-SUV einholte, überflog, sich drehte und rückwärts, Auge in Auge mit den Insassen, vor dem Geländewagen herflog.
Weiterer Staub wirbelte auf, gestaltete die Sicht auf den Weg immer schwieriger für Ramona. Eine Durchsage dröhnte aus dem Frontlautsprecher des Helikopters:

„Hier spricht die Polizei! Halten sie sofort ihr Fahrzeug an! Sollten sie nicht anhalten, machen sie sich strafbar!"

Ant und Ramona konnten sich denken, dass die Polizei nicht mit schwarzen Hubschraubern ohne jegliche Kennung herumflog. Er drückte ihr auf den Oberschenkel, als ob er selbst beabsichtigte, damit Gas zu geben, und schrie sie an:
„Das ist nicht die Polizei! Gib Stoff, tritt endlich drauf!"
Panik überkam Ramona. Der Adrenalinschub, der sie durchströmte, schärfte ihre Sinne. Trotzdem trat sie das Gaspedal nicht völlig durch. Sie beschleunigte zwar erheblich, war aber in der Lage, sämtliche Hindernisse zu umfahren. Wieder schallte ihnen eine Durchsage entgegen:

„Hier spricht die Polizei! Stoppen sie sofort ihr Fahrzeug! Sie machen sich strafbar! Verstärkung ist bereits unterwegs! Seien sie vernünftig! Geben sie auf! Halten sie sofort an!"

Ramona sah in den Rückspiegel. Dort erkannte sie eine weitere Staubwolke, die sich ihnen schnell näherte. Sie sorgte sich um das Leben ihres Kindes, um ihren Geliebten und sich selbst, beabsichtigte, nicht aufzugeben.
Dann trat sie das Gaspedal durch. Der Kickdown des Automatikgetriebes schaltete einige Gänge nach unten, der Motor heulte auf und der Wagen beschleunigte, flog förmlich über den Wüstenboden. Mit ihren adrenalingeschärften Sinnen reagierte Ramona blitzschnell, driftete um Kurven, übersprang Kuppen, wie eine Rallye-Fahrerin.
Der Helikopter, der weiterhin vor ihnen flog, zog nach oben weg, drehte sich zurück in Fahrtrichtung, um die Verfolgung aufrecht zu erhalten. Ramona schaute dem Hubschrauber kurz nach, sah nach oben, als er hochzog. Plötzlich stand ein Mann vor ihnen. Direkt im Weg. Ein Mann, mit langem, schwarzem Mantel, und einem großen dunklen Schlapphut.
Sie hatte bereits derart großen Mengen des Angsthormones im Blut, dass sie gar nicht mehr in der Lage war, zu erschrecken.

Ihre Augen weiteten sich, sie riss das Steuer herum, das SUV geriet ins Schleudern, blieb seitlich an einem Felsen hängen, kippte und fing soeben an, sich zu überschlagen, als Ant das kleine Gerät zusammendrückte, das er nach wie vor in seiner rechten Hand hielt.
Die Fliehkräfte, die beide vorher noch zu zerreißen schienen, verloren augenblicklich ihre Wirkung. Das SUV stoppte, leicht abgehoben vom Untergrund, schwebend in seiner Schräglage. Hubschrauber und Staub erstarrten in ihren momentanen Bewegungen, alles verharrte wie festgefroren im Augenblick. Selbst der schreckliche Mann mit dem Schlapphut. Ausschließlich jeder Gegenstand, den Ant berührte, vermochte sich aus dieser Starre zu lösen.
Er öffnete die Beifahrertür. Da sie wegen der Schieflage nach oben gedrehte war, war er gezwungen, zuerst aus dem Fahrzeug zu klettern, und sprang dann herunter. Die Staubkörner, die er dabei anstreifte, fielen zu Boden, um dann gleich wieder in der stillstehenden Zeit festzufrieren. Ant hängte sich den Rucksack mit dem Geld um. Dann rannte er um das SUV herum, riss die nach unten gerichtete Fahrertür auf, schnallte Ramona ab und hob sie vorsichtig aus dem Fahrzeug. Sie sah ihn verwirrt an, konnte kaum fassen, was hier passierte. Ant drückte ihr einen Kuss auf die Stirn:
„Ich weiß, es ist verrückt. Aber auch ich habe gelernt, die Zeit zu manipulieren. Wir müssen uns beeilen. Die Vorrichtung, die mir das ermöglicht, verbraucht extrem viel Energie und kann jede Sekunde ausfallen. Wenn ich dich jetzt dort drüben abstelle, wirst du wieder erstarren. Aber keine Angst, du wirst in Sicherheit sein."
Sie schaute ihn nach wie vor desorientiert und entgeistert an, beabsichtigte, ihn nicht loszulassen, als er sie abstellte. Ant küsste sich sozusagen frei und ließ sie los. Wie versteinert verharrte sie augenblicklich in ihrer Position.
Ant drehte sich um. Logischerweise kannte er den Mann, der für den Unfall verantwortlich zeichnete. Diese ausgefallene Kleidung, das blasse Gesicht und das raubtierhafte, teuflische Grinsen, erschienen ihm allzu vertraut. Das musste ein für alle Mal ein Ende haben. Wer weiß, wie viele Menschen Poison im Laufe der Jahrtausende manipulierte, quälte oder tötete?

Er schwängerte Ants Mutter gegen ihren Willen, um die Eltern dann zu töten, folterte ihn zum reinen Vergnügen, und jetzt plante er sogar, die Frau seines Lebens, zusammen mit dem Kind, dass sie von ihm im Bauch trug, umzubringen. Wutentbrannt rannte Ant Richtung Poison, als plötzlich sein Zeitmanipulator versagte.
Der Hubschrauber knatterte wieder, der aufgewirbelte Staub wehte in Ants Augen, verschleierte plötzlich die Lage.
Ramona wandte sich erschrocken der Szenerie zu, während sich das SUV mehrfach überschlug und krachend an einem großen Felsen zerschellte.
Poisons Gesichtsausdruck verwandelte sich sekundenschnell von diesem fürchterlichen Grinsen, über nachdenkliche Überraschung, bis hin zur blanken Wut. Er sah, wie Ant heranstürmte, fasste den blauen Armreif, und streckte ihn mit einem seiner Energieentladungen noch im Lauf nieder. Ant fiel auf den Boden und krümmte sich vor Schmerz. Poison schritt näher an ihn heran:
„Wie hast du das fertiggebracht, du kleine Ratte? Beeindruckend. Da hatte ich ja nochmal Glück, oder? Hast du wirklich gedacht, du könntest es mit mir aufnehmen? Und dein Mädchen da drüben, mit dem Kind im Bauch, glaubst du, du hättest sie gerettet? Ich werde mich jetzt um sie kümmern, und dann bist du dran!"
Poison griff wieder in Richtung seines Armreifes, als Ant ihn anschrie: „Halt! Lass sie bitte in Frieden!"
Poison grinste ihn an, um dann sein Augenpaar in Richtung Ramona zu richten. Ant schaute ihn nur verächtlich an und brüllte:
„Charles, jetzt!!!"
Das fiese Grinsen wich dem blanken Entsetzen. Bevor Poison die Möglichkeit hatte, sich umzudrehen und seinen Armreif zu berühren, platzte der schwere Kampfroboter regelrecht in diese Realität hinein, direkt hinter dem außerirdischen Mistkerl. Seine beiden Arme hielt er ausgestreckt nach vorn. Die darin integrierten 50-Millimeter-Geschütze feuerten ihre Salven direkt auf Poison ab. Klatschend schlugen die Projektile ein, leuchteten bei jedem Treffer blau auf, hundertfach.
Er brach, unter den Einschlägen zuckend, zusammen. Charles schoss, bis die Schlagbolzen der Geschütze leer durchliefen. Als sich der Pulverdampf langsam verzog, traute Ant seinen Augen nicht. Poison lag lachend auf dem Boden:

„Aufhören! Uh, das hat fürchterlich gekitzelt!"
Er sprang wieder auf die Beine und kicherte weiter:
„Schutzschirm, du Trottel. Hast du geglaubt, du kannst mich einfach übertölpeln?"
Er wandte sich wieder seinem Armreif zu, hatte vor ihn gegen Charles zu richten. Aber der besaß einen weiteren Pfeil im Köcher. Er zog das Katana aus der Scheide und schlug zu.
Das Schwert sauste mit ungeheuerer Wucht durch die staubige Luft, durchquerte ungehindert den Schutzschirm, der Poison umgab und trennte mit einem Hieb den reifbestückten Arm ab. Das Körperteil flog durch den Äther. Aus den glatt abgetrennten Adern spritzte gelbes Blut. Poison schrie fürchterlich, presste geschockt mit der anderen Hand auf dem Armstummel, um sein offenes Fleisch an sich zu drücken, und sackte zusammen.
Die spezielle Legierung des Katana war vermutlich die Ursache, weshalb es den Schutzschirm ungehindert durchdrang. Welche Metalle der alte Meister damals zusammenschmolz, war nicht überliefert. Bei dem Schwert handelte es sich um ein absolutes Unikat. Natürlich besaß die Familie Henzo nach wie vor das Original, aber bei dem aus der Zukunft stammenden Schwert handelte es sich ebenfalls um ein authentisches Stück. Die jetzt benutzte Version gehörte aber nicht in die gegenwärtige Zeit. Mag sein, dass darin das Geheimnis seines Erfolges lag, es deshalb ohne Weiteres benutzt werden konnte, um den temporalen Schutzschirm Poisons zu durchdringen. Hauptsache es funktionierte.
Charles hob das Katana hoch über den Kopf, um dem Schauspiel ein schnelles Ende zu bereiten. Aber Ant hielt ihn zurück:
„Stopp, Charles! Warte! Noch nicht!"
Der Roboter verharrte in der Bedrohungsstellung und Ant schritt auf Poison zu.

Der Van mit Agent Bacon hatte den Unfallort immer noch nicht erreicht. Die Hubschrauberbesatzung war außerstande zu glauben, was sie zu sehen bekam.
Für sie zerschellte das SUV am Felsen, aber sämtliche Personen standen plötzlich unverletzt daneben. Es gab einen Energieblitz, der einen Mann niederstreckte.

Wie aus dem Nichts erschien ein Kampfroboter hinter dem Unfallverursacher, feuerte auf ihn, offensichtlich ohne ihn zu verletzen, und schlug ihm dann mit einem Schwert den Arm ab.
Wo kam dieser Kampfroboter her? Ungläubig starrten sie weiter auf das Geschehen.

Poison kniete jammernd, das schmerzende Fleisch an seinen Körper drückend, im Dreck. Ant blieb hasserfüllt, aber zufrieden, vor ihm stehen:
„Du bist nicht Gott, nicht einmal Satan, sondern nur ein außerirdischer Drecksack, dessen Experiment nun fehlgeschlagen ist. Du bist zu weit gegangen, hast mich unterschätzt. Von deiner allumfassenden Macht ist nichts mehr übrig, ohne den Armreif, oder? Und jetzt werde ich mein Versprechen wahr machen."
Poison stammelte:
„Wie kannst du das alles wissen? Sag mir wenigsten, wie du das alles schaffen konntest."
„Ich kann dir nur sagen, dass mir Informationen aus der Zukunft vorliegen. Dort musste ich mir deine Lügen anhören. Daraus habe ich viel gelernt. Du motiviertest mich mit den Untaten, die du in der Vergangenheit und in der Zukunft verbrochen hast zu Höchstleistungen. Für lange Zeit, stellte der Gedanke dich umzubringen, mein einziges Lebensziel dar. Und jetzt werde ich mein Versprechen einlösen."
Poison sah jetzt mitleiderregend aus, versuchte sich, zu rechtfertigen:
„Ich habe noch nie gelogen. Höchstens einige Fakten verschwiegen. Wer beschützt die Erde vor weiteren außerirdischen Eroberern, vor den Gefahren der Zukunft, wenn ich nicht mehr hier bin? Du? Glaubst du, dass du das kannst? Ihr braucht mich. Ohne mich seid ihr dem Untergang geweiht."
„Du meinst die Seuche, die du im Primärwald versteckt hast? Ich fürchte, das wird überhaupt kein Problem darstellen für die Menschheit. Oder sprichst du von der Unterwanderung durch außerirdische Echsenwesen? Mit denen werde ich auch allein fertig. Du hast in allem versagt, was du plantest, du hieltest dein Wort nicht ein, nahmst mir in der Zukunft meine Lebensenergie, ließest mich abkratzen und wirst jetzt dafür sterben!"

„Halt! Nicht! Du stehst doch jetzt vor mir, vollgepumpt mit der von mir verliehenen Vitalität. Du spricht von künftigen Begebenheiten, mit den Veränderungen, die du nun im Zeitablauf vornahmst, hast du jedoch die gesamte Zukunft nachhaltig umgestaltet. Deshalb weißt du nicht, wie sich das Morgen darstellen wird. Deine geliebten Viridianer, zum Beispiel, kennen dich noch gar nicht.
Sie werden vermutlich versuchen dich zu töten, wenn du auf ihrem Planeten erscheinst. Alle zukünftigen Verfehlungen, die du mir vorwirfst, werden in dieser Form nicht mehr geschehen. Bitte, du hast keinen Grund mich zu beseitigen."
„Vergiß es, Poison. Es genügt bereits, was du in der Vergangenheit verbrochen hast."
Er streckte seine Hand in Richtung Charles aus. Der Kampfroboter kapierte sofort und warf ihm das Katana so präzise zu, dass Ant nur den anfliegenden Griff zu fassen brauchte. Der abgrundtiefe Hass verwandelte Ant, in diesem Augenblick, von einem rational denkenden Individuum in eine skrupellose Kreatur.
Ohne weitere Worte oder Verzögerungen stieß er die Klinge dem aufschreienden Poison in die Brust, führte die Schneide nach unten und schlitzte damit den Körper der Länge nach auf.
In gelbes Blut getränkte, schwarze Eingeweide quollen hervor. Die vor Verblüffung weit aufgerissenen, pechschwarzen Augen Poisons, trübten sich ein. Als Ant in die Gedärme fasste und sie herausriss, fleuchte nur noch ein jammernder Hauch des letzten Atemzuges durch Poisons Raubtiergebiss. Dann kippte er um.
Ant spuckte auf den toten Körper, triumphierte:
„Ich habe es dir versprochen, du Drecksack, und ich halte immer mein Wort, im Gegensatz zu dir!"
Die Hubschraubercrew und Ramona verfolgten alles schockiert mit. Der Van mit Agent Bacon, würde nicht mehr lange brauchen, um an den Unfallort zu gelangen.
Deshalb wandte sich Ant zuerst an Charles:
„Mein Zeitmanipulator braucht Saft. Dein Antitkristall reicht völlig aus, um es eine Weile zu versorgen."
Charles kniete nieder, und Ant öffnete eine Panzerklappe am Rücken des Roboters.

Dort lag die Energieversorgung blank vor ihm. Er steckte nur das kleine Gerät auf den passenden Anschluss und aktivierte es. Wie davor, fror die Zeit wieder ein. Auch Ramona. Ant nicht, da er sich an Charles festhielt.

Es sah seltsam aus, als beide, der riesige Kampfroboter und der weißhaarige, junge Mann, Hand in Hand zu Ramona herüber spazierten.

Ant berührte sie, und sie erwachte augenblicklich aus ihrem Dornröschendasein. Bange und verwirrt sah sie den Stahlkoloss an, der neben Ant stand. Er beruhigte sie:

„Keine Angst. Das ist Charles. Ich habe ihn konstruiert. Wie du sehen konntest, half er mir, Poison zu beseitigen."

Ramona blickte respektvoll zu Charles auf. Dann beugte sie sich etwas zur Seite, um an ihm vorbeizuschauen. Sie deutete nur stumm, mit angsterfüllter Miene, in die Richtung von Poisons Leichnam. Ant wandte sich um, Charles drehte nur seinen Kopf um 180 Grad, und alle beobachteten, was trotz Zeitstillstand geschah.

Poisons Körper fing an, rötlich zu leuchten. Er löste sich dabei langsam auf. Kleine Teile bröckelten von ihm ab, kreisten um ihn herum, wirbelten langsam flackernd nach oben, als ob sich direkt über ihm ein quasistatischer Windteufel drehte. Immer größere Teile bröselten ab, flogen leicht, fast schwerelos, wie Aschepartikel mit diesem behäbigen Wirbel nach oben, immer weiter. Als das Leuchten abrupt verlosch, war nichts mehr übrig von Poison, keine Leiche, keinerlei Spuren, nicht einmal Asche.

Ant drückte Ramonas Hand etwas fester:

„Ein spektakulärer Abgang, das muss ich schon sagen. Kannst du uns tragen Charles?"

Die blecherne Stimme antwortete:

„Klar, Boss."

Er hob Ramona und Ant hoch, hielt seine stählernen Arme vor die Brust, sodass sie als Sitzbank dienten. Dort ließen sich die beiden Arm in Arm nieder.

„Wo soll es hingehen, Boss?"

Ant sah zu Charles bedrohlichem Robotergesicht auf:

„Bring uns erstmal über die Grenze, nach Mexiko. Wir haben uns zwar gerade der größten Gefahr entledigt, aber mir ist klar geworden, dass wir uns nicht für immer vor der NSA verstecken können. Wenn Ramona in Sicherheit, und unser Baby auf der Welt ist, werde ich mich wieder im NIT, bei Dr. Hunt, melden. Zumindest bei einer Sache hat Poison nicht gelogen. Es wird, Wohl oder Übel, ab jetzt mir obliegen, die Menschheit vor Schlimmerem zu bewahren. Mir kann die NSA nichts anhaben. Zu gegebener Zeit werde ich einen Deal mit ihnen aushandeln, der mir ermöglicht, meine Forschungsarbeiten weiterzubetreiben. Zuerst muss ich mich um das Japiá-Virus kümmern. Seine Verbreitung vermeiden und zur Sicherheit das Gegenmittel entwickeln. Das funktioniert nur mit dem Roten Rotz. Dazu muss ich zurück ins NIT. Und du möchtest doch sicher auch wieder einen annehmbaren Körper, Charles. Aber jetzt, bring uns bitte erstmal über die Grenze."

Ramona verfolgte alles mit gemischten Gefühlen. Sie nahm Ant bisher nur als liebenswerten, freundlichen, verträglichen Zeitgenossen wahr, aber jetzt sah sie eine Seite an ihm hervorbrechen, die ihr etwas Angst einflößte. Wie er diesen Poison zerlegte, auf brutalste Weise die Gedärme herausriss, gab ihr zu denken.

Aber bei genauer Betrachtung der Umstände vermochte sie diesen Ausrutscher nachzuvollziehen. Sie mischte sich ins Gespräch ein:

„Bist du dir sicher, Schatz? Möchtest du wirklich mit diesem verbrecherischen Geheimdienst zusammenarbeiten?"

„Es gibt keinen anderen Weg, Engelchen. Ich muss diese Pandemie vermeiden. Auch im Interesse unseres Kindes. Aber zuerst kümmern wir uns um das Baby, ok?"

Sie dachte kurz nach. Sie liebten sich und ihr gemeinsames Kind wuchs besser in Sicherheit auf. Dieser riesige Stahlkoloss würde sie dabei beschützen, bei allem, was sie bedrohte. Es handelte sich vielleicht nicht um ein perfektes Leben, aber fraglos um ein lebenswertes. Dann fing sie seit langem wiedermal an, ihr Strahlen zu verbreiten:

„Ok, dann los!"

Charles behielt seine Familie auf dem Arm, schnappte sich mit dem anderen Brachium das Katana und lief los. Da, wo die schweren Stahlfüße den Boden berührten, hinterließen sie tiefe Abdrücke.

Die endeten dann spätestens auf dem Highway, den Charles entlang rannte. Seltsame Eindrücke boten sich unterwegs dem Trio. Die ganze Welt stand still.

Charles lief an der erstarrten Straßensperre der NSA vorbei, überquerte unbehelligt die Grenze, suchte einen einsamen Ort in der Stadt Chihuahua und setzte die beiden dort ab.

Ant tapste um Charles herum, ohne den physischen Kontakt mit ihm zu verlieren, öffnete die Abdeckung der Energieversorgung und entfernte das kleine, aber wirksame Gerät.

Sofort drang der Lärm der Stadt in ihre Ohren. Autos hupten, Hunde bellten, das normale Leben hatte sie wieder.

Währenddessen schauten sich die beiden Hubschrauberpiloten der NSA verdutzt an. Sie registrierten natürlich, was sich direkt vor ihren Augen abgespielt hatte, als die Zeit für eine kurze Phase nicht stillstand. Auf unerklärliche Weise überlebten die Insassen des SUV`s, den sie verfolgten, einen Crash, der normalerweise tödlich verlief. Dann sahen sie einen Mann, der einen Blitz schleuderte. Wie aus dem Nichts stand plötzlich ein Kampfroboter hinter diesem Kerl, schoss auf ihn und schlug ihm einen Arm ab, warf einem der Fahrzeuginsassen das Schwert zu, und der schlitzte den Anderen ohne zu zögern auf, tötete ihn auf grausame Weise. Dann verschwanden zunächst der Roboter und der Schwertkerl, gleich darauf die zweite Person und die Leiche des aufgeschlitzten Typen. Eben noch da, plötzlich weg. Alle schlicht in Luft aufgelöst.

Dann bremste der Van mit Agent Bacon an dem seltsamen Ort. Sie fanden nur das zerstörte SUV vor, aber keinerlei Personen. Nur dicke, fette, riesige Fußspuren, die den Weg zurück auf den Highway führten. Aber wie konnte das möglich sein? Der Van hätte demjenigen, der die Spuren hinterließ, auf der Herfahrt begegnen müssen. Wohin verschwanden alle Personen?

Die beiden Piloten gaben später an, wegen des aufgewirbelten Staubes, rein gar nichts gesehen zu haben. Sie hatten vor damit zu vermeiden, für dienstunfähig oder verrückt erklärt zu werden wie Piloten, die eine UFO-Sichtung meldeten.

Niemand vermochte zu erklären, wie Ant und Ramona entkamen. Sie verschwanden einfach spurlos.

Direktor Roy Wiffen hatte die Verantwortung für den missglückten Einsatz zu übernehmen.

Seine Karriere als leitender Angestellter endete damit abrupt. Ab diesem Zeitpunkt hatte er die ehrenvolle Aufgabe, das Archiv zu verwalten. Dr. Hunt erhielt eine Beförderung und übernahm seinen Posten in der Führungsebene. ...

Kapitel 15: Alles Intention.

Ant führte genug Geld mit sich, um sich auf Dauer ein kleines Häuschen zu mieten. Charles war gehalten, sich in der Zwischenzeit in der anderen Zeitphase zu verstecken, vermochte aber alles zu beobachten, was bei Ant und Ramona geschah.
Das Häuschen lag etwas abseits, am Stadtrand. Als sie endlich dort einzogen, verließ Charles seine Nebeldimension wieder und blieb bei ihnen. Einige Monate später setzten Ramonas Wehen ein und Ant fuhr sie in das nächste Krankenhaus. Wie damals, bei seiner Geburt, blieb nichts anderes übrig, als einen Kaiserschnitt vorzunehmen. Sie schenkte ihm eine kleine Tochter, mit weißem Haar und sehr wachem Wesen. Sie nannten sie Margarita. Ants Intention entsprach es, damit die Viridianer zu ehren, die ihn gemäß seinen Erinnerungen aus der Zukunft, jahrelang versorgten, ihn am Leben hielten und ihm halfen.
Die kleine Margarita entwickelte sich anders, als normale Kinder. Schon im Alter von sechs Monaten lernte sie, zu sprechen und zu krabbeln. Als Ramona in der Küche stand und das Mittagessen vorbereitete, kam die kleine Margarita angekrabbelt, hielt sich an Ramonas Bein fest und rappelte sich in den Stand auf. Ramona lachte, sah seitlich hinunter und blickte Margarita dabei in das strahlende, an ihr hochsehende Gesichtchen:
„Na, meine Süße. Du kannst ja schon stehen. Ja wie hast du denn das geschafft, du kleine Maus?"
Margarita lachte auf diese herzzerreißende Art, wie es nur Kleinkinder vermögen. Dann sagte sie ihre ersten Worte:
„Mama, ich liebe dich."
Nicht nur „Mama" oder „Baba", nein, einen vollständigen Satz, und zwar so einen, dass es Ramona die Tränen in die Augen trieb. Sie hob die kleine Margarita hoch über ihr Gesicht und busselte sie von oben bis unten ab.
Die Phase die sie miteinander in Chihuahua verbrachten, war vermutlich die schönste Zeit ihres Lebens. Krankheiten gab es nicht. Ant sorgte dafür. Ab und zu zwackte er in der Stadt einigen Mexikanern unbemerkt ein wenig ihrer Lebensenergie ab. Spürte eines seiner Mädchen ein Wehwehchen, heilte er es unverzüglich.

Mit jeder Berührung gab er heimlich ein bisschen Vitalität an Ramona weiter. Sie bemerkte es zunächst gar nicht, aber sie alterte nicht die Bohne.

Margarita wuchs heran. Die unverkennbaren weißen Haare zeugten von der gleichen Genmanipulation, die ebenso Ant erfahren hatte. Selbst wenn er es nicht gern hörte, handelte es sich um Poisons Erbe. Nur besaß sie den übernatürlich scharfsinnigen Ant und die blitzgescheite Ramona als Eltern. Das färbte natürlicherweise ebenfalls auf Margarita ab. Es gab keinen Intelligenztest, den sie nicht mit Bravour löste. Es war ihr vergönnt, ihre Vorschulkindheit in der Obhut ihrer Eltern zu verbringen, beschützt durch einen stählernen Riesen. Sie kannte es nicht anders, akzeptierte Charles als ein normales Familienmitglied. Durch diese Toleranz und die immerwährende Liebe ihrer Eltern, entwickelte sich die kleine Margarita zu einem ausgesprochen entzückenden, sozialkompetenten Kind.

Als die Einschulung anstand, nahm Ant das erste Mal, seit seiner Flucht, Kontakt mit Dr. Hunt auf. Dabei eröffnete er ihr, was er künftig alles für die NSA zu entwickeln plante, wie zum Beispiel winzige, unerschöpfliche Energiequellen, kleinste Quantencomputer, einen neuen Fusionsantrieb, einen Higgs-Feld-Influenzer, einen interstellaren Wurmlochantrieb und eine Heilung für fast alle Krankheiten inklusive des tödlichen Japiá-Virus. Logisch, dass Dr. Hunt danach begeistert dem Deal zustimmte. Er klärte sie nie darüber auf, wie ihm damals die Flucht gelang.

Ant vertraute Dr. Hunt nach wie vor in keiner Weise, verheimlichte ihr deshalb ebenso das Phasen-Verschiebungs-Gerät und den kleinen Zeitmanipulator, aber ansonsten bemühte er sich, den wackeligen Deal einzuhalten. Er kannte Megan, länger als sie wusste, und war in der Lage, ihre Gedanken zu lesen. Unter diesen Voraussetzungen holte er Ramona, Margarita und Charles zurück nach Coulder. Er machte Dr. Hunt unmissverständlich klar, dass sie die Finger von seinen Lieben zu lassen hatte, wenn sie die Gliedmaßen behalten wollte.

Für Megan gab es überhaupt keinen Grund, sich nicht daran zu halten, solange Ant sich wohlgefällig verhielt und nach ihrer Pfeife tanzte. Sie ließ Ramona und Margarita in Ruhe. Versteht sich von selbst, dass beide einer unregelmäßigen Überwachung unterlagen. Aber nur zum Schutz wie Dr. Hunt immer wieder versicherte.

Ant gelang es, ein harmonisches Familienleben zu etablieren. Er fuhr ins NIT wie andere Väter, die ihrem Beruf nachgingen. Ramona studierte halbtags weiter, wenn sich die kleine Margarita in der Schule aufhielt. Sobald das Töchterchen zuhause ankam, wurde sie von ihrer liebevollen Mutter erwartet. Jeden Abend kam Ant nachhause und kümmerte sich rührend um seine Mädchen. Unter dem Lichte der Erfahrungen, die aus der Zukunft stammten, stellte es für ihn das größte Geschenk dar, die Möglichkeit zu haben, mit den beiden zusammenzuleben.

Die Erinnerungen an ihren Tod, die Charles ihm damals per Interface überspielte, verblassten nach und nach. Ein beschauliches, aber trotzdem abwechslungsreiches Leben, lag vor ihnen. Wie lange das andauerte, vermochte keiner zu sagen. Das verhielt sich genauso, wie bei allen anderen Menschen. Niemand weiß, was die Zukunft bringt. Und da Ant seinen Zeitstrang nachhaltig verändert hatte, wusste er es ebenfalls nicht.

Charles erhielt einen neuen Körper. Und diesmal entschied sich Ant dafür, eine echte Freundin für Ramona zu erschaffen. Bei dieser Gelegenheit, programmierte er Charles folgerichtig geringfügig anders, um ihn in seiner Natur weiblicher zu gestalten. Dabei gelang es ihm, etwas mehr Respekt vor dem menschlichen Leben und weniger radikales Denken in das Programm zu integrieren.

Ich bin ganz zufrieden mit der neuen Rolle als Freundin und Beschützerin der Familie. Mein Name ist jetzt nicht mehr Charles, sondern Charlott. Mir ist aufgefallen, dass ich völlig anders aussehe als Ramona. Ich denke, Ant vermied damit wissentlich alle etwaigen Komplikationen. Ich fühle mich wie Ants erwachsene Tochter, oder Margaritas große Schwester. Wie ein Familienmitglied. Eine Verwandte, mit speziellen Fähigkeiten.

Die Kreaturen der Nebelwelt, in der anderen Zeitphase, machten ebenfalls schon Bekanntschaft mit meinem neuen Ich, und dem abgefahrenen Henzo-Katana.

Nachdem ich sie zu Trainings- und Koordinationszwecken reihenweise abschlachtete, fingen sie an, mich zu fürchten, zu respektieren.

Seither meiden sie mich, wo immer sie mir begegnen innerhalb ihrer Dimension.

Vielleicht gelingt es mir künftig, ihre bevorzugte Beute zu erlegen, sie zu füttern und damit zu zähmen. Das macht sicher mehr Spaß, als sie ständig zu zerstückeln. Wer weiß, welchen Nutzen sie künftig für mich bringen? Logischerweise nicht als kuschelige Haustiere. Aber vielleicht als effektive Wächter oder Mitstreiter, wer weiß?

Alle Erfindungen, die Ant in kürzester Zeit zuwege brachte, nutzte Megan Hunt für ihren weiteren Aufstieg. Und Ant vermochte, ausgestattet mit der neuesten Labortechnik und mit seinen Fähigkeiten, die Erde zu beschützen.

Was mit Poison in der Wüste geschah, nachdem er sich aufgelöst hatte, erfuhr ich erst um einiges später. ...

Kapitel 16: Quo Vadis.

In einem dunklen Orange funzelte die Beleuchtung des seltsam anmutenden Laboratoriums. Auf einer Liege aus geschwungenem Metall lag ein langer, blasser, kopfloser Körper, den durchsichtige Schläuche mit einer gelben Flüssigkeit versorgten. In den dunklen Ecken standen bizarre Werkzeuge, deren Funktion sich nicht sofort erschloss. Eine Umgebung, wie in einem gruseligen Alien-Raumschiff. Auf der Wand, neben dem Körper, bewegten sich fremdartige Schriftzeichen von unten nach oben. Eine kreisrunde Tür öffnete sich, wie ein Krakenmaul, wobei die einzelnen Türsegmente in einer Spiralbewegung in der Wand verschwanden. Ein Transportbehälter schwebte herein, gefolgt von einem großen Wesen, gekleidet in einen tiefschwarzen Kapuzenumhang. Der Behälter stoppte neben der Liege und das Geschöpf holte ihn ein. Eine blasse Hand mit spillerigen, langen Fingern kam unter dem Ärmel zum Vorschein und betätigte den Öffnungsmechanismus des Behältnisses. Der Deckel öffnete sich, das Wesen griff hinein und holte einen blassen, leblosen Kopf hervor.
Poisons Kopf!
Er legte das Haupt am Torsoende auf die Liege. Zischelnd und schlängelnd bewegten sich gelbe Stränge aufeinander zu, vereinigten sich, zogen Kopf und Torso immer näher zusammen, bis sie eine Einheit bildeten.
Dann streifte das Wesen die Kapuze zurück. Ein blasses Antlitz mit schwarzen Augen und einem teuflischen Grinsen kam zum Vorschein. Es sah aus, wie ein Poison-Klon. Der Typ nahm den Arm des Kerls auf der Liege und streifte ihm einen blauen Armreif über:
„Hier, verlier ihn nicht wieder."
Poison öffnete die Augen. Fasste sich in das Genick, an die Stelle, wo sich soeben sein Kopf mit dem Torso verbunden hatte. Dann richtete er sich auf, riss sich die Versorgungsschläuche heraus, und schaute sein Gegenüber an:
„Danke, ich werde nächstes Mal besser aufpassen."
„Was wirst du jetzt unternehmen?"

„Ich lasse ihn in Ruhe. Er ist bei weitem der beste Kandidat, den ich jemals auf diesem kleinen Drecksplaneten ausgewählt habe und er hat bewiesen, dass er meiner würdig ist. Ich traue ihm zu, dass er mich adäquat vertritt.
Er wird schon noch merken, wie schwer es ist, den Planeten und die Menschheit zu beschützen, und dabei auch unpopuläre Entscheidungen zu treffen und durchzusetzen."
„Du hast ihn unterschätzt, oder?"
„Nein, aber ich dachte nicht, dass er schon derart weit fortgeschritten ist. Die Kleinen werden ja so schnell groß."
„Glaubst du, er findet heraus, worum es hier überhaupt geht? Wird er die Menschheit in unserem Sinne beeinflussen und was wird er unternehmen, wenn er herausfindet, dass wir hinter allem stecken?"
„Wir werden sehen, ich weiß es nicht. Mit seinem Eingriff veränderte er die Zukunft. Ich muss mir erst alle neuen Zeitstränge ansehen, um das beantworten zu können.
Ich denke, wenn er erst einmal kapiert, wie schwer seine Verantwortung wiegt, wird er mich mit anderen Augen sehen. Aber wie gesagt, wir werden es sehen. Ab jetzt kümmere ich mich um die Ta'Hili."
„Ah, ein interessantes Völkchen. Wesentlich aggressiver und skrupelloser als die Menschen. Gute Wahl."
„Ja, denke ich auch. Ich hab da schon ein Ta'Hil im Auge. Es hat sehr viel potenzial."
„Gut, sieh zu, dass du diese kleinen Monster für unsere Zwecke einspannen kannst. Viel Spaß."...

Ende Teil III.

Liebe Leser,

ich hoffe, ihr habt das Buch nicht nur zu Ende gelesen, weil ihr es gewöhnt seit, alles was ihr anfangt auch zu beenden, sondern weil Euch Ants Geschichte in ihren Bann gezogen und nicht mehr losgelassen hat. Für Euer Interesse und Wohlwollen, sowie für das Geld, das ihr für die Anschaffung der Bücher investiert habt, möchte ich mich herzlich bedanken.

Nachdem Ant den Zeitverlauf nachhaltig veränderte, stehen zahlreiche Herausforderungen an, die es zu bewältigen gilt.
Was geschieht mit der Menschheit, ohne Poisons regulierende Eingriffe? Wen plante er mit der Freisetzung des Japiá-Virus de facto auszurotten? Ist Ants Familie weiterhin in Gefahr und vermag er Dr. Hunt zu trauen? Was ist der Masterplan der „Poisons" und wie ist Ant darin involviert? Welche Bedrohungen lauern noch da draußen im Multiversum?

Zahlreiche ungeklärte Fragen. Es bleibt mir offenbar nichts anderes übrig, als die Geschichte weiterzuführen, Ants Berufung zu verdeutlichen.
Deshalb schreibe ich derzeit an einer weiteren Fortsetzung:

999 - Berufung, Teil IV.

Ich verspreche Euch, dass sich dieses Buch nicht minder aufregend gestalten wird, als die bisherigen drei Teile. Weitere Überraschungen, Spannung, Liebe, Tod, Trauer und Glück, sind Eure beharrlichen Begleiter, wenn Ihr bereit seid, Euch abermals darauf einzulassen.

Bis bald,

Euer Leroy Berg